读客®

读客科幻文库

跟着读客读科幻，经典科幻全看遍。

沙丘④

沙丘神帝

【美】弗兰克·赫伯特 著

刘未央 译

江苏凤凰文艺出版社
JIANGSU PHOENIX LITERATURE AND
ART PUBLISHING, LTD

GOD EMPEROR OF
DUNE

FRANK HERBERT

下文摘自哈迪·贝诺托在拉科斯星达累斯巴拉特考古发掘成果发布会上的讲话:

今天上午,我很荣幸地向诸位宣布,我们发现了一处意义重大的仓库遗址,在其库藏中,有一批价值无可估量、刻印于利读联晶纸上的文献原稿。下面,我将不无自豪地向诸位展示相关原真性依据,以佐证我们的判断:这批文献正是雷托二世,即神帝的原始日记。

首先,让我们回顾一下那件冠名为"失窃的日记"的历史珍品。多个世纪以来,这几卷众所周知的古文献为我们了解祖先提供了极有价值的参考。正如诸位所知,《失窃的日记》是由宇航公会破译的,而当初所用的密钥同样能解译新出土的文献。公会密钥的古老性已不存在争议,现在唯有该密钥才能解译这批文献。

其次,新出土的文献由真正古代制造的伊克斯思录机所印制。《失窃的日记》已经确凿地证明了雷托二世正是采用该设备记录其历史言论的。

再次,我们认为与出土珍品同样堪称奇迹的是仓库本身。这批日记的贮藏室无疑是由伊克斯人所建,技术原始,却巧夺天工,必定会为我们进一步了解所谓"离散时代"的那段历史提供新线索。不出所料,这座仓库是隐形的,其埋藏之深远甚于神话和《口述史》留下的暗示。它释放辐射,同时也吸收辐射,以模拟其周遭环境的自然特征。这种机械拟态本身不足为奇,但令我们工程师感到惊讶的是,它采用的竟然是最基础、纯原始的机械技术。

能看出来，有几位来宾跟我们当时一样兴奋。我们相信这是史上第一个伊克斯球体，这种虚无空间后来催生出一系列类似的设备。即便不是第一个，我们认为也必定是首批之一，其原理等同于第一个。

为满足诸位的好奇心，过一会儿我们将带大家去仓库遗址做一次简短的参观。只有一个要求，请大家在现场保持安静，因为我们的工程师及其他专业人员还没有完成发掘工作。

下面我要说的第四点，很可能是这批出土文物中最重要的部分。我怀着难以表达的激动心情向诸位公布遗址中的另一项发现——据信是雷托二世以其父保罗·穆阿迪布的嗓音留下的一段真实口述录音。鉴于贝尼·杰瑟里特档案馆存有经过鉴定的神帝录音材料，我们已向姐妹会送交了一份载于古代微泡系统的该录音样本，并正式提出比对测试申请。我们对录音的真实性有极大把握。

现在，请诸位注意一下入场时领取的文献节译本。我想借此机会对其过重的分量表示歉意。我已经听到有人为此开起了玩笑。我们用的是普通纸，自然是为了节约成本。原始文献是以非常微小的字符刻印的，要放大很多倍才能看清。事实上，重印一卷利读联晶纸的原稿内容，要消耗四十多卷大家手里的这种普通纸。

投影准备——好。我们把原稿一小部分内容投在了诸位左边的一块屏幕上，摘自第一卷第一页。译文投在右边的几块屏幕上。请大家关注译文中支持我们前述观点的内在依据，还有浮夸的诗化辞藻及其文义。透过这种文风，我们能辨认出背后那个始终如一的人格。我们认为其作者只能是这样一个人：他直接拥有祖先的记忆，并致力于将先人的非凡经验留存于世，让常人也能读懂。

现在请看实际含义部分。文中提到的情况与此人的史实完全相符，我们相信也唯有此人才能留下这样的记录。

接下来还要带给诸位一个惊喜。我今天冒昧邀请到著名诗人里贝斯·弗里布，他将上台为大家朗诵第一页的几小段译文。我们认为，这些文字，即使经过转译，在大声朗读时依然会呈现别样的气质。我们希望将这批文献中已发现的非凡之处分享给大家。

女士们先生们，有请里贝斯·弗里布！

里贝斯·弗里布的朗诵：

我向你郑重宣告，我就是命运之书。

问题是我的敌人，是引爆的导火索！无数答案会像受惊的鸟群般腾空而起，遮蔽住永远笼罩着我的记忆之天幕。然而切中要害的一个也没有。

一踏进我的过去构成的恐怖疆域，即见闪闪棱镜，何其耀目。我成了封在盒子里的一片碎燧石。盒子旋转，震动。神秘的风暴将我抛来抛去。而只要盒子一开，我就会回到当前，仿佛一个闯入荒野的人。

慢慢地（我是说，慢慢地），我想起了我的名字。

但并非认清了我自己！

这个拥有我名字的人，亦即第二个以"雷托"为名的人，发现心里还存在着其他声音、其他名字和其他地方。哦，我向你许诺（就像我得到过的许诺），我只答应唯一一个名字。假如你叫一声"雷托"，我会答应。是我的忍耐让这一切成为现实，此外还有一个原因，那就是：

万线尽由我掌握！

它们悉数归我所有。我来举个例子——比如……那些命丧剑下的人——那淋淋鲜血、声声哀吟，那一幕幕犹在眼前的惨景、一张张痛苦扭曲的面孔，全都是我的一部分。

身为人母的喜悦，我想，还有分娩的床榻，也属于我。幼儿咯咯的笑声、甜甜的细语，小儿蹒跚学步，少年初尝胜果，种种经历纷至沓来，前仆后继，最终，除了千篇一律的重复，我眼中几无他物。

"让一切保持原样。"我警告自己。

谁能否认这些经历的价值，否认以学习的眼光去观察每一个新瞬间的价值？

啊，但那些都是过去。

你不明白吗？

仅仅是过去！

今晨，我在一个已消亡的星球，在一片牧马平原边上的圆顶帐篷里呱呱坠地。明天我将诞生在另一个地方，成为另一个人。我还没有想好。这个早晨，不过——啊，该说这个人生！当我的双眼学会聚焦，我看到阳光洒在被踩乱的青草上，我看到精力旺盛的牧民正忙着甜蜜的活计。哪儿……哦，哪儿去了，那些彪悍之风？

——《失窃的日记》

禁林里，有三人呈一纵列穿过片片月影向北疾奔，首尾相距近半公里。殿后的那个只领先紧追的狄狼不足一百米，耳边传来一声声饥渴的嗥叫和喘息，这些畜生一见猎物就凶相毕露。

一号月亮快要升上中天了，照得林子亮堂堂。这里是厄拉科斯星的高纬区，但白日的暑热尚未散尽，依然暖洋洋的。从"最后之漠"沙厉尔刮来的夜风带着松香味，卷起脚下腐叶层的潮气。由沙厉尔另一头的凯恩斯海时而吹来一阵微风，携着丝丝咸腥味拂过这条逃亡之路。

殿后者名叫乌洛特，似乎遭到了命运的捉弄，"乌洛特"在弗雷曼语中恰好意为"亲爱的掉队者"。他身材矮小，属于易胖体质；在针对这次冒险行动的预备训练中，他比别人多了一项节食的任务。一次次玩命奔跑已经让他瘦下来不少，可脸蛋还是圆圆的，一对大大的褐色眼睛仍旧流露出因长期肥胖而产生的自卑感。

乌洛特显然跑不太远了。他呼哧呼哧地上气不接下气，还不时打个趔趄。但他没有向同伴呼救。他知道他们帮不上忙。每个人都立过相同的誓约，心里明白能借以自卫的唯有传统道德和弗雷曼式忠诚，尽管弗雷曼人曾有的一切现在都成了文化遗产——沦为保留地弗雷曼人死记硬背的教条。

正是弗雷曼式忠诚让乌洛特明知厄运难逃却仍然一声不吭。这是古老品质的完美展示，令人惋惜的是，这些奔逃者只能从书本和《口述史》的传说中模仿传统道德。

狄狼逼近乌洛特，庞大的灰影几乎达到成人的肩高。它们在饥渴的驱策下一路飞奔一路哀嚎，脑袋高扬，眼睛直勾勾盯着暴露在月光下的猎物。

乌洛特左脚在树根上绊了一下，险些摔倒。这让他抖擞起了一点精神。他发起一波冲刺，同紧追的畜生多拉开了约一个狼身的距离。他奋力摆动两臂，张大嘴直喘粗气。

狄狼没有加速。它们银灰色的身影在林子里浓郁的草木气味中轻快地穿行。它们知道赢定了。这是一种熟悉的感觉。

乌洛特又绊了一下，还好扶住一棵树才没摔倒。他继续气喘吁吁地逃命，但两条腿已经不听使唤地发起抖来，再也没有冲刺的气力了。

一条大个儿母狼偏到乌洛特左侧，再一个内切想截住他。尖利的巨齿撕破了乌洛特的肩膀，他晃了一下，没有摔倒。树林的气味又多了一股刺鼻的血腥味。一条稍小的公狼扣住了乌洛特的右臀，这一下他惨叫着跌倒在地。群狼猛扑上去，尖叫声戛然而止。

狄狼并未停下来大快朵颐，而是继续追捕。它们用鼻子嗅探地面，嗅探空气中飘移的涡流，搜寻着前面两个逃跑者的热踪迹。

下一个奔逃者叫库泰格，这是厄拉科斯星上代表荣耀的一个古老姓氏，可上溯至沙丘时代。他有一个祖先在泰布穴地主司亡者蒸馏器，但那段历史已经被湮没了三千多年，许多人不再相信它曾存在过。库泰格迈着大步奔跑，他身形高瘦，似乎很适合这种步伐，长长的黑发披散在一张鹰脸之后。他和同伴一样身穿黑色密织棉跑步服，凸显出臀部与健硕大腿的肌肉律动以及节奏稳定的深呼吸。唯有他的步速明显不在正常水平，方才滑下人造悬崖时弄伤了右膝，那道高墙围护着耸立于沙厉尔的神帝之堡。

库泰格听到乌洛特的尖叫声，之后突然的沉寂令他一阵揪心，接着又响起狄狼追猎时发出的嚎叫。他竭力不去想象又一个战友遭雷托护卫兽残杀的画面，但惨象还是不由自主地映现在脑海里。库泰格心中诅咒暴君，不过为了节省气息，并没有骂出声来。他还有救，只要跑到艾达荷河就安全了。库泰格知道自己在战友们眼里一直是个保守派——连赛欧娜也这么认为。他从小就吝惜体力，动用体能时总像个守财奴似的精打细算。

库泰格强忍膝伤，加快了速度。他知道那条河不远了。那处伤口已经从剧痛变成了一团烈火，持续不断地烧灼着整条腿甚至半边身子。他清楚自己忍耐的极限。他还估摸着赛欧娜快到河边。赛欧娜是他们中跑得最快的一个，那只密封包就背在她身上，包里装着他们从沙厉尔堡垒偷出来的东西。库泰格跑的时候一心只想着那个包。

保护好它，赛欧娜！用这个摧毁他！

狄狼的饥嚎打断了库泰格的思路。它们追得太紧。他知道逃不掉了。

但赛欧娜必须逃走！

他壮起胆子往后瞟了一眼，只见其中一条正从侧面包抄过来。这种攻击策略立刻引起了他的警觉。就在此狼飞扑过来之际，库泰格也一个前跳，躲到一棵树后，既把自己与狼群隔开，又闪到了高高跃起的那条狼的腹下，并趁机用双手抓住它一条后腿，顺势将狼身如连枷般挥舞起来，打散了狼群的队形。他发现狄狼并没有想象中那么重，对形势的陡转几乎满意起来。他像托钵僧跳旋转舞那样抡着那件活武器，击碎了两条狼的脑壳。但他的防守无法滴水不漏，一条瘦公狼从背后扑住了他，把他撞到一棵树上，武器脱手了。

　　"跑！"他高喊一声。

　　狼群慢慢逼近，库泰格用牙叼住瘦公狼的喉咙，拼尽全力一口猛咬下去。狼血喷溅在脸上，糊住了眼睛。他不辨方向就地一滚，随手又抓起一条狼。一部分狄狼嗥叫着团团乱转，散开了，有的甚至攻击起了受伤的同类，但大多数狄狼依然紧紧盯着猎物。最终，森森利齿从左右两边扯开了库泰格的咽喉。

　　赛欧娜也听到了乌洛特的惨叫，经过片刻明显的沉寂之后，狄狼追猎的嗥叫声再度响起。她怒火中烧，觉得快要气炸了。乌洛特擅长分析，往往能从局部洞见整体，所以才被招入此次冒险行动。正是乌洛特从工具包里掏出一枚总不离身的放大镜，细细察看与帝堡平面图一起发现的那两卷古怪文件。

　　"我觉得这是密文。"乌洛特说。

　　拉迪（可怜的拉迪是小队中最先牺牲的）说："再多我们就背不动了。扔掉吧。"

　　乌洛特反对道："无关紧要的东西不会这么保密。"

　　库泰格支持拉迪。"我们是来拿帝堡平面图的，现在已经到手了。那些东西太沉了。"

但赛欧娜赞同乌洛特。"我来背。"

就此结束了争论。

可怜的乌洛特。

他们都知道他是队里最不能跑的一个。乌洛特干什么都慢吞吞，可谁也不否认他脑子灵。

乌洛特很可靠。

这个可靠的家伙已经不在了。

赛欧娜压下怒火，振作起精神来，加快步伐。月光下一棵棵树木疾速掠过。她仿佛跑进了时间凝滞的虚空之中，除了自己的动作，除了为这动作而受过训练的身体，世上别无一物。

男人都觉得她跑起来很美。赛欧娜心里有数。她把深色的长发紧紧扎起，免得在风里张牙舞爪。她骂库泰格笨蛋，因为他不肯扎头发。

库泰格在哪儿？

她的头发跟库泰格不一样，是深棕色，绝非他那种乌黑色，虽然有时不太容易区分。

基因遗传偶尔会发生返祖现象，她的相貌就肖似某位远逝的先人：线条柔和的鹅蛋脸、丰满的嘴唇、机警的眼睛、小巧的鼻子。身材因长年跑步而偏瘦，但还是对周围男子散发着强大的性吸引力。

库泰格在哪儿？

狼群安静了，这让她高度警觉起来。它们逮到拉迪之前也是这样的。西塔斯遇害前同样如此。

她告诉自己这种安静也可能意味着其他状况。库泰格，也是个安静的人……而且壮实。那处伤口似乎对他并无大碍。

赛欧娜开始感到胸痛，凭借长期跑步训练的经验，她知道快要喘不上来气了。在薄薄的黑色跑步服里面，汗水沿着身体直往下淌。

那批珍贵资料高高地驮在背上,背包是密封的,待会儿渡河时不怕渗水。她想到了包里折叠好的帝堡平面图。

雷托会把香料库藏在哪儿呢?

一定是在帝堡里的某个地方。一定是。图纸上会有线索。要是能找到贝尼·杰瑟里特、宇航公会以及其他所有人梦寐以求的美琅脂香料,这次冒险也就值了。

还有那两卷加密文件。库泰格有一点说得对,利读联晶纸很重。但她的兴奋之情不亚于乌洛特。一行行密文中间肯定隐藏着重要信息。

狼群追奔的饥噪声再一次在后面的林子里响起。

快跑,库泰格! 快跑!

现在,透过前方树丛已能看见一片宽宽的长条形空地横在艾达荷河畔。再往前,她还瞥见了水面上泛起的月光。

快跑,库泰格!

她盼着听到库泰格的声音,任何声音。开跑时是十一个人,眼下只剩他俩了。九个人为这次冒险付出了生命:拉迪、艾琳、乌洛特、西塔斯、伊尼内格、欧内茂、休蒂、梅马尔和欧拉。

赛欧娜心里念着他们的名字,每念一个都要向往昔的众神,而不是暴君雷托,默默祈祷,特别是向夏胡鲁祈祷。

我向沙漠之神夏胡鲁祈祷。

转眼来到森林尽头,她踏上了沿河那片已伐刈干净的空地,脚下月辉遍洒。隔着一溜狭长的卵石滩,就是她迫不及待要见的那条河。河滩银亮似练,水面平缓如镜。

身后树丛中传来一声怒吼,惊得她差点一个踉跄。她听出来那是库泰格的喊声,盖过了野狼的嚎叫。库泰格没有叫她的名字,只喊出一个字,却包含了无数信息——攸关生死的信息。

"跑！"

狼群一阵狂嚎，像是陷入了大骚乱，然而库泰格再也没发出声音。她能想象库泰格把毕生最后一点力气用在什么地方了。

拖住这些畜生好让我逃走。

她遵从库泰格的遗言，冲到河边，一个猛子扎下水。跑得热烘烘的身体突遇冰冷的河水，她瞬间动弹不得。她挣扎着浮起，奋力划水、换气。那只珍贵的背包漂在河面，磕在她后脑勺上。

这一段艾达荷河不宽，至多五十米。河流没有按雷托的工程师设计的那样走直线，而是自行弯成一道平滑的大弧线，沿河排列着一个个沙凹，盛长的芦苇和青草将根茎分布在滩边，形成一溜溜斜岸。赛欧娜眼下稍感宽心，她知道狄狼受过训练，会在岸边止步。它们的势力范围是预先划定好的，这一头以艾达荷河为界，另一头不超过沙漠围墙。不过她还是潜游了最后几米，在一道陡岸的阴影里浮出水面，这才转头回望。

群狼在对岸排成一列，只有一条下到河边。它身体前倾，前足几乎踩进了水流中。赛欧娜听到了它的哀嚎。

赛欧娜知道这条狼看见了她。毫无疑问。狄狼以目力敏锐而出名。为强化这些森林守卫的视力基因，雷托在它们身上混入了锐目猎犬的血统。她担心这一次狄狼会不会打破规矩。它们是依赖视觉的捕食者。一旦河边那条狼真的下水，余者可能会跟从。赛欧娜屏住呼吸。她感到筋疲力尽。他们已经跑了近三十公里，后半程更是遭到狄狼的步步紧逼。

河边的那条狼又吼了一声，向后一跃归了队。似乎接到了某个无声的信号，它们转身迈开大步，悠悠地返回了森林。

赛欧娜很清楚它们会去哪里。人人都知道狄狼有权享用在禁林里捕获的任何猎物。这就是狄狼——沙厉尔护卫兽在禁林中巡逻的目的。

"血债血偿，雷托。"她小声说，嗓音低沉，宛如河水拂过身后的芦苇发出的瑟瑟声，"乌洛特、库泰格，还有其他人的命，这些都是要还的。血债血偿。"

她轻轻浮起，顺水漂流，直到双脚触到狭滩的斜坡。体力已消耗殆尽，她慢慢爬上岸，停下来检查包里的东西，是干的，密封口没破。她就着月光盯视了片刻，又抬起头望向对岸的林墙。

这就是我们的代价。十位挚友。

她眼里泪光闪烁，不过她有着古弗雷曼人的身体特征，泪腺不发达。此番渡河奔袭，直穿狄狼巡守的北界即禁林，越过"最后之漠"沙厉尔，翻过帝堡高墙——整个行动就像一场梦……即便最终如她所料狼口脱险，还是感觉不太真实，想想那些护卫兽绝对会静候着截住偷袭者的去路……这一切恍若梦境。都过去了。

我逃出来了。

她把东西装回密封包，重又系紧在背上。

我突破了你的防线，雷托。

赛欧娜想起那两卷加密文件。那些密文的字里行间隐藏着能帮她复仇的信息，对此她很有把握。

我要摧毁你，雷托！

她没说"我们要摧毁你！"，那不是赛欧娜的风格。她要单枪匹马地干。

她转身大步跨过沿河除净草木的一长条空地，向果园走去。一面走一面反复起誓，末了还按弗雷曼人的老规矩喊出了自己的全名："诅咒你的是赛欧娜·伊本·福阿德·塞耶法·厄崔迪，雷托。每一滴血都要你偿还！"

下文摘自达累斯巴拉特所发掘的古文献（哈迪·贝诺托译）：

我生为雷托·厄崔迪二世，至录印这些文字为止已历经三千多个标准年。我父亲是保罗·穆阿迪布。母亲是他的弗雷曼配偶契尼。外祖母是法罗拉，著名的弗雷曼草药医生。祖母是杰西卡，贝尼·杰瑟里特育种计划的产物，该计划旨在寻觅拥有姐妹会圣母之能力的男性。外祖父是列特-凯恩斯，领导厄拉科斯生态改造的行星生态学家。祖父就是那位厄崔迪人，阿特柔斯[1]家族的后裔，族谱能一路上溯至其希腊远祖。

够了，这些家谱！

像许许多多希腊英雄那样，我祖父在试图刺杀死敌弗拉基米尔·哈克南老男爵时丢掉了性命。如今这两位在我的祖先记忆里相处得很尴尬。就算我父亲也不太好过。我做了他不敢做的事，现在他的幽魂不得不与我一同承担后果。

金色通道需要我的行动。什么是金色通道？你会问。那是人类的生存之路，左右不可有丝毫偏离。身为预知者我们责无旁贷，因为我们能洞悉人类未来的陷阱。

为了生存。

你对此怎么看——你那些小喜小悲，抑或是大喜大悲——我们都

---

[1] 希腊神话人物，迈锡尼国王，阿伽门农和墨涅拉俄斯之父。

很少放在眼里。我父亲拥有这种能力，而我使它变得更强。我们能够一次又一次地洞穿时间之幕。

作为我统治跨星系帝国的大本营，厄拉科斯星已同旧时的沙丘星不可同日而语。当年沙漠遍布整个星球，而今只剩下我那片小小的沙厉尔了。再也没有巨型沙虫自由出没，制造美琅脂香料了。香料！沙丘星就是以出产美琅脂而闻名的，是唯一的香料产地。多么神奇的物质！从来没有一个实验室能够合成得出。它是人类发现的最珍贵的旷世稀物。

没有美琅脂来激发宇航公会领航员的线性预知能力，秒差距[1]级的空间旅行就只能蜗行龟爬；没有美琅脂，贝尼·杰瑟里特将无法培养真言师和圣母；没有美琅脂的抗衰老功效，人的寿命也将退回到古老的量度——顶多一百来年。如今，宇航公会和贝尼·杰瑟里特分别存有一批香料，各大家族的残脉也有少许存货。除此之外，就是我手里人人垂涎的巨量库藏了。他们是多想把我洗劫一番啊！可他们没那个胆子。他们知道，我宁可把香料统统销毁，也不会乖乖交出来的。

相反，他们一个个卑躬屈膝地过来求赐美琅脂。该赏的，我细水长流；该罚的，我切断供应。他们对此恨之入骨。

这是我的权力，我正告他们。或予或夺，全在我一人。

倚仗香料，我缔造了"和平"。他们已经享受了三千多年的"雷托和平"。这是一种强制性稳定，在我即位之前，人类对此仅有极其短暂的认识。为免世人遗忘，"雷托和平"已详载于这些卷册即我的日记之中，以供研读。

这些记录始于我登基那一年，其时我初尝变形之痛，但尚可称作

---

[1] 天文长度单位，1秒差距约等于3.26光年。

人类，甚至未脱人形。我接受（也是我父亲拒绝）的这层沙鲑皮肤既令我力量倍增，事实上，又让我具备了抗常规攻击和抗衰老的双重能力——这层皮肤包裹着一具仍可辨认的人形躯壳：双腿、双臂、一张镶嵌在翻卷层叠的沙鲑里的人脸。

啊，那张脸！至今依然归我所有——是我展示给全宇宙的仅剩的人皮。而我其余部分的肉体一直披覆着那些相互纠缠的微细深沙菌体，有朝一日它们都能变成巨型沙虫。

它们会变的……终有那么一天。

我常常思索我的最终变形，那近似死亡的一瞬。我知道它的降临方式，但不清楚具体何时、涉及何人。这是一件我无法预知的事情。我只知道金色通道是在继续延伸还是已然终结。在我录印这些文字时，金色通道仍在延伸，至少对于这一点我还满意。

沙鲑的纤毛钻入我的肉身，将身体水分锁封在其孢囊壁内，对此我已不再有感觉。我们现在几乎融为一体，它们是我的皮肤，而我是这个整体的动力源……大部分时候如此。

至于此处提及的整体，你可以在脑海中勾勒出一个庞然大物。我处于所谓准沙虫阶段。体长七米左右，直径两米多点，一道道横棱几乎布满全身；一头顶着我那张厄崔迪脸，与常人身高相当，稍往下就是双臂和双手（仍颇具人类的形状）。腿和脚呢？哎，萎缩殆尽，变成鳍足了，没错，沿身体后摆的鳍足。我的总体重接近五个旧制吨。之所以列出这些数据，是因为我知道它们将来自有历史意义。

我是如何扛着这身重负四处活动的？主要依靠御辇，由伊克斯人所制。吃惊吗？对伊克斯人大家向来又恨又怕，跟他们一比，连我、连魔鬼都算是好的。有谁知道伊克斯人会制造或发明出什么东西来呢？谁知道？

我是不知道。并不都知道。

可我对伊克斯人不无同情。他们对自己的技术、科学和机器是那么有信心。还有一个原因，我和伊克斯人都相信双方是能彼此理解的（不论哪一方面）。他们为我制造了大量设备，并认为我心存感激。你们读的这些文字正是由一台名为思录机的伊克斯设备印制的。当我以特定模式思考时，思录机随即启动。我只需保持这种思考模式，文字便能自动印在仅一个分子厚的利读联晶纸上。有时我会用耐久性稍次的载体复制一些内容。赛欧娜从我这儿偷走的就是其中两卷副本。

难道她不迷人吗，我的赛欧娜？当你逐渐了解她对我的重要意义时，你甚至可能怀疑我是否真的会听任她命丧那片森林。这一点毋庸置疑。死亡纯属私事，我很少干涉。对于像赛欧娜这样必须经历考验的人，更是从不干涉。无论她什么时候死我都会袖手旁观。毕竟，我还能重新培养一名候选人，以我的时间概念来衡量，无非是一眨眼的工夫。

然而，我还是给她迷住了。我观察着穿行在森林里的她。我透过伊克斯设备注视她，奇怪自己为何没能预见到这次冒险行动。赛欧娜不愧是……赛欧娜。这就是我没有下令阻止狼群的原因。要不然就犯错误了。狄狼只是我实现意志的工具，而我的意志就是成为有史以来最强大的捕食者。

——《雷托二世日记》

以下简短对话据信摘自一份名为"维尔贝克残篇"的手稿。普遍认为其作者系赛欧娜·厄崔迪。对话双方为赛欧娜本人与其父莫尼奥，后者是（如所有史籍记载）雷托二世的总管兼侍卫长。所附日期表明当时赛欧娜还是青少年，对话发生在莫尼奥前往鱼言士学校宿舍探望女儿期间。该校位于奥恩节庆城，是所在星球（现名拉科斯）的一个主要人口中心。据手稿鉴定文件分析，莫尼奥秘密探女意在告诫其勿玩火自焚。

　　赛欧娜：你是怎么在他手底下活了这么久的，父亲？他爱杀身边人。没人不知道。

　　莫尼奥：不！你错了。他一个人也没杀过。

　　赛欧娜：你没必要替他撒谎。

　　莫尼奥：我说的是实话。他不杀人。

　　赛欧娜：你怎么解释那些全天下都知道的死亡事件？

　　莫尼奥：杀人的是虫子。虫子是神。雷托活在神体之内，但他不杀人。

　　赛欧娜：那你是怎么活下来的？

　　莫尼奥：我能认出虫子。我能从他脸上、从他的动作上看出来。我知道夏胡鲁什么时候快要现形了。

　　赛欧娜：他不是夏胡鲁！

莫尼奥：好啦，弗雷曼时代人们就是这么叫虫子的。

赛欧娜：我读过这方面资料。他并不是沙漠之神。

莫尼奥：闭嘴，傻丫头！这些事你知道什么。

赛欧娜：我知道你是一个懦夫。

莫尼奥：你知道得太少了。你从来没有站在我的位置，从他的眼睛、从他手上的动作看见过虫子。

赛欧娜：虫子快现形的时候你怎么办？

莫尼奥：我走开。

赛欧娜：真够当心的。我们可以肯定，他已经杀了九个邓肯·艾达荷。

莫尼奥：我跟你说了他一个人也没杀过！

赛欧娜：有区别吗？雷托也好虫子也好，他们现在是一体。

莫尼奥：可他们是两个独立的存在——一个是雷托皇帝，另一个是沙虫神。

赛欧娜：你疯了！

莫尼奥：也许吧。但我的确在侍奉神。

我是史上最孜孜不倦的人类观察者。我的观察源自内外部感知的结合。过去与现在会无规律地叠映在我心中。而且，随着肉体变形的持续，我的感知能力变得越发神奇，仿佛世间万物无不能明察秋毫。我拥有无比犀利的听觉与视觉，兼有异常敏锐的嗅觉，能察觉并分辨浓度仅为百万分之三的信息素。我心中有数，也验证过。在我的感知范围内你几乎无可隐藏。我想，你要是知道我单凭嗅觉就能发现什么，一定会瞠目结舌的。你的信息素会告诉我你正在干什么或打算干什么。还有你的手势和姿态也在泄密！我曾在厄拉奇恩花了半天凝视长凳上坐着的一个老头。他是斯第尔格耐布的第五代后裔，这道关系连他自己都不知情。我仔细研究他颈项的角度、下巴底下松垂的皮肉、干裂的嘴唇、鼻孔周围的湿度、耳后的毛孔，还有从古式蒸馏服兜帽下钻出的灰发绺。他丝毫没发觉有人在窥视。哈！换了斯第尔格只要一两秒就会警觉。而这个老头只是一直在等人，临了也没等来，最终站起身蹒跚离去。久坐之后，步履十分僵硬。我知道我再也见不着这具血肉之躯了。他濒临死亡，体内的水分无疑将被浪费。当然，这已不再重要。

——《失窃的日记》

雷托认为这里是全宇宙最有趣的地方，他在此等候现任邓肯·艾达荷。以大部分人类标准来衡量，这都是一个庞大的空间，其上方是帝堡，四周环绕着精心构建的地下墓窖群。这座大殿犹如轮毂，一间间高三十米、宽二十米的侧厅像轮辐般扩散开去。雷托的御辇占据着大殿中心。大殿是一间直径四百米的穹顶圆厅，最高点离地面一百米，就在他头顶正上方。

他觉得这些殿堂的大小能让自己心安。

正午刚过，大殿里仅有的亮光来自随机飘动的几盏浮空球形灯，光线调为暗橙色。微弱的光头照不进侧厅深处，但雷托凭记忆知道那儿每一件物什的准确位置——水、遗骸和骨灰，有祖先的，也有沙丘时代以来厄崔迪先人的，一个不漏都供在那里。另外还存放着若干箱美琅脂，是预备在情势万分危急之时打掩护用的，好让人误以为这就是他的全部库藏。

雷托清楚邓肯求见的原因。艾达荷听说特莱拉人正在制造另一个邓肯，也就是说又在按神帝的规格要求制造死灵。这个邓肯担心自己在服役近六十年后被替换下去。这种事总让邓肯们心生反意。早先有一名宇航公会使节谒见雷托，警告说伊克斯人私下交给邓肯一把激光枪。

雷托暗自发笑。但凡遇上可能威胁到自己那一丁点儿香料配给的事情，宇航公会都会大惊小怪。一想到世上只剩下雷托一人与曾经制造美琅脂的沙虫有联系，他们就吓得瑟瑟发抖。

万一我死在没有水的地方，就不会有香料了——永远不会再有。

宇航公会怕的就是这个。他们的历史学家兼会计师断定雷托坐拥全宇宙最大一份美琅脂库存。因此，宇航公会可靠得几近盟友。

雷托一边等，一边按贝尼·杰瑟里特的传统训练方法做着手、指运动。这双手是他的骄傲。手上披覆着灰色的沙鳟皮膜，大拇指可与修长的四指对握，灵活性基本与常人无异。而由腿脚退化而成的鳍足却没什么用，其不便之处更甚于所带来的羞耻。他能以闪电般的速度爬行、翻滚和腾身，可一旦不小心压到鳍足，就会疼痛。

邓肯让什么给耽搁了？

雷托想象他正透过窗口遥望沙厉尔平缓起伏的天际线，内心还在挣扎。今天是一个热气蒸腾的日子。下地宫前，雷托在西南方向看到了一幅蜃景。热空气在远处沙漠上方闪现一幅颠倒的镜像——一队保留地弗雷曼人正费力地走过一处供游客开眼界的穴地景点。

地宫里很凉爽，一直如此，灯光也总是昏昏暗暗的。辐射状侧厅其实是一条条黑暗的隧道，为方便御辇行驶，高高低低处都铺成了缓坡。有的隧道穿过假墙还要向外延伸许多公里，这是雷托利用伊克斯装备为自己挖掘的补给通道和暗道。

雷托思忖着即将开始的接见，心中不由生出一丝紧张。他觉得很有意思，众所周知，他爱把玩这种情绪。雷托觉得自己对现任邓肯的好感一直在自然而然地增强。对于此人能活着结束会见，雷托抱有很大期望。有时候他们是能做到的。这个邓肯几乎不可能发起致命攻击，只存在理论上的机会。雷托曾试图向某个前任邓肯解释清楚……就在这间大殿里。

"你也许会奇怪，凭我拥有的能力，竟然还提运气和机会。"雷托当时说。

那个邓肯怒气冲冲。"你绝不会留下任何机会的！我了解你！"

"太天真了！机会是宇宙的本质。"

"那不是机会！是恶作剧。你专搞恶作剧！"

"对极了，邓肯！恶作剧会带来最由衷的快乐。我们的创造力正是在对付恶作剧时激发起来的。"

"你连人都不再是了！"哎，那个邓肯已经怒不可遏。

这句痛斥让雷托受了刺激，就像眼里进了一粒沙。就算最接近这种刺激的情绪是生气，他也不会放过，他总是不可抑制地紧紧抓住残存的一点人性自我。

"你的人生已经过气了。"雷托回击道。

就在此时，那个邓肯从官袍的暗褶里掏出一枚小炸弹来。多么意外！

雷托酷爱意外，即便是凶险的意外。

这件事我没有预见到！他也是这么对邓肯说的，而本应毅然决然的邓肯，反而尴尬地站在那儿犹豫起来。

"这个能要你的命。"邓肯说。

"抱歉，邓肯。会让我受点轻伤，仅此而已。"

"可你说你没有预见到！"邓肯尖声叫道。

"邓肯啊邓肯，对我来说百分之百的预见才相当于死亡，一种充满难以形容的无聊的死亡。"

最后一刻，邓肯想把炸弹扔到一边去，但火药不稳定，炸早了。那个邓肯就这么死了。啊，好吧——反正特莱拉人的再生箱里总还备着一个。

飘在雷托头顶上的一个球形灯开始闪烁。他兴奋起来。莫尼奥发信号了！尽忠职守的莫尼奥提醒神帝邓肯下地宫了。

大殿西北面两个侧厅之间的载人电梯开门了。现任邓肯迈步向前，从这个距离看，他只是一个小小的人形，但雷托连再小的细节也能分辨得一清二楚——制服肘部的一道皱褶表明他刚才手托下巴靠在什么地方。没错，下巴上还残留着手的印记。邓肯的气味来得更快：他的肾上腺素已经飙升。

邓肯越走越近，雷托一言未发，只是细细观察着。虽然服役这么多年，他迈步时依然散发着年轻的朝气，这是摄入最低剂量美琅脂所起到的功效。他身穿老式厄崔迪黑制服，左胸佩有金色鹰徽。这是一个有趣的声明："本人为老厄崔迪家族的荣耀而效力！"他颧骨高耸，五官如岩石般棱角分明，那头黑发依旧像卡腊库耳大尾绵羊的长毛。

特莱拉人真会造死灵，雷托想。

这个邓肯带着一只扁扁的深棕色纤维制公文包。这只包他已用了许多年，通常装着为报告提供依据的材料，今天却显得鼓鼓囊囊，分量也比平时重。

伊克斯激光枪。

艾达荷行走中一直盯着雷托的脸庞。令他不安的是，这张瘦削的脸依然是厄崔迪式的，一对全蓝眼睛会让敏感者觉得受到冒犯。这张脸深埋在风帽似的灰色沙鳟皮肤内，艾达荷清楚，在本能的作用下，这顶"皮风帽"能瞬间前翻护住面部——快如眨眼的"眨脸"。嵌在灰色轮廓里的是粉红色的面孔。这张脸很难让人不感到猥亵，在旁人眼里，那是为异类所捕获的一点点迷失的人性。

艾达荷在距御辇仅六步远处停下，他不想隐瞒自己在愤怒中所作的决定，连雷托是否已获知激光枪一事都不去考虑。这个帝国偏离厄崔迪人的传统道德观太远了，已经变成了毫无人性的毁灭性力量，多少无辜者在其前进的道路上惨遭碾压。这一切必须结束。

"我想跟您谈谈赛欧娜还有其他事。"艾达荷说。他把公文包放在方便抽出激光枪的地方。

"很好。"雷托的话音里充满厌倦。

“只有赛欧娜一个人逃走了，不过她还有一帮叛党同伙。”

“你以为我不知道！”

“我知道您在不顾危险地姑息叛党！但我不知道她偷了包什么东西。”

“哦，那个。她偷了帝堡的全套平面图。”

片刻间，皇家卫队司令身份在艾达荷心中占了上风，这一泄密事件令他震惊异常。

“您就让她带着这个跑了？”

“不，是你。”

这一指责逼得艾达荷往后退了一点。渐渐地，新近作出的刺杀决定又抬头了。

“她拿到的就这些吗？”艾达荷问。

“我还有两卷日记副本和平面图放在一起，也给偷走了。”

艾达荷观察着雷托不动声色的面孔。“日记里写了什么？有时您说是日志，有时又说是历史。”

“两者都没错。你还可以管它叫教科书。”

“日记丢了您担心吗？”

雷托摆出一个微笑，艾达荷当作否定的回答。艾达荷把手伸进那只扁包，一丝紧张瞬间袭过雷托全身。武器还是报告？雷托清楚，虽然自己的要害部位都具备强大的耐热能力，但仍有一部分肉体会受到激光枪的伤害，尤其是脸部。

艾达荷从包里抽出一份报告，他还没开始念，雷托就已看出了端倪。艾达荷正在寻求答案，而不是提供情报。他想为自己选择的行动找到正当的理由。

“我们发现杰第主星存在崇拜厄莉娅的异教。”艾达荷说。

艾达荷汇报详情的过程中雷托一直保持沉默。**真无聊**。雷托任由思绪飘荡。这些年来，雷托把祭拜他早已作古的姑妈的那批人仅仅当作偶尔的消遣。而邓肯们总认为其中暗藏威胁。

艾达荷念完了。不可否认，他手下的特工行事周密。周密得令人厌烦。

"无非是伊希斯[1]崇拜死灰复燃而已。"雷托说，"我的男女祭司会开展一些活动来压制这种异教和它的信徒。"

艾达荷摇摇头，似乎在回答内心的一个声音。

"贝尼·杰瑟里特了解这个异教。"他说。

说到这儿，雷托才开始有了兴趣。

"我接管了姐妹会的育种计划，她们从来没有原谅我。"他说。

"这跟育种没关系。"

雷托忍住了笑意。邓肯们一向对育种这个话题过敏，尽管他们自己有时也会充当种男。

"我知道。"雷托说，"嗯，贝尼·杰瑟里特都是疯疯癫癫的，但疯狂造成的混乱是酝酿意外的温床，而意外可能很有价值。"

"我看不出有什么价值。"

"你认为姐妹会是异教的幕后操纵者吗？"雷托问。

"我认为是。"

"说来听听。"

"她们曾经搞过个圣殿，叫'晶牙匕圣殿'。"

"现在呢？"

"她们的祭司长被称作'杰西卡之光守护者'。这还不说明问题

---

[1] 古埃及司生育和繁殖的女神。

吗？"

"很妙！"雷托不打算掩饰自己的兴致了。

"妙在哪儿？"

"她们把我的祖母和姑妈合并成一个女神了。"

艾达荷慢慢摇着头，表示不明白。

雷托让自己的内心顿了一顿，比一眨眼的工夫还要短。他心里的祖母不是很赞成杰第主星的异教。他不得不屏蔽掉她的记忆和分身。

"你觉得这个异教有什么企图？"雷托问。

"很明显。这是在宗教上另立山头，妄图损害您的权威。"

"想得太简单了。你管贝尼·杰瑟里特叫什么都行，可就是不能叫傻瓜。"

艾达荷等着听解释。

"她们想要更多香料！"雷托说，"更多圣母。"

"所以她们骚扰您，想问您要好处。"

"我对你很失望，邓肯。"

艾达荷抬头盯着雷托没吭声。雷托做了个叹气的动作，对于他现在的身体，叹气已不属于自然行为，而是一个复杂的动作。通常邓肯们都要更聪明些，雷托认为这一位是因为心怀鬼胎才丢了那股机灵劲儿。

"她们选择杰第主星作为母星，"雷托问，"这说明什么？"

"那里曾经是哈克南人的大本营，不过都是老皇历了。"

"你妹妹死在那儿，死在哈克南人手里。把哈克南人同杰第主星联系起来就对路了。以前你为什么没有提到这一点？"

"我觉得这不重要。"

雷托抿紧嘴唇。提到妹妹让这个邓肯心烦意乱。他理智上清楚，自己只不过是一长串再生肉体的最末一具，是在特莱拉再生箱里由原型细胞培育出来的产物。这个邓肯无法摆脱复苏的记忆。他知道是厄崔迪家族把自己从哈克南人的奴役下解救出来的。

不管我变成什么，雷托想，**总还是厄崔迪人。**

"您想说什么？"艾达荷问。

雷托认为此时有必要提高嗓门。他大声喝道："哈克南人曾经囤积过香料！"

艾达荷退后了一步。

雷托放低声音，继续说："杰第主星上藏着一批美琅脂。姐妹会想打着宗教活动的幌子来挖这批存货。"

艾达荷面色发窘。答案一经说出，便觉显而易见。

而我失算了，他想。

雷托那一喝又把他唤回了皇家卫队司令的身份。艾达荷了解帝国极度简化的经济规则：不允许放贷图利，只可现金交易。唯一一种硬币以雷托神帝的"风帽脸"为肖像。硬币发行完全以香料为本位，而香料尽管价格高昂，却仍在不断升值。一手提包的香料抵得上一座星球的价值。

"控制货币和法庭，其余的留给贱民。"雷托想。老雅各布·布鲁姆[1]说的，雷托能听见这个老头在他心里咯咯直笑。**"这个世界变化不大，雅各布。"**

艾达荷深吸一口气。"应该立即通知信仰局。"

雷托没有作声。

艾达荷认为这是示意自己继续，便接着念报告，但雷托仅投入了一小部分注意力，就像启用了一套录制艾达荷言行的监控电路，只有

---

[1] 1752—1810，出生于美国特拉华州威明顿市的商人和政治家，1787年作为特拉华州代表出席美国制宪会议，是《美国宪法》的签署者。

偶尔的心理活动才会增强信号：

他马上要谈到特莱拉人了。

这个话题对你很危险，邓肯。

不过这也使得雷托浮想联翩。

狡猾的特莱拉人一直在利用原型细胞为我制造邓肯。他们所干的事触犯宗教禁令，这一点我们双方都清楚。我不允许人工干预人类遗传。但特莱拉人知道我在卫队司令这一职位上是多么器重邓肯。我认为他们猜不到这件事还具有娱乐价值。在原先是一座山的地方，现在流着一条以艾达荷命名的河，一想到这个我也觉得好笑。那座山已经不复存在了。我们开山采石，建起了围住沙厉尔的高墙。

当然，特莱拉人也清楚，有时我会把邓肯们用于自己的育种计划。邓肯们会带来杂交优势……而且远不止于此。每一团炉火都必须有一扇风门。

我原本想安排这一位跟赛欧娜配育，现在看来要泡汤了。

哈！他说希望我"镇压"特莱拉人。为什么他不直接问出来呢？

"您正打算替掉我吗？"

我都忍不住要告诉他了。

艾达荷再一次把手伸进那只扁包。思路活跃的雷托一刻也没有放松监视。

是激光枪还是其他报告？是其他报告。

这个邓肯一直处于警觉状态。他不但要确认我对他的图谋一无所知，还要搜集更多不值得效忠于我的"证据"。他举棋不定很久了。他就这脾性。我向他挑明过太多次，我不会运用预知力去预测自己何时脱离这具古老躯壳。可他将信将疑。他一向是个怀疑论者。

布满隧洞的大殿吸吮着他的声音。要不是我嗅觉敏锐，他因恐惧而散发的化学物质就要被这里的潮气掩盖住了。我对他的声音听而不闻。这个邓肯变得多么烦人。他在复述历史，赛欧娜的反叛史，无疑将针对她最近的出格行为向我发出警告。

"这次谋反不寻常。"他说。

这句话把我拉了回来！傻瓜。所有谋反都是寻常的，也都无聊至极。它们都是一个模子里刻出来的。造反的动力无外乎肾上腺素成瘾再加上个人权力欲的膨胀。所有反叛者都是隐蔽的贵族。正因如此，我才能轻而易举地让他们改旗易帜。

为什么邓肯们从来不肯听我一言？眼前这个邓肯也和我争论过。这是我们最初的冲突之一，就发生在这座地宫里。

"对激进分子永远不要放弃主动权，这是执政之术。"他当时这样说。

陈词滥调。每一代都会冒出激进分子，但你不能采取预防手段，在他眼里这就成了"放弃主动权"。他希望对激进分子采取粉碎、镇压、控制和预防措施。警察思维与军人思维几无分别，他就是一个活生生的例子。

我告诉他："只有当你试图镇压激进分子时，他们才会变得可怕。你必须摆出姿态来，表明你会充分利用他们提供的东西。"

"他们太危险。他们太危险！"他觉得话多说几遍就能成真理。

我以自己的方式一步一步慢慢引导着他，而他甚至还做出了倾听的样子。

"这是他们的弱点，邓肯。激进分子看问题总爱两极分化——非白即黑，非善即恶，非我即他。他们用这种方法解决复杂问题，势必走上一条混乱之路。执政之术，用你的词，应该是对乱局的掌控。"

"没有人对付得了所有的意外。"

"意外？谁跟你说意外了？混乱不是意外。它有可预测性。首先，它会消灭秩序而增强极端的力量。"

"这不正是激进分子要达到的目的吗？他们不就是想浑水摸鱼取得控制权吗？"

"他们自以为这样。事实上，他们在培养新的极端分子、新的激进分子，他们不过是在走老路。"

"要是有激进分子也看透了这种复杂性，然后反过来对付您，怎么办？"

"这就不叫激进分子了，而是争夺领导权的对手。"

"可您该怎么办？"

"招安或者消灭。从根本上说，领导权斗争就起源于此。"

"好吧，那么弥赛亚呢？"

"就像我父亲？"

邓肯不喜欢这个问题。他知道在某种非常特殊的情况下我就是我父亲。他知道我能以我父亲的嗓音和人格说话，那些记忆都是准确无误的，未经篡改，也无法逃避。

他不情愿地答道："嗯……如果您这么想的话。"

"邓肯，我就是他们中的每一个人，我很清楚。从来没有一个真正无私的反叛者，都是伪君子而已——他们有的意识到自己是伪君子，有的没有意识到，本质都一样。"

这句话在我的祖先记忆里捅了一个小小的马蜂窝。其中有些人从未放弃过一个信念，即他们，而且只有他们，掌握着解决所有人类问题的钥匙。好吧，在这一点上他们同我是相像的。纵使我对他们直言这是自取其败，我还是会同情他们。

然而我不得不把他们都屏蔽掉。一点点感知也不用在他们身上。

他们现在只是一些尖酸的谏客……就像站在我面前的这位邓肯，手里拿着激光枪……

伟大的冥神啊！我开小差被他抓了个正着。他手持激光枪，直指我的脸。

"你，邓肯？你也背叛我了吗？"

你也有份吗，布鲁图斯？[1]

雷托的每一根神经都绷得紧紧的。他能感觉到身体在抽搐。沙虫的肉体有自己的意志。

艾达荷挖苦道："告诉我，雷托：我得偿还多少笔忠诚债？"

雷托听出了弦外之音："我被复制过多少次了？"邓肯们总是想知道答案。每个邓肯都要提这个问题，但任何回答他们都不满意。他们不相信。

雷托用他最伤感的穆阿迪布嗓音问道："能得到我的赏识你不感到自豪吗，邓肯？难道你从没想过，我这么多世纪以来一直离不开你，到底看重你什么？"

"你把我当成超级傻瓜了！"

"邓肯！"

穆阿迪布光火的声音总能镇住艾达荷。尽管艾达荷知道雷托运用起音言来比史上任何一个贝尼·杰瑟里特都厉害，但不出所料，他依然会听命于这个声音。激光枪在他手中颤抖起来。

这就够了。雷托一个飞滚从御辇上腾身而起。艾达荷从未见过他以这个动作离开御辇，连想都没想过。对于雷托而言，只需满足两个

[1] 原文为拉丁语（Et tu, Brute）。据传罗马共和国晚期执政官恺撒遇刺时，见其挚友和养子布鲁图斯持刀扑来，说了这句话，也是其毕生最后一句话，意为"还有你吗，布鲁图斯？"或"你也有份吗，布鲁图斯？"。

条件：一是虫体察觉到存在重大威胁，二是释放虫体。接下来就会出现这种不由自主的动作，其速度之快往往令雷托自己都大吃一惊。

他最担心的是激光枪。激光枪会造成严重擦伤，不过很少有人了解准沙虫躯体的抗热能力。

雷托翻滚着撞倒了艾达荷，激光枪开火，但打偏了。由腿脚退化成的某只无用的鳍足骤然向意识射来一串恐怖的感知信号。有那么一瞬间尽是疼痛。但虫体仍能自由活动，本能驱使它狂乱地一阵扑腾。雷托听到骨骼碎裂的声音。艾达荷的手抽搐了一下，把激光枪远远甩在地板上。

雷托从艾达荷身上滚下来，准备再发起一轮攻击，然而已经没有必要了。受伤的鳍足还在传递疼痛信号，他感觉到鳍尖给烧掉了。沙鲑皮肤封住了伤口。痛感也已缓解为不舒服的抽跳感。

艾达荷还在微微动弹。几乎没有生还的可能。他的胸膛明显被压瘪了，连呼吸都要忍受莫大的痛苦，可他还是睁开眼睛朝上瞪着雷托。

恋世得很哪！雷托想。

"赛欧娜。"艾达荷喘着气说。

雷托眼见这条生命离他而去。

有意思，雷托想，有没有可能邓肯跟赛欧娜……不！这个邓肯一向对赛欧娜的愚蠢嗤之以鼻。

雷托爬回御辇。好险哪。可以肯定，这个邓肯瞄准的是脑子。雷托一直清楚自己的手足容易受伤，但他没让任何人知道，那曾被称作脑子的东西已经不再和他的脸连在一起了，甚至其大小形态也都不同于人类，而是变成了分布于整个躯体的网状节点。他一个人也没告诉，仅仅诉诸日记。

哦，我见过的那些地貌！那些人！弗雷曼人的辗转迁徙，还有其他的一切。甚至能经由神话回溯到特拉女神[1]。哦，一条条得自观星与密谋的经验教训，一次次迁移与溃逃，一个个跑得腿疼肺疼的夜晚，在宇宙微尘上，我们只是守护着自己转瞬即逝的占有物。我告诉你，我们是一个奇迹，有我的记忆为证。

——《失窃的日记》

在小墙桌上工作的那名女子体形太庞大，她身下的那把椅子又过于窄小。上午过半，在奥恩城地下深处的这间没有窗户的屋子里，只有一盏球形灯高悬在角落。灯光已调成暖黄色，但未能驱散这间小屋的灰色调子。四壁和天花板铺设着一块块规格统一的暗灰色矩形金属嵌板。

屋子里别的家具只有一件———张窄小的简易床，薄薄的床板上盖着一条不起眼的灰毛毯。显然，这里的家具都不是为此人而设计的。

她穿着一件深蓝色连体睡袍，上身弓在桌板上，宽阔的肩膀紧撑着睡袍。球形灯照着她的金色短发和右脸，凸显出方方的下巴。她用

---

[1] 罗马神话中的大地女神。

粗大的手指仔细敲着桌板上一张薄键盘，嘴里默念着什么，下巴颏跟着上下移动。出于敬畏，她操作起机器来一脸恭顺。慢慢地，敬畏与极度的兴奋交织在一起。她早就对机器驾轻就熟了，但这两种情绪并未稍减。

墙面上一个矩形空洞是桌板翻平后留下的，内藏一面显示屏。随着按键的敲击，屏幕上显示出相应的文字。

"赛欧娜继续从事以暴力袭击您的圣体为目标的活动。"她写道，"赛欧娜还是死抱着其公然宣称的企图不放。她今天告诉我，要将窃得的书册副本交给对您无忠诚可言的若干组织，包括贝尼·杰瑟里特、宇航公会和伊克斯人。她说该书册载有您的密文，得之侥幸，正在求助他方解译您的圣言。

"主人，我不知道这些书册隐藏着什么大秘密；然而，倘使其中含有任何威胁到您圣体的内容，恳请您解除我对赛欧娜所发之效忠誓言。我不明白您为何令我立下此誓，但我不敢稍有违抗。

"您永远的忠仆，内拉。"

内拉往后一靠回顾已写下的词句，椅子吱吱嘎嘎一阵乱响。厚实的隔音材料让屋子几乎陷入一片死寂。只有内拉轻微的呼吸声和远处的机械振动声，后一种声音与其说是通过空气，不如说是通过地板传播过来的。

内拉盯着屏幕上的文字。这份密报将只由神帝过目，不仅要求毫无保留的真实，还必须奉上发自肺腑的坦诚，这让她精疲力竭。现在，她点点头，敲了一个按键将文字加密，准备传输。她低头默默祈祷，随后收桌入墙。她知道如此操作之后密报就发送出去了。神帝亲自在她头部植入了一件物理设备，令她发誓保密，并警告说将来某一天可能会通过这件颅内设备跟她说话。他还没这样做过。她怀疑设备是伊克斯人制造的。看样子有点像。但这件事是神帝亲自做的，她可以不去理会那究竟是不是计算机、是不是触犯大联合协定的禁令。

"不得创造像人一样思维的机器！"

内拉哆嗦了一下。她站起来，把椅子搬到通常所在的床边位置。薄薄的蓝袍子紧紧撑在她那沉重而强壮的身躯上。从她从容不迫的动作可以看出，这是一个长期训练以保持体魄强健的人。她在床边转身，仔细察看桌板收起的地方。那块矩形灰色嵌板与其他嵌板毫无二致。墙缝里没有一丝线头或毛发，不存在任何可能泄密的蛛丝马迹。

内拉深吸一口气提提精神，走出这间屋子唯一一扇门，进入了一条灰色走廊。间距很大的白色球形灯洒下昏暗的光线。机械振动声更响了。她向左拐，几分钟后在一间稍大的屋子里和赛欧娜碰头了。屋子中央是一张桌子，上面整齐地摆放着从帝堡盗来的东西。在两盏银色球形灯下，赛欧娜坐在桌前，身旁站着一个名叫托普利的助手。

内拉勉强酝酿着对赛欧娜的敬意；至于托普利，这个一无是处的男人只配得到毫不掩饰的嫌弃。他是个神经质的胖子，鼓凸的绿眼睛，狮子鼻，薄嘴唇，下巴上有个凹坑，说起话来高八度。

"看这儿，内拉！瞧瞧赛欧娜发现了什么，就夹在这两本册子的书页里。"

内拉关闭这间屋子仅有的一扇门，并上了锁。

"你话太多，托普利。"内拉说，"真是个碎嘴子。你怎么知道走廊里就我一个人？"

托普利脸色变白，面露愠色。

"恐怕她说得在理，"赛欧娜说，"你怎么知道我想把这个发现告诉内拉？"

"你什么事都信得过她！"

赛欧娜转向内拉。"知道我为什么信任你吗，内拉？"她语气平直，不带感情色彩。

一阵恐惧袭上心头，内拉强自镇定下来。是赛欧娜发现她的秘密了吗？

我辜负主人了吗？

"你不回答我的问题吗？"赛欧娜问。

"你有不信任我的理由吗？"内拉反问。

"这个理由不充分。"赛欧娜说，"世上没有尽善尽美的东西——不论是人还是机器。"

"可你的确信任我，为什么呢？"

"因为你向来言行一致。这是个了不起的品质。比方说，你不喜欢托普利，就从不掩饰。"

内拉瞥了瞥托普利，托普利干咳了一声。

"我不信任他。"内拉说。

这句话是冲口而出的，说完她才意识到自己不喜欢托普利的真正原因：他会为了一己私利背叛任何人。

他发现我了吗？

托普利依然板着脸，说："我不想待在这儿任由你侮辱。"他正欲离开，赛欧娜抬手一拦，他又迟疑了。

"我们说弗雷曼人的老话，而且立誓忠于彼此，但把我们拴在一起的并不是这些。"赛欧娜说，"凡事取决于行动。我只看重这个。明白吗，你们俩？"

托普利不假思索地点头，内拉却直摇头。

赛欧娜冲她笑了笑。"你不是次次都同意我的决定，对吗，内拉？"

“是的。”她硬挤出这个回答。

“你从来不掩饰自己的反对意见，却又一味服从我，为什么？”

“我就是这么起的誓。”

“但我说过这不够。”

内拉知道自己在出汗，也知道出汗会暴露自己，但她没办法。*我该怎么办？我对神帝发誓要服从赛欧娜，但我不能这么说。*

“你必须回答我的问题。”赛欧娜说，“这是命令。”

内拉屏住呼吸。这是她最怕碰上的难题。毫无回旋余地。她心中默祷，接着低声说道：“我对神起誓要服从你。”

赛欧娜拍手大笑。

“我知道！”

托普利窃笑。

“闭嘴，托普利。”赛欧娜说，“我在给你上课。你什么都不信，连自己都不信。”

“可我……”

“别出声，我说！内拉有信仰。我有信仰。就是这个把我们拴在一起的。信仰。”

托普利大吃一惊。“信仰？你信仰……”

“不是信神帝，你个傻瓜！我们相信会有一个更强大的力量来跟虫子暴君算总账的。我们就是这股更强大的力量。”

内拉颤抖着吸了一口气。

“没关系的，内拉。”赛欧娜说，“我不管支撑你的是什么，只要你有信仰就行。”

内拉扮了一个笑脸，继而由衷地露齿而笑。主人的智慧从来没让她受过这么大的震动。*我可以说真话，只要是关于神的真话，就会得*

到保佑！

"现在给你看看我在册子里发现了什么。"赛欧娜说。她指了指摆在桌面上的一些普通纸张。"夹在书页里的。"

内拉绕着桌子走过去，低下头看。

"先是这个。"赛欧娜捻起一样内拉没留意的东西。那是一缕细细的……还有一样貌似是……

"一朵花？"内拉问。

"就夹在两页纸之间。纸上写了这些。"

赛欧娜俯下身去念道："一缕甘尼玛的发丝和她带给我的一枚星形花。"

赛欧娜抬头望着内拉说道："看来咱们神帝还挺多愁善感的。这个弱点我倒是没想到。"

"甘尼玛？"内拉问。

"他妹妹！别忘了《口述史》。"

"哦……哦，对，'甘尼玛祷文'。"

"好，听这个。"赛欧娜拿起另一张纸，读出声来。

> 沙滩苍白如亡者的面颊，
> 碧浪倒映着云之涟漪。
> 我站在黑暗潮湿的边缘。
> 冰冷的水沫洗净足尖。
> 我闻到浮木的烟味。

赛欧娜又抬眼看内拉。"这些文字归在'闻及甘尼[1]死讯而作'的标题下。你怎么看?"

"他……他爱他的妹妹。"

"是的!他能爱。哦,没错!可让我们逮着了。"

---

[1] 甘尼玛的昵称。

有时我会沉迷于探险，那种唯我独享的探险。我沿着记忆之轴向内跋涉。如学童记述假日旅行，我也会确定一个叙述主体。就定为……知识女性吧！我回游到祖先的海洋中。我是深海里一条有翼巨鱼，张开意识的大口肆意捕捞！有时……有时我会捕获某个载入史册的人物。在让此人重生的同时，我还要讥笑其传记中一定少不了的学院式浮夸之辞，何其乐哉！

——《失窃的日记》

　　莫尼奥带着沉重而又无奈的心情下到地宫。眼前的责任无法逃避。神帝需要一小段时间来哀悼又一个邓肯……可生活还得继续……继续……继续……

　　电梯悄无声息地向下滑去，带着伊克斯设备特有的高可靠性。一次，只有那么一次，神帝冲着他的总管大声喊道："莫尼奥！有时候我觉得你是伊克斯人造出来的！"

　　莫尼奥感觉电梯已停。梯门打开，他的目光穿过地宫，看到御辇上那个朦朦胧胧的巨大身形。看不出雷托已经注意到他来了。莫尼奥叹了口气，向这个回音阵阵的阴暗空间走去，开始了这段漫长的步行。御辇近旁躺着一具尸体。这种感觉不能说似曾相识。只是一个熟悉的场景而已。

莫尼奥刚上任那会儿，雷托曾说："你不喜欢这个地方，莫尼奥。我看得出来。"

"是的，陛下。"

莫尼奥略略翻搅一下记忆，听见了自己在不成熟的岁月里发出的声音。接着是神帝的声音：

"陵墓让你不自在，莫尼奥。而我认为这里是无穷的力量之源。"

莫尼奥想起自己当时急着要跳过这个话题。"是的，陛下。"

雷托却不想就此结束："我只有几个先辈供奉在这儿。穆阿迪布的水在这里。甘尼和哈克·艾尔-艾达当然也在这里，不过他们不是我的祖先。不，如果说我的祖先真有陵墓，那就是我。这里主要安置邓肯们和我的育种计划的产物。有朝一日也是你的归宿。"

莫尼奥发现回忆让自己放慢了脚步。他叹口气，稍稍加快速度。雷托有时会很暴躁，但现在仍然没有动静。莫尼奥并未想当然地以为雷托还不知道他在走近。

雷托合眼躺着，用其他感官测量着莫尼奥在地宫的行走距离。雷托满脑子想的都是赛欧娜。

赛欧娜一心跟我作对，他想。这一点用不着内拉的密报来证实。赛欧娜是个敢于行动的女人。她发散的旺盛生命力让我深深体会到幻想的乐趣。只要一想到这些蓬勃的生命力，我就心醉神迷。这是我活下去的动力，也让我的一切作为有了正当理由……甚至可以解释为什么这个蠢邓肯横尸在我面前。

雷托凭听觉判断，莫尼奥离御辇还有一大半路要走。他的脚步越来越慢，随后又加快了步伐。

莫尼奥把女儿献给我，这份礼物是多么珍贵啊，雷托想。赛欧娜朝气四溢，不可多得。她是新生一代，而我却集陈旧腐朽之大成，是十恶不赦之徒、流离失所之辈的收容所。我截留一切已湮灭的过往，成了历史碎片的收集者。从未有人想象过，乌合之众能聚凑成如此庞大的规模。

雷托招摇地走过藏在心中的陈年旧岁，让这帮人好好看看地宫里发生的事。

这些细枝末节全都归我所有。

赛欧娜，可是……赛欧娜就像一块白板，也许能往上书写伟大的历史。

我无微不至地守护着这块白板。我还在完善它，需要时时擦洗。

邓肯喊她的名字是什么意思？

莫尼奥离御辇越来越近，有点犹豫，但无比清醒。雷托当然没睡着。

莫尼奥在尸体不远处止住脚步，雷托睁开眼朝下望去。这时，雷托发现总管是个很有趣的观察对象。莫尼奥穿着一件厄崔迪白制服，不戴徽记，这是一个暗示：他的脸几乎和雷托的一样有名，那就是他需要的徽记。莫尼奥耐心等待着。他五官扁平，面无表情。浓密的沙色头发仔细梳成中分。从那对灰眼睛深处流露出一股率直的神情，显示其人对自己力量之强大心中有数。这副眼神只在面见神帝时会有所变化，有时甚至连神帝也不能使其收敛——他瞥了瞥地板上那具死尸，用的就是这种眼神。

雷托依然默不作声，莫尼奥清了清嗓子，说："我很难过，陛下。"

真得体！雷托想。他知道我对邓肯们的死真心感到惋惜。莫尼奥看过他们的档案，也见证过太多次他们的死亡。他知道只有十九个邓肯属于通常意义上的自然死亡。

"他带了一把伊克斯激光枪。"雷托说。

莫尼奥的目光直接转向其左侧地板上的那把枪，说明他刚才已经看见了。他把视线转回雷托，从头至尾打量这具庞大的躯体。

"您受伤了吗，陛下？"

"不碍事。"

"可他伤着您了。"

"那些鳍足对我没用。两百年内就会完全消失。"

"我会亲自处理邓肯的尸体，陛下。"莫尼奥说，"有没有……"

"我身上有一小块被他烧成了灰。我们不能留下痕迹。这个地方最适合处理灰烬。"

"遵命，陛下。"

"处理尸体前，先解除激光枪的功能，好好收着，我要让伊克斯大使看看。至于那个警告我们的宇航公会代表，私下赏他十克香料。哦——还要提醒我们驻杰第主星的女祭司，那里藏有一批美琅脂库存，可能是以前哈克南人非法囤积的。"

"如果找到这批货，您打算怎么处理，陛下？"

"拨出一点给特莱拉人作为新死灵的酬金。其余收入地宫库房。"

"陛下。"莫尼奥点头领命，这个动作的幅度小于鞠躬。他的目光与雷托形成对视。

雷托微微一笑。他想：我们俩都知道，不开诚布公谈谈我们最关心的那件事，莫尼奥是不会离开的。

"我看过关于赛欧娜的报告了。"莫尼奥说。

雷托的笑意更浓了。这种时候莫尼奥真是令人愉快。他的话意味深长，包含许多无须言明的内容。他言行一致，以彼此心照不宣的方式传达这样的信息：毫无疑问一切尽在他的监视之下。现在，他自然要关心一下女儿，但他希望澄清他对神帝的关切始终摆在第一位。莫尼奥自己的成长之路有过相似的经历，因此他很清楚赛欧娜目前实为命悬一线。

"她不是我创造出来的吗，莫尼奥？"雷托问道，"她的血统和养育条件不是由我控制的吗？"

"她是我的独女，唯一的孩子，陛下。"

"在某些方面她让我想起哈克·艾尔-艾达。"雷托说，"她身上好像没多少甘尼的影子，这一点说不通。也许她返祖返到姐妹会的育种计划里去了。"

"您为什么说这个，陛下？"

雷托陷入了沉思。有必要让莫尼奥知道他女儿的特殊情况吗？赛欧娜有时会从预知幻象中消失。金色通道还在，但赛欧娜不见了。然而……她并没有预知能力。她是个独一无二的现象……倘若她能幸存下来……雷托决定不拿多余的信息去影响莫尼奥的办事效率。

"别忘了你自己的过去。"雷托说。

"的确如此，陛下！她潜力很大，比我那时要大得多。可这也使她成了个危险分子。"

"她不会听你的。"雷托说。

"是的，但我在叛党中间安插了一个卧底。"

*就是托普利，*雷托想。

无须动用预知力就能知道莫尼奥一定会安插卧底。自从赛欧娜的母亲去世，雷托对莫尼奥的行事方式摸得越来越准了。内拉已对托普利有所怀疑。现在，莫尼奥坦承了自己的忧虑及所采取的行动，以期换取女儿的平安。

　　多遗憾哪，他和那个女人只生了这么一个孩子。

　　"想一想在类似的情况下我是怎么对待你的。"雷托说，"你和我一样清楚金色通道需要什么。"

　　"可我那时候既年轻又愚蠢，陛下。"

　　"年轻而鲁莽，但绝不愚蠢。"

　　听到这句评价，莫尼奥干巴巴地笑了一下，他越来越相信自己已经猜到雷托的真实意图了。可是，危机重重！

　　雷托的话进一步坚定他的想法："你知道我是多么喜欢意外。"

　　没错，雷托想，莫尼奥是知道的。赛欧娜在带给我意外的同时，也在提醒我什么是最可怕的——可能会毁掉金色通道的重复与无聊。看看吧，无聊是如何让我险些为邓肯所害的！通过赛欧娜这个参照物，我看到了自己心底的恐惧。莫尼奥对我的担心不无道理。

　　"我的卧底会继续监视她新加入的同伙，陛下。"莫尼奥说，"我不喜欢这帮人。"

　　"她的同伙？很久以前我自己也有这样的同伙。"

　　"叛党，陛下？您？"莫尼奥真心感到意外了。

　　"看不出我曾经是叛党的盟友吗？"

　　"可是陛下……"

　　"过去我们走错路的次数也许超出你的想象！"

　　"是，陛下。"莫尼奥发窘之余还是感到好奇。他知道邓肯死后神帝有时会变得唠叨。"您一定目睹过很多叛乱，陛下。"

这些话让雷托不知不觉陷入了回忆。

"啊，莫尼奥，"他咕哝着说，"我在祖先的迷宫里转来转去，脑子里有数不清的地方、数不清的事情我再也不想见到第二次。"

"我能想象您的内心之旅，陛下。"

"不，你想象不了。我见过的人和星球实在太多，即使在想象中也失去了意义。哦，我走过的那些地形。想想那些异星的道路，从太空望去像花体字一样印在了我心里。还有那些饱受侵蚀的峡谷、峭壁、星系，都让我深刻地认识到自己不过是一粒微尘。"

"不，陛下。您绝对不是。"

"比微尘还不如！那些人，他们那些毫无用处的社会，一遍又一遍地在我眼前闪过，他们那些胡说八道让我厌烦透顶，你听见了吗？"

"我不想惹陛下生气。"莫尼奥温顺地说。

"你没惹我生气。有时你会刺激我，顶多就这样。你无法想象我都看到了什么——哈里发、马吉德[1]、拉卡[2]、王公、霸撒、国王、皇帝、首脑[3]、总统——我都见过。那些封建领主，有一个算一个，全都是小法老。"

"请原谅，我想当然了，陛下。"

"该死的罗马人！"雷托喊道。

他在跟心里的祖先说话："该死的罗马人！"

他们的笑声把他撵出了内心的角斗场。

"我不明白，陛下。"莫尼奥大胆问道。

---

[1] 原文为mjeed，作者虚构的头衔，常见于阿拉伯姓名，有荣耀之意。

[2] 原文为rakah，作者虚构的头衔，可能源于raka（古爪哇一种统治者头衔）。

[3] 原文为primito，作者虚构的头衔，可能源于premier（有总理、首相等意）。

"是的，你不明白。罗马人传播法老病，就像种地的农民播撒下一季粮食的种子——恺撒[1]、神圣罗马皇帝、沙皇、英白拉多[2]、卡斯里……帕拉多……该死的法老们！"

"对这些称号我所知有限，陛下。"

"我也许是这一大串的最末一个，莫尼奥。为此祈祷吧。"

"谨遵圣命。"

雷托向下注视着这个人。"我们是神话终结者，你和我，莫尼奥。这是我们共同的梦想。我站在奥林匹斯神的高度向你断言，政府是一个大众神话。如果神话死了，政府也就死了。"

"您教导过我，陛下。"

"是人肉机器，也就是军队，制造了我们现在这个梦，我的朋友。"

莫尼奥干咳了一声。

雷托从这个小动作看出总管不耐烦了。

莫尼奥了解军队。他明白把军队当作主要统治工具无异于相信痴人说梦。

雷托一直没开口。莫尼奥走了几步，把激光枪从地宫冰冷的地板上捡起来，开始动手解除其功能。

雷托望着他，心想，这个小小的场景不正蕴含着军队神话的精华吗？军队催生技术，因为在短视者眼里机器的力量太强大了。

---

[1] 此处"恺撒"非特指其人，而是指其死后由罗马及欧洲帝王沿用的头衔。本句后面的"卡斯里"（caseri）仅与"恺撒"（Caesar）或"神圣罗马皇帝"（kaiser）音近，系雷托随口编造或作者虚构的头衔。

[2] 原文"imperator"，又译为凯旋将军、大元帅、统帅等，起源于古罗马的一种头衔，后变为罗马皇帝之名衔的一部分，渐渐成为"皇帝"的同义词。本句后面的"帕拉多"（palato）仅与该词音近，系雷托随口编造或作者虚构的头衔。

那把激光枪不过是一件机器。一切机器终将过时或遭到淘汰。然而军队依然把这类东西奉若神明——既出于痴迷也源于恐惧。看看大家有多怕伊克斯人吧！军队深知自己是"巫师之徒[1]"。它释放技术，却再也不能把魔法塞回瓶子里。

我教给他们另一种魔法。

雷托对心里的一干人众说道：

"看见没有？莫尼奥解除了那件致命器械的功能。这儿切断连接，那儿压碎个小囊。"

雷托吸了吸鼻子。他闻到防锈油里酯类成分的气味，比莫尼奥的汗味更浓烈。

雷托继续对心里说："但魔鬼并没有死。技术导致无政府状态。这类工具将被随意散布，从而诱发暴力。那些有能力培养和驱使野蛮破坏力量的集团，其人数不可避免地会越来越少，最终完全集中于一人之手。"

莫尼奥回到雷托下方，右手轻松地握着那把已失灵的激光枪。"帕雷拉星和丹恩的行星正在议论针对这些东西再打一场圣战。"

莫尼奥举起激光枪微微一笑，表明他知道这类空洞梦想所隐含的悖论。

雷托闭上眼睛。心里的一干人众本想争论一番，但全被他屏蔽了。他想：圣战制造军队。芭特勒圣战的目标是取缔宇宙中模仿人类思维的机器。芭特勒信徒在其所到之处留下军队，而伊克斯人仍在制造可疑的设备……为此我要感谢他们。什么叫清理教门？动机就是破坏，任何工具都可以用。

---

[1] 指施行魔法却又无法加以控制的人。

“这事发生过。”他咕哝道。

“陛下？”

雷托睁开眼。“我要去塔楼，”他说，“得花点时间哀悼我的邓肯。”

“新邓肯已经上路了。”莫尼奥说。

这是我记载的至少有四千年跨度的编年史，在此提请第一位接触者注意。你虽然是我伊克斯仓库所藏之启示录的首位读者，但勿以此为荣。你将发现其中饱含痛苦。我从来不愿去窥探那四千年之后的事，仅有的几次瞥视实属必要，只是为了确认金色通道是否在继续延伸。因此，我不确定这些日记所载之事件对你所处的时代有何意义。我只知道这些日记已遭湮没，无疑，其所载事件长期被歪曲的历史所掩盖。我可以明确告诉你，预见未来的能力会让人变得无聊。即使如我这般被人奉若神明，也会变得极度无聊。我不止一次想过，与神圣并存的无聊是足以滋生自由意志的绝佳理由。

　　　　　　　　　　　　　　　　　　——达累斯巴拉特仓库铭文

我是邓肯·艾达荷。

　　他想搞清楚的事几乎只有这一件。他不喜欢特莱拉人的解释，他们的说辞。另外，特莱拉人总是让人害怕。既信不过，又害怕。

　　他们是用一艘宇航公会小型班机将他载到这颗星球的。日冕发出的绿色微光沿地平线划出一条晨昏线，班机降落时进入阴影区。这座太空船着陆场跟他记忆中的那些一点也不像。这一座更大，四周环绕着古怪的建筑。

"你们确定这是沙丘星？"他问。

"厄拉科斯星。"陪同他的特莱拉人纠正道。

他们驾着密封地行车火速将他送到了一栋建筑物。他们管这座城市叫"奥恩"，"恩"字听上去带着奇怪的鼻音升调。他们把他留在一间长宽高均约三米的屋子里，看不见球形灯，但充满暖融融的黄光。

我是死灵，他对自己说。

这件事让他震惊，可又不得不信。明知道自己已经死了，却发现还活着，这就是铁证。特莱拉人从他的尸体提取细胞，在某个再生箱里培养出胚芽。在胚芽成长为躯体的初期阶段，他感觉身体里存在一个"异己"。

他低头看看，自己穿着一身刺激皮肤的深棕色粗布衣裤，脚蹬一双凉鞋。除了一具身体，这些就是他们给予的一切了，特莱拉人之吝啬可见一斑。

屋里没有家具。他们让他从唯一一扇门进来，门内侧没装把手。他抬头望望天花板，又转头看看墙壁和门。尽管这个地方空无一物，但他还是觉得自己正受着监视。

"帝国卫队的女兵会接待你的。"说完他们彼此间诡异一笑，离开了。

帝国卫队的女兵？

陪同他来的特莱拉人变态般地爱展示自己的易容能力。他永远不知道下一分钟他们那极富可塑性的肉体会变出什么新花样来。

可恶的变脸者！

他们了解关于他的一切，当然知道他有多么反感易容者。

他能相信变脸者什么？基本没有。他们说过值得一信的话吗？

我的名字。我知道我的名字。

他有自己的记忆。他们把身份意识回灌给了他。死灵本身应该是没有能力恢复原始身份意识的。特莱拉人帮他完成了这一步，他只能接受，因为他了解这套运作流程。

他知道，最初得到的是一具完全成形的成人死灵，只有肉体而没有姓名和记忆——一张擦净原有内容的羊皮纸，特莱拉人几乎想往上写什么就能写什么。

"你是死灵。"他们说。很长一段时间这是他唯一的名字。他们把他当成可任意调教的婴孩，在训练中要他去杀某个人，此人酷似他侍奉并爱戴的保罗·穆阿迪布，艾达荷现在怀疑那也是一具死灵。倘若果真如此，他们是怎么得到原型细胞的呢？

艾达荷细胞里的某些东西对杀死一个厄崔迪人非常抗拒。他发现自己一手握刀站着，面前被绑住的假保罗正瞪着他，眼神里交织着愤怒与恐惧。

当时记忆一下子涌入了他的意识。现在他还记得死灵这回事，也记得邓肯·艾达荷。

我是邓肯·艾达荷，厄崔迪家族的剑术大师。

他站在这间充溢着黄光的屋子里，紧紧抓住这个记忆。

在沙丘星沙漠下面的穴地里，我为了保护保罗和他母亲而死。我已经回到了这颗星球，但沙丘星已不复存在。而今只有厄拉科斯星。

他读过特莱拉人提供的简史，但不相信。三千五百多年？谁会相信经过这么长时间他的肉体还能存在？除非……有特莱拉人插手。他又不得不相信自己的感觉。

"以前有过很多个你。"他的教官曾说。

"有过多少？"

"雷托皇帝会提供这方面信息的。"

雷托皇帝？

特莱拉人的历史书上说这位雷托皇帝是雷托二世，亦即艾达荷忠心耿耿侍奉过的那位雷托的孙子。然而这位二世（如史书所言）已经变成了某样东西……这种变形过于离奇，艾达荷不指望自己能够理解。

一个人怎么会慢慢变成一条沙虫？任何有思维的生物又怎么可能活上三千多年？即便把香料的抗衰老功效放大到极限，也不可能维持这么长的寿命。

雷托二世，神帝？

特莱拉人的历史不可信！

艾达荷想起有一个奇怪的孩子——应该是双胞胎：雷托和甘尼玛，保罗的孩子，契尼的孩子，这对子女让她难产而死。据特莱拉人的历史记载，甘尼玛的寿命相对正常，而雷托神帝却一直活着活着活着……

"他是个暴君。"艾达荷的教官是这么说的，"他命令我们用再生箱把你造出来，为他效命。我们不知道你的前任发生了什么。"

所以我就来了。

艾达荷再次环视了一下空空荡荡的四壁和天花板。

有微弱的说话声侵入了他的意识。他朝门口望去。声音停下了，至少有一个人听上去是女的。

帝国卫队的女兵？

房门朝里打开，合页没发出一丝声音。进来了两名女子。他最先注意到其中一人戴着面罩，那是一个无形无状的锡巴斯头兜，因吸光而呈纯黑色。他知道，这个女人能透过头兜清晰地看见自己，但她的相貌绝不会暴露一丁点儿，即使借助最精密的透视仪器也无济于事。

这个头兜说明伊克斯人或他们的后继者还在帝国活动。两名女子都穿着一件深蓝色的连身军服，左胸佩戴缀有红流苏的厄崔迪鹰徽。

两人关上门，面朝艾达荷。艾达荷观察着她俩。

蒙面女的身材敦实而强壮，举手投足间带有狂热尚武之人表面上那副小心谨慎的模样。另一名女子优雅而苗条，一对杏眼，脸部线条分明、骨架凸出。艾达荷觉得在哪儿见过她，却又想不起来。两人胯部别着刀鞘，鞘内插有针型刀。应该都是擅使这种兵器的高手，这是艾达荷从她俩的动作上得到的印象。

苗条的那个先开口了。

"我叫露莉。请允许我第一个称呼您司令。我的战友不能透露名字，这是雷托皇帝的命令。您可以叫她'朋友'。"

"司令？"他问。

"这是圣上的旨意，由您领导皇家卫队。"露莉说。

"就这样？让我们去跟他谈谈。"

"哦，不！"露莉明显吓了一跳，"在适当的时候圣上会召见您的。眼下，圣上希望您在我们的安排下能感到舒适和愉快。"

"我必须服从吗？"

露莉没答话，光是不解地摇了摇头。

"我是奴隶吗？"

露莉松了口气，露出笑容。"绝对不是。只是圣上目前要务缠身，要挤出时间来才能接见您。圣上派我们来是因为他关心他的邓肯·艾达荷。您在肮脏的特莱拉人手里已经有很长时间了。"

肮脏的特莱拉人，艾达荷思索了一下。

至少这一点没有变。

他受到圣上的关心，不过露莉的解释提到了一个不寻常的指称。

"他的邓肯·艾达荷？"

"难道您不是一位厄崔迪勇士吗？"露莉反问。

她击中了他的要害。艾达荷点点头，随后偏了偏脸瞧向那个神秘的蒙面女。

"你为什么蒙面？"

"我必须秘密侍奉雷托皇帝。"她说。是悦耳的女低音，但艾达荷怀疑这副嗓音也经过了锡巴斯头兜的处理。

"那你来这儿干吗？"

"圣上派我来查看肮脏的特莱拉人是否对您动过手脚。"

艾达荷突然觉得嗓子发干，费劲地咽了咽唾沫。在宇航公会班机上他几次冒出这个疑虑：假如特莱拉人能训练死灵去谋杀一位挚友，那他们还会在这具再生肉体的脑子里植入其他什么东西呢？

"看得出您也想到过这一点。"蒙面女说。

"你是门泰特吗？"艾达荷问。

"哦，不！"露莉插进来，"圣上不允许训练门泰特。"

艾达荷瞟了瞟露莉，又转向蒙面女。不允许有门泰特。特莱拉人的历史没提到这个有趣的事实。雷托为什么取缔门泰特？将人脑训练成超级计算机显然是有用武之地的。特莱拉人向他断言大联合协定依然有效，计算机仍是违禁品。当然，她俩应该知道厄崔迪家族自己也曾雇用过门泰特。

"您怎么认为？"蒙面女问道，"肮脏的特莱拉人对您的脑子动过手脚吗？"

"我想……没有。"

"但您也不太肯定？"

"是的。"

"别担心，艾达荷司令。"她说，"我们有办法核实，万一有问题，也有办法解决。肮脏的特莱拉人只试过一次，他们也为那次犯错付出了高昂的代价。"

"那我就放心了。雷托皇帝对我可有指示？"

露莉朗声说道："圣上让我们明确转告您，他一如既往地敬爱您，正如厄崔迪人一直敬爱您那样。"显然，这句话让她自己充满了敬畏。

艾达荷稍感放松。作为一名厄崔迪家族培养的优秀老兵，他在此番会面中很快掌握了若干情况。这两人都受过严格调教，已经达到盲从的程度。如果锡巴斯头兜足以掩盖蒙面女的个人特征，那说明体格与其相仿的人比比皆是。这一切暗示着雷托身边危机四伏，依然缺不了密探这一见不得光的老行当以及挖空心思设计出来的武器装备。

露莉瞧瞧她的战友。"你看呢，'朋友'？"

"可以把他带到帝堡去。"蒙面女说，"这儿不好，一直有特莱拉人。"

"最好洗个热水澡，再换身衣服。"艾达荷说。

露莉还盯着"朋友"。"你确定？"

"圣上的英明不容置疑。"蒙面女答道。

艾达荷不喜欢"朋友"的话音里透出来的狂热，不过她也流露出厄崔迪人特有的刚直，这又让艾达荷感到心安。对外人和敌人他们或许会显得愤世而残酷，但对自己人他们既公正又忠诚。最重要的是，厄崔迪人忠于自己。

而我是他们中的一员，艾达荷想。*可是前任的那个我发生了什么？他可以肯定面前两位不会回答这个问题。*

但雷托会。

"我们可以走了吗？"他问，"肮脏的特莱拉人留在我身上的臭味得赶紧洗掉。"

　　露莉朝他露齿一笑。

　　"来，我会亲自服侍您洗浴。"

敌人让你强大。

盟友使你衰弱。

我这样说是为了帮助你理解：为何明知帝国内正纠集起一股唯以摧毁我为目标的强大力量，而我却一味姑息。读了这些文字你也许能充分了解这段历史，但我怀疑你是否理解其真谛。

——《失窃的日记》

赛欧娜觉得，作为义军例会开场白的"展示"仪式长得没完没了。她坐在前排四下里张望，独独不瞧托普利一眼。托普利离她只有几步远，正在主持仪式。这个房间位于奥恩城的工程地道内，他们头一回用，不过跟以前的会议室差别不大，完全可以用作例行集会场所。

义军会议室——B级，她默念。

这个房间名义上的正式用途是储藏室，固定式球形灯除了呆板而耀眼的白光，无法调成其他颜色。屋子长三十步许，宽度略小。要到这里，必须先穿过一连串相似房间构成的迷宫；其中有一间堆放着折叠硬椅，以方便住小宿舍的工程人员取用。现在，赛欧娜四周有十九个战友就坐在这些椅子上，还有几把空椅子是为迟来者预留的。

会议时间定在夜班与早班交接前后，与会人员在这一时段出入工程地道不太会引人注意。大部分义军成员假扮成能源工人——身穿灰色的一次性薄衫裤。赛欧娜等少数几人穿着设备巡检员的绿色制服。

　　屋子里，托普利单调的声音始终没有间断。主持仪式时他一点也不高八度。事实上，赛欧娜不得不承认他相当精于此道，尤其擅长欢迎新成员。自从内拉坦承她不信任此人，赛欧娜看托普利的眼光就变了。内拉会说出毫不伪饰的无忌之言。在那次冲突之后，赛欧娜对托普利也有了进一步了解。

　　赛欧娜最终还是扭头望向这个人。银色的冷光未能掩盖托普利苍白的肤色。他在仪式中展示一把仿制晶牙匕，是向保留地弗雷曼人私购的违禁品。一见托普利手里这把匕首，赛欧娜就回想起那次交易。点子是托普利出的，而她当时认为这主意不错。两人在黄昏时分出了奥恩城，托普利带她来到市郊的一间破房子，也就是约定的交易地点。他们一直等到晚上，因为保留地弗雷曼人只能趁着夜色的掩护外出活动。若无神帝的特许，弗雷曼人是不可擅离穴地区的。

　　就在她打算放弃的时候，那个弗雷曼人从暗夜里闪了进来，有个同伴留在后面守门。陋室里一面潮湿的墙壁底下搁着一条粗糙的长凳，托普利和赛欧娜就坐在上面。斑驳剥落的泥墙上钉有一根棍子，上面插着一支昏黄的火把，这是屋里唯一的光源。

　　弗雷曼人张口第一句话就让赛欧娜心生疑虑。

　　"你们带钱了吗？"

　　他进门时托普利和赛欧娜都站了起来。托普利似乎并不介意这个问题。他拍了拍长袍底下的钱袋，丁零当啷的。

　　"钱就在这儿。"

　　这个弗雷曼人身形消瘦，四肢僵硬，佝偻着背，披着仿制的老式弗雷曼长袍，里面是一件闪闪发亮的衣服，可能是他们自制的蒸馏服。他的兜帽向前伸出，藏起了面孔。火把投下的阴影在他脸上不停舞动。

他看看托普利，又瞧瞧赛欧娜，从长袍底下取出一件用布裹着的东西。

"按原样仿造，只不过是塑料的，"他说，"切不动黄油块。"

他从裹布里抽出一把匕首，举起来。

赛欧娜只在博物馆里见过晶牙匕，此外就是在家庭档案室收藏的古代珍稀录像中看到过它的影像，现在她发现自己意外地被这件仿制品吸引住了。她觉得脑海里有某些隔世记忆被唤醒了——恍然间，这个举着塑料刀的可怜的保留地弗雷曼人仿佛就是昔日真正的弗雷曼人，其手握之物也蓦地变成一把银刃晶牙匕，在昏黄的阴影中微微闪光。

"我保证用于仿造的原件是货真价实的晶牙匕。"弗雷曼人说。他把声音压得低低的，没有抑扬顿挫的语调中带着威胁的意味。

赛欧娜听出来了，他的恶意是通过一系列柔和的元音流露出来的，她一下子警觉起来。

"要是告密的话，我们会把你像虱子一样揪出来。"她说。

托普利惊愕地瞥了她一眼。

弗雷曼人似乎整个皱缩了起来。手里的匕首颤抖着，但他的短手指仍向内蜷曲握着刀把，好像扼在谁的喉咙上。

"告密，小姐？哦，不。我们只是觉得这件仿制品要价太低了。虽说做工差点，可是做也好卖也好，我们都要冒极大的风险。"

赛欧娜瞪着他，想起《口述史》里一句弗雷曼老话："一旦你有了一颗生意人的心，买卖就会占据你的全部生活。"

"你要多少？"她问。

他报了个数字，比原先开的价翻了一倍。

托普利倒吸一口气。

赛欧娜看看托普利。"你有那么多吗？"

"差一些，但我们谈好是……"

"把你带来的都给他，全部。"赛欧娜说。

"全部？"

"我不是说了吗？钱袋里每一个子儿都给他。"她把脸转向弗雷曼人，"你收下这些钱。"这不是一句问话，老人听得很明白。他用布裹好匕首，递给她。

托普利嘟嘟囔囔地交出钱袋。

赛欧娜对弗雷曼人正色道："我们知道你的名字。你叫泰沙，在托诺村给加伦当助手。你有一颗做生意的头脑，这让我震惊，看看弗雷曼人都成什么样了。"

"小姐，我们都要生活。"他抗议道。

"你连活着都算不上。"她说，"出去！"

泰沙贴胸抓着钱袋，转身匆匆离去。

看着托普利在例会仪式上挥舞着这把仿制晶牙匕，赛欧娜心里又翻腾起了那一晚的场景。*我们并不比泰沙强*，她想。*仿制品还不如没有*。仪式行将结束时，托普利将那把可笑的匕首挥过了头顶。

赛欧娜不再看他，把脸转向左侧注视着坐在另一头的内拉。内拉这边看看，那边瞧瞧。她特别留心后排那些新招募的骨干分子。内拉不是一个轻信之人。随着一阵轻微的空气流动，飘来一股润滑油气味，赛欧娜皱了皱鼻子。奥恩城地下深处总是飘散着一股危险的机械味儿！她闻了一下。还有这间屋子！她不喜欢这个集会地。这个地方适合做成陷阱。卫兵可以先封锁室外走廊，再派全副武装人员进来搜查。他们的义举随随便便就能在这儿画上句号。让赛欧娜倍感不安的是，这个房间还是由托普利选定的。

乌洛特犯下的极少数错误之一，她想。正是可怜的乌洛特生前批准托普利加入义军的。

"托普利是市政服务部门的小职员。"乌洛特那时解释说，"要找地方开会或存放武器，他渠道很多。"

托普利的仪式已接近尾声。他把匕首收进一个华丽的盒子，再将盒子放在脚边的地板上。

"我以我的面孔起誓。"他说着将一边侧脸转向在座者，随后再换另一边，"这就是我的面孔，无论在哪儿你们都能认出我，并清楚我是你们中的一分子。"

愚蠢的仪式，赛欧娜心想。

但她不敢打破成规。这时托普利从口袋里掏出一只黑面罩戴在头上。赛欧娜也拿出自己的戴上。在座的全都照此行事，屋里一阵骚动。大部分人事先接到过通知，说托普利请到了一位特别来客。赛欧娜将面罩的系绳紧绑在后颈。她迫不及待地要会会此人。

托普利走向唯一一扇房门。所有人都起身把椅子折好集中靠在门对面的墙上，屋里响起一片噼里啪啦的声音。托普利见赛欧娜打了个手势，便敲了三下门，停顿两拍，再敲四下。

房门打开，一个穿着深棕色官员背心制服的高个男人闪了进来。他没戴面罩，所有人都能看清他的面孔——那是一张神色倨傲的瘦脸，窄嘴，瘦尖鼻，一对深棕色眼睛凹陷在浓眉下方。屋子里大多数人都认得这张脸。

"朋友们，"托普利说，"这位是艾约·科巴特，伊克斯大使。"

"前大使。"科巴特纠正道。他嗓音粗哑且非常克制。他找了个地方背墙而立，朝着一屋子蒙面人说："今天神帝已下令将我驱逐出厄拉科斯。"

"为什么？"

赛欧娜不顾礼节脱口就问。

科巴特猛一转头，旋即将目光聚焦在她戴面罩的脸上。"有人企图行刺神帝。神帝追查凶器，查到了我头上。"

赛欧娜的战友们在她与前大使之间闪出一块空地，说明她在人群中颇有威信。

"那他为什么没有杀你？"她问。

"我认为他是想表明我这个人不值一杀。另外，他还要利用我给伊克斯带信儿。"

"什么信儿？"赛欧娜穿过面前的空地，停在距科巴特一两步的地方。科巴特打量着她的身体，她能感觉到他本能的男性欲望。

"你是莫尼奥的女儿。"他说。

无声的紧张气氛在整个屋子弥漫开来。为什么他要挑明自己认出了她？这里他还认出了谁？科巴特看上去不傻。为什么要这样干？

"奥恩城里没人不熟悉你的体型、嗓音和举止。"他说，"你戴面罩很可笑。"

她从头上扯下面罩，笑着说："我同意。现在回答我的问题。"

她听到内拉跨前几步贴近自己左侧，内拉挑选的两名助手也跟了上来。

赛欧娜看出科巴特突然意识到一个问题——倘若没有给出令她满意的回答，他将性命难保。他的声音并未失去那种自制，只是放缓了语速，而且更加字斟句酌。

"神帝对我说，他知道伊克斯和宇航公会之间有一纸协议。我们正在研制一种机械放大器……用来增强宇航公会的领航能力，而目前这种能力只能靠香料来维持。"

"在这间屋子里我们叫他虫子。"赛欧娜说，"你们那种伊克斯机器能干什么？"

"你知道公会领航员需要香料才能看见安全航线吗？"

"你们要用机器来取代领航员？"

"一种可能。"

"关于这机器你要给自己人带什么信儿？"

"我要告诉他们，项目可以继续，但必须每天向他递交进度报告。"

她摇摇头。"他不需要这种报告！这是一条愚蠢的口信。"

科巴特咽了咽唾沫，不再掩饰紧张。

"宇航公会和姐妹会对我们的项目很感兴趣。"他说，"他们都有份儿。"

赛欧娜点了一下头。"而且他们的入伙费是向伊克斯人提供香料。"

科巴特怒视着她。"这个项目耗资巨大，我们需要香料来做领航员比对试验。"

"这是谎言和欺诈。"她说，"你们的设备永远不会成功，虫子清楚。"

"你怎么敢怀疑我们……"

"住口！我刚说的话才是你应该带的信儿。虫子要让你们伊克斯人继续欺骗宇航公会和贝尼·杰瑟里特。他觉得开心。"

"机器能成功！"科巴特不依不饶。

她光是笑了笑。"是谁要杀虫子?"

"邓肯·艾达荷。"

内拉倒抽一口凉气。其他人有的皱眉,有的屏息,纷纷露出吃惊的神色。

"艾达荷死了?"赛欧娜问。

"我猜是的,但神……嗯,虫子拒绝证实。"

"你凭什么猜他死了?"

"特莱拉人又送了一个艾达荷死灵过来。"

"我明白了。"

赛欧娜转身朝内拉做了个手势。内拉走到房间一头取了个扁扁的包裹回来,外面是一层集市店主用来包小商品的粉色纸。内拉把包裹交给赛欧娜。

"这就是让我们保守秘密的价码,"赛欧娜说着将包裹递向科巴特,"也是我允许托普利今晚带你过来的原因。"

科巴特接过包裹,但仍盯着她的脸。

"保守秘密?"他问。

"我们承诺不会向宇航公会和姐妹会揭发你们的欺诈行为。"

"我们没有欺诈……"

"别犯蠢!"

科巴特干咽了一下。她的意图已经明确:不论是真是假,只要义军四处散布这种说法,到时候自然会有人信。用托普利的话来说,这是"常识"。

赛欧娜瞟了一眼科巴特身后的托普利。没有人是出于"常识"而加入义军的。托普利没意识到他的"常识"也许会出卖他吗?她把目光转回科巴特。

"包裹里是什么？"他问。

赛欧娜从他话音里听出，他其实已经知道答案了。

"是我打算送到伊克斯的东西，由你帮我带过去。这是我们从虫子堡垒里得来的两个卷册的副本。"

科巴特低头看着手里的包裹。显然他很想甩掉它，私会叛党使他陷入了意料之外的险境。他愠怒地瞪了托普利一眼，似乎在说："**为什么不早点提醒我？**"

"这……"他将视线移回赛欧娜，清了清嗓子，"这些……卷册里写了什么？"

"也许得由你们的人来回答。我们猜测是虫子的语录，但读不懂密文。"

"你凭什么认为我们……"

"这是你们伊克斯人的拿手好戏。"

"要是我们破译不了呢？"

她耸耸肩。"这个我们不会来怪你们。但是，如果你们将这些卷册用于其他目的，或者在成功破译之后没有如实汇报……"

"谁能肯定我们……"

"我们不会在一棵树上吊死。其他组织也会拿到副本。相信姐妹会和宇航公会都会毫不犹豫地着手破译。"

科巴特将包裹往腋下一塞，夹住。

"你凭什么认为神……虫子对你的计划……甚至这个会议都不知情？"

"我认为诸如此类的许多事情他都知情，或许他还知道是谁拿了这些卷册。我父亲相信他具备真正的预知能力。"

"你父亲相信《口述史》！"

"这间屋子里人人都相信。在重大问题上《口述史》与《正史》并不冲突。"

"那虫子为什么没有对你采取行动？"

她指了指科巴特腋下的包裹。"也许答案就藏在这儿。"

"你们也好，这些密文也好，也许都对他构不成真正的危险！"科巴特没有掩饰自己的怒气。他不喜欢受人支使。

"可能吧。说说你为什么提到《口述史》。"

科巴特又一次听出了她语气中的威胁。

"《口述史》说虫子不具备人类的情感。"

"不是这个原因。"她说，"再给你一次机会。"

内拉朝科巴特逼近两步。

"来……来这儿之前，有人叫我重温一遍《口述史》，说你的人……"他耸了耸肩。

"说我们吟诵它？"

"是的。"

"谁告诉你的？"

科巴特咽了口唾沫，怯生生地扭头望了一眼托普利，再转向赛欧娜。

"托普利？"赛欧娜问。

"我认为这能帮助他了解我们。"托普利说。

"而且你把首领的名字也透露给他了。"赛欧娜说。

"这个他早就知道了！"托普利的声音又升到了高八度。

"他叫你重温《口述史》的具体哪些部分？"赛欧娜问。

"嗯……厄崔迪家系。"

"所以你自认为了解大伙加入义军的原因了。"

“他怎样对待厄崔迪家系中的每一个人，《口述史》都说得明明白白！”科巴特说。

“他先放给我们一小段绳子，再把我们吊上去？”赛欧娜问。她听上去似乎不为所动。

“他对你父亲就是这么干的。”科巴特说。

“他又在让我玩反叛游戏？”

“我只是个信使。”科巴特说，“你杀了我的话，谁帮你传信？”

“还有帮虫子传信。”赛欧娜说。

科巴特没搭腔。

“我认为你不理解《口述史》。”赛欧娜说，“我还认为你不是很了解虫子，也不懂他的口信。”

科巴特气得满面通红。“你凭哪一点不会走其他所有厄崔迪人的老路，去当唯命是从的……”科巴特突然刹住话头，意识到怒火已经让他口不择言了。

“变成虫子核心圈子的新成员，”赛欧娜说，“就像那些邓肯·艾达荷？”

她转过身看了看内拉。那两名助手——阿努克和陶，一下子警觉起来，但内拉依然不动声色。

赛欧娜冲内拉点了一下头。

阿努克和陶都是立誓奉令行动之人，二人上前几步堵住房门。内拉绕到托普利身边站定。

“怎……怎么了？”托普利问。

“我们希望前大使能坦诚相告一切重要事项。”赛欧娜说，“我们要听全部信息。”

托普利哆嗦起来。科巴特额头沁出冷汗。他瞥了瞥托普利，重又望向赛欧娜。那一瞥犹如撕下一层面纱，让赛欧娜窥清了这两个人的真实关系。

她莞尔一笑。这只不过确证了她已经掌握的情况。

科巴特现在一动不动。

"你可以开始了。"赛欧娜说。

"我……开始什么……"

"虫子要你带一条密信给你主子。我想听听。"

"他……他想加长御辇。"

"说明他预计自己还要长身体。其他呢？"

"我们要向他大批量供应利读联晶纸。"

"干什么用？"

"他对自己的要求从不解释。"

"这东西他好像是禁止别人使用的。"她说。

科巴特愤愤地说："他从来不禁止自己使用任何东西！"

"你们为他制作过违禁的玩意儿吗？"

"我不知道。"

他在撒谎，她想，但决定不去追究。在虫子的铠甲上又找到一条裂缝，这已经够了。

"你的继任是谁？"赛欧娜问。

"他们正要派马尔基的侄女来。"科巴特说，"你可能还记得他……"

"我们记得马尔基。"她说，"为什么让他侄女当新任大使？"

"我不知道。但这个任命是在神……虫子开掉我之前就定下来的。"

"她叫什么？"

"赫娃·诺里。"

"我们会培养赫娃·诺里的。"赛欧娜说，"而你不值得培养。这位赫娃·诺里也许有些与众不同。你什么时候回伊克斯？"

"过完节就走，坐宇航公会第一班船。"

"你跟你主子怎么说？"

"说什么？"

"我的口信！"

"他们会照你说的去做。"

"好。科巴特前大使，你可以走了。"

科巴特匆忙离去，差点撞上守门的助手。托普利想跟上，但内拉抓着他胳膊让他动弹不得。托普利畏畏缩缩地瞟了瞟内拉强壮的身躯，又看了看赛欧娜。赛欧娜等科巴特离开，门关上之后，才开口说话。

"虫子的口信不单单是传给伊克斯人的，也是给我们的。"她说，"这是虫子向我们下的战书，而且定好了战斗规则。"

托普利试图把胳膊从内拉手中挣脱出来。"你干吗……"

"托普利！"赛欧娜说，"我这儿也有条口信要你带一下。叫我父亲去报告虫子，就说我们应战了。"

内拉松开他的胳膊。托普利揉着她刚才抓的地方。"你肯定不会以为……"

"趁还来得及，快走，永远别回来。"赛欧娜说。

"你不会是怀疑……"

"我叫你走！你太没脑子，托普利。我大部分日子是在鱼言士学校度过的。我学过怎么辨认一个没脑子的人。"

"科巴特马上就要离开了。这并不妨碍……"

"他不但认识我，还知道我从帝堡偷了什么！可他没料到我会让他带包裹回伊克斯。我从你的行为看得出来，虫子希望我把那些卷册送到伊克斯去。"

托普利一步步从赛欧娜跟前退往门口。阿努克和陶让出路来，打开门。赛欧娜的声音在他身后响起。

"别狡辩是虫子把我和包裹的事透露给科巴特的！虫子不会发没脑子的信息。把我的话传给他！"

有人说我没有良知。他们是多么虚伪，甚至连自己都不敢坦然面对。我代表自古以来绝无仅有的良知。正如美酒会留下木桶的芳香，我也保留着远祖的朴质，那就是良知的种子。我的神圣即来源于此。我是神，因为唯有我一个人真正了解自己的传承！

——《失窃的日记》

伊克斯星诸裁判官于大王宫召见雷托皇帝宫廷大使候选人，双方的质询与答辩记录如下：

裁判官：你表示要向我们陈述雷托皇帝的行为动机。请讲。

赫娃·诺里：诸位的正式分析报告并不能解答我接下来要提出的问题。

裁判官：什么问题？

赫娃·诺里：我自问，是什么驱使雷托皇帝去接受这骇人听闻的变形和沙虫身躯，并听任人性丧失？诸位仅仅提到他是为了权力和长生。

裁判官：这些理由还不够吗？

赫娃·诺里：诸位也可扪心自问，是否有人愿意为了如此微不足道的回报而付出那样的代价？

裁判官：那么以你无可估量的智慧，请告诉我们为什么雷托皇帝甘愿变形为虫。

赫娃·诺里：这里有人怀疑他具备预知未来的能力吗？

裁判官：问得好！这还不足以回报他的变形吗？

赫娃·诺里：但他早已拥有了预知能力，正如之前他父亲那样。不！我认为他之所以孤注一掷选择这条路，是因为他已经预见到，只有作出这样的牺牲才能避免我们的未来发生某些事情。

裁判官：只有他预见到了什么特别的事？

赫娃·诺里：我不知道，但我建议展开调查。

裁判官：你把暴君美化成无私的公仆了！

赫娃·诺里：难道这不是他们厄崔迪家族的杰出品性吗？

裁判官：官方历史希望我们这样相信。

赫娃·诺里：《口述史》也印证了这一点。

裁判官：你认为虫子暴君还有哪些优良品性？

赫娃·诺里：优良品性，朋友？

裁判官：那就品性，可以了吧？

赫娃·诺里：我叔叔马尔基常说雷托皇帝对自己选拔的共事者非常宽容。

裁判官：而其他共事者都被他无缘无故地处决了。

赫娃·诺里：我认为并非无缘无故，我叔叔马尔基推断出了部分罪名。

裁判官：举个例子。

赫娃·诺里：以蠢笨的手段威胁他的人身安全。

裁判官：以蠢笨的手段威胁，又出新花样了！

赫娃·诺里：而且他不能容忍自以为是。想一想那些受处决的历史学家和他们被销毁的著作。

裁判官：他想掩盖真相！

赫娃·诺里：他对我叔叔马尔基说，他们歪曲历史。请注意！谁能比他更了解历史？我们都知道他总在心里跟谁交谈。

裁判官：有什么证据证明他所有的祖先都活在他心里？

赫娃·诺里：我不想参与无意义的争论。我只想说，根据我叔叔马尔基的判断以及他提出的相关理由，我相信这一点。

裁判官：我们读过你叔叔的报告，却得出了不同的结论。马尔基是在偏袒虫子。

赫娃·诺里：我叔叔认为他是全帝国最有手腕的外交家，也是一个演说大师，而且在你知道的任何领域都是专家。

裁判官：你叔叔没有提到过虫子的残暴吗？

赫娃·诺里：我叔叔认为他极有教养。

裁判官：我问他是否残暴。

赫娃·诺里：有残暴的一面，是的。

裁判官：你叔叔怕他。

赫娃·诺里：雷托皇帝身上绝无丝毫天真之气。只有在他扮天真时，我叔叔才会怕他。这是我叔叔说的。

裁判官：是他的话。

赫娃·诺里：不止这些！马尔基还说："人类的天赋和多样性给雷托皇帝带来惊喜。他是我最投合的伙伴。"

裁判官：以你无与伦比的智慧，如何解释你叔叔的话？

赫娃·诺里：请别挖苦我！

裁判官：你多心了，我们恭聆赐教。

赫娃·诺里：马尔基的这些话，加上他在信里跟我谈到的其他许多事情，都表明雷托皇帝一直在寻觅新鲜、独创的事物，同时他对这类事物潜藏的破坏力又很警惕。这是我叔叔的观点。

裁判官：对于你和你叔叔所抱的这些观点，你还有什么需要补充的吗？

赫娃·诺里：我没有需要补充的了。很抱歉浪费了诸位的时间。

裁判官：你并没有浪费我们的时间。现在批准由你担任已知宇宙之神帝即雷托皇帝的宫廷大使。

你要记住，我只需向内心求索，就能掌握有史以来任何一门知识。在面对战争心理问题时，我便从中汲取力量。倘若你从未听过受伤者与濒死者的悲号，那么你还不了解战争。而我听过太多这样的悲号，乃至于在耳畔挥之不去。我自己就在战斗结束后发出过呼号。每一个时代我都曾饱受伤痛——来自拳头、棍棒和石块，来自镶贝壳的木棒和青铜剑，来自钉头锤和加农炮，来自箭矢和激光枪，来自原子尘埃死寂的窒息，来自让舌头发黑、肺部积水的生化攻击，来自瞬间喷涌的烈焰和悄然夺命的慢性毒药……还有更多伤痛我不愿一一道来！以上都是我亲眼所见，亦有切肤之痛。有人竟敢质疑我的所作所为，我要对他们说：这些记忆使我别无选择。我并非懦夫，我曾经也是人。

——《失窃的日记》

在卫星气象控制系统忙于对付越洋海风的温暖季节，沙厉尔边缘地带常在入夜时分迎来一场降雨。莫尼奥在帝堡周边例行巡视，被一场阵雨淋了个正着。他躲入帝堡之前夜幕已降临。南门有个鱼言士守卫帮他脱下打湿的斗篷。她身形敦实，四方大脸，符合雷托遴选卫兵的标准。

"那些该死的气象控制系统可得改进改进了。"她说着递上湿漉漉的斗篷。

莫尼奥向她略一点头，登上通往自己寓所的楼梯。鱼言士卫兵全都知道神帝怕潮，但谁也不及莫尼奥这么细致。

是虫子厌恶水，莫尼奥想，夏胡鲁渴望回到沙丘星。

下地宫前，莫尼奥在寓所里把身子擦干，又换了套干燥的衣裤。没必要去招惹虫子。马上要跟雷托进行一场不能受干扰的谈话，详细讨论即将来临的奥恩节庆城之旅。

电梯下行时，莫尼奥倚着一面墙闭上眼睛。疲惫如潮水般席卷而来。他知道自己已经连续多天睡眠不足，而且紧张的日子暂时还看不到头。他羡慕雷托不用睡觉。神帝一个月里似乎只需静养数小时就够了。

地宫里的气味和电梯停止时的震动让莫尼奥结束了打盹。他睁开眼，望向大殿正中御辇上的神帝。莫尼奥定一定神，开始了这趟熟悉的长距离步行，走向那个令人生畏的存在。不出所料，雷托看起来很警觉。起码这是个好兆头。

雷托听到电梯下来的声音，还眼见莫尼奥惊醒过来。他看上去很疲乏，这一点可以理解。奥恩之行迫在眉睫，而杂七杂八的事务又让他应接不暇，包括招待星外来宾，筹备鱼言士仪式，接待新任大使，指挥帝国卫队换岗，安排官员们的新老交替，还要设法让邓肯·艾达荷的新死灵融入帝国机器的运行。与日俱增的琐务压在莫尼奥身上，毕竟岁月不饶人哪。

让我算算，雷托思忖。我们从奥恩城返回后的那个礼拜，莫尼奥将年满一百一十八岁。

若服用香料，他的寿命可以数倍于此，但他不肯。雷托很清楚个中缘由。莫尼奥已经迈入渴望长眠的年龄了。他之所以还在世间逗留，只是为了亲眼见到赛欧娜被送进皇家服务机构，当上帝国鱼言士协会的下一任会长。

我的女神们，马尔基过去经常这样称呼鱼言士。

莫尼奥还知道雷托有意安排赛欧娜同某个邓肯育种。是时候了。

莫尼奥停在距御辇两步远处，抬头望向雷托。他眼里有些东西让雷托想起地球时代的异教祭司，在熟悉的神龛前做一番讨巧的祈祷，他们往往也会流露出这副神色。

"陛下，您已经观察新来的邓肯很长时间了。"莫尼奥说，"特莱拉人对他的细胞或脑子动过手脚吗？"

"他是干净的。"

莫尼奥深深叹了口气，连身子都哆嗦了一下，但并没有轻松释然之感。

"你反对用他当种男？"雷托问。

"一想到他既是我的祖先，又要生育我的孙辈，就觉得别扭。"

"但他给了我一个机会，利用古代的生命形态同我育种计划的现有产物杂交出新一代混血儿。上一次类似的混血育种已经是赛欧娜二十一代之前的事了。"

"我没看出其中的道理。在您的卫队里，邓肯们总是行动最迟缓、警觉性最差的一个。"

"我的目的不是按基因分离定律培育优生人种，莫尼奥。你觉得我不清楚由育种计划法则导出的演进图吗？"

"我看过您的血缘谱，陛下。"

"那你应该知道我一直在跟踪和剔除隐性基因。我只重视关键的显性基因。"

"还有基因突变，陛下？"莫尼奥的声音里透着一丝狡黠，引得雷托定睛细看起他来。

"我们不讨论这个问题，莫尼奥。"

雷托眼看着莫尼奥缩回到他那具谨言慎行的保护壳里去了。

他对我的情绪真是敏感到了极点，雷托想。我确信他具备我的一部分能力，只不过是在无意识地发挥作用。他提出这个问题，说明连我们在赛欧娜身上已经取得的进展他都有所察觉。

雷托试探地说道："很明显，你还不清楚我想通过育种计划实现什么目标。"

莫尼奥精神为之一振。"陛下发现我想探究育种计划背后的规则了。"

"在长远来看任何法则都是临时性的，莫尼奥。创造性不可能受规则的束缚。"

"但是陛下，您亲口提到育种计划法则。"

"我刚才怎么说的，莫尼奥？想为创造活动寻找规则，就像企图分离意识与肉体。"

"可某些东西的确在逐渐进化，陛下。我在自己身上了解了这一点！"

他在自己身上了解了这一点！亲爱的莫尼奥。他快悟出来了。

"你为什么总在寻找绝对符合逻辑推理的变化，莫尼奥？"

"我听您提到过递变式进化，陛下。血缘谱上有这么一个标签。但跟意外有什么……"

"莫尼奥！每一次意外都会改变规则。"

"陛下，您没有考虑过人种优化吗？"

雷托低头瞪着他，心想：如果我现在说出那个关键词，他能懂吗？也许……

"我是捕食者，莫尼奥。"

"捕……"莫尼奥顿了顿，开始摇头。他知道这个词的含义，他想，但这个词让他震惊。神帝是在开玩笑吗？

"捕食者，陛下？"

"捕食者能改良种群。"

"怎么会呢，陛下？您并不恨我们。"

"你让我失望，莫尼奥。捕食者不恨猎物。"

"捕食者杀戮猎物，陛下。"

"我也杀戮，但我不恨。猎物能充饥解渴。猎物是好东西。"

莫尼奥抬眼观察雷托埋在灰色"皮风帽"里的面孔。

难道我没注意虫子现形了？莫尼奥暗想。

莫尼奥战战兢兢地寻找着蛛丝马迹。那具庞大的身躯没有颤动，目光没有失焦，多余的鳍足也没有扭动。

"您渴望什么，陛下？"莫尼奥壮胆问道。

"我渴望人类能够作出真正意义上的长期决策。你知道这种能力的关键是什么吗，莫尼奥？"

"这一点您说过很多次，陛下。就是转变思维的能力。"

"转变，没错。那你知道我说的'长期'是什么意思吗？"

"对于您，必然是以千年来计量的，陛下。"

"莫尼奥，相对于无限，就算我那几千年也不过是眨眨眼的工夫。"

"但您的视角一定跟我不一样，陛下。"

"从无限的角度而言，任何有限度的长期都是短期。"

"那世上就根本不存在规则了吗，陛下？"莫尼奥的话音里隐约带着点歇斯底里。

雷托用微笑来缓解他的紧张。"也许有一条。短期决策总是不具备长期适用性。"

莫尼奥沮丧地摇了摇头。"可是，陛下，您的视角是……"

"任何寿命有限的观察者，他的时间总有到头的一天。封闭系统是不存在的。就算我，也无非是在延长有限的界域而已。"

莫尼奥的视线突然从雷托脸上移开，转向远处的陵墓廊道。有一天我也将长眠于此。金色通道会延伸下去，但我的生命已经终结。当然，这并不重要。只有他感知的金色通道持续不断地延伸下去，那才是至关重要的。他把目光转回雷托，但没有直视那对全蓝色眼睛。这庞大的躯体里真的潜伏着一个捕食者吗？

"你不明白捕食者的作用。"雷托说。

这句带着读心术意味的话让莫尼奥大吃一惊。他抬眼，与雷托对视。

"理智告诉你即便是我也终有一死。"雷托说，"但你并不相信。"

"我怎么能相信自己永远见不到的事情？"

莫尼奥从未感到如此孤独和恐惧。神帝在干什么？我是下来讨论出行细节的……再摸摸他对赛欧娜有何打算。他在耍我吗？

"我们谈谈赛欧娜吧。"雷托说。

又是读心术！

"您什么时候考验她，陛下？"这个问题一直停留在他舌尖上，现在终于问出了口，不过莫尼奥又害怕起来。

"快了。"

"请原谅，陛下，可您一定能理解我有多担心这根独苗的安危。"

"别人都挺过了考验，莫尼奥，包括你。"

莫尼奥深吸一口气，回想自己是如何在外力引导下感知到金色通道的。

"家母帮我打过底子。赛欧娜没有母亲。"

"她有鱼言士。她还有你。"

"难免会有意外，陛下。"

莫尼奥两眼含泪。

雷托别过头不看他，心想：他在忠君和爱女之间进退两难。这种护犊之情多让人心酸哪。难道他看不出全人类就是我唯一的孩子吗？

雷托将目光挪回莫尼奥，说："你很明智地观察到，即使在我的宇宙里也会发生意外。你从这里没有领悟到什么吗？"

"陛下，就这一次，您能否……"

"莫尼奥！你肯定不希望我把权力授予一个无能的领导吧。"

莫尼奥退后一步。"是的，陛下，当然不希望。"

"那就相信赛欧娜的力量。"

莫尼奥挺起肩膀。"我会尽责而为。"

"必须唤起赛欧娜作为厄崔迪一分子的责任感了。"

"该当如此，陛下。"

"难道这不是我们的义务吗，莫尼奥？"

"不可否认，陛下。您什么时候把她引介给新邓肯？"

"通过考验之后。"

莫尼奥低头看着地宫冷冰冰的地板。

他三番五次盯着地板，雷托想。他会看到什么？是御辇千年来留下的辙印吗？啊，不——他凝望的是地下深处，他即将于此安息的那个财富与秘密王国。

莫尼奥再次抬眼望向雷托的面孔。"希望她喜欢与邓肯相伴，陛下。"

"放心吧。特莱拉人交给我的邓肯没有丝毫走样。"

"那我就放心了，陛下。"

"他的基因对女性很有吸引力，这一点你肯定注意到了。"

"我确实注意过，陛下。"

"他那温柔而敏锐的眼神、棱角分明的五官和黑山羊毛般的头发，能彻底融化女人的心。"

"陛下所言极是。"

"你知道他现在跟鱼言士在一起吗？"

"有人向我汇报过，陛下。"

雷托笑了笑。自然有人向莫尼奥汇报。"不久她们就会带他来首次面见神帝。"

"召见厅我亲自检查过了，陛下。一切都已备妥。"

"有时候我觉得你想让我不中用，莫尼奥。留点小事给我做做吧。"

莫尼奥竭力抑制突然袭来的恐惧感。他躬身后退。"是的，陛下，但有些事我责无旁贷。"

他转身匆匆离去。直到电梯升起，莫尼奥才意识到雷托还没有说"退下"。

他一定知道我有多累。他会原谅我的。

你内心所思，你的神无不知晓。今天，你的灵魂足为自己的清算人。[1]我不需要见证人。你没有聆听你的灵魂，反去听从你的愤恨与暴怒。

——雷托皇帝致言一忏悔者，

摘自《口述史》

以下为雷托皇帝治下第3508年的帝国状况评估报告，摘自《维尔贝克删节本》。原件藏于贝尼·杰瑟里特教团的圣殿档案馆。经对照显示，所删内容不减损该报告的基本准确性。

以本圣团及其永存之姐妹会的名义，兹声明本报告已认定为真实可信，且具备入载《圣殿编年史》的价值。

奇诺伊和陶索科两位修女已从厄拉科斯星安全返回，她们的报告证实了一宗年代久远的悬案，即雷托皇帝治下第2116年于帝堡失踪的九名历史学家确系遭到处决。报告称，九人均于致昏之后，由其自著书籍所燃火堆焚身而亡。此情状与当时帝国上下的传言完全相符。据

---

[1] 此句典出《古兰经》17章14节，原句为："你读你的本子吧！今天，你已足为自己的清算人。"（马坚译）

判断，该说法出自雷托皇帝本人。

奇诺伊和陶索科带回的一份手写见证笔录载有以下情节：其时有史学界同行向雷托皇帝求问九人下落，雷托皇帝答道：

"他们因虚言妄语而自取灭亡。但无心之过不会引我震怒，你等不必畏惧。我并不爱炮制殉道者。殉道者常在人类事务上点缀戏剧性事件，而戏剧性正是我的一个捕食目标。唯有堆砌谎言且以此为傲者该当怵惧战栗。退下，此事不得再提。"

该手写笔录的内在证据显示其记录人系2116年任雷托皇帝总管的艾考尼克。

请注意雷托皇帝使用了"捕食"一词。鉴于圣母赛亚克萨的相关观点认为神帝在自然意义上自视为捕食者，此一现象尤其值得深思。

在雷托皇帝偶一为之的出行中，奇诺伊修女应邀与鱼言士一同随行。其间她奉召与御辇并行，在小跑中同雷托皇帝有一场对话。交谈内容汇报如下：

雷托皇帝说："走在这条皇家大道上，我有时会感觉自己好像正在城墙上抵御入侵者。"

奇诺伊修女说："这里不会有人袭击您，陛下。"

雷托皇帝说："你们贝尼·杰瑟里特就从四面八方围攻我。甚至现在，你还在想法子收买我的鱼言士。"

奇诺伊修女表示自己本已做好了赴死的准备，但神帝只是刹住御辇，目光越过她，看了看自己的扈从。她说扈从们立即止步，原地待命，恭敬地与神帝保持一段距离，他们训练有素，对神帝绝对服从。

雷托皇帝说："我手下有一批人会向我提供方方面面的情报。不要否认我的指责。"

奇诺伊修女说："我不否认。"

雷托皇帝看着她说："别担心你的性命。我还指望你把我的话传到圣殿去。"

奇诺伊修女称，她能看出雷托皇帝已掌握自己的所有情况，包括她肩负着什么使命，包括她接受过专门的口述记忆训练，以及其他的一切。"他就像圣母。"她说，"在他面前我什么也瞒不住。"

接下来雷托皇帝命令她："朝我的节庆城望过去，告诉我你见到了什么。"

奇诺伊修女望向奥恩城，说道："我看见了远处的城市，在晨曦中显得很美。右侧是您的森林，郁郁葱葱，我能花上一整天去描述。城市的左侧和四周是您仆役的房子和花园。一些人家看上去很富有，还有一些看上去很贫穷。"

雷托皇帝说："我们已经把这片景观弄乱了！树木凌乱不堪，还有房子、花园……这样的景观不可能出现让你欣喜若狂的未知事物。"

因先前得到过雷托皇帝的保证，奇诺伊修女大胆问道："陛下果真希望看到未知事物吗？"

雷托皇帝说："身处这样的景观之中不会有外在的精神自由。你看不出来吗？你在这儿没有与人共享的开放空间。一切都是封闭的——房门、门闩、门锁！"

奇诺伊修女问："人类不再需要任何隐私和保护了吗？"

雷托皇帝说："回去告诉你的姐妹我要重现外在的景观。像这样的景观只能使人转向内心去寻找任何可能存在的精神自由，而大部分人类并不具备如此强大的力量。"

奇诺伊修女说："我会如实复述陛下所言。"

雷托皇帝说："务必如此。再通知你的贝尼·杰瑟里特姐妹，她们应该最清楚为获取特殊禀赋而进行育种的危险性，还有寻求特定遗传目标的危险性。"

奇诺伊修女认为，这明显是指雷托皇帝之父保罗·厄崔迪。请别忘记，我们的育种计划提早一代培育出了魁萨茨·哈德拉克。保罗·厄崔迪在成为弗雷曼人领袖即穆阿迪布的过程中，摆脱了我们的控制。毋庸置疑，这是一位将圣母之力及其他能力集于一身的男性，人类依然在为这些能力付出惨重代价。如雷托皇帝所言：

"你们得到了意料之外的结果。你们得到了我，一张无法捉摸的百搭牌。而我得到了赛欧娜。"

雷托皇帝拒绝解释他为何提到其总管之女赛欧娜。此事目前已在调查中。

圣殿关切之其他事宜，我方调查人员提供相关信息如下：

鱼言士

雷托皇帝的女子军团已选出参加厄拉科斯十年庆的代表。每支星球驻军将各派三名代表。（名单详见附表。）按惯例，入选者中无成年男性，甚至鱼言士军官的配偶亦无资格参与。本报告期内鱼言士配偶名单几无变化。我们增补了若干新人，宗谱信息凡有的均已列出。请注意仅有两人带星号标志，系邓肯·艾达荷死灵的后裔。关于我们对雷托皇帝在育种计划中使用死灵的猜测，尚无新情况可补充。

本期间我们尝试在鱼言士与贝尼·杰瑟里特之间结盟的努力均未成功。雷托皇帝继续扩大某些驻军的规模。他仍在强化鱼言士的非军事性任务，同时弱化其军事性任务。此举结果符合预期，即增强了当地民众对鱼言士驻军的敬慕与感恩之心。（规模已有扩大的驻军详见附表。)

祭司

除附录所列少数自然死亡与人员交替之外，无重大变化。受命主持宗教仪式的鱼言士军官及鱼言士的配偶依然少之又少，其权力也遭削弱，因为厄拉科斯星不断向他们施压，要求其在采取任何重要行动之前均须请示。圣母赛亚克萨等人认为，鱼言士的宗教职能正在逐渐向外移交。

育种计划

雷托皇帝仅提及赛欧娜但未予解释，还提及我们在他父亲身上所遭遇的失败，除此之外，我方对其育种计划的长期监视活动尚无其他重要发现。有证据表明雷托皇帝的计划存在一定的随机性，其言语中对遗传目标所表明的态度亦可视作进一步的证明，但我们不能肯定他是否对奇诺伊修女吐露真言。需要提请注意的是，他曾屡屡说谎或无预警大幅更改计划。

雷托皇帝继续禁止我们参与其育种计划。他安插在本地鱼言士驻军中的监察人员依然严密监视着我方安排的生育活动，凡未经其认可的均遭"剔除"。在本报告期内，我们是在这一极严厉监管措施下维持现有圣母人数的。我方的抗议没有得到答复。奇诺伊修女就此直截了当地向雷托皇帝发问，他的回答是：

"你们要知足感恩。"

我们在这句话里读出了应有的警告之意，故已向雷托皇帝递交了一封措辞得体的致谢函。

财务状况

圣殿仍然维持必要的清偿能力，但相关措施不可松懈。事实上，为预防清偿能力减弱，下一报告期将出台若干新措施。其中包括削减仪式上的美琅脂用量及提高我方常规服务的收费。接下来四个报告期我们拟将大家族女性学费提高一倍。诸位现在当就涨价计划准备相应的辩解理由以应对质疑。

雷托皇帝已拒绝我方就增加美琅脂配额所提出的申请，且未给出理由。

我方同宇联商会的关系依然基础牢固。宇联商会已在上一报告期上马"星宝石"项目并为此组建了区域同业联盟，我方为该项目贡献咨询和谈判能力且已获得可观回报。该项目持续创造的利润应能弥补我方在杰第主星的投资损失且有盈余。该笔投资已作为坏账勾销。

大家族

三十一个前大家族在本报告期内均蒙受了经济灾难。其中仅六家设法守住了小家族地位。（详见附表。）过去千年来已显露的总体趋势仍在延续，即昔日的大家族正在逐渐消亡。需要注意的是，免于灭顶之灾的六个家族均为宇联商会的巨额投资者，其中五家深度参与了

"星宝石"项目；另外一家则持有多样化投资组合，包括对卡拉丹古董鲸皮业务的大额投入。

（本期内我方以减少鲸皮存货为代价，将庞迪米储备增加了近一倍。此决策的依据将在下一期重新评估。）

家庭生活

如我方调查人员在过去两千年里所观察到的，家庭生活的同质化现象依然呈现有增无减的态势。例外者应如诸位所料，包括：宇航公会、鱼言士、皇家官员、特莱拉易容变脸者（他们几经努力却仍无生育能力），当然，还有我们自己。

值得注意的是，无论哪个星球，民众的家庭状况都日渐趋同，这种现象不应视为巧合。据我们观察，雷托皇帝的庞大规划已初露端倪。诚然，如今条件最差的家庭也能丰衣足食，但日常生活氛围已变得越来越死气沉沉。

还须提请诸位注意的是，约八代人之前我们曾向圣殿汇报过雷托皇帝的一句陈述：

"我是帝国内仅存的奇观。"

圣母赛亚克萨针对这种趋势提出了理论上的解释，该解释已为我们中许多人逐渐接受。圣母赛亚克萨依据"水利专制"这一概念来阐释雷托皇帝的动机。正如诸位所知，民众生活只有普遍完全依赖某种物质或条件，且这种物质或条件又为相对少数的中央集权势力所控制，才有所谓"水利专制"生存的土壤。"水利专制"起源于引流灌溉技术的应用：该技术可促进区域人口增长，当人口数达到一定规模，而且其生死存亡已对水源形成绝对依赖，"水利专制"便应运而生。只要切断水源，即可导致民众大批死亡。

这一现象在人类历史进程中频频出现，不仅限于水资源和耕地出产，还涉及石油、煤炭等通过管网或其他配送网控制的碳氢燃料。曾有一段时期，如迷宫般广为分布的电网是输送电力的唯一渠道，故而连这种能源也沦为了"水利专制"的工具。

圣母赛亚克萨提出，雷托皇帝正在炮制一个空前依赖美琅脂的帝国。值得注意的是，我们可以把衰老称为一种疾病，而美琅脂就是其对症之良药，尽管只能缓解病情而无法根治。圣母赛亚克萨还提出，雷托皇帝甚至会散播一种唯有美琅脂才能抑制的新病症。这种猜测虽显牵强，但也不能完全排除。更有悖常理之事也曾发生过，我们不应忽视梅毒在人类早期历史中所扮演的角色。

运输体系和宇航公会

曾为厄拉科斯星独有的三态运输体系（步行靠浮空托盘载运重物，航空运输靠扑翼飞机，星际运输靠宇航公会运输船）开始盛行于越来越多的帝国星球。伊克斯星是一个主要的例外。

我们认为，之所以出现上述现象，部分是因为一成不变的静态生活在各星渐成主导，还有部分原因是，源自厄拉科斯星的运输体系自然会成为各星竞相效仿的样板。伊克斯式事物所招致的普遍反感亦对这一趋势的形成起到了不可低估的作用。

另外，鱼言士为减轻维护社会秩序的工作量，也在积极推进这套运输体系的普及。

宇航公会方面，这一趋势导致其领航员对美琅脂产生绝对依赖。有鉴于此，我们正密切关注宇航公会与伊克斯人就领航员预知力的机械替代品所开展的研发合作。若失去美琅脂，又没有其他预测远航机航线的方法，每一次超光速航行都可能变成一场灾难。尽管我们对该合作项目并不十分乐观，但成功的可能性总是存在的，在条件允许时我们会提交相关报告。

神帝

除体长略有增加外，我们在雷托皇帝的身体特征方面几乎未注意到其他变化。雷托皇帝厌水的传闻尚未得到证实，但在沙丘时代水确曾用作拦阻沙虫的屏障，弗雷曼人也曾用致命之水杀死小沙虫来制造狂欢时服用的香料萃取物，这两点在我们的档案里均有据可查。

大量证据显示雷托皇帝加强了对伊克斯星的监视，很可能是因为宇航公会与伊克斯人的合作项目。该项目如获成功必将削弱他对帝国的统治。

他与伊克斯星仍保持业务往来，主要是订购御辇的更换配件。

特莱拉人向雷托皇帝交付了邓肯·艾达荷的新死灵。故可确认前任死灵已经死亡，但其死因尚不可知。需要强调的是，以前确有迹象表明雷托皇帝亲手杀死过若干死灵。

有越来越多的证据显示雷托皇帝在使用计算机。倘若他的确在违反自己颁布的禁律以及芭特勒圣战禁令，那么我们就能凭借已掌握的证据向其施压，甚至可能迫使其接受我方酝酿已久的某些合作项目。夺回育种计划的自主权依然是我方极其关切的一个问题。我们将继续就此开展调查，但应牢记以下警告：

正如此前每一份报告所述，我们必须面对雷托皇帝的预知能力。毫无疑问，他所拥有的远超任何祖先的预知能力仍是其实施政治控制的主要依靠。

我们不能与之对抗！

我们相信，他能提前很长时间预知到我方采取的每一项重要行动。因此，我方应采取如下行为准则：我们绝不有意威胁其人身安全；其宏大计划凡我们可识别的，也绝不有意加以破坏。我们将对他采用一如既往的措辞：

"只要我们对您有威胁，请通知我们，我们会停止。"

以及：

"请与我们分享您的宏大计划，我们或能效力。"

本期内他未就这两个问题给予新的答复。

伊克斯人

除了宇航公会与伊克斯人的合作项目之外，几乎没有重要事项需要报告。伊克斯人将向雷托皇帝宫廷派驻一个名叫赫娃·诺里的新任大使，系马尔基的侄女，而马尔基曾作为神帝的好友而广为人知。继任大使为何敲定赫娃·诺里原因不明，但有少量证据显示生育此人有其特殊目的，也许正是为了培养伊克斯人的宫廷代表。有理由相信马尔基也是体现官方意志的基因设计产物。

我们将继续开展调查。

保留地弗雷曼人

这批由荣耀一时的勇士退化而来的遗民继续充当我们打探厄拉科斯星的可靠情报源。这也是我们下一报告期的一项主要预算支出，因为他们多次要求增加报酬，而我们没有反对的底气。

　　有趣的是，尽管他们的生活与其祖先几无相似之处，但他们表演的弗雷曼宗教仪式及模仿古弗雷曼人行为方式的能力，均无可挑剔。我们将此归功于鱼言士在弗雷曼人训练中所施加的影响。

特莱拉人

　　我们不指望邓肯·艾达荷的新死灵会带来任何意外。特莱拉人曾尝试篡改原型的细胞性质和心智，至今仍在领受雷托皇帝的严厉惩罚。

　　特莱拉人日前派特使再度劝诱我方接受一项合作，其冠冕堂皇的目标是创建一个不需要男性的纯女性社会。基于种种显而易见的原因，尤其是我们认为特莱拉人的一切都不值得信任，故按惯例婉拒了这项提议。我方参加十年庆的使团会向雷托皇帝详细汇报此事。

　　圣母赛亚克萨、伊托布、玛穆卢特、埃克奈科斯克、阿克莉 谨上听上去也许很奇怪，类似于你在我日记中读到的那种激烈斗争，有时对于当事人却是无影无形的。当事人能目睹多少，相当程度上取决于其心灵深处的梦境。我对梦境的形成向来兴趣浓厚，正如我热衷于研究行为的形成。这批日记的字里行间充斥着与人类自我观点的斗争——在这场棋逢对手的角力中，脚下的潜意识之井还会涌出源自我们最黑暗历史的动机，我们不但要被迫接受由此酿成的现实，更须与之抗争。这只九头怪总是攻你不备。因此，我祈祷，当你步我后尘走过金色通道时，不再是一个和着无声之乐起舞的稚童。

——《失窃的日记》

　　内拉迈着稳定而沉重的步子沿旋梯而上，目标是帝堡南塔顶层的神帝觐见厅。每次绕到塔楼的西南面，眼前都横着从窄条窗射来的数道充满微尘的金色光柱。她知道旋梯盘绕的竖井里装有一部伊克斯电梯，其尺寸足以将主人庞大的身躯载至顶楼，容纳她较小的身形自然不在话下，但她对于自己必须爬楼梯并无怨言。

　　敞开的窄条窗送来阵阵微风，她闻到了飞沙挟带的那股燧石燃烧味。斜射的阳光照亮了嵌在内墙石材中的红色矿物颗粒，如红宝石般熠熠生辉。她不时透过窄条窗瞟一眼沙丘，却没有一次停下来欣赏四周的景致。

"你具备勇士的坚忍，内拉。"主人曾对她说。

一想起这句话，内拉顿时心生暖意。

塔楼内，雷托的目光正跟随内拉绕着伊克斯电梯井攀登长长的旋梯。一种伊克斯设备将她的活动影像缩小到四分之一，投射在雷托正前方的三维成像区。

她的动作真是一板一眼哪，他想。

他清楚，这种一板一眼来源于她那颗激情充溢而又思维简单的头脑。

她身穿鱼言士蓝军服，外披罩袍，胸口未佩鹰徽。一过塔脚岗哨，她就掀开了锡巴斯头兜，私下觐见须戴头兜是雷托对她的命令。她敦实强壮的身躯与卫队里许多战友相仿，但她的容貌同雷托记忆中任何人都不像——四方脸上，一张大嘴乍一看似乎宽及耳根，其实是嘴角的深纹给人带来的错觉。她有一对浅绿色眼睛和一头旧象牙色短发。前额让脸型更显方正，几乎与淡眉齐平——这两条眉毛毫不起眼，因为下面那对虎目实在抢风头。鼻梁笔直而低平，在快要触及薄唇之处戛然而止。

内拉说话时，那张大嘴一开一合活像某种史前动物。她的力量鲜有外人知晓，而在鱼言士军团内却堪称传奇。雷托曾见她单手托起一个重达一百公斤的男人。莫尼奥知道雷托会在鱼言士中选拔特工，但当初将内拉调来厄拉科斯星并不是由莫尼奥经办的。

雷托转过头去不再看那步履沉重的爬楼影像。他的视线穿过身边的大窗，眺望起南面的沙漠。远处岩石的颜色——棕色、金黄色、深琥珀色——在他意识里舞动起来。遥远的崖壁上挂着一缕粉红，俨然琵鹭的羽翅。琵鹭已经绝种，只存留在雷托的记忆中，但他能运用灵眼观望这一长条浅粉色岩石，仿佛一只复生的琵鹭一掠而过。

他清楚，即使是内拉，楼梯爬到现在也该累了。她终于歇了下来，正好比四分之三塔高标记高出两个台阶，她每回都在那里休息，无一例外。这种一板一眼的脾性，正是雷托把她从遥远的赛普雷克星驻地内调回来的一个原因。

一只沙鹰滑过雷托身边的窗口，距离塔壁仅几个翼长。它的注意力被帝堡底部的阴影所吸引。雷托知道那里时有小动物出没。他的目光越过沙鹰的飞行轨迹，影影绰绰能望见地平线上横亘着一列云团。

对于他内心的古代弗雷曼人而言，这真是难以置信哪：厄拉科斯星上竟然有云，有雨，甚至有开阔的水面。

雷托提醒在自己心里发声的那些人：将沙丘星改造成绿色厄拉科斯星的活动，自我统治之初就一直在义无反顾地推行着，如今幸存的只有这最后一片沙漠——我的沙厉尔了。

很少有人认识到地理对历史的影响，雷托想。人们往往更关注历史对地理的影响。

是谁拥有这条河流？这道苍翠的山谷？这座半岛？这颗星球？

谁也不拥有。

内拉继续登楼，两眼紧盯着上方梯阶。雷托的思维又转回到了她身上。

在很多方面，她都是我迄今为止最得力的助手。我是她的神。她无条件地崇拜我。即使我开玩笑地攻击她的信念，她也只当是考验。她知道自己能通过任何考验。

雷托派内拉潜入叛党，命令她任何事都要服从赛欧娜，她对此毫无异议。偶尔心中产生动摇，甚至禁不住将这种动摇诉诸言语，她仍能依靠自己的思想恢复信念……严格地说，之前都是如此。然而最新消息表明，内拉现在需要"圣尊"的帮助才能重拾内心的力量。

雷托回忆起与内拉的第一场谈话，那女人因急于取悦神帝而浑身发抖。

"就算赛欧娜派你来杀我，你也必须服从。绝不可让她知道你效忠于我。"

"没人杀得了您，主人。"

"但你必须服从赛欧娜。"

"定当如此，主人。这是您的命令。"

"任何事都必须服从她。"

"遵命，主人。"

又一次考验。内拉对我的考验毫无异议。她把考验只当成跳蚤叮咬。是主人下的命令，内拉必然服从。我不能让任何事改变这种关系。

在古代，她能成为一位杰出的夏道特，雷托想。这就是他赐给内拉晶牙匕的原因之一，这是一把泰布穴地存留下来的真货，曾经属于斯第尔格的某个妻子。内拉的晶牙匕总是插在长袍遮住的刀鞘中，更像是护身符而非武器。他采用原始仪式赐刀给内拉，让他颇感意外的是，这仪式唤醒了自己本以为永远埋葬了的情感。

"此乃夏胡鲁之齿。"

他伸出覆盖着银色皮肤的双手，把刀递过去。

"接下这把刀，你将成为过去和未来的一部分。倘若玷污这把刀，过去将拒绝给你未来。"

内拉接过刀，又接下刀鞘。

"取指血。"雷托命令。

内拉依令而行。

“收刀入鞘。拔刀必见血。”

内拉再次照做。

目睹着内拉登楼的三维影像，雷托沉浸在古老的仪式里，心中顿生感伤。若非严格遵照弗雷曼人的老规矩使用，晶牙匕会变得越来越脆弱而不中用。到内拉生命终结之时此刀尚可维持外形不变，但它的寿命绝不会比内拉的长多少。

我已经抛弃了一部分过去。

真悲哀啊，昔日的夏道特变成了如今的鱼言士。而一把真正的晶牙匕也沦为主人提升仆人忠诚度的工具。他知道有人认为鱼言士实际上是女祭司——对于那个贝尼·杰瑟里特的看法，雷托自有回答。

“他创造了另一种宗教。”那个贝尼·杰瑟里特说。

胡说！我并没有创造宗教。我就是宗教！

内拉走进塔顶圣堂，站定在距雷托的御辇三步远处，恭顺而得体地垂下目光。

雷托仍深陷在回忆里，这时他说：“看着我，女人！”

她抬起头。

“我创造了一种神圣的亵渎！”他说，“这种基于我身体创立的宗教让我恶心！”

“是，主人。”

内拉柔软的脸颊上镀了一层金光，她用一对绿眼睛凝视着他，没有疑问，没有理解，都不需要。

假使我派她去摘星星，她也会照办，并全力以赴。她认为我又在考验她。我真的相信她总有一天会惹我发火。

“这该死的宗教应当和我一起终结！”雷托喊道，“我为什么要把宗教释放到人民中去？宗教的腐坏是自内而外的——帝国如此，个人如此！全都一样。"

"是，主人。"

"宗教创造像你这样的激进分子和狂热分子！"

"谢主人。"

雷托的佯怒没有持续多久，转眼就沉入了他的记忆深处。内拉的信念裹着坚硬的外壳，怎么砸也留不下一个凹点。

"托普利通过莫尼奥给我打过报告。"雷托说，"谈谈这个托普利。"

"托普利是条虫子。"

"你跟叛党不就是这么叫我的吗？"

"我一切听命于主人。"

一针见血！

"这么说托普利不值得培养？"雷托问。

"赛欧娜对他的评价很中肯：太没脑子。他向口风不紧的人泄密，把自己暴露出来。科巴特一开口，赛欧娜就确证了托普利是卧底。"

人人都这么说，连莫尼奥都不例外，雷托想，托普利不是一个合格的卧底。

这种众口一词让雷托感到好笑。他略施小计搅浑的水在自己眼里却清澈无比。而演员们依然在按脚本演出。

"赛欧娜没怀疑你吗？"雷托问。

"我有脑子。"

"知道我为什么召见你吗？"

"为了考验我的信念。"

啊，内拉，关于考验，你真是无知啊。

"我需要你对赛欧娜的评价。我要从你的表情和动作里看出你的评价，从你的声音里听见你的评价。"雷托说，"她准备好了吗？"

"鱼言士需要这么一个人，主人。为什么您要冒失去她的风险？"

"勉强不来，不能让她失去我最珍视的那部分。"雷托说，"她必须完好无损地归顺我。"

内拉垂下目光。"遵命，主人。"

雷托明白这句话的意思。对于自己不理解的事物，内拉一律抛出这个标准回答。

"她经受得住考验吗，内拉？"

"就主人所说的考验……"内拉抬眼望向雷托的面孔，耸耸肩说，"我不知道，主人。当然，她很厉害。她是唯一逃出狼口的人。可她满脑子都是仇恨。"

"一点不奇怪。告诉我，内拉，她会怎么处理从我这儿偷去的东西？"

"那些他们说记录着'您的圣言'的书册，托普利没有向您汇报过吗？"

多奇怪，她只凭语调就能表达出引号的效果来，雷托想。他简略地说了说。

"是的，是的。伊克斯人拿了一份副本，不久宇航公会和姐妹会也都会卖力地研究起来。"

"那些书册是什么，主人？"

"是我对臣民们说的话。我希望人们读到它。我想知道赛欧娜对她偷的帝堡图纸说过什么。"

"她说您帝堡的地窖里囤着大批美琅脂，主人，那些图纸能提供线索。”

“图纸里没有线索。她会挖地道吗？”

“她正在寻找合适的伊克斯装备。”

“伊克斯人不会给她的。”

“真有那么一批香料吗，主人？”

“是的。”

“有传言说您是怎么保卫香料的，主人。如果有人企图窃取您的美琅脂，整个厄拉科斯星都会遭到毁灭。这是真的吗？”

“是的。而且帝国也会土崩瓦解。无人能够幸免——宇航公会、姐妹会、伊克斯人、特莱拉人，甚至鱼言士，都不例外。”

她战栗着说：“我决不让赛欧娜来夺取您的香料。”

“内拉！我命令过你任何事都要服从赛欧娜。你就是这么来效忠我的吗？”

“主人？”她在雷托的怒气中呆立着，信念几近崩塌，这副样子雷托从未领教过。这是他制造的危机，知道必会怎样化解。慢慢地，内拉松了口气。他能看见她的思想已经成型，仿佛在他面前排出了几个发光的字。

终极考验！

“你要回到赛欧娜身边，誓死保卫她。”雷托说，“这是我安排给你，而你也接受了的任务。为什么选中你、为什么让你佩着一把斯第尔格家族的刀，这就是原因。”

她把右手伸向藏在长袍底下的晶牙匕。

真是百试百灵啊，雷托想，一件武器能将一个人圈入预设的行为模式之中。

他饶有兴致地盯着内拉僵直的身躯。她的两眼除了崇拜之外空无一物。

极端的浮夸专制主义……我厌恶它！

"退下！"他喝道。

内拉转身迅速离开了"圣尊"。

这样做值得吗？雷托不禁疑惑起来。

不过内拉带来了他想了解的情况。内拉重新树立起了信念，而且清晰地向雷托揭示了某种事实，某种他无法在赛欧娜淡去的影像中看清的事实。内拉的直觉是可以信赖的。

赛欧娜已经达到我期望的临爆点了。

邓肯们总想不通我为什么选择女人充当战斗力，其实我的鱼言士在任何意义上都是一支临时军队。虽然她们也有残暴的一面，但女性的战斗思维与男性有本质区别。自创世伊始，她们的行为模式就被永久性地预设为更倾向于保护生命。历史证明她们是金色通道最理想的守护者。我还为她们设计了有针对性的强化训练。她们都有一段与普通生活隔离的经历。我替她们安排别有深意的集体生活，给她们留下绵延一生的愉快回忆。每个人都在姐妹们的陪伴下迈入成年，并准备迎接意义更为深远的事件。与友伴们情同手足地共度一段时光，总会让你心怀壮志。怀旧的迷雾会渐渐遮蔽集体生活的真实经历，而代之以一段虚幻的记忆。由此，当下篡改了历史。同时代人并不都处在同一条时间长河之中。过去永远在变，但几乎无人觉察。

——《失窃的日记》

　　向鱼言士传过话，雷托在入夜后下到地宫。他觉得与新邓肯·艾达荷的首次见面最好安排在一间黑屋子里，让这个死灵在目睹准沙虫躯体之前先听一听雷托的自我介绍。距圆形中央大殿稍远处有一间黑岩里凿出来的小偏厅，符合这次会面的要求。这间屋子天花板很低，但大小足以容纳雷托和他的御辇。照明来自雷托控制的隐藏式球形灯。房间只设一道门，分为大小两扇——大的供御辇出入，小的走人。

雷托驾着御辇进入这间偏厅，随后关上大门，只开小门。他定了定神，准备受一番折磨。

无聊是个越来越严重的问题了。特莱拉的死灵样板已经成了千篇一律的无聊之物。雷托曾有一次警告特莱拉人不要再送邓肯来了，但他们清楚在这件事上可以违背雷托的旨意。

有时候，我觉得他们这样做只是为了抗旨而抗旨！

特莱拉人如果发现一件重要的事能在其他方面保护自己，就会充分利用这件事。

有个邓肯在，能让我心里的保罗·厄崔迪高兴。

莫尼奥新任总管那会儿，雷托曾在帝堡里向他交代："特莱拉人交来的每一个邓肯，都必须先完成细致的准备工作，才能带到我这里来。我的女神们要给予他们抚慰，还要回答某些问题，此事由你负责。"

"哪些问题她们可以回答，陛下？"

"她们知道。"

经过这么多年，莫尼奥早就对整个流程一清二楚了。

雷托听到黑屋外响起莫尼奥的声音，接着是鱼言士护卫的声音，还有新死灵与众不同的犹犹豫豫的脚步声。

"就进这道门。"莫尼奥说，"里面很暗，你进去后我们还要把门关上。一进门就站住，等圣上发话。"

"为什么这里面很暗？"邓肯的话音咄咄逼人，又流露出满腹狐疑。

"他会解释的。"

艾达荷被推入屋子，门在他身后关死。

雷托知道死灵看见的是什么——除了重重深影就是一片漆黑，连声音是从哪儿发出来的都摸不准。像以前那样，雷托调出了保罗·穆阿迪布的嗓音。

"很高兴又见面了，邓肯。"

"我看不见你！"

艾达荷是勇士，是勇士就有攻击性。雷托松了一口气，这个死灵的确不走样地复制了原型。特莱拉人用来唤醒死灵生前记忆的道德剧总会在他头脑里留下某些不确定因素。有些邓肯相信自己确曾危及保罗·穆阿迪布本人的性命。眼前的一位就带着这种幻觉。

"我听到了保罗的声音，可我看不见他。"艾达荷说，毫不掩饰话音里的受挫感。

为什么一位厄崔迪人要玩这种愚蠢的把戏？保罗肯定在很久以前就死了，而这个是雷托，他只不过携带着保罗复苏的记忆……携带着其他许多人的记忆！——如果特莱拉人的说法可信的话。

"有人已经对你说过，你只是一长串复制人中最新的一个。"雷托说。

"我没有那些记忆。"

雷托看得很清楚，这个邓肯虽然摆出了勇士惯用的那套虚张声势的架势，却已难掩歇斯底里之态。特莱拉人该死的再生复原技术又留下了常见的意识紊乱后遗症。这个邓肯徘徊在震惊的边缘，强烈怀疑自己是不是精神错乱了。雷托知道，现在要用最巧妙的抚慰手法才能让这个可怜的家伙镇静下来。而这个过程会让双方都疲惫不堪。

"很多事都变了，邓肯。"雷托说，"不过有一样没变。我仍然是厄崔迪人。"

"他们说你的身体……"

"是的，也变了。"

"该死的特莱拉人！他们想让我杀死一个我……嗯，很像你的人。我忽然想起了我是谁，那个是……那个人有可能是穆阿迪布的死灵吗？"

"变脸者的把戏，我可以保证。"

"他的长相还有说话的腔调是那么像……你确定吗？"

"一个演戏的，错不了。他活下来了吗？"

"当然！他们就是这样唤醒了我的记忆。他们还向我解释了这件该死的事。是真的吗？"

"是真的，邓肯。我讨厌这件事，但为了能让你做我的左膀右臂，我只能允许他们这么干。"

那些潜在的牺牲品总是能幸存下来，雷托想。起码能从我见过的这些邓肯手里捡回一条命。也有出错的时候，有的邓肯会杀死假保罗，那就只能报废了。妥善保存着的原型细胞还有的是。

"你的身体怎么了？"艾达荷问。

现在穆阿迪布可以退下了。雷托恢复了平时的声音。"我接受了一层沙鲑皮肤。此后就一直在变形。"

"为什么？"

"我会在适当的时候解释。"

"特莱拉人说你看上去像条沙虫。"

"我的鱼言士是怎么说的？"

"她们说你是神。为什么你叫她们鱼言士？"

"一个古老的幻想。最早的女祭司在梦中跟鱼交谈。她们通过这种途径学到了宝贵的东西。"

"你是怎么知道的？"

"我就是那些女人……也是她们之前和之后的所有人。"

雷托先是听见艾达荷喉咙里发出干咽的声音，接着听他说道："我明白为什么要进黑屋子了。你在给我时间适应。"

"你总是反应很快，邓肯。"

除去你反应慢的时候。

"你已经变形多久了？"

"三千五百多年。"

"那么特莱拉人说的都是真话了。"

"他们不太敢再瞎说了。"

"这段时间够长。"

"非常长。"

"特莱拉人已经……复制我许多次了？"

"许多次。"

接下来该问我多少次了，邓肯。

"我被复制过多少次了？"

"我会让你自己去查档案。"

这就开始了，雷托想。

这场问答似乎总能让邓肯们满意，但所有问题万变不离其宗：

"我被复制过多少次了？"

邓肯们的肉体没有区别，但同源的死灵不能互通记忆。

"我记得我是怎么死的。"艾达荷说，"眼前一片哈克南人的刀光剑影，大队人马来抓你和杰西卡。"

雷托临时恢复了穆阿迪布的声音："当时我在场，邓肯。"

"我是替代品，对吗？"艾达荷问。

"是的。"雷托说。

"前一个……我……我是说，他怎么死的？"

"凡人终有一死，邓肯。档案里都有记载。"

雷托一边耐心地等这个邓肯开口，一边猜想那些粉饰过的历史能瞒他多久。

"你到底是什么样子？"艾达荷问，"特莱拉人说的沙虫身体是什么样的？"

"有一天它会变成沙虫之类的东西。我的身体已经变形得很厉害了。"

"什么叫沙虫之类的东西？"

"它将有更多的神经节，还会有意识。"

"能不能开灯？我想看看你。"

雷托发出打开泛光灯的指令。屋里一下子亮堂起来。黑墙和灯光经过刻意安排，能把光线集中打在雷托身上，让每个细节都暴露无遗。

艾达荷从头至尾打量着这具布满银灰色壳面的躯体，看到了初始状态下的沙虫棱节和弯弯曲曲的身子……曾经的腿足部分变成了两个小凸起，而且长短还略有差别。他把目光移回到尚有模样的手和臂上，最后抬眼注视那张粉色皮肤的"风帽脸"——这张脸滑稽地凸出在身体一端，相对于整个庞然大物几乎可以忽略不计。

"好了，艾达荷，"雷托说，"我警告过你的。"

艾达荷默默地指了指准沙虫躯体。

雷托代他提了那个问题："为什么？"

艾达荷点点头。

"我仍然是一个厄崔迪人，邓肯，而且我以这个名字代表的一切荣誉向你保证，我不得不这样做。"

"怎么可能……"

"你迟早会明白。"

艾达荷一个劲儿摇头。

"真相很难一下子接受。"雷托说，"你需要先了解其他情况。相信一个厄崔迪人的话。"

千百年来的经验告诉雷托，只要唤起艾达荷心底里对厄崔迪这块牌子的忠诚，就能把他即将冲口而出的一大堆私人问题给堵住。这一招再次奏效了。

"所以我将继续为厄崔迪人效力。"艾达荷说，"听上去很熟悉，是吗？"

"在很多方面是这样，老朋友。"

"你也许可以叫我老朋友，但我没法这么叫你。我该怎么效力？"

"我的鱼言士没说过吗？"

"她们说我将指挥你的精英卫队，卫兵都是从鱼言士中选拔出来的。我不明白。一支女子军队？"

"我需要一位可靠的伙伴来指挥卫队。你不同意？"

"为什么用女人？"

"男人和女人有不同的行为模式，而女性具备极其宝贵的特质，正可堪当这一重任。"

"你没有回答我的问题。"

"你认为她们不能胜任？"

"有些看上去是很厉害，可……"

"还有一些，啊，对你很温柔？"

艾达荷脸红了。

雷托觉得这是一种迷人的反应。邓肯们是当今极少数还会脸红的人。这种反应不难理解，它形成于邓肯们的早期训练，是对个人荣誉敏感所致——十足的骑士风度。

"我不明白你怎么会信赖女人的保护。"艾达荷说。红晕从两颊渐渐褪去。他瞪眼瞧着雷托。

"可我一直信赖她们，就像信赖你一样——托付生命的信赖。"

"说到保护，你的敌人是谁？"

"莫尼奥和我的鱼言士会把最新情况交代给你。"

艾达荷交换了一下支撑脚，身体随着心跳的节奏来回摆动。他环视小屋，但并未聚拢目光。随后，看上去突然下定了决心，他蓦地转向雷托。

"我该怎么称呼你？"

雷托一直在等待这个表示顺服的信号。"'陛下'可以吗？"

"是……陛下。"艾达荷直视着雷托那一对标准的弗雷曼蓝眼，"鱼言士说的是真话吗——你的……记忆包含……"

"我们都在这里，邓肯。"雷托用他祖父的嗓音说。

"连女人们也在，邓肯。"这是他祖母杰西卡的声音。

"你熟悉他们。"雷托说，"他们也熟悉你。"

艾达荷颤抖着慢慢吸了一口气。"我需要一点时间来习惯。"

"我自己一开始也正是这么想的。"雷托说。

艾达荷爆发出一阵大笑，连身子都哆嗦起来。雷托觉得一句小小的自嘲不值得这样大惊小怪，但他没说出口。

过了一会儿，艾达荷说："鱼言士的任务是让我心情愉快，不是吗？"

"她们做到了吗？"

艾达荷细看雷托的脸庞，认出了厄崔迪人特有的面相。

"你们厄崔迪人一向能把我看透。"艾达荷说。

"这样说就对了。"雷托说，"你已经意识到我不单单是一个厄崔迪人，而是全体厄崔迪人。"

"保罗也说过这话。"

"的确如此！"从语气和腔调足以听出说话的正是穆阿迪布。

艾达荷大喘一口气，把目光转向房门。

"你剥夺了我们的一部分东西。"他说，"我能感觉出来。那些女人……莫尼奥……"

我们，你，雷托想，邓肯们总是站在人类的一边。

艾达荷把视线转回雷托脸上。"作为交换，你给了我们什么？"

"覆盖整个帝国的'雷托和平'！"

"我能看出来人人都幸福美满！因此你需要一支私人卫队。"

雷托微微一笑。"我的和平其实是强制性稳定。人类反对稳定由来已久。"

"所以你给了我们鱼言士。"

"还有一套你不可能看错的等级制度。"

"一支女子军队。"艾达荷嗫嚅道。

"这是引诱男性的终极力量。"雷托说，"对于好斗的男性来说，性永远是一种压制手段。"

"她们就干这个？"

"她们能抑制和疏导过度的欲望，由此减少让人痛苦的暴力。"

"你让她们相信你是神。我觉得不能接受。"

"诅咒神圣是一种亵渎，对我，对你，都一样！"

艾达荷皱了皱眉。他没料到会是这个回答。

"你在玩什么游戏，陛下？"

"一个非常古老的游戏，但规则是新的。"

"是你的规则！"

"你宁可我把一切倒退回宇联商会、兰兹拉德联合会和大家族统治的时代吗？"

"特莱拉人说已经没有兰兹拉德联合会了。你不允许任何真正的自治存在。"

"那好，我可以把位子让给贝尼·杰瑟里特。或者让给伊克斯人或特莱拉人？要么你想让我再找一个哈克南男爵来凌驾于整个帝国之上？只要你同意，邓肯，我就退位！"

一个个问题如雪崩般压了下来，艾达荷再一次摇起了头。

"极权假如落在错误的手中，"雷托说，"就会变得危险而反复无常。"

"而你的手就是正确的？"

"这一点我不能确定，但我可以告诉你，邓肯，我对历史上的那些掌权之手一清二楚。我了解他们。"

艾达荷转过身去背对着雷托。

这个偏激的人类姿势真不可思议，雷托想，既拒不接受，又承认自己的脆弱。

雷托冲着艾达荷的后背发话。

"你的反对很有道理，受我驱使的民众并不充分知情，也并非完全心甘情愿。"

艾达荷向雷托半转过身，抬头望向他的"风帽脸"，接着稍稍伸长脖子，盯住那对全蓝色眼睛。

他在观察我，雷托想，却只能揣摩我的脸。

厄崔迪人都要学习如何读懂脸部和身体的微妙信号，艾达荷就是个中高手。不过可以看得出，他现在渐渐意识到：雷托是深不可测的。

艾达荷清了清嗓子。"你会要我去做的最坏的事是什么？"

多像邓肯！雷托想。这是典型的一个。艾达荷会向一位厄崔迪人效忠，向其誓言的守护神效忠，但他也暗示不会越过自己的道德底线。

"你要做的就是尽一切必要手段保护我，以及我的秘密。"

"什么秘密？"

"关于我的弱点。"

"也就是说你并不是神？"

"并不全然。"

"你的鱼言士提到叛党。"

"是有叛党。"

"为什么？"

"他们太年轻，我没能让他们相信我这条路更光明。任何事你都很难去说服年轻人。他们个个天生万事通。"

"以前我从来没听过一个厄崔迪人会这样讥笑年轻一代。"

"也许是因为我自己太老了——老上加老。每过去一代，我的任务就会变得更艰巨。"

"你的任务是什么？"

"跟我久了你慢慢会明白的。"

"如果我辜负你了怎么办？你的女人会干掉我吗？"

"我尽量不让鱼言士负疚。"

"可你会让我负疚？"

"假如你接受的话。"

"万一我发现你还不如哈克南人，我会反对你。"

多像邓肯。他们衡量一切邪恶的标准就是哈克南人。关于邪恶他们真是无知啊。

雷托说："男爵鲸吞了一个又一个星球，邓肯。还有什么比这更糟呢？"

"吞下整个帝国。"

"我正在孕育我的帝国。我将为它的诞生而死。"

"要是我能相信……"

"你答应担任卫队司令吗？"

"为什么选我？"

"你是最优秀的。"

"危险差事，我想象得出。我的前任们就是干着这份危险差事死的吗？"

"有些是。"

"真希望我有他们的记忆！"

"有了这些记忆你就不是真正的你了。"

"但我还是想了解他们。"

"你会的。"

"这么说厄崔迪人仍然需要一把快刀？"

"我们有些任务只有邓肯·艾达荷能胜任。"

"你说……我们……"艾达荷咽了咽唾沫，回头瞥了瞥房门，再转回来盯着雷托的面孔。

雷托用穆阿迪布的语气说话，但嗓音还是自己的。

"我们最后并肩向泰布穴地攀登的时候，我忠于你，你也忠于我。这一点从来没有真正改变过。"

"这是你父亲。"

"这是我！"从雷托庞大的身躯厉声喝出保罗·穆阿迪布的声音，总是会让死灵战栗。

艾达荷低声说道："你们所有人……都在一个……身体……"他刹住话头。

雷托没有作声。现在是关键时刻。

片刻，艾达荷咧嘴露出那副人人皆知的满不在乎的笑容。"现在我要对最了解我的雷托一世和保罗说话。请好好任用我，因为我衷心爱戴你们。"

雷托合上眼睛。这种话总是让他伤感。他知道爱正是自己最致命的弱点。

一直在外面听动静的莫尼奥来救场了。他进门问道："陛下，要我把邓肯·艾达荷领到他的卫队那里去吗？"

"好。"雷托只能挤出这一个字。

莫尼奥握住艾达荷的胳膊带他退下。

好一个莫尼奥，雷托想，干得好。他是那么了解我，但我不指望他能真正懂我。

我了解我祖先的邪恶，因为我就是他们。这是一种极其微妙的平衡。我知道，在你们这些读者中间，极少有人会如此评价自己的祖先。你们从来没想过，每一个祖先都是幸存者，而若要幸存，有时非得作出残酷的决定，这种恣意妄为是文明人坚决不容许的。然而你们愿意付出怎样的代价？你们能接受自身的灭绝吗？

——《失窃的日记》

清晨，首日上任鱼言士司令的艾达荷一面穿戴，一面努力摆脱噩梦的纠缠。那个梦让他惊醒了两次，两次他都走上阳台凝望星空，而噩梦依然在脑海里喧嚣不止。

女人……身披黑甲赤手空拳的女人……像一伙没头脑的暴徒般粗声喊叫着向他冲过来……还挥舞着沾满鲜血的双手……她们蜂拥而至，一个个张开嘴露出可怕的尖牙！

他就是在这时惊醒的。

晨曦几乎无助于驱散噩梦的余悸。

他们在北塔为他安排了一套住处。阳台俯瞰一大片沙丘，尽头是一面悬崖，崖脚下隐约有个泥舍村落。

艾达荷一边扣着上衣，一边瞭望这片景观。

为什么雷托只用女兵？

几名长相标致的鱼言士提出要陪新司令共度良宵，遭到艾达荷拒绝。

性诱并不像是厄崔迪人的作为！

他低头看看自己的着装：滚金边的黑色军服，左胸佩有红色鹰徽。至少这是一样熟悉的东西。没有军衔标志。

"她们认识你的脸。"莫尼奥是这么说的。

古怪的小个子，这个莫尼奥。

这个想法让艾达荷愣了一下。印象中莫尼奥个子其实不小。**非常自制，没错，可并不比我矮。**莫尼奥似乎把自己隔离了起来，却又……很泰然。

艾达荷环视房间——松松软软的靠垫，隐藏在锃亮的棕色木墙板内的一应器具——舒适得堪称奢侈。浴室铺着华丽的浅蓝色瓷砖，设有盆浴和淋浴设施，至少可容纳六人同时洗浴。整个寓所都在诱人放纵。在这些房间里，你会放任感官沉溺于享乐的回忆之中。

"聪明。"艾达荷自言自语道。

响起一记轻轻的敲门声，接着是一个女人的声音："司令？莫尼奥来了。"

艾达荷向外瞥了一眼，远处的悬崖呈现出长年暴晒的颜色。

"司令？"声音拔高了一点。

"请进。"艾达荷大声应道。

莫尼奥走进来，关上门。他一身衣裤都是粉笔白，让人不得不盯着他的脸看。莫尼奥扫视了一下屋里。

"这就是她们给你安排的地方。该死的女人！我猜她们是想献殷勤，但应当更明白事理。"

"你怎么知道我喜欢什么？"艾达荷问。话还没说完，他就意识到这是个愚蠢的问题。

我不是莫尼奥见过的第一个邓肯·艾达荷。

莫尼奥只是笑了笑，耸耸肩。

"恕我无礼，司令。那么你想住在这里吗？"

"我喜欢这儿的风景。"

"但不喜欢这些家具。"莫尼奥没有使用疑问语气。

"可以换掉。"艾达荷说。

"我会办妥的。"

"我猜你是来向我交代职责的。"

"我尽量说清楚。我知道一开始样样事情在你眼里都显得那么古怪。如今这个文明跟你熟悉的那个有本质区别。"

"我能看出来。我的……前任是怎么死的？"

莫尼奥耸了耸肩。这似乎是他的标准姿势，不过并无谦卑之意。

"他作了个决定，但没来得及避开这个决定带来的后果。"莫尼奥说。

"具体一点。"

莫尼奥叹了口气。邓肯们总是这样——太爱刨根问底。

"他死于叛乱。你想知道细节吗？"

"对我有用吗？"

"没用。"

"今天我想拿到这场叛乱的完整简报，不过请先回答：为什么雷托的军队里没有男人？"

"他有你。"

"你知道我指的是什么。"

"关于军队他自有一套奇怪理论。我跟他讨论过许多次。在听我解释前你不想先用早餐吗？"

"不能边吃边谈吗？"

莫尼奥转向门口，只喊了一个字："上！"

接下来的情景让艾达荷看呆了。一队年轻的鱼言士应声鱼贯而入。两个人从活动墙板后面搬出一张折叠桌和两把椅子，摆在阳台上。其他人布置好两套餐具。另有人端来早餐——新鲜水果、热面包卷、微微散发香料和咖啡因味的滚烫饮料。她们干起活儿来不声不响，干脆利落，显然都对这套流程习以为常了。像进来时那样，她们又一言不发地出去了。

这奇妙的表演开始还不到一分钟，艾达荷就已经和莫尼奥面对面坐在了餐桌两头。

"每天早上都这样？"艾达荷问。

"只要你吩咐。"

艾达荷尝了口饮料：美琅脂咖啡。他认出了水果，是一种名叫"帕拉丹"的卡拉丹嫩瓜。

我最喜欢吃的。

"你们真了解我。"艾达荷说。

莫尼奥笑了笑。"我们有经验。现在，聊聊你的问题吧。"

"还有雷托的奇怪理论。"

"好的。他说纯男性军队对于作为其基础的平民太过危险。"

"这是疯话！没有军队，就不会有……"

"我知道你的理由。但他说，史前聚落由已过育龄的男性行使一种筛选机制，而男性军队就是这种机制的残留物。他还说，有个事实始终在蹀躞地重复着：总是年长男子将年轻男子送上战场。"

"筛选机制，什么意思？"

"被投入筛选的人必须守在危险的外围，保护中间的育龄男女和幼者。身处外围的最先遭遇捕食者。"

"那对……平民会有什么危险呢？"

艾达荷咬了一口瓜，发现它熟得恰到好处。

"圣上说，当不存在外敌的时候，纯男性军队总会把矛头转向自己的人民。永远如此。"

"为了争夺女人？"

"也许是。不过他显然不相信会这么简单。"

"我不觉得这是个奇怪的理论。"

"还没完。"

"还有？"

"嗯，是的。他说纯男性军队会滋生强烈的同性恋倾向。"

艾达荷瞪着对面的莫尼奥。"我从来没……"

"当然没有。他谈到力比多升华、精力转移，还有其他那些东西。"

"其他还有什么？"听到心目中的男性形象遭到贬低，艾达荷不由着恼。

"青春期态度；男孩子扎堆；纯恶意的玩笑；哥们儿义气……诸如此类的东西。"

艾达荷冷冷说道："你怎么看？"

"我想起——"莫尼奥扭头看着风景说道，"他说过的一些事确实让我信服。他是人类历史上的每一个士兵。他提出要为我演示实例——他心中冻结着无数著名军事人物的青春期。我拒绝了。我仔细读过历史，能认出这些特征。"

莫尼奥转过头来，紧盯着艾达荷的眼睛。

"好好想想吧，司令。"

艾达荷素以坦诚待己为豪，这些话刺痛了他。军队中保留着青年期和青春期崇拜？的确所言不虚。他自己的经历中就有这样的例子……

莫尼奥点头道："受制于所谓纯心理因素的同性恋者，不管是潜在的还是公开的，往往会沉湎于导致痛苦的行为——可能是受虐，也可能是施虐。圣上说这可以追溯到史前聚落的考验行为。"

"你相信他吗？"

"是的。"

艾达荷咬了一口瓜，却已经尝不出甜味。他咽了下去，又放下勺子。

"我一定会好好思考的。"艾达荷说。

"这就对了。"

"你没吃。"艾达荷说。

"我天不亮起床，已经吃过了。"莫尼奥指了指自己的盘子，"那些女人老是诱惑我。"

"她们得手过吗？"

"偶尔。"

"你说得对。我认为他这套理论确实奇怪。还有其他说法吗？"

"哦，他还说，摆脱了青春期同性恋心理的束缚之后，男性军队从本质上说无异于强奸犯。强奸往往伴随着谋杀，那可不是为了生存。"

艾达荷沉下脸来。

莫尼奥的嘴角掠过一丝干笑。"圣上说，在你那个时代，全靠厄崔迪式的纪律和道德约束才阻止了某些极端事件的发生。"

艾达荷哆嗦着发出一声长叹。

莫尼奥往后一靠，想起神帝曾经说过："无论我们多么渴求真相，自我觉醒的那一刻总是不愉快的。我们对真言师没有好感。"

"那些该死的厄崔迪人！"艾达荷说。

"我就是厄崔迪人。"莫尼奥说。

"什么？"艾达荷惊问。

"他的育种计划，"莫尼奥答，"特莱拉人一定提到过。我是他妹妹和哈克·艾尔-艾达的直系后裔。"

艾达荷朝他倾过身去。"那么请告诉我，厄崔迪人，为什么女兵比男兵更好？"

"女人更容易成熟。"

艾达荷不解地摇头。

"在生理上，女性自有一种从青春期强制进入成熟期的方式。"莫尼奥说，"如圣上所言，'怀胎十月会让你改头换面'。"

艾达荷靠回椅背。"他是怎么知道的？"

莫尼奥光是盯着他看，直到艾达荷想起雷托心怀芸芸众生——有男人，也有女人。这让他陷入了沉思。莫尼奥见状回想起神帝就类似情形有过一句描述："听了你的话，他那副表情跟你预想的一模一样。"

冷场还在继续，莫尼奥清了清嗓子，开口说道："大家都知道，圣上深不可测的记忆也曾让我哑口无言。"

"他对我们说的是实话吗？"艾达荷问。

"我相信他。"

"但他干了那么多……我是说，比如这个育种计划，已经持续多久了？"

"从最开始，也就是他从贝尼·杰瑟里特手里夺过育种计划的那天起，直到现在。"

"他想干什么？"

"我也想知道。"

"可你是……"

"一个厄崔迪人，他的侍卫长，没错。"

"你还没有说服我为什么女子军队更好。"

"女性延续种族。"

终于，艾达荷的沮丧和怒气有了发泄目标。"头一晚我和她们干的就是这档子事吗？育种？"

"有可能。鱼言士不采取避孕措施。"

"他真该死！我不是牲口，让他从一个畜栏赶到另一个畜栏，就像……就像……"

"像种马？"

"是的！"

"但圣上拒绝走特莱拉人的老路，他禁止基因手术和人工授精。"

"特莱拉人有什么……"

"他们是活生生的例子，连我都能看出来。他们的变脸者不能生育，与其说是人类，不如说是群聚有机体。"

"其他那些个……我……有当种男的吗？"

"有一些。你有后代。"

"谁？"

"我是其中一个。"

艾达荷直视莫尼奥的眼睛，这混乱的关系突然让他晕头转向。艾达荷觉得无法理解。莫尼奥明显老得多……*可我是……究竟谁的年纪更大？究竟谁是前辈谁是后人？*

"有时候我自己也想不通。"莫尼奥说，"希望这句话能让你好受些，圣上向我保证过你绝不是我的后代，在任何通常意义上都不是。不过你倒可以帮我生几个后代。"

艾达荷一个劲儿地摇头。

"有时我觉得只有神帝本人才能理解这些事。"莫尼奥说。

"再有就是这件事！"艾达荷说，"自封为神。"

"圣上说他创造了一种神圣的亵渎。"

艾达荷没料到会是这个回答。*我本打算听他说什么？雷托皇帝的好话？*

"神圣的亵渎。"莫尼奥又说一遍。这几个字从他舌尖吐出，带着幸灾乐祸的怪味。

艾达荷审视着莫尼奥。*他恨他的神帝！不……他怕神帝。但怕什么就恨什么不是人之常情吗？*

"你为什么信他？"艾达荷问。

"你问我是不是信仰普世宗教？"

"不是！他有信仰吗？"

"我认为有。"

"为什么？你为什么这么想？"

"因为他说他希望不要再制造变脸者了。他三令五申，他的人种只要完成配对，就必须以传统方式生育。"

"这跟我的问题到底有什么关系？"

“你问我他相信什么。我认为他相信偶然性。我认为这就是他的神。”

“那是迷信！”

“想想帝国的形势吧，这种迷信是需要很大勇气的。”

艾达荷瞪着莫尼奥。“你们这些该死的厄崔迪人。”他咕哝道，“你们什么都敢干！”

莫尼奥留意到艾达荷憎恶的语气里还掺杂着佩服。

邓肯们一开始都是这样。

你我之间最根本的区别是什么？你已经有答案了，就是祖先记忆。我的祖先记忆会亮闪闪地映现在心中；而你的却只能在暗中起作用，有人称之为直觉或宿命。这些记忆对你我都会产生杠杆效应——影响我们的思想、我们的行动。你觉得自己能躲开？我就是伽利略。我站在这里告诉你："它的确在运行。[1]"这种运行所产生的力量如此之强，从来没有凡夫俗子敢于出手抵挡。如今我就要向它发起挑战。

——《失窃的日记》

　　"那时她还是个孩子，有一次她盯着我看，记得吗？当时赛欧娜估计我不会留意，她看着我的样子，就像沙鹰在猎物巢穴的上空盘旋。这是你自己说的。"

　　雷托说着，在御辇上将身体转了九十度，把"风帽脸"凑近莫尼奥。莫尼奥正在御辇旁边小跑。

　　天色微明。一道高耸的人造山脉将沙厉尔帝堡与节庆城连接起来，山脊上铺着一条如激光般笔直的沙漠大道。眼下，这条路开始划

---

[1] 据传是伽利略在教会逼迫下放弃日心说后所说的一句话，其本意是"但是地球的确是在转动的"。

出大弧线，沉入一道道阶梯状峡谷，然后跨过艾达荷河。河流在远处喧嚣奔腾，空气中湿雾迷蒙，不过雷托并未合上御辇前部的泡形密封舱罩。他的沙虫分身一接触潮气就说不出地难受，但人类分身爱闻雾中那一缕沙漠植物的甜味。他下令全队停止前进。

"为什么停下来，陛下？"莫尼奥问。

雷托没有回答。只听御辇发出一阵吱吱嘎嘎的声音，他拱起庞大的身躯，把脑袋挺得高高的，使目光越过右侧的禁林，眺望到远方银光粼粼的凯恩斯海。他又转向左侧，那儿还有屏蔽场城墙的遗迹，在晨光中只显现一道逶迤的矮影。此处的山脊抬高到近两千米，将沙厉尔合围在内，限制其空气中的水分。从雷托所处的高度远眺，能看到一个缺口，那儿就是他组织兴建奥恩节庆城的地方。

"一时兴起。"雷托答。

"我们不该过了桥再休息吗？"莫尼奥问。

"我没在休息。"

雷托凝视前方。前面有一连串"之"字弯，从这里看过去只是一些扭曲的阴影；经过一座仿若横亘在仙境中的大桥，这条大道就跨过了艾达荷河，接着爬上一段缓坡，再下坡直接通往奥恩城。现在整个城市只露出一片闪闪发光的尖顶。

"这个邓肯看上去听话了。"雷托说，"你跟他长谈过了？"

"严格遵照您的吩咐，陛下。"

"好。这次只有四天。"雷托说，"别的邓肯都要更长时间才能恢复过来。"

"他已经开始忙着指挥您的卫队了，陛下。昨夜他们又巡逻到很晚才回。"

"邓肯们都不喜欢在空旷的地方行路。凡是有可能让我们陷入危险的东西，他们都会顾虑重重。"

"我知道，陛下。"

雷托转过头来直视莫尼奥。总管身穿白制服，外披一件绿斗篷。他站在敞开的泡形舱罩旁边，不远不近，恰好是此类出行所要求的护卫距离。

"你很尽职，莫尼奥。"雷托说。

"谢陛下。"

后面的卫兵和百官都与御辇保持着一段划清尊卑界限的距离。大部分人甚至在有意避嫌，以免让人误会自己偷听了雷托与莫尼奥的对话。除了艾达荷。他拨出一部分鱼言士卫兵分列在皇家大道两侧。现在他站在那儿直盯着御辇。艾达荷身着镶白边的黑制服，是鱼言士所赠的礼物，莫尼奥提到过。

"她们非常喜欢这一个。他很胜任自己的职责。"

"他的职责是什么，莫尼奥？"

"这……保护您的人身安全，陛下。"

卫队女兵一律身穿紧身绿军服，左胸佩有红色厄崔迪鹰徽。

"她们紧盯着他。"雷托说。

"是的。他在教她们手势信号。他说这是厄崔迪的传统。"

"一点不错。奇怪，前一个怎么没这样做？"

"陛下，如果您不知道……"

"我开玩笑的，莫尼奥。前一个邓肯没有危机感，最后闹得不可收拾。这一个接受我们的解释了吗？"

"他对我表示接受，陛下。他已经很投入地为您效力了。"

"为什么他只佩了一把腰刀？"

"女人们说服他相信，只有经过特殊训练的卫兵才能带激光枪。"

"你小心得过头了，莫尼奥。告诉她们，现在还远远没到担心这个邓肯的时候。"

"遵命，陛下。"

雷托明显感觉新任卫队司令并不喜欢大臣们在场。他站得离他们远远的。艾达荷了解到他们大部分是行政官员。为了这次出游，他们都打扮得光鲜无比，准备好好出一出风头，同时也在神帝面前亮亮相。雷托知道这些人在艾达荷眼里有多傻气。但在雷托印象中，以前有过远比这更傻气的盛装出行，今天算是收敛的了。

"你把他介绍给赛欧娜了吗？"雷托问。

一听到赛欧娜，莫尼奥立刻愁眉紧锁。

"冷静点。"雷托说，"她偷看我那会儿就很招我喜欢了。"

"我感觉她很危险，陛下。有时我觉得她能看透我心底里的想法。"

"这个聪明孩子明白老爸的心意。"

"我不开玩笑，陛下。"

"是的，我能看出来。你注意到邓肯越来越不耐烦了吗？"

"他们巡视过这条路，一直到离桥不远的地方。"莫尼奥说。

"有什么发现吗？"

"和我发现的一样——新出现一伙保留地弗雷曼人。"

"又是请愿？"

"请别动怒，陛下。"

雷托再一次向前方眺望。为了这次漫长而庄严的出行不得不暴露在野外，还要举行冗长的仪式去稳定鱼言士的军心，这一切都让雷托头疼。现在，还要再受一次请愿的折磨！

艾达荷跨前几步，在莫尼奥正后方站住。

艾达荷的动作带着几分威胁的意味。**当然不会这么早**，雷托想。

"为什么停在这里，陛下？"艾达荷问。

"我通常要在这里停一停。"雷托答。

的确如此。他转头望向仙境桥的对岸。大道蜿蜒向下出了峡谷高地，进入禁林，再穿过河边几片农田。雷托常常停在这儿看日出。今晨，虽然阳光依旧照在熟悉的景物上，但有些东西……在搅动陈年记忆。

这几片皇家种植园的农田越过禁林边界向外铺展开去。太阳在起伏的地平线上冉冉升起，将金光遍洒于麦浪之上。麦田让雷托想起沙漠，想起曾经独霸这片土地的广袤沙丘。

沙丘还会独霸此地的。

麦田与他记忆中的沙漠存在一定色差，不完全是那种硅石的亮黄色。雷托回头远望四面环崖、庇护着往昔的沙厉尔，其颜色明显不同。他再次向节庆城眺望，照例感觉到一阵痛楚——每经历一次痛楚，就表明他无数颗心又向那彻头彻尾的异类转化了一点点。

今早是什么东西让我想起自己丢失的人性？雷托自问。

皇家队伍人人都在遥望熟悉的麦田和森林，但雷托知道，只有自己依然将这片郁郁葱葱的景观当成"拜赫尔比勒马[1]"——无水之海。

"邓肯，"雷托说，"看到城市前面那块地方了吗？那就是坦则奥福特。"

"恐怖之地？"艾达荷显然吃了一惊，他扫了眼奥恩城，旋即将目光移回雷托。

---

[1] 原文"bahr bela ma"系罗马化的阿拉伯语。

"'拜赫尔比勒马'，"雷托说，"已经在植被下面埋藏了三千多年。如今活在厄拉科斯星上的人，只有我们两个亲眼见过这片沙漠的原貌。"

艾达荷向奥恩城望去。"屏蔽场城墙在哪里？"他问。

"'穆阿迪布缺口'在那儿，就是我们建起这座城市的地方。"

"那一溜小山丘，就是屏蔽场城墙？发生了什么？"

"搬到了你脚下。"

艾达荷抬头瞧瞧雷托，低头看看大道，又环视四周。

"陛下，我们可以走了吗？"莫尼奥问。

*莫尼奥心里有只嘀嗒嘀嗒不停在走的钟，他是驱赶大家执行计划的挥鞭人，*雷托想。还有接见贵宾等重要事宜，他感到时间紧迫。而且，他不喜欢神帝同邓肯们谈论旧时代。

雷托忽然意识到这次停留的时间远远长于以往。之前在晨风中跑了一阵，百官和卫兵现在都感到寒意袭身。毕竟有些人穿的华服更多是为了装点门面而非防风御寒。

*还是那句话，*雷托想，*或许门面也是一种自保。*

"以前都是沙丘。"艾达荷说。

"绵延数千公里。"雷托补充道。

莫尼奥思绪翻腾。他熟悉神帝这种深陷沉思的状态，但今天还带着一丝伤感。可能是受了前任邓肯之死的刺激。雷托一伤感，也许就会忽略掉重要的事情。神帝的情绪或念头由不得谁说三道四，他只是担心被人乘虚而入。

*必须警告赛欧娜，*莫尼奥想。*这个傻丫头能听我话就好了！*

她的反叛精神远远超过当年的莫尼奥。远远超过。雷托驯服了莫尼奥，让他感受到了金色通道及其作为育种链的一环所承担的责任，然而在莫尼奥身上奏效的方法并不适用于赛欧娜。莫尼奥发现了这一区别，他对自己所受的训练原本是深信不疑的，现在却有了新的认识。

"我没有看到明显的路标。"艾达荷说。

"就在那儿，"雷托指着一个方向说道，"森林的边界上。那条路通往裂岩。"

莫尼奥对他俩的谈话听而不闻。*是对神帝的极度崇信最终让我俯首帖耳的*。雷托永远不停地给人以意外和惊奇。他的行为不可捉摸。莫尼奥瞥了一眼神帝的侧影。他变成了什么？

莫尼奥早期的一项任务是研究帝堡的秘密档案，包括雷托的变形历史。然而与沙鲑的这种共生关系，即使读了雷托本人的言谈记录也仍然是个不解之谜。如果这些档案是真实可信的，那么沙鲑皮肤几乎能让他长生不老并免受一切暴力伤害。其庞大身躯带横棱的要害部位甚至还能吸收激光枪的射击能量！

先是沙鲑，再变成沙虫——正是一个出产美琅脂的完整循环。这个循环就在神帝体内潜伏着……静静等待完成的那一天。

"前进吧。"雷托说。

莫尼奥意识到自己愣神了。他从胡思乱想中收回思绪，只见邓肯·艾达荷正在微笑。

"过去我们管这叫'捡羊毛[1]'。"雷托说。

"我很抱歉，陛下。"莫尼奥说，"我刚才……"

"你在'捡羊毛'，不过没关系。"

*他的心情好点了，*莫尼奥想，*看来我得谢谢邓肯。*

---

[1] 原文"woolgathering"字面意思是"捡羊毛"，有胡思乱想、心不在焉等引申义。后文另有涉及。

雷托在御辇上调整好位置，使泡形舱罩保持半开，只留出能让脑袋自由活动的空间。雷托驱动御辇前行，车轮嘎吱嘎吱轧过路面上的小石子。

艾达荷靠近莫尼奥，与他并肩小跑。

"御辇底下有浮空球，可他还是用轮子，"艾达荷问，"为什么？"

"圣上喜欢轮子，不爱用反重力装置。"

"这东西是怎么开的？他怎么来操控它？"

"你问过他吗？"

"还没得着机会。"

"这辆御辇是伊克斯人制造的。"

"说明什么？"

"据说圣上是靠特定的意念来驱动和操控这辆车的。"

"你不确定？"

"他不喜欢别人问他这类问题。"

即使对于他的心腹，莫尼奥想，神帝也是一个谜。

"莫尼奥！"神帝喊道。

"你最好回到卫兵那边去。"莫尼奥说着示意艾达荷退后。

"我宁愿在前面领头。"艾达荷说。

"圣上不喜欢这样！请退回去。"

莫尼奥匆忙上前凑近雷托的脸庞，同时留意到艾达荷已经后撤，穿过百官队列，归入了殿后的卫队。

雷托俯视着莫尼奥说："我觉得你处理得很好，莫尼奥。"

"谢陛下。"

"你知道邓肯为什么要在前面领头？"

"当然，陛下。他理应在此护卫。"

"这个邓肯有危机感。"

"我不明白，陛下。我不明白您为什么要这样做。"

"你的确不明白，莫尼奥。"

女性的分享思维起源于家庭成员间的分享——照顾幼者、采集和准备食物、分享爱与悲喜。悼亡仪式起源于女性。宗教始于女性专权，仅因其社会权力过于集中才被强行剥夺。最先研究医药的、行医的也是女性。两性之间从未出现过明确的平衡，因为权力总是依附于特定的社会角色，正如其必须依附于知识一样。

——《失窃的日记》

在圣母特希厄斯·艾琳·安蒂克眼里，这个上午不啻一场灾难。不到三小时前，她与随行真言师马库斯·克莱尔·卢怀塞尔率使团从宇航公会固定轨道式远航机转登首班小型班机，飞抵厄拉科斯星。着陆后，她们被安排在节庆城使馆区最靠边的馆舍内。这里的房间既小又不太干净。

"再往外一点我们就进贫民窟了。"卢怀塞尔说。

接下来，她们又被禁止使用通信设施。不管怎么按开关或拨动袖珍拨盘，所有显示屏依然是一片空白。

安蒂克向护送她们的鱼言士队长表示抗议。这名队长目光阴沉，眉毛低挂，一身肌肉壮实得像干惯粗活的人。

"我要向你的司令投诉！"

"节庆期间不允许投诉。"悍妇粗声粗气地说。

安蒂克怒视着队长。谁都知道，她那皱纹密布的老脸只要一露出这副表情，就算其他圣母见了也要惧怕三分。

悍妇只是笑笑说："我还带了个口信。你们觐见神帝的排位调到末尾了。"

贝尼·杰瑟里特使团的大部分成员都听到了这条口信，连级别最低的随侍见习生都品出了其中的利害关系。到那时所有香料配额都已分定，甚至（愿诸神保佑！）一点也不剩了。

"我们本来是排在第三的。"安蒂克说，她的声音在当时的情形下显得格外温和。

"这是神帝的谕令！"

安蒂克听得懂鱼言士的这种语气：再抗议就要动粗了。

一上午的灾难，还要受鱼言士的气！

在她们这片紧巴巴的住宿区，靠近中央有一间非常逼仄、近乎空置的屋子，安蒂克就坐在这里靠墙的一条矮凳上。旁边摆着一张简陋低矮的小床，顶多是招待侍祭的规格！绿墙漆已泛白，脏兮兮的。屋里只有一盏年久失修的球形灯，除了黄色无法调成其他颜色。种种迹象表明这里一直用作储藏室。屋内有一股霉味。黑色塑料地板上到处都是凹坑和刮痕。

安蒂克抚平遮住膝盖的黑色长袍，向低头跪在面前的见习信使弯下身子。这名信使长着一头金发和一双天真无邪的眼睛，脸和脖子上挂着恐惧与兴奋的汗水。她身上的棕黄色袍子已落满灰尘，下摆沾着街上蹭来的泥土。

"你确定吗？百分之百确定吗？"安蒂克柔声安抚这个可怜的姑

娘。她带回了一条重磅消息，一直在瑟瑟发抖。

"是的，圣母。"她依然低垂着目光。

"再说一遍。"安蒂克下令，同时心想：我在拖时间，其实我听得很清楚。

信使抬起目光，直视安蒂克那对全蓝眼睛，这是见习生和侍祭的规定动作。

"我按照吩咐前往伊克斯大使馆同他们取得联系，并带上您的问候。然后问他们有没有口信要我带回来。"

"好了，好了，孩子！我知道。说要点。"

信使大喘一口气。"接待我的人自称奥思瓦·耶克，是代理大使，前大使的助理。"

"你确认他不是变脸者？"

"毫无迹象，圣母。"

"很好。我们认识这个耶克。你继续说。"

"耶克说他们正在等待新任……"

"赫娃·诺里，新任大使，没错。她今天到这儿。"

信使伸出舌头润润嘴唇。

安蒂克在脑子里记下一条备忘，要安排这可怜姑娘在更基础的培训中回回炉。尽管这条口信确实事关重大，信使还是应当具备更强的自控力。

"接着他让我稍等。"信使说，"他离开房间，马上带了个特莱拉人回来，是个变脸者，我确定。有明显迹象……"

"我确定你是对的，孩子。"安蒂克说，"现在说一下……"这时卢怀塞尔进门，打断了安蒂克的话。

"是在传达伊克斯人和特莱拉人的口信吗？"卢怀塞尔问。

"这孩子正在复述。"安蒂克答。

"为什么不叫我？"安蒂克抬眼看了看这位随行真言师，心想卢怀塞尔可以算这一行的顶尖高手了，只是对级别地位太敏感。不过卢怀塞尔还年轻，她长着一张性感的杰西卡式鹅蛋脸，所携带的基因也容易养成任性的脾气。

安蒂克轻声说："你的侍祭说你正在冥想。"

卢怀塞尔点点头，坐到小床上，对信使说："继续。"

"变脸者说他有个口信要带给圣母们。他说的是'圣母们'。"信使说。

"他知道这次来了两个。"安蒂克说。

"人人都知道。"卢怀塞尔说。

安蒂克重又将注意力集中到信使身上。"你现在能进入记忆入定状态吗，孩子？把变脸者的话一字不差地背一遍。"

信使点点头，身体后摆坐在脚跟上，两手紧扣大腿。她深呼吸三次，闭上眼睛，让肩膀松垂下来。她开始复述，声音变成尖尖的鼻音："转告圣母们，今夜之前帝国将无神帝。我们将于今日其抵达奥恩前发动袭击，万无一失。"

信使哆嗦着深吸一口气，睁开眼，仰视安蒂克。

"那个伊克斯人，耶克，叫我赶快回去报信。随后他以那种特殊的方式触碰我左手手背，这让我更相信他不是……"

"耶克站在我们这边。"安蒂克说，"把他的手语信息告诉卢怀塞尔。"

信使看着卢怀塞尔说："我方已被变脸者攻占，无法行动。"

卢怀塞尔吃了一惊，正要从床上起身，安蒂克说："我已经在门口布置了必要的守卫措施。"安蒂克瞧了瞧信使，"你可以退下了，孩子。你的任务完成了。"

"是，圣母。"体态轻盈的信使不失优雅地站立起来，但她的动作显然表明她已听出安蒂克的弦外之音。完成不等于胜任。

信使出去后，卢怀塞尔说："她应该找个借口观察一下使馆，看看有多少伊克斯人被换掉了。"

"我倒不这么想，"安蒂克说，"这方面她表现挺好。可惜的是，她没能从耶克那儿打听到更详细的情报。恐怕我们已经失去他了。"

"特莱拉人给我们传信的目的非常明显，毫无疑问。"卢怀塞尔说。

"他们的确企图行刺。"安蒂克说。

"当然，蠢货是会这么干的。但我说的是他们为什么要传信过来。"

安蒂克点头道："他们觉得我们现在除了入伙别无选择。"

"而且假如我们试图警告雷托皇帝，特莱拉人会知道我方谁传的信、对方谁接的头。"

"万一特莱拉人得手了呢？"安蒂克问。

"不可能。"

"我们不了解他们的具体计划，只知道大致时间。"

"要是那个姑娘，那个赛欧娜也有份呢？"卢怀塞尔问。

"我也想过这个问题。你听过宇航公会的完整报告吗？"

"只看过摘要。够了吗？"

"够了。她有份的可能性很大。"

"可能性很大这类话尽量别说。"卢怀塞尔说，"我们不希望有人怀疑你是门泰特。"

安蒂克干巴巴地说:"我相信你是不会出卖我的。"

"你觉得宇航公会关于赛欧娜的分析正确吗?"卢怀塞尔问。

"我掌握的信息还不够。如果他们判断得对,那她就是个非同寻常的角色。"

"就像雷托皇帝的父亲一样非同寻常?"

"公会领航员能躲开雷托皇帝父亲的神谕之眼。"

"但躲不开雷托皇帝。"

"我仔细读过宇航公会的完整报告。与其说她在隐藏自己和自己涉及的行动,不如说,嗯……"

"她在淡出,他们说,她在淡出他们的视野。"

"只有她一个。"安蒂克说。

"会不会也在淡出雷托皇帝的视野?"

"他们不清楚。"

"我们敢不敢联系她?"

"为什么不敢?"安蒂克反问。

"讨论这些也许都没意义,假如特莱拉人……安蒂克,我们至少该试试发个警告给他。"

"我们没有通信设备,鱼言士卫兵又把着门。我们的人只许进,不许出。"

"是不是该找个卫兵谈谈?"

"我也想过。但不管怎么样我们都可以说,当时担心她们是变脸者。"

"居然派卫兵把门。"卢怀塞尔咕哝道,"你说他有可能已经知情了吗?"

"任何事都有可能。"

"关于雷托皇帝，这是唯一有把握说的话。"卢怀塞尔说。

安蒂克轻叹一口气，从凳子上站起身。"真怀念过去的日子，香料永远要多少有多少。"

"永远正是又一种幻觉。"卢怀塞尔说，"希望我们已经好好吸取教训了，不管特莱拉人今天有什么结果。"

"不管结果如何，他们一定干得很拙劣。"安蒂克嘟囔着说，"神啊！再也找不到好刺客了。"

"只有艾达荷死灵。"卢怀塞尔说。

"你说什么？"安蒂克盯着她的同伴。

"只有……"

"是的！"

"死灵动作太慢。"卢怀塞尔说。

"可脑子不慢。"

"你怎么想？"

"特莱拉人有没有可能……不，就连他们也不会那么……"

"一个艾达荷变脸者？"卢怀塞尔低声问。

安蒂克默默地点了点头。

"忘掉这个念头。"卢怀塞尔说，"他们不会蠢到这个地步。"

"对特莱拉人下这样的定论是危险的。"安蒂克说，"我们必须做好最坏的打算。叫一个鱼言士卫兵进来！"

无休无止的战争使任何时代的社会状况都大同小异。人们每时每刻都要保持抗击外敌的警觉性。你所看到的是独裁者的铁律。任何新生事物都成了危机四伏的前线地带——新行星、待开发的新经济领域、新思想、新设备、新来者——凡带"新"字的一律可疑。封建制度实已根深蒂固，只不过有时打着政治局或类似机构的幌子出现。世袭就是一条权力延续的路径。有权有势的家族总是高居庙堂之上。天界的凡间代理人或其同等地位者手握财富分配权。而且他们清楚必须控制继承制度，否则权力就会渐渐烟消云散。现在，你理解"雷托和平"了吗？

——《失窃的日记》

　　"有没有通知贝尼·杰瑟里特接见时间变更了？"雷托问。

　　队伍已进入第一道浅谷，接着就是一连串通往艾达荷河大桥的"之"字弯。上午尚未过去四分之一，斜挂的太阳让几个大臣脱掉了斗篷。艾达荷同一小队鱼言士走在队伍左侧，制服上已有尘土和汗水的痕迹。陪着皇家队伍疾行慢跑不是一项轻松的任务。

　　莫尼奥绊了一下，马上又稳住了身子。"已经通知了，陛下。"

调整时间表是麻烦事，但以往的经验告诉莫尼奥，节庆期间常有临时变更计划的情况。他一直备有应急方案。

"她们还在申请设立常驻厄拉科斯的大使馆吗？"雷托问。

"是的，陛下。我还是用老话答复的。"

"一个'不'字就够了。"雷托说，"没必要再提我厌恶她们那股自以为是的宗教味儿。"

"是，陛下。"莫尼奥与雷托保持着御前随行所规定的最远距离。今晨虫子分身表现得很活跃——那些身体信号莫尼奥看得清清楚楚。这无疑是空气中的水分造成的。水分似乎总会把虫子激出来。

"宗教总是导致浮夸专制主义。"雷托说，"贝尼·杰瑟里特之前，最精于此道的是耶稣会。"

"耶稣会，陛下？"

"你学历史的时候一定看到过吧？"

"我记不清了，陛下。是哪个年代的事？"

"没关系。研究一下贝尼·杰瑟里特就足以了解浮夸专制主义了。当然，她们并不是始于自我欺骗的。"

圣母的日子要不好过了，莫尼奥心想，神帝打算教训她们，而她们对此很抵触。可能会有大麻烦。

"她们有什么反应？"雷托问。

"我得到的反馈是，她们很失望，但并没有坚持。"

莫尼奥又想：我最好提醒她们坏消息还没完。而且她们不能同伊克斯和特莱拉的代表团接触。

莫尼奥摇了摇头。这样会逼她们搞出一些卑鄙的阴谋来。最好警告一下邓肯。

"它会滋生自证预言，还会给种种丑行披上正当的外衣。"雷托说。

"您是指……浮夸专制主义，陛下？"

"正是！它用自以为是的高墙把邪恶保护起来，将所有对邪恶的批判都阻挡在外。"

莫尼奥始终警惕地观察着雷托的身体，注意到他在下意识地扭手，庞大的分节躯体也时有抽搐。*假如虫子在这里现形，我该怎么办？*莫尼奥脑门上冒出了冷汗。

"它靠故意歪曲的概念来抹黑反对者。"雷托说。

"这么过分，陛下？"

"耶稣会管这叫'巩固权力基础'。这就是伪善的直接根源，而矛盾的言行总是会暴露伪善。他们的言行永远不一致。"

"这方面我一定要认真研究，陛下。"

"最后，它只能依靠罪恶来统治，因为伪善会导致猎捕女巫之类的宗教迫害，它需要替罪羊。"

"真可怕，陛下。"

队伍拐过一道弯，山岩间有个缺口，恰好露出远处的大桥。

"莫尼奥，你在仔细听我讲吗？"

"是的，陛下。很仔细。"

"我在解释巩固宗教权力基础的某种手段。"

"我听出来了，陛下。"

"那你为什么这么害怕？"

"谈起宗教权力总让我感到不安，陛下。"

"就因为你和鱼言士正在以我的名义行使这种权力？"

"正是如此，陛下。"

"权力基础是一样非常危险的东西，它会吸引彻头彻尾的疯子，他们把攫取权力当成终极目标。你明白吗？"

"明白，陛下。所以您极少批准政府职位的申请。"

"说得好，莫尼奥！"

"谢陛下。"

"每一种宗教的阴影里都潜伏着一个托尔克马达[1]。"雷托说，"你没听说过这个名字，而我知道，就是我叫人把他从所有记录里都删去了。"

"为什么，陛下？"

"他太丑恶。谁反对他，他就点谁的天灯。"

莫尼奥压低声音："就像那些惹您生气的历史学家，陛下？"

"你在质疑我的行为吗，莫尼奥？"

"不，陛下！"

"好。那些历史学家死得很平静。没有一个人经受过火烧的痛苦。而托尔克马达酷爱以受火刑者的惨叫声来取悦他的神。"

"真恐怖，陛下。"

队伍又拐过一个能看见桥的弯道。距离似乎并未缩短。

莫尼奥再次观察神帝。虫子分身虽未显露更多，但已经够明显的了。莫尼奥能感觉到，那不可揣测、杀人毫无预兆的"圣尊"正在释放一股威胁。

莫尼奥不寒而栗。

这番奇怪的……说教意味着什么？莫尼奥清楚，鲜少有人能听到神帝讲这些大道理。这既是特权又是负担。也是"雷托和平"的一个代价。一代又一代人在"雷托和平"的指挥下井然有序地向前迈进。

---

[1] 1420-1498，西班牙多明我会修士，西班牙第一任宗教总裁判官，任职期间以火刑处死异端分子约2000人。

只有帝堡里的核心圈子才了解和平中偶尔出现的那些动荡——每当发生这类事件，就需要动用鱼言士去预防暴力的发生。

预防！

莫尼奥瞟了瞟默然不语的雷托。神帝合着眼，一副冥思的神情。这又是一个虫子的迹象——一个很危险的迹象。莫尼奥不觉哆嗦起来。

雷托能预测他自己那疯狂的暴力吗？正是这种对暴力的预测能力让帝国上下在崇拜与恐惧中战栗。雷托知道应该将卫兵调动到哪个地方，去镇压一场短命的叛乱。在叛乱实际发生前他就知道了。

这种事情就算想一想也会让莫尼奥口干舌燥。有好几次莫尼奥相信，神帝能读透一个人的思想。哦，雷托还雇用密探。不时有个全身遮盖的身影畅通无阻地经过鱼言士岗哨，登上雷托的塔顶凌云阁或下到地宫。肯定是密探，但莫尼奥怀疑他们的作用仅仅是确证雷托已经掌握的情况。

仿佛为了加深莫尼奥的恐惧，雷托开口了："别对我的行事方式苦思冥想，莫尼奥。让领悟水到渠成。"

"我会努力的，陛下。"

"不，不要努力。另外，你有没有宣布香料配额不变的消息？"

"还没有，陛下。"

"延迟宣布。我改主意了。你知道，一定还会有人行贿。"

莫尼奥叹了口气。他接受的贿赂已经达到了天文数字。而雷托对这一局面似乎抱着看好戏的态度。

"引蛇出洞。"他曾经说，"看看他们能到什么地步。你要让他们以为你是能被拖下水的。"

这时队伍又拐过一个能见到大桥的弯道，雷托问："科瑞诺家族向你行过贿吗？"

“是的，陛下。”

“你听没听说过一个传言，说科瑞诺家族终有一天会重掌大权？”

“我听说过，陛下。”

“处死那个科瑞诺人。交给邓肯去办。正好考验他一下。”

“这么快吗，陛下？”

“从古至今人们只知道美琅脂能延长寿命。让他们明白明白香料也会缩短寿命。”

“遵命，陛下。”

莫尼奥心里清楚这句回答所代表的含义。他心底里有反对意见却又不能表达出来时，就一律这样答复。他也知道神帝不但理解其中的意思，而且会暗自发笑，这让莫尼奥感到恼火。

“别对我不耐烦，莫尼奥。”雷托说。

莫尼奥抑制住心里的怨气。怨气会带来危险。造反者个个满腹怨气。那些邓肯在丢命前也都是怨气越来越大。

“时间在您眼里的意义跟我眼里的不同，陛下。”莫尼奥说，“希望我能理解这种意义。”

“你能，但你不会去理解。”

莫尼奥听出了话里的指责意味，便缄口不语，重又思考起美琅脂问题来。雷托皇帝不常谈论香料，他常做的是确定或扣减配额，分发赏赐，或派鱼言士接管某处新发现的库藏。莫尼奥清楚，最大一批香料库存藏在一个只有神帝知道的地方。在刚进入皇家服务机构那会儿，有一次他被蒙上头兜，由神帝亲自领到那个神秘的所在；在穿过曲曲弯弯的通道时，莫尼奥感觉是在地下。

我摘下头兜，发现的确是在地下。

此地让莫尼奥充满敬畏。这是一间在山岩里凿出来的庞大库房，处处堆放着一大箱一大箱的美琅脂，古色古香的球形灯饰有阿拉伯式金属涡卷。香料在昏暗的银辉下发着蓝光。一股苦苦的肉桂味，不会有错。附近有滴水声。他们的话音在岩壁间回荡。

"有一天这些全都会消失。"当时雷托皇帝说了这么一句。

莫尼奥吃了一惊，问道："到时候宇航公会和贝尼·杰瑟里特会怎么做？"

"跟现在差不多，不过会更不择手段。"

环视着这间庞大库房里的海量美琅脂存货，莫尼奥不禁联想起帝国的现状——血腥暗杀，公然劫掠，间谍横行，尔虞我诈。神帝捂紧盖子封锁了最坏的消息，但走漏出去的那些已经够糟糕了。

"诱惑。"莫尼奥轻声说。

"诱惑，的确如此。"

"之后不会有美琅脂，永远没有了吗，陛下？"

"某一天，我会重返沙漠，到那时我就是香料之源。"

"您，陛下？"

"而且我会制造同样绝妙的东西——更多的沙鲑——一种多产的跨界生物。"

听到神帝语出惊人地描绘这一未来景象，莫尼奥颤抖地瞪着他暗黑的身影。

"沙鲑，"雷托皇帝说，"相互纠缠形成巨大的泡状活体，将这座星球上的水分封存在地下深处，就像沙丘时代那样。"

"全部水分，陛下？"

"大部分。在三百年里，沙虫将再度统治这座星球。一种新的沙虫，我向你保证。"

"是什么样子的，陛下？"

"它将会有动物的意识，而且更聪明。寻找香料风险更大，保存香料就更危险得多。"

莫尼奥抬头看洞穴的石顶，目光在想象中穿过山岩来到地面。

"一切又会变成沙漠吗，陛下？"

"河道将填满沙子。庄稼将被沙子捂死。树木将被流动的大沙丘淹没。死亡之沙将不断蔓延，直到……直到不毛之地里传出一个微弱的信号。"

"什么信号，陛下？"

"新纪元的信号，标志着造物主的降临，夏胡鲁的降临。"

"那是您吗，陛下？"

"是的！沙丘星的巨型沙虫将从地底深处再次现身。大地将重新变成香料和沙虫的世界。"

"可人类会怎么样呢，陛下？所有的人类？"

"会死很多。大地上的食用植物和茂盛植被都会枯死。没有了营养，肉畜也都要死掉。"

"人人都要挨饿了，陛下？"

"营养不良和旧时的疾病将在大地上肆虐，只有最坚强的人才能幸存下来……最坚强、最残酷的人。"

"非得如此吗，陛下？"

"其他可能的未来会更糟。"

"能跟我说说其他可能的未来吗，陛下？"

"到时候你自然知道。"

现在莫尼奥在晨光中紧随神帝奔向奥恩城，他不得不承认自己的确看清了那些更邪恶的可能性。

莫尼奥知道，自己头脑里的常识性知识对于帝国大部分顺民而言并不那么显明，它们隐藏在《口述史》里，隐藏在某个疯癫先知述说的神话与野史之中。这些先知偶尔会在某个星球上冒出来，维持一段难以长久的教主身份。

我知道鱼言士遇到这种情况会怎么做。

他还了解那些恶人，他们会坐在桌旁一面大啖珍馐，一面观赏同类饱受酷刑折磨。

直到鱼言士赶来血洗一番。

"我喜欢你女儿当年盯着我看的样子。"雷托说，"她一点也不知道我在留心她。"

"陛下，我很担心她！她是我的骨血，我的……"

"也是我的，莫尼奥。难道我不是厄崔迪人吗？你最好多担心担心自己。"

莫尼奥惶恐地从头至尾扫了一眼神帝的身体。虫子的迹象太明显了。莫尼奥又瞥了瞥后面的队伍和前方的道路。他们正在下一个陡坡，"之"字弯开始切入将沙厉尔围合起来的人造悬崖，举目都是森森峭壁。

"赛欧娜没有冒犯我，莫尼奥。"

"可她……"

"莫尼奥！你看，这里藏着生活中的一大秘密。感受意外，让新事物出现，这就是我最想要的。"

"陛下，我……"

"新事物！难道这不是一个光芒四射、不可思议的词儿吗？"

"如您所言，陛下。"

雷托不得不提醒自己：莫尼奥是我所造之物。我一手创造了他。

"你的孩子几乎值得我花任何代价，莫尼奥。你反对她的同伙，但她也许会爱上其中一个。"

莫尼奥不由向后瞥了一眼卫队里的邓肯·艾达荷。艾达荷瞪圆双眼紧盯前方，似乎要赶在队伍到达每一处弯道之前先把状况看个清楚。他不喜欢这个高崖四立、易遭伏击的地方。艾达荷前一夜已派侦察兵来此探路，莫尼奥知道现在仍有侦察兵潜伏在高处，但在上桥之前还要经过不少峡谷，没有那么多人手全面布防。

"我们还有弗雷曼人帮忙。"莫尼奥此前想宽宽他的心。

"弗雷曼人？"艾达荷不喜欢有关保留地弗雷曼人的种种传言。

"一旦有刺客他们起码能报个信。"莫尼奥说。

"你见过他们、要求他们这么做了吗？"

"当然。"

莫尼奥没敢跟艾达荷提赛欧娜的事。以后有的是时间，但刚才神帝说了一件令他烦心的事。计划有变吗？

莫尼奥重新将注意力转向神帝，低声说："爱上一个同伙，陛下？可您说这个邓肯……"

"我是说爱上，不是育种！"

莫尼奥打了个激灵，他回想起自己也是在包办之下配的种，好一场忍痛割爱的……

不！最好别受回忆的影响！

后来……也有了感情，甚至真爱，只是一开始……

"你又在'捡羊毛'，莫尼奥。"

"请原谅，陛下，可当您说到爱……"

"你觉得我脑子里不会有柔情？"

"不是这样，陛下，但……"

"那么你觉得我没有爱情和生育的记忆？"御辇突然掉头朝向莫尼奥，逼得他往边上一躲。看到雷托皇帝一脸怒容，他顿感心惊胆战。

"陛下，我请求您的……"

"这具身体也许从来不知道什么叫柔情，但我拥有一切记忆！"

莫尼奥发现神帝身体上的虫子迹象越发明显，已经无法视而不见了。

我已命悬一线。我们都是。

莫尼奥对周遭种种声响越来越警觉，御辇的吱嘎声、队伍里的咳嗽声和低语声、路上的脚步声。神帝呼出的气息有一股肉桂味。岩壁间的空气仍带着清晨的寒意，四处弥漫着来自河流的潮气。

是空气中的水分把虫子勾出来了？

"听我说，莫尼奥，这关系到你的性命。"

"是，陛下。"莫尼奥低声答道，同时清楚他的生死的确取决于自己的注意力，不仅包括听到什么，还包括看到什么。

"一部分的我从来都潜伏在黑暗中，它没有思想。"雷托说，"但这部分是有反应的。它行动起来不会思考，没有逻辑。"

莫尼奥点了点头。他死盯着神帝的脸。那对眼睛是不是已经开始失焦了？

"而我只能让到一边旁观，其他什么也做不了。"雷托说，"那一部分反应起来可能会要了你的命。但这不是我的选择。你听到了吗？"

"我听到了，陛下。"莫尼奥轻声应答。

"那种事是没有选择的！你不得不接受，只能接受。你永远无法明白或了解它。你怎么看？"

"我害怕未知,陛下。"

"可我不怕。告诉我为什么!"

莫尼奥一直准备着应付眼前这种危机,现在真的来了,他心里那块石头反而落了地。他知道自己的生死取决于接下来的回答。他盯着神帝,思绪飞转。

"因为您拥有的全部记忆,陛下。"

"是吗?"

说明答得不完整。莫尼奥搜肠刮肚。"您能看见我们已知的一切……所有这一切的初始状态——未知的状态!对您而言,真正的意外……这意外一定是您有兴趣了解的某种新生事物?"莫尼奥意识到,这句话本该是断然的肯定句,一出口却变成了带有自我保护意味的疑问句。神帝只是笑笑。

"你很睿智,我要赏赐你,莫尼奥。你想要什么?"

莫尼奥松了一口气,但其他恐惧又涌上心头。"我能把赛欧娜带回帝堡吗?"

"这样一来我就要提前考验她了。"

"必须把她跟同伙分开,陛下。"

"很好。"

"陛下仁慈。"

"我是自私的。"

神帝偏过头去,陷入沉默。

莫尼奥打量着眼前这具分节的躯体,发现虫子的迹象已消退了几分。他总算躲过一劫。接着他想起那些请愿的弗雷曼人,又担起心来。

这是个错误。他们只会再一次刺激神帝。我为什么要准许他们请愿？

弗雷曼人会列队等候在前方的河岸上，他们手里挥舞着愚蠢的请愿书。

莫尼奥不声不响地赶着路，每迈一步担忧便增加一分。

风沙吹来这里，风沙吹往那里。

一个富翁等在那里，我等在这里。

——夏胡鲁之声，摘自《口述史》

奇诺伊修女故世后，在其遗留文件中发现以下记录：

遵照贝尼·杰瑟里特信条及神帝之令，我未在报告中披露这些内容，并将其隐匿起来，仅在我死后才可能为人所见。因雷托皇帝嘱我："将我的口信回禀你的上级，但我的口述之言应暂时保密。如有违令，勿怪我降罪于姐妹会。"

在我出发前，圣母赛亚克萨曾警告我："无论如何不可惹他对姐妹会动怒。"

在前述那次短途出行中，我陪跑在雷托皇帝身边，想探听一下他与圣母的相似之处。我问道："陛下，我知道圣母如何获得祖先和其他人的记忆。那么您呢？"

"这是由我们基因遗传史的设计决定的，外加香料的作用。我和我的孪生妹妹甘尼玛在母体内已被唤醒，还没出生，祖先记忆就呈现在我们眼前了。"

"陛下……姐妹会把这个叫作邪物。"

"很恰当。"雷托皇帝说，"我们有不计其数的祖先。谁知道日后哪股力量会成为万众之首——是善人还是恶人？"

"陛下，您是如何驯服这股力量的？"

"我没有驯服它，"雷托皇帝说，"但长期持续的法老模式救了我和甘尼玛。你知道这种模式吗，奇诺伊修女？"

"姐妹会成员都要学好历史的，陛下。"

"不错，但你不会跟我想到一起去。"雷托皇帝说，"我指的是希腊人患上的一种政府病，后来传给了罗马人，罗马人又把这病大范围传播开来，从此就没有根除过。"

"陛下在给我猜谜语吗？"

"不是谜语。我恨这件事，但它救了我们。我和甘尼同奉行法老模式的祖先们结成了强大的内部联盟。他们帮助我俩分别在长期休眠的乌合之众中创立了一个共有身份。"

"我觉得这件事令人不安，陛下。"

"这很自然。"

"您为什么告诉我这些，陛下？您以前从没这样回答过任何一个姐妹会成员，据我所知没有。"

"因为你善于倾听，奇诺伊修女；因为你会服从我，而且我再也不会跟你见面。"

雷托皇帝说了这些怪话之后，又问我："你们姐妹会常说起我的疯狂暴政，为什么不问问这方面情况？"

他的态度鼓励我壮胆说道："陛下，对于您曾经执行过的残酷处决我们已有耳闻，并深感担忧。"

接下来雷托皇帝做了一件诡异的事。他在前行中闭上眼睛，说道："我知道你受过训练，能一字不差地记住亲耳所闻的任何话语。我现在要向你做一些口述，奇诺伊修女，把你当成我的一页日记。牢记这些话，我不希望它们遗失。"

我谨向姐妹会保证，下文即为雷托皇帝随后所言之内容，且系逐字照录：

"根据我的预想，等到我不再是你们中间的一个意识体，而仅仅是沙漠里的一个可怖生灵，那时许多人回想起我，会把我视为暴君。

"很有道理。我确实残暴。

"一个暴君——不完全是人类，也没有疯，只是一个暴君。但即使是一般的暴君，其动机与情感也比肤浅的历史学家通常给他们贴的标签更为复杂，而我在他们眼里会是一个大暴君。因此，我把自己的情感和动机当作遗产留存下来，以免遭到历史的过度歪曲。历史总是会放大一部分特征，同时又对另一部分特征视而不见。

"人们会努力去理解我，并用他们的语言描绘我。他们将追寻真相。然而真相是用语言表述的，总免不了带上语言的模糊性。

"你们不会理解我。你们越努力，反而离我越远，直到我消失在不朽的神话里——最终变成永生神！

"就是这样，你看。我不是领袖，连向导都不是。我是神。记住。我同领袖和向导有本质区别。除了创世，神对万事万物无须承担责任。神接受任何事，因而也不接受任何事。神必定可以辨认，却又无名无姓。神不需要精神世界。我的诸多灵魂居于我的内心，招之即来。这些灵魂直接或间接教给我的东西，我都与你们分享，纯为自娱自乐。这些灵魂就是我的真相之源。

"警惕这些真相，仁慈的修女。让人梦寐以求的真相也会带来危险。神话和反复强调的谎言远比真相更容易找到，也更容易令人信服。倘若你觉得一个真相，即便是暂时的真相，你也可能被迫经历痛苦的转变。把你发现的真相隐藏在语言中。让语言固有的模糊性来保护你。语言远较无言而刺人的神谕更易为人接受。你们可以用语言齐声唱出：

"'为何没有人警告我？'

"'可我的确警告过你，我曾示以异象而非言语。'

"言过其实是不可避免的。你现在就在凭惊人的记忆力记录语言。某一天我的日记会大白于天下——届时又要增添更多的语言。我警告你们，阅读这些文字风险自负。语言的表象之下掩盖着无言而动的可怕事实。最好充耳不闻！你们无须去听，即便听了，也无须记住。遗忘多么让人安心，又是多么危险！

"语言，比如我的，长久以来被人视为蕴含神秘的力量。统治健忘者是有秘诀的。暴君们一直依赖神话和谎言操纵大众来满足一己之利，而神话和谎言的本质就是我的真相。

"你明白吗？我全都告诉你了，甚至包括有史以来最大的秘密，包括我为生的秘密。我用语言揭示给你：

"唯一不朽的过去无言地存在于你心中。"

随后神帝陷入沉默。我大着胆子问道："陛下令我记录的话到此为止了吗？"

"就这些了。"神帝说，他的声音听上去疲惫而沮丧，像在交代遗言。我想起他方才说再也不会跟我见面，我感到恐惧，但幸亏恩师教导有方，恐惧并未从我的话音里流露出来。

"陛下，"我问，"您提到的那些日记，是写给谁看的？"

"写给千年后的子子孙孙，我想象中的遥远读者，奇诺伊修女。我把他们当成对家世充满好奇的远亲。他们一心要挖掘只有我能复述的情节。他们希望让自己的人生与历史发生联系。他们希望获得意义，也就是真相！"

"可是您警告我们远离真相，陛下。"我说。

"的确如此！一切历史不过是任由我摆弄的工具。哦，我积累了全部过去，我拥有每一件事实——这些事实为我所有并可随心所欲地使用，而且，事实无须歪曲照样可以篡改。我刚才怎么跟你说的？日志也好，日记也好，都是什么？语言而已。"

雷托皇帝再度沉默起来。我掂量着他话里的兆示，同时考虑圣母赛亚克萨的警告以及神帝先前所言。他说过我是他的信使，因而我认为自己处于他的保护之下，可以表现得比其他任何人更大胆。有鉴于此，我这样问道："陛下，您说再也不会跟我见面了，这是不是意味着您将不久于人世？"

我发誓记录属实：当时雷托皇帝发出大笑！接着他说："不，仁慈的修女，将要离世的是你。你活不到成为圣母的那一天。不要为此悲伤，因为你今天出现在此地，把我的口信带回姐妹会，并存留了我的秘语，你的荣耀将远远超过圣母身份。你会成为我的神话中不可或缺的一部分。我们的远亲将因你周旋于我而向你祈祷！"

雷托皇帝又笑了，不过这一次没有那么大声，而后变为亲切的微笑。我接受的命令是必须精确描述此类情形，但我现在难以办到；那些可怕的话从雷托皇帝口中说出之时，我反而觉得同他建立起了深情厚谊，仿佛我们两人之间已不存在有形隔阂，而以一种语言无力形容的方式紧紧联系在了一起。直到获得这种亲身体验，我才理解他所说的无言的真相。这种事确实发生了，然而我无法用语言来表达。

档案管理员附注：

由于时过境迁，所发现的这份私密记录现在只能作为历史的注脚，其价值在于它是最早提及神帝秘密日记的文献之一。如欲作深入研究，可按以下副标题关键字检索相关档案：奇诺伊、圣修女昆蒂尼厄斯·维奥莉特·奇诺伊的报告，及美琅脂排异反应，医疗方面。

（脚注：修女昆蒂尼厄斯·维奥莉特·奇诺伊于加入姐妹会后第五十三年去世，死因系在尝试升级圣母的过程中出现美琅脂排异反应。）

我们的祖先、以无比残暴而臭名昭著的阿淑尔·那西尔·阿普利弑父篡位，开启了利剑下的统治。他征服的疆域覆盖乌尔米耶湖地区，并由此挺进科马基尼与哈布尔。阿普利之子接受书亚人、提尔人、西顿人和杰巴尔人的朝贡，连令人闻风丧胆的"暗利之子"耶户[1]亦俯首称臣。由阿普利发起的征服先让米底遭兵火之灾，后又席卷以色列、大马士革、以东、亚珥拔、巴比伦和乌姆利亚斯[2]。现在还有人记得这些人名和地名吗？我已经给出了足够多的线索：猜猜发生在哪座星球。

——《失窃的日记》

这里的空气仿佛凝滞不动，从山里硬生生开凿出来的皇家大道将下坡通往艾达荷河大桥前面的那块平地。大道在此右转，离开了这座一望无边、土石堆就的人造巨山。莫尼奥走在御辇旁边，看着铺砌路面越过窄窄的脊顶，直达近一公里远的网状塑钢大桥。

---

[1] 暗利之子实为亚哈，有一种说法是亚述人误将推翻暗利–亚哈王朝的耶户称为"暗利之子"。
[2] Umlias，又名埃什南纳，伊拉克古城，即今泰勒艾斯迈尔。

右侧深谷中依然流淌着艾达荷河。河流先是朝内向他偏转过来，接着笔直往前，经过一级级小瀑布奔向禁林的远端；在那里，山墙已渐次降低为接近水平面的高度。奥恩城郊区分布着果园和菜园，其出产均供应本城。

莫尼奥边赶路边眺望远去的河流，崖顶已沐浴在阳光中，而河水仍为阴影笼罩，只有那一道道瀑布微微闪着银光。

正前方，阳光慷慨地洒在通往大桥的道路上；两侧冲积沟蒙着黑影，如射出两支利箭，指示着前进的方向。冉冉升起的太阳照得路面发烫，连上方的空气都抖颤起来，预示着这将是难熬的一天。

*我们能赶在最热的那个点之前安全进城，*莫尼奥想。

他的耐心总是在这里消磨殆尽。他一面小跑一面观察前方是否有请愿的保留地弗雷曼人。他知道，这些人就等候在一条冲积沟里，队伍上桥前一定会冒出来。这是他跟弗雷曼人事先谈好的条件。现在没办法阻止他们了。而神帝身上依然显现着虫子的迹象。

雷托第一个听到了弗雷曼人的动静，而其他人谁都没看见，也没听见。

"听！"他喊。

莫尼奥立刻绷紧了神经。

雷托在御辇上翻滚身体，将前端拱出泡形舱罩，注视着前方。

莫尼奥很清楚是怎么回事。神帝的感觉要比随行众人敏锐得多，他已经感知到前方有骚动了。弗雷曼人正在往大道上爬。莫尼奥顿了一步，落到了护卫距离的最远端。现在他也听见了。

有碎石滚落的声音。

在皇家队伍前方顶多一百米处，头几个弗雷曼人已经现身，大道两侧的冲积沟都有人上来。

邓肯·艾达荷向前冲出一段路，随后放慢速度，与莫尼奥并肩小跑起来。

"那些就是弗雷曼人？"艾达荷问。

"是的。"莫尼奥答话时注意力并未离开神帝，他的庞大身躯已经放低。

保留地弗雷曼人在大道上集合起来。他们脱下外袍，露出红紫两色的内袍。莫尼奥喘着粗气。这些弗雷曼人彩袍里面还穿着某种黑衣，他们是按朝圣者盛装打扮的。全体弗雷曼人朝着皇家队伍载歌载舞移动过来，前排几个人挥舞着纸卷。

"请愿，陛下，"领头的喊道，"听听我们的请愿！"

"邓肯！"雷托叫道，"赶走他们！"

话音刚落，鱼言士穿过百官急冲上来。艾达荷挥手让她们往前，自己也迎头跑向正在靠近的弗雷曼人群。卫兵排成了一个方阵，艾达荷顶在最前。

雷托"砰"的一声关上御辇的泡形舱罩，开始加速前进，同时发出咆哮："闪开！闪开！"

眼见卫队直冲过来，御辇也在雷托的吼声中不断加速，弗雷曼人似乎打算在路中间让开一条道。莫尼奥不得不快跑起来跟上御辇，并留意了一下身后众大臣的跑步声。就在这时，他突然看到弗雷曼人做出了一个计划外的举动。

吟唱的人群齐刷刷脱掉了朝圣袍，露出跟艾达荷身上一模一样的黑色制服。

他们在干什么？ 莫尼奥一时摸不着头脑。

就在他满腹疑惑的当口，那一张张不断逼近的面孔以变脸者特有的方式融化了，转瞬间每一张脸都变成了邓肯·艾达荷的相貌。

"变脸者！"有人尖叫。

之前那乱糟糟的场面、杂沓的脚步声以及鱼言士排阵时的喝令声，也分散了雷托的注意力。他催动御辇加速，缩短自己与卫队之间的距离，同时鸣响了御辇刺耳的警笛声。霎时间一阵白噪音响彻云霄，连某些受过针对性训练的鱼言士都辨不清东南西北了。

请愿者就是在这时脱下朝圣袍开始变成邓肯·艾达荷的。雷托听见有人尖叫一声"变脸者！"，他认出那是皇家会计部的一名官员，某个鱼言士的配偶。

雷托的第一反应是开心。

卫兵和变脸者已经短兵相接。请愿者的吟唱声变成了呼喊声。雷托听出来那是特莱拉人在下达战斗指令。一队鱼言士将穿黑衣的真邓肯重重围在中心。她们正在执行雷托三令五申的指示——保护好死灵司令。

问题是她们怎么从变脸者中把他辨认出来呢？

雷托几乎刹停了御辇。他看到左侧的鱼言士正挥舞着击昏棍。一把把短刀反射着阳光。随后传来激光枪的嗡嗡声，雷托的祖母曾把这枪声称作"全宇宙最恐怖的声音"。领头者口中不断爆出粗哑的呼喊声。

雷托听到第一声激光枪响就作出了反应。他右转御辇离开路面，并将车轮驱动切换为浮空器驱动。接着他又掉过头来，仿佛驾着一辆攻城撞车，直接捣入一群试图从侧翼进攻的变脸者；再一个急转，撞向另一侧的变脸者。他感受到肉体与塑钢相碰产生的强大冲击力，还看到四溅的鲜血。随后他从大路驶下冲积沟。狭沟棕色的锯齿状边缘从眼前飞速划过。他向上一跃飞过河谷，降落在皇家大道边上一处居高临下、岩石环绕的瞭望点。他掉转车头，这里已远远超出了手持式激光枪的射程。

真意外啊！

他笑得上气不接下气，连庞大的身躯都抽搐起来了。过了一会儿，兴奋之情才慢慢平复下来。

从此处俯瞰，大桥和战斗区域一览无余。尸体横七竖八躺倒在路面上和两侧狭沟里。他辨认出其中有大臣的华服、鱼言士的军服和变脸者染血的黑色伪装衣。幸存的大臣在后面挤作一团。鱼言士飞快地穿梭于倒地者中间，麻利地在每个刺客身上补上一刀，确保不留活的。

雷托扫视着战场寻找穿黑衣的真邓肯。站着的人里边没有穿这种制服的。一个也没有！雷托克制着心头涌起的失望，不过很快就在大臣中看到一群鱼言士卫兵……里面还有个打赤膊的人。

赤膊！

正是邓肯！**赤膊！可不！**没穿制服的邓肯·艾达荷一定不是变脸者。

他又一次颤抖着哈哈大笑。双方互敬一个意外。刺客们见到这一幕会多么震惊。显然，这个对策打了他们一个措手不及。

雷托驱动御辇缓缓驶上大道，落下车轮，来到桥上。过桥时，一股似曾相识的感觉油然而生，他回忆起无数座桥，回忆起自己曾无数次过桥进行战后视察。雷托抵达桥对面时，艾达荷从那群卫兵中脱身而出，忽而跨过、忽而绕过地上的尸体，冲他跑过来。雷托刹住车，盯着这个赤膊人。邓肯犹如古希腊送信的勇士，带着最终战报向统帅一路飞奔而来。这熟悉的一幕搅起了雷托的记忆。

艾达荷在御辇旁一个滑停。雷托打开泡形舱罩。

"该死的变脸者，全部都是。"艾达荷气喘吁吁地说。

雷托并不想掩饰自己的兴致，问道："脱衣服是谁的主意？"

"我的！但她们不让我去战斗！"

莫尼奥带着一队卫兵跑过来。一名鱼言士扔了一件卫兵的蓝斗篷给艾达荷，喊道："我们正在死人身上找一件完好的制服。"

"我把自己的撕坏了。"艾达荷解释说。

"变脸者有逃跑的吗？"莫尼奥问。

"一个没跑。"艾达荷说，"我承认你的女人很能打，但她们为什么不让我加入……"

"因为她们接到了保护你的命令。"雷托说，"她们总是保护最有价值的……"

"为了把我拉出战场，她们死了四个！"艾达荷说。

"我们总共损失了三十多人，陛下。"莫尼奥说，"伤亡还在统计。"

"有多少变脸者？"雷托问。

"好像正好是五十个，陛下。"莫尼奥说。他说话声音很轻，满脸沮丧。

雷托咯咯笑起来。

"您笑什么？"艾达荷问，"我们有三十多人……"

"可特莱拉人太笨了。"雷托说，"你没发现吗？就在五百年前他们的效率和危险性都要远远超过今天。想想看，他们竟敢搞出这么愚蠢的伪装！而且没料到你反击得那么聪明！"

"他们有激光枪。"艾达荷说。

雷托扭转庞大的前节部位，指向御辇舱罩的顶部，靠近中央处烧出了一个星形孔洞。

"他们还打着了下面几个地方。"雷托说，"幸好没打坏浮空器和轮子。"

艾达荷盯着这个洞，发现雷托的身体应该处在激光的路径上。

"没有打到您吗？"他问。

"嗯，打到了。"雷托说。

"您受伤了？"

"激光枪伤不着我。"雷托谎称，"以后有时间我会演示的。"

"可是我会受伤，"艾达荷说，"您的卫兵也会受伤。我们都得配一条屏蔽场带。"

"帝国已经全面禁用了屏蔽场。"雷托说，"私藏屏蔽场是死罪。"

"屏蔽场的问题在……"莫尼奥大着胆子插话。

艾达荷以为莫尼奥想问屏蔽场是什么，便说："屏蔽场带产生一个力场，能挡住任何以危险速度进入的物体。但有个大缺点。当有激光束穿过这个力场时，就相当于引爆了一颗超大热核弹。攻守双方会同归于尽。"

莫尼奥仍旧盯着艾达荷，艾达荷点了点头。

"我明白为什么要禁用了。"艾达荷说，"我猜，反核武的大联合协定依然有效而且还在发挥作用吧？"

"在我们收缴各大家族全部核武器并移送到安全处所之后，这份协定的作用更大了。"雷托说，"但现在没时间讨论这些问题。"

"还有一件事可以讨论。"艾达荷说，"在这种开阔地行走太危险了，我们应该……"

"这是传统，我们要把路走完。"雷托说。

莫尼奥凑近艾达荷耳边说："你让圣上心烦了。"

"可是……"

"难道你没想过行走中的人群控制起来要容易得多吗？"莫尼奥反问。

艾达荷猛地扭头直视莫尼奥的眼睛，突然醒悟过来。

雷托趁着这个间隙下令："莫尼奥，确保这里看不出遭遇过伏击，一滴血、一片碎布都不可以留下———一丝痕迹不能有。"

"是，陛下。"

有人围拢过来，艾达荷闻声回头，只见所有幸存者，甚至包括缠着急救绷带的伤员，都上前听令了。

"任何人，"雷托对御辇四周的人群说，"对这件事不许议论一个字。让特莱拉人去担惊受怕吧。"接着望向艾达荷。

"邓肯，这个区域只允许保留地弗雷曼人自由活动，那些变脸者是怎么溜进来的？"

艾达荷下意识地看了莫尼奥一眼。

"陛下，责任在我。"莫尼奥说，"是我安排弗雷曼人在这里请愿的。我还向邓肯·艾达荷保证他们没有问题。"

"我想起来你提到过这次请愿。"雷托说。

"我以为这能让您高兴，陛下。"

"请愿不能使我高兴，反而让我心烦。在我的计划中，有些人的唯一职责就是保留古老传统，我尤其不愿意看到这些人请愿。"

"陛下，只是您对这类出行的无聊抱怨过太多次……"

"但我不是来帮别人减轻无聊的！"

"陛下？"

"保留地弗雷曼人对传统一无所知。他们只善于做表面文章，所以自然会感到无聊。他们的请愿无外乎要搞点新花样。这就是让我心烦的地方。我不会允许的。那么，你是怎么知道他们要请愿的？"

"是弗雷曼人自己提出来的。"莫尼奥说，"有个代表团……"他咽下了后半句话，紧皱起眉头。

"这个代表团的成员你认识吗？"

"当然，陛下。否则我……"

"他们都死了。"艾达荷说。

莫尼奥不解地瞧着他。

"你认识的那些人都遇害了，来的都是假扮的变脸者。"艾达荷说。

"是我的疏忽。"雷托说，"我早该教会大家怎么去看穿变脸者了。既然他们胆子已经大得开始犯蠢了，我们要把这一课补上。"

"他们怎么会胆大妄为到如此地步？"艾达荷问。

"也许是想转移视线，不让我们注意别的事。"莫尼奥说。

雷托朝莫尼奥笑了笑。尽管刚刚经历过危险，总管的脑子还是蛮好使的。由于没能识破变脸者冒名顶替的诡计，莫尼奥已经让神帝失望了一次。现在，他觉得自己能否继续干下去，也许还得指望当初颇得神帝赏识的那些能力了。

"那么现在我们还有点时间把自己收拾一下。"雷托说。

"转移我们的视线是为了掩盖什么？"艾达荷问。

"他们参与的另一个阴谋。"雷托说，"他们料想会因为这件事而遭到严惩，不过特莱拉人的核心圈子仍将安然无恙，因为有你，邓肯。"

"他们没打算在这儿失手。"艾达荷说。

"但他们对出现意外是有心理准备的。"莫尼奥说。

"他们仗着握有我的邓肯·艾达荷的原型细胞，认定我不会消灭他们。"雷托说，"你明白吗，邓肯？"

"他们押对了吗？"艾达荷问。

"差一点就错了。"雷托说，接着又转向莫尼奥，"我们不能把这件事的任何痕迹带进奥恩城。换上新制服，死伤的卫兵补上新人……一切都恢复原样。"

"大臣也有死的，陛下。"莫尼奥说。

"找人顶上！"

莫尼奥躬身道："是，陛下。"

"给我的车子再送一顶新舱罩来！"

"遵命。"

雷托把车倒了几步远，掉头朝大桥驶去，又回过头冲艾达荷喊道："邓肯，走在我旁边。"

一开始，艾达荷每个动作都显得很不情愿，慢吞吞地离开了莫尼奥等人；接着他加快步伐，赶到了御辇敞开的泡形舱罩旁边，边走边盯着车里的雷托。

"你有什么烦心事，邓肯？"雷托问。

"您真的把我当成了您的邓肯吗？"

"当然，就像你把我当成你的雷托那样。"

"您为什么没有料到这次刺杀？"

"运用我自诩的预知能力？"

"对！"

"变脸者很长时间没引起我的注意了。"雷托说。

"我想今后情况会有变化？"

"变化不大。"

"为什么？"

"因为莫尼奥说得对，我不能让自己分心。"

"这次刺杀真有可能得手吗？"

"的确有可能。你知道，邓肯，很少有人明白我的死会带来什么样的灾难。"

"特莱拉人还在搞什么阴谋？"

"一个圈套，我认为。一个漂亮的圈套。他们这是给我发了个信号，邓肯。"

"什么信号？"

"我的某些臣民行动起来越来越孤注一掷了。"

他们下了桥，登向雷托刚才所在的瞭望点。艾达荷陷入沉思。

来到山顶，雷托抬起目光，越过远处的悬崖，眺望着荒芜的沙厉尔。

在大桥对面的遇袭地点，有些扈从还在为失去亲友而悲恸不已。雷托敏锐的听觉能从中分辨出莫尼奥的声音，他正在警告说哀痛要适可而止。帝堡里还有其他亲友，而神帝雷霆震怒的模样大家都很清楚。

在抵达奥恩城之前，他们的眼泪会消失，脸上又将重现笑容，雷托想。他们觉得遭到了我的轻视！真有什么要紧吗？这只不过是短命者和短视者脑海里一闪而过的烦恼。

沙漠之景让他感到欣慰。从这个角度看不见峡谷里的河流，除非完全转过头来朝节庆城方向望去。邓肯在御辇边上很体谅地保持着沉默。雷托的目光稍向左偏，瞥见禁林的边缘。这葱郁的景观一下子让他想起昔日遍布星球的沙漠，其伟力足以让任何人胆战心惊，连野性十足的沙漠漫游者弗雷曼人亦不例外；与之相比，如今的沙厉尔只是一小片脆弱的残留物。

这就是那条河，雷托想。我只要转身，就能看见自己做的事情。

当年保罗·穆阿迪布在高耸的屏蔽场城墙上炸出一个缺口，为沙虫骑士军团打开一条通道，如今奔腾着艾达荷河的人造峡谷正是这个缺口的延伸。在河水流经之处，穆阿迪布曾率领弗雷曼人冲出科里奥利沙暴，留名青史……也留下了这一切。

雷托听到莫尼奥熟悉的脚步声，他正费力地向瞭望点攀爬，上来后站在艾达荷旁边直喘气。

"我们再过多久出发？"艾达荷问。

莫尼奥挥手示意他安静，向雷托禀道："陛下，我们收到一条奥恩城来的消息。贝尼·杰瑟里特传了个口信说特莱拉人要在您上桥前行刺。"

艾达荷"哼"了一声。"是不是晚了点？"

"错不在她们，"莫尼奥说，"是鱼言士卫队长不相信她们。"

雷托的扈从们慢慢地聚集到瞭望点附近。有些人看上去神情麻木，仍未从震惊中恢复过来。鱼言士在众人之间快速穿插，精神头依然十足。

"撤掉贝尼·杰瑟里特使馆的卫兵。"雷托说，"给她们送个信，说她们依然被排在最后觐见，但不必为此担心。告诉她们'那在后的将要在前'[1]。她们能领会其中的暗示。"

"怎么处理特莱拉人？"艾达荷问。

雷托依然看着莫尼奥。"嗯，特莱拉人。我们要发一个信号给他们。"

"是，陛下？"

"等我下令，不可提前，你命人当众鞭笞并驱逐特莱拉大使。"

"陛下！"

"你不同意？"

"假如我们要保守这个秘密——"莫尼奥转头扫了一眼，"您怎

---

[1] 典出《圣经·新约·马太福音》：葡萄园招工，后来者先领工钱且与先来者同酬。有鼓励信教之意。

么解释这次鞭刑？"

"我们不解释。"

"我们一点理由不给？"

"不给。"

"可是，陛下，流言蜚语会……"

"这只是我的自然反应，莫尼奥！让他们感受一下隐藏起来的那部分我，这部分会干什么我一无所知，因为没有沟通的渠道。"

"这会引起巨大的恐慌，陛下。"

艾达荷爆发出一阵粗哑的大笑。他站到莫尼奥和御辇之间。"他对这个大使算是仁慈的！换在过去，有的君王会用小火慢慢烧死这个蠢货。"

莫尼奥在艾达荷的肩膀后面伸头跟雷托说话。"可是，陛下，这个行动等于向特莱拉人承认您已经遇刺了。"

"他们已经知道了，"雷托说，"但他们不会说出来。"

"因为一个刺客也没回去……"艾达荷说。

"你明白吗，莫尼奥？"雷托问，"当我们毫发无伤地进入奥恩城，特莱拉人就会知道行动彻底失败了。"

莫尼奥环视鱼言士和百官，他们都出神地听着这场对话。很少有人领教过神帝与他首席贴身侍卫之间的这种直白交谈。

"陛下什么时候下令惩罚大使？"莫尼奥问。

"接见时。"

雷托听到扑翼飞机飞过来了，扑动翼和旋翼闪烁着阳光，定睛细看，其中一架扑翼飞机悬吊着一顶新的御辇舱罩。

"把损坏的舱罩送回帝堡修好。"雷托盯着飞近的扑翼飞机说，"修理工问起来，就说日常维修，也是给风沙刮破的。"

莫尼奥叹了口气。"是，一切按陛下吩咐。"

"好了，莫尼奥，打起精神来。"雷托说，"等会在我边上走。"又转向艾达荷交代道，"带几个卫兵先去探路。"

"您觉得还会有刺客吗？"艾达荷问。

"不会有了，但这能让卫兵们有点事做。换上新制服。我不想看你穿着特莱拉人的脏衣服。"

艾达荷领命退下。

雷托示意莫尼奥靠近些，再近些。直到莫尼奥低头探进御辇，离雷托不足一米，雷托这才放低声音说："这件事给你上了特殊的一课，莫尼奥。"

"陛下，我知道我本该怀疑变脸……"

"跟变脸者无关！和你女儿有关。"

"赛欧娜？她怎么会……"

"跟她这么说：她就像我体内的那股力量，会在我不知情的时候作出反应，只是更弱小。正因为她，我才记得什么是人性……什么是爱。"

莫尼奥迷惑不解地盯着雷托。

"把话传给她就行。"雷托说，"你不需要去理解。只需要重复我的话。"

"遵命。"莫尼奥说完退了下去。

雷托合上泡形舱罩，等待扑翼飞机上的工作人员将舱罩整体更换掉。

莫尼奥转身扫视了一下等在瞭望台上的人群。他发现一个之前从未留意的物件，有些还没从慌乱中恢复过来的人暴露了这个物件。部分大臣佩戴了一种精密的助听装置。他们一直在窃听。而且这种装置只可能来自伊克斯星。

*我要警告邓肯和卫兵，*莫尼奥想。

他隐隐觉得这是腐败的迹象。如果多数大臣和鱼言士要么确知，要么怀疑神帝自己也向伊克斯人购买违禁设备，这种事又怎么杜绝得了呢？

我开始厌恶水。促使我变形的沙鳟皮肤已经具备了沙虫的敏感性。莫尼奥和很多卫兵都知道水令我反感。只有莫尼奥猜到这一转变具有里程碑意义。我能从中感受到自身的终结，在莫尼奥看来这将是一个漫长的过程，但于我而言只要熬一熬很快就能过去。在沙丘时代，水分对沙鳟有强大的吸引力，这是我们共生初期的一个问题。我运用意志力抑制这股欲望，直至达到平衡。如今我必须避开水，因为已经不再有沙鳟，只剩下构成皮肤的半休眠生物。没有沙鳟让这个世界重返沙漠，夏胡鲁不可能出现；大地不干涸，沙虫就无法进化。我是它们唯一的希望。

——《失窃的日记》

　　皇家队伍走下最后一道坡，进入节庆城界，此时下午已过半。欢迎人群拥挤在街道两旁，最前排密密地站着维持秩序的鱼言士，个个虎背熊腰，身着厄崔迪绿军服，手里的击昏棍两两交叉。

　　皇家队伍走近时，人群中爆发出一阵疯狂的呼喊声。鱼言士卫兵开始吟唱：

　　"赛艾诺克！赛艾诺克！赛艾诺克！"

这句唱词代表什么意思民众并不清楚，但随着声音在高楼大厦间回荡，一种奇特的效果产生了。人山人海的街道顿时安静下来，只能听见卫兵们持续的吟唱声。人们充满敬畏地注视着手持击昏棍分列于皇家通道两边的鱼言士。神帝经过时，鱼言士一面吟唱一面不眨眼地盯着他的脸庞。

艾达荷同鱼言士卫兵跟在御辇后面，他第一次听到这种吟唱，觉得后脖颈上的毛发都竖了起来。

莫尼奥走在御辇旁边，没有朝左右观望。他曾经问过雷托这句唱词的含义。

"我只允许鱼言士举行一种仪式。"雷托答道。当时他们在奥恩城中央广场地下的神帝觐见厅，莫尼奥一整天忙着接待蜂拥入城参加十年庆的达官贵人，已经疲态尽现了。

"这句唱词跟仪式有什么关系，陛下？"

"这种仪式就叫赛艾诺克——雷托庆典，可以当面表达对我的崇拜。"

"一种古老仪式，陛下？"

"是弗雷曼人的传统，早在他们还不是弗雷曼人的时候就有了。但是解开庆典秘密的钥匙已经随着先辈们的故去而失传了。现在记得这些的只有我。我以自己为对象并出于自己的目的，重新创造了这种庆典。"

"这么说保留地弗雷曼人也不举行这种仪式？"

"从不。这是我的仪式，而且只属于我一个人。我永久独享这一权利，因为我就是这种仪式。"

"这个词很奇怪，陛下。我从来没听说过类似的词。"

"它有多重含义，莫尼奥。如果我告诉你，你能守住秘密吗？"

"谨遵圣命！"

"永远不能把我说的透露给别人，包括鱼言士。"

"我发誓，陛下。"

"很好。赛艾诺克本意是将荣誉献给诚实者，后来用于纪念以诚实之心说出口的东西。"

"可是，陛下，诚实不就是指说话者相信……丝毫不怀疑自己说的话吗？"

"是的，但赛艾诺克还有一层含义是揭示真相之光。你不断地将光投射于所见之物。"

"真相……是一个很含糊的词，陛下。"

"的确如此！赛艾诺克又代表发酵，因为真相——或者你自信了解的真相，都一样——总是会在全宇宙发酵。"

"一个词包含这么多意思，陛下？"

"还没完！赛艾诺克也可以用来召唤祈祷，并且代表审问新丧者的记录天使塞哈亚的名字。"

"这个词负担太重了，陛下。"

"我们想让词语承受多少负担，词语就能承受多少负担。只需要约定俗成。"

"为什么我不能跟鱼言士说这些，陛下？"

"因为这个词是专门为她们保留的。要是知道我把这个词分享给了一个男人，她们会心生怨恨。"

莫尼奥护卫着御辇向节庆城里行进，回忆中不觉将双唇紧抿成一条线。自从领教了赛艾诺克的解释，他已听过许多次鱼言士吟唱此词迎接神帝驾临，甚至还给这个怪词加上了自己的意思。

它意味着神秘和威望。它意味着权力。它授权以神的名义行动。

"赛艾诺克！赛艾诺克！赛艾诺克！"

这个词莫尼奥听着只觉得刺耳。

他们已经深入城内，接近中央广场了。下午的阳光从队伍后面斜射过来，金灿灿地洒在皇家大道上，洒在市民们的盛装上，也洒在沿路排开的鱼言士高扬的面孔上。

艾达荷与卫兵们护守在御辇旁边，随着吟唱的持续，他开始警惕起来。他向身边的一名鱼言士询问这个词的意思。

"这个词不是给男人用的，"她说，"不过有时候陛下会跟某个邓肯分享赛艾诺克。"

某个邓肯！他早先向雷托打听过有关其他邓肯的情况，而雷托神神秘秘岔开话题的那副样子他很不喜欢。

"您很快就会明白的。"

艾达荷暂时不去注意吟唱声，而是怀着观光客的好奇心环顾四周。身为卫队司令，艾达荷的一项准备工作就是了解奥恩城的历史。得知艾达荷河从该城附近流过，他发现自己和雷托一样感到滑稽可笑。

当时他们是在帝堡内一间通风良好、洒满晨光的开放式大厅里，鱼言士档案管理员已在几张宽大的桌子上铺好沙厉尔和奥恩城的图纸。雷托将御辇驶上一道斜坡，以便由上而下看清图纸。在一张散乱着图纸的桌子对面，艾达荷正站着研究节庆城的平面图。

"不太多见的城市设计。"艾达荷沉思地说。

"主要功能只有一个——为神帝的公开亮相创造条件。"

艾达荷抬头望向御辇上那具分节的躯体，把目光聚焦在那张"风帽脸"上。他怀疑自己到底能否习惯这个怪异的形象。

"可那每隔十年才有一次。"艾达荷说。

"你指'普享大典'，没错。"

"两次大典之间让城市关门？"

"里面有使馆、贸易商办事处、鱼言士学校、维修保养部门、博物馆和图书馆。"

"他们占了多少地方？"艾达荷用指关节轻叩图纸，"顶多十分之一？"

"还要少。"

艾达荷的目光在图纸上游移，神情若有所思。

"这样设计还有其他原因吗，陛下？"

"主要就是满足我本人公开亮相的需求。"

"那儿一定有办事员、公务员，还有普通工人。他们住在哪里？"

"大部分住在郊区。"

艾达荷指着图纸问："这一排排的公寓？"

"注意阳台，邓肯。"

"都环绕着广场。"他低头细看图纸，"广场足足有两公里宽！"

"注意阳台是呈阶梯状的，一直延伸到这圈尖塔。塔里住的是精英分子。"

"这样当您进入广场，他们就都能俯视到您了？"

"你不喜欢？"

"连个能量防护盾都没有！"

"我提供了一个多么诱人的目标！"

"您为什么要这样做？"

"关于奥恩城的设计流传着一个让人百听不厌的故事，是我创造和传播的。说曾经有一个民族，他们的君王必须一年一度在漆黑的夜里穿过人群，不带武器，不穿盔甲。这位神秘的君王行走时还要身穿发光的衣服，而在夜色掩护下的臣民只穿黑衣，也从不搜查他们是否有武器。"

"这跟奥恩城……跟您都有什么关系？"

"嗯，显然，假如这位君王能活着走完全程，说明他是个好君王。"

"您不搜查武器？"

"不公开搜查。"

"您觉得民众把您当成故事里的君王。"这不是一个问句。

"很多人是这样。"

艾达荷盯着雷托深埋在灰色"皮风帽"里的面孔。那对蓝上加蓝的眼睛不带感情色彩地回看着他。

美琅脂眼，艾达荷想。但雷托说他已不再服用香料。身体分泌的香料已经能满足他的瘾头。

"你不喜欢我的神圣的亵渎、我的强制性稳定。"雷托说。

"我不喜欢您扮演神！"

"但是神统治一个帝国，就像指挥乐队逐个乐章演奏一首交响乐。我的表演只有一个局限，那就是我只能待在厄拉科斯星。我必须在这里指挥交响乐。"

艾达荷摇着头，又去看城市平面图。"尖塔后面的这些楼房是干什么用的？"

"供客人用的低一档的馆舍。"

"他们看不见广场。"

"能看见。房间里有伊克斯设备可以投映我的影像。"

"而内圈能直接看到您本人。您怎么走进广场？"

"我亮相时中间会升起一座舞台。"

"他们会欢呼吗？"艾达荷直视雷托的眼睛。

"允许欢呼。"

"你们厄崔迪人总是自以为能名垂青史。"

"你这么来理解欢呼真是太聪明了。"

艾达荷再看城市地图。"这儿是鱼言士学校？"

"在你左手下面，没错。赛欧娜就是给送到这所学院受的教育。那一年她十岁。"

"赛欧娜……我必须多了解了解她。"艾达荷思忖着说。

"我向你保证这件事绝不会有任何障碍。"

艾达荷随着皇家队伍前行，鱼言士逐渐减弱的吟唱声让他回过神来。前方御辇已驶入一条长长的下坡道，通往广场地下宫殿。仍在阳光里的艾达荷举头环顾闪亮的尖顶——这是一种在图纸上无法感受的现实。广场仿佛环绕着一座巨型阶梯看台，阳台上挤满了人，个个都默默俯视着这支巡行队伍。

这些享有特权的人没有欢呼，艾达荷想。阳台上无声的人群让艾达荷心里充满不祥之感。

他走入下坡隧道，一过入口就看不见广场了。越往下，鱼言士的吟唱声就越轻。四周的脚步声被奇怪地放大了。

现在好奇心取代了令人压抑的不祥感。艾达荷仔细观察四周。隧道地面平坦，设有人工照明，非常宽。艾达荷估计能容纳七十人并排行进。这里没有欢迎人群，只有一列间距很大的鱼言士岗哨，她们没有吟唱，只是心满意足地盯着自己的神一驶而过。

艾达荷还记得广场地下这个庞大建筑体的平面图——这是一座隐秘的城中城，只有神帝、大臣和鱼言士才能在里面独自行动。然而从图纸上看不见那些粗大的立柱，也感受不到这里警卫森严的宏阔空间以及被众人脚步声和御辇吱嘎声打破的怪异宁静。

艾达荷突然看了看路边的鱼言士岗哨，这才发现她们的嘴唇一直在齐齐嚅动着默念一个词。他认出了那个词：

"赛艾诺克。"

"这么快又到节庆日了?"雷托皇帝问。

"已经过去十年了。"总管答。

想一想,以上对话是否暴露了雷托皇帝感觉不到时间的流逝?

——《口述史》

在节庆仪式开始前的一对一接见环节,人们纷纷议论神帝面见伊克斯新任大使——一位名叫赫娃·诺里的年轻女子——的时间超出了预定长度。

上午过半,两名依然洋溢着节庆首日那种兴奋的鱼言士把赫娃·诺里带了下来。广场地下的觐见厅灯火通明,房间约五十米长,三十五米宽。墙上装饰着弗雷曼古挂毯,由无价的香料纤维缝缀着宝石与贵金属,构成一幅幅光彩夺目的图案;挂毯颜色以颇得古弗雷曼人青睐的暗红色为主。大厅地板大部分是透明的,用闪亮的水晶拼出充满异域风情的鱼纹。地板下流过一条澄蓝的水带,竟然离雷托很近,当然觐见厅已采取了充分的防潮措施。大厅正对房门的那头设有一座加了垫子的凸台,这就是雷托的王座。

他第一眼见到赫娃·诺里,就觉得她酷似其叔马尔基,而她端庄的举止、镇定的步态又与马尔基截然不同。她的皮肤同样也是深色的，但有一张鹅蛋脸，五官周正。她用一对冷静的棕色眼睛与雷托对视。马尔基的头发是灰色的，而她的是亮棕色。

赫娃·诺里走近时，雷托感到她由内而外散发出一股平和之气。她在雷托下方十步远处站定。那种古雅而娴静的气质不是一朝一夕可以练就的。

随着兴奋感的增强，雷托发现这位新任大使暴露了伊克斯人的阴谋。他们一直在有针对性地繁育具备特定功能的人种。很遗憾，赫娃·诺里的功能是显而易见的——去魅惑神帝，寻找他铠甲上的裂缝。

尽管如此，在面谈过程中，雷托还是发觉自己从心底里喜欢有她在身边。一套伊克斯棱镜系统将阳光导入大厅里雷托所在的这一头，金灿灿地将赫娃·诺里圈在中间。神帝背后的暗影里站着一小排鱼言士侍卫——一共十二名，都是特意选择的聋哑女。

赫娃·诺里身着一件朴素的紫色安比尔[1]长袍，唯一的首饰是上刻"IX[2]"符号的银色项链吊坠。下摆隐隐露出一双与长袍同色的软凉鞋。

"你知道，"雷托问她，"我杀过你的一个先人吗？"

她温柔地笑了笑。"我叔叔马尔基为我安排的早期训练包含了这条信息，陛下。"

她说话时，雷托觉察到贝尼·杰瑟里特也插手过她的教育。她在用贝尼·杰瑟里特的方法来控制自身反应并体会对方的弦外之音。不过他看得出来，贝尼·杰瑟里特那一套只是薄薄地覆盖在她身上，从未渗进她纯良的本性。

---

[1] 作者虚构的一种植物纤维面料。
[2] 即"伊克斯"。

"有人跟你说过我会谈起这个话题。"他说。

"是的，陛下。我知道那位先人胆大妄为，竟然偷带武器来这儿妄图伤害您。"

"就像你的前任。这件事你也听说了吗？"

"我到了这里才听说的，陛下。他们都是傻瓜！您为什么要宽恕我的前任？"

"而没有宽恕你的先人？"

"是的，陛下。"

"你的前任科巴特要为我传信，所以更有价值。"

"这么说他们对我讲了实话。"她说，接着又笑了一下，"一个人不能总指望从同事和上级那里听到实话。"

这句回答十分坦白，雷托不禁咯咯笑起来。就在此时，他发现这个年轻女子依然拥有一颗"初生之心"——伴随着出生的震惊而产生的第一个念头："我有生命了！"

"那么你不怪我杀过你先人咯？"他问。

"他要行刺您！我听说您把他压扁了，陛下，就用您自己的身体。"

"没错。"

"接下来您把他的武器掉转过来，对准自己的圣体，来证明它奈何您不得……那可是我们伊克斯人能造出来的最好的激光枪。"

"目击者描述得很准确。"雷托说。

他同时想：**这件事说明了目击者的可信程度！**他清楚，严格来说，自己只是把枪口对准了分节躯体，而不是手、脸或鳍足。准沙虫躯体具有强大的吸热能力。他体内的"化工厂"能将热能转化为氧气。

"我从来没怀疑过这件事。"她说。

"为什么伊克斯人要重复这种愚蠢的行为？"雷托问。

"他们没有对我说过，陛下。也许只是科巴特的个人行为。"

"我想不是。我觉得你们的人只不过是想让他们选中的刺客去送死。"

"要科巴特死？"

"不是，是要他们选中使用武器的那个人去死。"

"是谁，陛下？还没人告诉过我。"

"那不重要。还记不记得你先人干蠢事那次我说过什么？"

"您严厉警告我们，倘若再有这类暴力犯上的企图，将遭到可怕的惩罚。"她垂下目光，不过雷托还是在她眼里瞥到了一股坚定的决心。她会使出浑身解数来抑制雷托的愤怒。

"我说得很明白，要是再惹我发怒你们一个人也休想逃得过。"雷托说。

她猛地抬头盯着雷托的脸。"是，陛下。"她现在的态度反映出内心的恐惧。

"一个也别想逃，包括你们新开拓的那块殖民地也成不了救命稻草，那地方就在……"雷托一口气背出了伊克斯人秘密拓建的那块殖民地的标准星图坐标，他们本以为此地已远远超出了帝国的控制范围。

她并没有露出讶异之色。"陛下，我想正是因为我警告过他们这件事瞒不了您，这才让我当了大使。"

雷托更仔细地观察起她来。这里现在是什么情况？他思忖着。她拥有敏锐的洞察力。他知道，伊克斯人以为遥远的距离和高昂的交通成本能使新殖民地成为法外之地。赫娃·诺里不这么认为且提出了反对意见。而她相信，正因这一举动，她才被她的主子们任命为大使——伊克斯人的谨慎可见一斑。他们认为自己在朝中安插了一个盟友，而这个人在别人眼里又是雷托的朋友。思路理顺后，他点了点头。在掌权之前他就明确告知伊克斯人，他已经掌握了他们的机密——其所辖之技术联盟的核心区的具体位置。伊克斯人原本以为这是一个绝无可能泄露的秘密，因为他们向宇航公会支付了巨额封口费。雷托之所以能挖出真相，自然归功于他的预知和推理能力——还有记忆里一众伊克斯人的帮助。

当时雷托就警告过伊克斯人，如有谋逆行为将受到惩罚。他们大惊失色地表示遭到了宇航公会的出卖。伊克斯人的反应把雷托逗得哈哈大笑，这让他们深感不安。接着，他用冰冷而责难的语气告诉了伊克斯人，他不需要间谍和告密者，也不屑于去搞政府爱干的那些勾当。

他们不相信他是神吗？

此后一段时间，伊克斯人对他有求必应。雷托并没有狠命压榨他们，提的要求都不过分——具有某种用途的机器或配备某种功能的装置。他只需列明要求，不久伊克斯人就会送来相应的高科技玩意儿。只有一次，他们在某台机器里暗藏凶器。雷托把押货的伊克斯使团杀得一个不剩，连机器都没来得及拆箱。

在雷托回忆往事的时候，赫娃·诺里一直静静等待着，没有流露出一丝一毫的不耐烦。

真美，他想。

长期与伊克斯人打交道，雷托总算对他们有了一个全新的认识，浑身上下随之注满了活力。那些激情，那些危机，那一切造就他、鼓舞他的必要因素如今都已消失殆尽。他常常觉得自己对于这个时代已经失去意义了。然而赫娃·诺里的出现让他意识到自己还有用。他感到愉快。雷托甚至猜测，伊克斯人研发用于放大公会领航员线性预知力的机器已经取得了部分成功。也许有一个小小的信号光点夹在一连串重大事件中从眼皮底下溜过去了。他们真的能造出那种机器来吗？那将是多大的一个奇迹啊。他有意克制着不动用超能力对这一可能性去做一下探测，哪怕是最浅表的探测。

我渴望意外！

雷托亲切地朝赫娃笑了笑。"他们是怎么训练你来引诱我的？"他问。

她连眼睛都没眨。"他们指导我怎么来应对各种特定的紧急情况。"她说，"我都按要求记住了，但并不打算用。"

这正中他们的下怀，雷托想。

"告诉你的主人们，"他说，"由你充当一块在我面前晃悠的钓饵，再合适不过了。"

她低头道："遵命，唯愿陛下满意。"

"是的，你让我很满意。"

他追踪起赫娃过去的线索，放任自己对她不久的将来作一番小小的预测。赫娃显现在一个很不稳定的未来，其走势有可能转往多个方向。她将在一个偶然的机会下认识赛欧娜，除非……雷托脑子里闪过一串问题。现在有一名公会领航员正在充当伊克斯人的顾问，显然此人已经探测到赛欧娜在时间结构上所产生的扰动。这名领航员真的相信自己能阻止神帝预测未来吗？

预测持续了数分钟，但赫娃并未感到不安。雷托仔细观察着她。她仿佛超越了时间——恬淡平和地存在于时间之外。他从未见过一个凡夫俗子能如此镇定自若地等候在他面前。

"你在哪里出生的，赫娃？"他问。

"就在伊克斯星，陛下。"

"我想知道得更具体些——房子在哪儿，地点在哪儿，父母、亲戚、朋友都是谁，周围有什么人，在哪儿上的学——所有的一切。"

"我从来不知道父母是谁，陛下。他们说我还在襁褓中父母就死了。"

"你相信吗？"

"一开始……当然信。后来，我开始幻想。我甚至把马尔基想象成父亲……可是……"她摇摇头。

"你不喜欢马尔基叔叔吗？"

"是的，我不喜欢。可我敬佩他。"

"跟我完全一样。"雷托说，"那么你有哪些朋友，受过什么教育？"

"我的老师都是专家，甚至还请了几位贝尼·杰瑟里特来训练我的情绪控制和观察力。马尔基说这都是为我干大事作的准备。"

"你的朋友呢？"

"我想我从来没有一个真正的朋友——同我接触的人都只是为了完成特定的教育任务。"

"训练你去干什么大事，有人谈起过吗？"

"马尔基说我的训练目标是魅惑您，陛下。"

"你多大年纪了，赫娃？"

"我不知道自己的确切年龄。我猜有二十六岁了。我从来没庆祝过生日。我是偶然间才知道有生日这回事的，有位老师的请假理由是过生日。后来我再也没见过那位老师。"

雷托发现自己被她的答话迷住了。据雷托观察，她的伊克斯肉体肯定未经特莱拉人染指。她不是特莱拉人再生箱的产物。那整件事为什么遮遮掩掩的？

"马尔基叔叔知道你的年龄吗？"

"也许知道。不过我已经很多年没见过他了。"

"从来没有一个人说过你多大吗？"

"没有。"

"你觉得为什么会这样？"

"他们可能觉得我想知道的话自己会问的。"

"你想知道吗？"

"想。"

"那你为什么不问？"

"一开始我猜哪个地方或许存着记录。我找过，可什么也没找到。所以我判断他们不会回答我的问题。"

"关于你自己，你这句话已经提供了足够多的信息，赫娃，我非常满意。我也不了解你的身世，但我可以就你的出生地做一次抛砖引玉式的猜测。"

她紧张地盯着雷托的脸，毫无做作之态。

"你是在一台机器里出生的，也就是你的主人们正在为宇航公会改进的那种机器。"雷托说，"这台机器也是孕育你的地方。甚至马尔基可能就是你的父亲。那不重要。你知道这种机器吗，赫娃？"

"我不该知道这个，陛下，不过……"

"又有一个老师不小心泄密了？"

"是我叔叔自己。"

雷托爆发出一阵大笑。"真调皮啊！"他说，"好一个调皮鬼！"

"陛下？"

"这是他对你主人们的报复。他不愿意从我的宫廷调走。他当时对我说接任的人比白痴还不如。”

赫娃耸耸肩。“我叔叔是个复杂的人。”

“仔细听我说，赫娃。你在厄拉科斯星的某些联系人可能对你有危险。我会尽可能保护你。明白吗？”

“我想我明白，陛下。”她抬起眼严肃地看着雷托。

“现在我要你带条口信给你的主人们。我很清楚他们一直在听取一个公会领航员的意见，而且还以危险的方式与特莱拉人开展合作。转达我的话：他们的企图再明显不过了。”

“陛下，我不知道……”

“我清楚他们是怎么利用你的，赫娃。所以，你还可以告诉你的主人们，你将成为我宫廷里的终身大使。此后我不欢迎其他任何伊克斯人。假如你的主人们不听我的警告，还想再来跟我对着干，我会把他们全灭掉。”

她的双眼涌出泪水，顺着面颊滚滚而下。雷托庆幸她没有做出双膝跪地之类的失控举动。

“我已经警告过他们了。”她说，“真的。我劝他们一定要服从您。”

雷托能看出来这的确是事实。

真是不可思议的尤物啊，这个赫娃·诺里，他想。她仿佛是善德的一个缩影，显然这是她伊克斯主子们育种和训练的结果，他们精心算计过她的表现会对神帝产生怎样的影响。

比较了记忆里的无数祖先之后，雷托把她看作一位理想化的修女——富有爱心和自我牺牲精神，而且无比真诚。这就是她的本性，是她借以安身立命的倚靠。她毫不费力就可以做到坦率真诚，她也能有所保留，但那是怕给别人带去痛苦，雷托看得出后一点是贝尼·杰瑟里特对她施加的最大影响。赫娃生性爽直、敏感、和蔼可亲。雷托几乎察觉不出她有什么心计。她似乎毫不掩饰心理活动，胸怀坦荡，且善于倾听（又一个贝尼·杰瑟里特的特点）。她毫无诱人的媚态，而这正是她深深吸引雷托的地方。

他曾在一个类似的场合对以前某个邓肯说："关于我的一个事实，有些人明显表示怀疑，但你必须明白——有时我不可避免地会产生幻觉，在我这副已经面目全非的躯壳里面，藏着一具机能完备的成年人身体。"

"具备所有机能吗，陛下？"邓肯问。

"所有机能！我身上已经退化的器官依然有感觉。我能感觉到双腿，是那种不会去留意却又实实在在的感受。我能感觉到人类腺体的搏动，其中有些其实已经永久消失了。我甚至还能感觉到生殖器，虽然理智告诉我它早在几百年前就退化了。"

"当然如果您清楚……"

"理智无法抑制感觉。那些退化的器官仍然存在于我自己的记忆里，存在于我所有祖先的分身上。"

雷托看着站在面前的赫娃，虽然他很清楚自己是没有颅骨的，昔日的脑子已经变为遍布准沙虫躯体的庞大神经节网络，却仍然毫无用处。一点办法也没有。他依然能感觉到脑子在老地方疼，他依然能感觉到颅骨在抽动。

赫娃只是往他眼前一站，就唤醒了他失落的人性。他难以承受这份重负，绝望地悲声说道："你的主子为什么要折磨我？"

"陛下？"

"把你派过来！"

"我不会伤害您的，陛下。"

"你的存在就是伤害我！"

"我不知道，"她的眼泪夺眶而出，"他们从来没告诉我他们在干什么。"

他镇定下来，柔声说道："退下吧，赫娃。忙自己的事去，但只要我一传你，就必须立即回来！"

她静静地离开了，雷托能看出来她同样在受折磨。毫无疑问，她为雷托牺牲的人性而深感悲伤。雷托所领悟的她也已经领悟到了：他们俩本可以成为朋友、情侣、同伴，成为至亲至近的一对异性伴侣。是她的主子们有意识让她领悟的。

*伊克斯人太残酷了！*他想。*他们很清楚这将会给我们带来怎样的痛苦。*

赫娃的离去让雷托不禁回忆起她的叔叔马尔基来。马尔基是个残酷的人，但雷托反而很喜欢他的陪伴。马尔基具备他那个种族的所有勤劳美德，也染上了足够多的恶习，这让他显得很有人味。马尔基在雷托的鱼言士里纵情声色。"您的女神们"，他是这么称呼她们的，现在雷托只要一想到鱼言士，脑海中总免不了冒出马尔基给她们起的诨号。

我为什么现在想起马尔基了？不仅仅因为赫娃。我应该问问她，她被主子们派过来究竟带着什么任务。

雷托犹豫着是否把她召回来。

只要我问，她就会和盘托出。

神帝为什么姑息伊克斯人？搞清这个问题是历任伊克斯大使的一项使命。伊克斯人知道什么也瞒不住神帝，背着他拓建一块殖民地更是异想天开！他们是在试探他的底线吗？伊克斯人怀疑雷托并非真正需要他们的工业。

我从来不隐瞒对他们的看法。我对马尔基说：

"技术创新者？不！在我的帝国里，你们是违反科学禁律的罪犯！"

马尔基笑了。

雷托恼火地责备道："为什么要把实验室和工厂秘密设置在帝国疆域之外？你们瞒不了我。"

"是的，陛下。"马尔基还在笑。

"我知道你们的企图：放一点这样那样的消息到我的帝国里来扰乱人心！引发公众的怀疑和质疑！"

"陛下，您本人就是我们的一个大客户！"

"我不是这个意思，你很清楚，你这个恶棍！"

"正因为我是恶棍您才喜欢我的。我告诉您我们在那儿干了些什么。"

"不用你说我也知道！"

"可有些事情人们相信，而有些事情人们是打问号的。我可以消除您的问号。"

"我没有问号！"

这句话又引得马尔基爆发出一阵大笑。

我不得不继续姑息他们，雷托想。伊克斯人在未知领域搞的那些创造发明早已为芭特勒圣战所明令禁止。他们在制造模拟思维的机器——正是此物引燃了充斥着毁灭与屠戮的圣战。伊克斯人就是在干这个勾当，而雷托只能听之任之。

我是他们的买家！没有他们提供与思维相通的思录机，我连日记都写不了。没有伊克斯人，我就无法隐藏日记和打印机。

但是必须让他们知道，他们正在玩火。

别忘了宇航公会也有份。他们要好办一些。即使与伊克斯人合作，公会的人也是一百个不相信他们。

　　假如伊克斯人的新机器研制成功，那么宇航公会就丧失了他们在太空航行领域的垄断地位。

我有纷繁芜杂的记忆可供随意挖掘，一些规律逐渐浮出水面，仿佛一种我能读懂的新语言。在我看来，促使全社会摆出防御或攻击姿态的报警信号恰似大声喊话。闻及无辜者受到威胁或无助的幼者面临危险，普通民众都会愤而行动。莫名其妙的声音、情景和气味会让你休眠已久的戒备心突然警觉起来。一旦警报拉响，你只会听从自己的母语，因为其他任何形式的声音都是异类。你只穿看得顺眼的衣服，因为陌生的服装都暗含威胁。这是最初级的系统反馈。这种记忆深达你的细胞。

——《失窃的日记》

　　在觐见厅门口听差的助手级鱼言士带来了特莱拉大使杜罗·努内皮。预定的觐见时间还没到，努内皮被点名提前召见。他步伐镇定，带着一副不易察觉的听天由命的神情。

　　在觐见厅另一头的高台上，雷托沿御辇伸展开身子，静静等待着。看着努内皮越走越近，雷托的记忆闪现出一幕相似的场景：一部潜望镜如眼镜蛇般几无痕迹地从水面游过来。这幅画面让雷托的嘴角微微泛起笑意。那就是努内皮——一个神情冷傲的男人，一个出身寒微、靠自己在特莱拉政坛上打拼出一番事业的人。他本人不是变脸者，他把变脸者当成私仆；变脸者就是载着他游泳的水。没练就一双火眼金睛很难看清他身后的水痕。现在，这个卑劣的人在皇家大道行刺事件中留下了痕迹。

虽然时间尚早，此人还是穿齐了全套大使行头——黑色宽松裤和黑色凉鞋都镶有金饰，华丽的红色外套在颈下敞开，一眼就能看到珠光宝气的特莱拉金纹章后面那毛乎乎的胸膛。

努内皮在规定的十步远处停下，扫了眼环绕在雷托身后的那一队武装的鱼言士侍卫。他注视神帝并微微欠身，灰眼睛里闪烁着隐秘的笑意。

这时邓肯·艾达荷走了进来，胯部枪套内插着一把激光枪。他站定在神帝的"风帽脸"旁边。

艾达荷的露面让努内皮很不情愿地在心里仔细盘算起来。

"我觉得易容者特别可恶。"雷托说。

"我不是易容者，陛下。"努内皮答道。他的声音低沉而有礼，只是带有一丝犹疑。

"但你是他们的代表，所以也够讨厌了。"雷托说。

努内皮原打算听一番充满敌意的公开声明，没承想雷托说的都不是外交辞令，他慌不择路地抛出了撒手锏——他相信这是特莱拉人有恃无恐的资本。

"陛下，我们保存邓肯·艾达荷的原始肉身，并为您提供由内而外都不走样的死灵，我们始终认为……"

"邓肯！"雷托瞥了眼邓肯，"如果我下令，邓肯，你愿意率领一支远征军扫平特莱拉星吗？"

"我很愿意，陛下。"

"即使丢失你的原型细胞和全部再生箱也在所不惜？"

"那些箱子并没有给我带来愉快的回忆，陛下，那些细胞也不是我。"

"陛下，我们怎么冒犯您了？"努内皮问。

雷托皱起眉头。难道这个蠢货真的要神帝把变脸者最近的弑君罪行说出口吗？

"我注意到，"雷托说，"你和你的人说我有'恶心的性癖'，而且在到处造谣。"

努内皮目瞪口呆。这个指控纯粹是无中生有，完全出乎他的意料。然而努内皮意识到，即便他否认也不会有人相信，因为此话出自神帝的金口。好一个攻其不备。努内皮看着艾达荷，张口道："陛下，如果我们……"

"看着我！"雷托命令。

努内皮猛地抬头望向雷托的面孔。

"我只跟你说一遍，"雷托说，"我没有性癖。任何性癖都没有。"

汗珠从努内皮脸上滚落。他如困兽般高度紧张地盯着雷托。最后他终于能开口说话了，嗓音里已失去外交官的低沉与克制，只剩下动物的颤抖和恐惧。

"陛下，我……一定是有误会……"

"住口，你这个特莱拉鼠辈！"雷托厉声喝道，接着又说，"我是神圣沙虫——夏胡鲁的变形菌体！我是你们的神！"

"原谅我们吧，陛下。"努内皮小声说道。

"原谅你们？"雷托心平气和地讲起了道理，"我当然原谅你们。这就是神的职责。你们的罪行已赦免。但你们的愚蠢要有一个结果。"

"陛下，要是我能……"

"住口！特莱拉人下一个十年的香料配额全部取消。一点也没有。至于你个人，我的鱼言士马上会把你带到广场去。"

两名魁梧的女侍卫上前抓住努内皮的胳膊，抬头看着雷托待命。

"带到广场去，"雷托说，"把他衣服剥光。鞭刑示众，五十下。"

努内皮在侍卫手中挣扎着，脸上满是惊愕交织着愤怒的神情。

"陛下，我提醒你我是大使……"

"你就是一个普通犯人，应该受到一视同仁的惩罚。"雷托向侍卫点点头，侍卫拖着努内皮往外走。

"我真希望他们杀了你！"努内皮愤怒地喊道，"我真希望……"

"谁？"雷托喝问，"你希望谁杀了我？你不知道谁也杀不了我吗？"

侍卫把努内皮拖出觐见厅，他还在喊："我没有罪！我没有罪！"抗议声渐渐远去。

艾达荷弯下身子凑近雷托。

"什么事，邓肯？"雷托问。

"陛下，这会让所有来使都感到害怕。"

"是的。我在给他们上一堂责任课。"

"陛下？"

"参与密谋的人就像军队里的士兵，会丧失个人责任感。"

"但这会引起麻烦，陛下。我建议增派卫兵。"

"一个也不加！"

"可您会招来……"

"我会招来一些愚蠢的军事行动。"

"这就是我……"

"邓肯，我是导师。记住。有的课我会反复上，以便加深大家的印象。"

"什么课？"

"论军事蠢行的自杀性实质。"

"陛下，我不……"

"邓肯，想想这个愚蠢的努内皮。他就是这堂课的精华。"

"请原谅我的迟钝，陛下，但我不明白关于军事……"

"他们相信，只要冒上生命危险，就有本钱对自己挑选的敌人滥施暴行。他们养成了侵略性思维。无论怎样对待异类，努内皮都不会认为自己需要承担什么责任。"

艾达荷看了看大门，刚才侍卫就从那里拖走了努内皮。"他试过，失败了，陛下。"

"但他不愿受历史的束缚，也不想付出代价。"

"在他的人民眼里，他是爱国者。"

"那他是怎么看待自己的，邓肯？成就历史的人。"

艾达荷凑得离雷托更近一些，压低声音说："您又有什么不同呢，陛下？"

雷托轻声笑起来。"啊，邓肯，我多么欣赏你的洞察力。你已经注意到我是一个彻头彻尾的异类。你没想过我同样可能失败吗？"

"我有过这种想法。"

"就算是失败者也可以裹上'伟大历史'这块遮羞布，老朋友。"

"您和努内皮在这一点上像不像呢？"

"靠武力传播的宗教都有这种创造了'伟大历史'的幻觉，但很少有人明白它们对人类造成的根本性危害——那种对自身行为无须负责的错误想法。"

"这些话很奇怪，陛下。我怎么来理解它们的意义？"

"它们的意义就是我说给你听的这些。你听不见吗？"

"我有耳朵，陛下！"

"在你身上吗？我看不见。"

"在这儿，陛下。这儿，还有这儿！"艾达荷指着自己的耳朵说道。

"可它们听不见。所以你没带耳朵来，也听不见话。"

"您在拿我寻开心，陛下？"

"听见就是听见。已经存在的东西不可能再变成它自己，因为它已经存在着。存在就是存在。"

"您这些奇怪的话……"

"只是语言罢了。我一说出来，它们就消失了。没人听见它们，它们也就不再存在。假如它们不再存在，也许可以再让它们存在一次，也许那时就有人听到它们了。"

"您为什么要开我的玩笑，陛下？"

"没有开你玩笑，就是开口说说话。我不怕得罪你，因为我知道你没有耳朵。"

"我不明白，陛下。"

"这就是启蒙的开始——去探究我们不明白的事物。"

没等艾达荷回答，雷托向旁边的侍卫做了个手势。王座后面的墙上装有一块控制晶板，那名侍卫在晶板前方挥了挥手。大厅中央随即显现努内皮受刑的三维场景。

艾达荷走下台阶凑近观看。这是一个略带俯视角度的广场镜头，伴有鼎沸的人声，还有人潮源源不断地涌过来，脸上都洋溢着好戏刚开场的兴奋劲儿。

努内皮被绑在一个三脚架的两根支脚上，双腿大大地叉开，两臂上举捆在一起，几乎与三脚架的顶点一般高。他的衣服已经从身上扯了下来，破破烂烂扔得到处都是。一个壮实的蒙面鱼言士站在旁边，手里握着一根临时用伊拉迦绳做的鞭子，鞭子的一头已散成一缕缕细丝。艾达荷觉得这名蒙面女就是第一天接待他的"朋友"。

接到一名军官的指示后，蒙面鱼言士跨前一步，只见伊拉迦鞭划了一道弧线，猛抽在努内皮的裸背上。

艾达荷面部肌肉抽搐了一下。围观众人纷纷倒吸一口气。

鞭过处立现丝丝血痕，努内皮却一声不吭。

鞭子再次落下，又添一束血痕。

鞭子第三次挥击，在努内皮的背上撕咬出更多血迹。

一股遥远的悲哀蓦地袭上雷托心头。**内拉干劲太足了，雷托想。这样下去努内皮会送命的，那就麻烦了。**

"邓肯！"雷托喊。

艾达荷转过头来，方才他正全神贯注盯着投影场景，人群刚好爆发出一阵呼叫——在一记特别狠辣的鞭打之后。

"派个人在二十鞭后喊停。"雷托交代，"宣布神帝宽宏，特准减刑。"

艾达荷向某个侍卫抬了抬手，侍卫点点头跑出大厅。

"过来，邓肯。"雷托说。

他还认为刚才雷托是在拿他开玩笑，闷闷不乐地回到雷托旁边。

"我做的一切，"雷托说，"都是在上课。"

艾达荷强忍着不回头去看努内皮受刑的场面。那是努内皮的呻吟声吗？人群的呼喊刺痛着艾达荷。他抬头直视雷托的眼睛。

"你心里有疑问。"雷托说。

"有许多疑问，陛下。"

"说出来。"

"惩罚那个蠢货是上什么课？别人问起来，我们该怎么回答？"

"我们回答，决不允许任何人亵渎神帝。"

"这一课是血的教训，陛下。"

"在我上过的课中还不是最血腥的。"

艾达荷摇着头，脸上满是失望。"这样不会有什么好处的！"

"对极了！"

跋涉在祖先记忆之中，让我学到了很多东西。规律，啊，那些规律。自由主义拥趸是最令我头疼的。我不信任走极端的人。随便扒拉出一个保守派来，你会发现他是个对未来不抱什么希望的怀旧者；而随便扒拉出一个自由派来，你会发现那一定是个隐蔽的贵族。千真万确！自由主义政府无不走向贵族统治。官僚政府总是违背组建者的真实意愿。小人物们本欲组建一个承诺实现社会公平的政府，但一开头就会突然发现自己已经落入了官僚贵族的手中。所有官僚政府都遵循这一规律，概莫能外，而当你发现连高举公有大旗的政府亦不能免俗，便会备感其虚伪。好吧，如果说规律教会了我什么，那就是规律总是反复出现的。我的压迫政策总体而言并不比其他的更糟糕，至少，我会给民众上一堂新课。

——《失窃的日记》

觐见日早已入夜，却还没轮到贝尼·杰瑟里特使团面见雷托。为了让圣母们宽心，莫尼奥已向她们转达了神帝保证接见的允诺。

莫尼奥回禀神帝："她们希望得到厚赏。"

"我们会看到结果的，"雷托说，"此事自有分晓。现在，说说你进门时邓肯问你什么。"

"他想知道以前您是否动用过鞭刑。"

"你是怎么回答的？"

"没有动用鞭刑的历史记录，我本人也从未见过。"

"他怎么说？"

"这不是厄崔迪人的作为。"

"他认为我疯了吗？"

"他没这么说。"

"你们俩碰见时不只谈了这些。我们这位新邓肯还有什么烦心事？"

"他与伊克斯大使见过面了，陛下。他觉得赫娃·诺里很有魅力。他打听……"

"必须阻止他，莫尼奥！我要你负责阻断邓肯与赫娃的一切联系。"

"遵命。"

"切记！退下吧，安排和贝尼·杰瑟里特的女人们会面。我在人造穴地接见她们。"

"陛下，选择在那儿接见有什么特别意义吗？"

"一时兴起而已。出去时转告邓肯，他可以带一队卫兵在城里巡逻，以防不测。"

雷托在人造穴地等待贝尼·杰瑟里特使团，回顾刚才那场对话，他暗自发笑。他能想象，当心烦意乱的邓肯·艾达荷率领一队鱼言士巡视节庆城时，民众会是什么反应。

犹如一见捕食者逼近就立刻收声的青蛙。

在人造穴地待了一会儿，雷托发现自己的选择是明智的。人造穴地位于奥恩城边缘，是一座带不规则穹顶的自由形态建筑，长近一公里。人造穴地曾是保留地弗雷曼人的首个聚居地，现在是他们的学校，其走廊及各厅堂均有警觉的鱼言士往来巡逻。

雷托所在的接待厅是一个长约两百米的椭圆形房间，巨型球形灯浮在蓝绿色隔罩内，高悬于离地约三十米处。撑起整个建筑的是仿天然石材，那种暗沉沉的深浅褐色在灯光的照耀下才稍显柔和。雷托待在大厅一头的低矮平台上，旁边一扇半圆窗比他的身体还要长，他正向外面眺望。这扇窗户距地面有四层楼高，透出去能看见古屏蔽场城墙的遗迹，崖边几处洞穴正是当年厄崔迪军队惨遭哈克南人屠戮之地，故得以保存至今。一号月亮的寒光为峭壁的轮廓镀上了一层银色。崖边闪着星星点点的火光，而昔日的弗雷曼人是绝不敢在此点火暴露行迹的。当有人走过篝火前方时，火头仿佛在朝雷托眨眼——那些就是保留地弗雷曼人，这片神圣地界的合法占领者。

保留地弗雷曼人！雷托想。

他们目光多么短浅，思维多么狭窄。

可我为什么要反感呢？他们是我自己一手培养出来的。

雷托听到了贝尼·杰瑟里特使团的动静。她们边走边吟唱，那是一种挤满元音的沉重声音。

莫尼奥带着一小队侍卫在前引路。侍卫们在雷托的平台上各就各位。莫尼奥站在地板上，略低于雷托的面孔。他看了眼雷托，转身面向大厅中央。

共有十个女人排成两列走进大厅，打头的是两名身着传统黑袍的圣母。

"左边是安蒂克，右边是卢怀塞尔。"莫尼奥说。

听到这两个名字，雷托回想起莫尼奥此前以不安和怀疑的态度介绍过这二位。莫尼奥不喜欢这些女巫。

"两个都是真言师。"莫尼奥当时说，"安蒂克的年纪比卢怀塞尔大得多，但卢怀塞尔众所周知是贝尼·杰瑟里特最优秀的真言师。您会注意到安蒂克前额有一道疤，我们尚未弄清它的来历。卢怀塞尔有一头红发，看上去格外年轻，这也是她出名的地方。"

看着圣母率随从走近，雷托的记忆迅速翻涌起来。圣母的兜帽向前伸足，把脸挡住。跟在后面的侍从和侍祭尊敬地与圣母保持着一段距离……总是如此。有些固定模式自古以来从未改变。这些女人也可能走进一个真正的穴地，接待她们的是真正的弗雷曼人。

有些东西她们的头脑已经意识到了，而身体却还在排斥，他想。

雷托锐利的目光在她们的眼睛里看到了谨慎的恭顺，但她们迈着大步走在长条形大厅里的样子，显然又对自己的宗教力量充满自信。

让雷托暗自好笑的是，贝尼·杰瑟里特所拥有的力量仅限于他允许的范围。对她们网开一面的理由很简单。在他的帝国内，唯有圣母同他最相像——诚然，她们只拥有女性祖先的记忆，其本人囿于传统仪式也必须是女性，但从某种程度上说，每一个圣母都是作为一个群体而存在的。

圣母按规矩，站定在距雷托的平台十步远处。随从们往左右两边散开。

雷托喜欢用他祖母杰西卡的嗓音和人格来接待这类使团。贝尼·杰瑟里特对此早有心理准备，果然没有猜错。

"欢迎，姐妹们。"他说。嗓音平和而低沉，正是杰西卡那种克制的、暗带一丝嘲弄的女声——姐妹会圣殿存有她的录音档案，时常播放以供研习。

就在说话的当口，雷托觉察到一股杀气。圣母从来不爱听他用这种方式打招呼，但这一次她们的反应隐含着不同以往的意味。莫尼奥同样有所察觉。他抬起一根手指，侍卫们立刻缩小了对雷托的护卫圈。

安蒂克先开口："陛下，今天早上我们看到了广场上的那一出。这场闹剧对您有什么好处？"

这种对话基调正合你我的心意，他想。

雷托换回自己的声音说："你们暂时还讨我喜欢。不愿意？"

"陛下，"安蒂克说，"您这样惩罚一位大使，我们感到很震惊。我们不明白这对您有什么好处。"

"没好处。他有犯上之罪。"

卢怀塞尔大声说道："这只会加深民众的受压迫感。"

"我在想为什么很少有人认为贝尼·杰瑟里特是压迫者。"雷托问。

安蒂克对她的同伴说："如果神帝有兴趣告诉我们，他会说的。让我们回到这次觐见的正题吧。"

雷托微微一笑。"二位可以往前靠一靠。随从待在原地。"

圣母以她们特有的滑步悄然无声地走入平台三步以内范围，莫尼奥也随之向右迈了两步。

"她们就像不长脚似的！"莫尼奥曾经抱怨过。

回想起这句话的同时，雷托留意到莫尼奥仔细地盯着这两个女人。她们泛着杀气，但莫尼奥不敢阻拦她俩靠近。这是神帝的命令，不得违抗。

雷托将注意力转向待在原地的贝尼·杰瑟里特随从。侍祭们身穿无兜帽的黑袍。雷托发现她们身上存在与违禁仪式有关的蛛丝马迹——一个护身符、一件小饰品、一角彩色手帕（手帕经过精心折叠，可按心意露出更多颜色）。雷托知道，圣母之所以对此睁一眼闭一眼，是考虑到她们不能像以往那样享用香料了。

默许违禁仪式是一种补偿手段。

过去十年里发生了重大变化。姐妹会出台了新的节流政策。

她们藏不住了，雷托心想。老而又老的秘密仪式依然存在。

那套古老的东西在贝尼·杰瑟里特的记忆里休眠了几千年。

现在要冒头了。我必须警告鱼言士。

他把注意力转回圣母。

"你们有什么要求？"

"成为您是一种什么感受？"卢怀塞尔问。

雷托眨了眨眼。这个唐突的问题让他产生了兴趣。她们已经有超过一代人没敢这么做了。嗯……为什么不呢？

"有时候我的梦会中断，转到一些奇怪的地方。"他说，"如果说我的记忆宇宙是一张网，二位对此一定了解，那么再想象一下我这张网的广度，还有这些记忆和梦境会把我引向何方。"

"您所说的正是我们的强项。"安蒂克说，"我们为什么不联合起来呢？我们之间的相同点多于不同点。"

"我宁愿同那些哀叹香料财富今非昔比的没落大家族联合。"

安蒂克保持镇定，但卢怀塞尔伸出一根手指指着雷托说："我们提供的是共同体！"

"你的意思是我一直在制造冲突？"

安蒂克壮了壮胆。"据说有一种冲突基因是在单细胞中形成的，而且从来不会消亡。"

"有些东西永远不可调和。"雷托表示同意。

"那我们姐妹会是怎么维持共同体的？"卢怀塞尔问。

雷托的语气变硬了。"你很清楚，共同体的秘密在于压制异己。"

"合作能创造巨大的价值。"安蒂克说。

"对你们是这样，对我不是。"

安蒂克有意叹了口气。"那么，陛下，您能告诉我们关于您身体上的变化吗？"

"您的侍臣应该掌握并记录这类信息的。"卢怀塞尔说。

"以防我身上发生可怕的事？"雷托问。

"陛下！"安蒂克反对道，"我们不……"

"你们用语言剖析我，可能的话你们会使用更锋利的解剖工具。"雷托说，"我厌恶虚伪。"

"我们有异议，陛下。"安蒂克说。

"当然。我听到了。"

卢怀塞尔向平台悄悄移动了几毫米，引来了莫尼奥犀利的目光。莫尼奥抬头瞟了雷托一眼，这是请求采取行动的暗示，但雷托并未理会，他对卢怀塞尔的意图很好奇。现在，杀气集中到了这个红发女人身上。

她是什么人？雷托暗忖，**难道是变脸者？**

不，毫无此类迹象。不可能。卢怀塞尔摆出一副精巧的轻松神态，在神帝敏锐的目光下并未暴露丝毫不自然的表情。

"您不想把您身体上的变化告诉我们吗，陛下？"安蒂克问。

分散注意力的伎俩！雷托想。

"我的脑部变得很庞大。"他说，"人颅骨大部分退化了。皮质及其连带的神经系统的生长已经不存在严格限制了。"

莫尼奥向雷托投去震惊的一瞥。神帝为什么泄露如此重要的信息？这两个人会出卖他的。

不过两个圣母显然对这一新信息很感兴趣，无论她们有什么行动计划，内心都出现了犹疑。

"您的脑部有一个中心吗？"卢怀塞尔问。

"我就是中心。"雷托说。

"有具体部位吗？"安蒂克问。她含含糊糊地向雷托做了个手势。卢怀塞尔又向平台滑移了几毫米。

"我提供的信息你们会标上什么价码呢？"雷托问。

两个女人听了神色丝毫未变，这本身足以暴露问题了。雷托的嘴角掠过一丝笑容。

"你们心里全是买卖。"他说，"连贝尼·杰瑟里特都是满脑子生意经。"

"陛下错怪我们了。"安蒂克说。

"没有。生意头脑已经在帝国泛滥了。现时代的需求让买卖变得无孔不入。我们个个都成了商人。"

"连您也是吗，陛下？"卢怀塞尔问。

"你在激怒我。"他说，"你是这方面的专家，对不对？"

"陛下？"卢怀塞尔的声音很平静，但控制得过分了。

"专家是不可信赖的。"雷托说，"专家都是唯我独尊的大师，死胡同里的行家。"

"我们希望构建更美好的未来。"安蒂克说。

"比什么更美好？"雷托问。

卢怀塞尔又向雷托移动了一丁点儿。

"我们希望以您的判断来确立标准，陛下。"安蒂克说。

"可你们要当建筑师。你们会不会砌起更高的大墙？永远别忘记，姐妹们，我了解你们。掩人耳目是你们的拿手好戏。"

"生活还得继续啊，陛下。"安蒂克说。

"没错！宇宙也是如此。"

卢怀塞尔不顾莫尼奥的警觉，又前移了一点。

这时雷托闻到了味道，几乎哈哈大笑起来。

香料萃取物！

她们带来了香料萃取物。无疑，她们了解有关沙虫和香料萃取物的传说。就带在卢怀塞尔身上。她认为这是专门对付沙虫的毒药。显而易见。在这一点上，贝尼·杰瑟里特的记录与《口述史》相吻合。香料萃取物能让沙虫四分五裂，使其突然解体并（最终）变成沙鳟，由此孕育更多沙虫——如此这般，周而复始……

"我身上还有一种变化你们应当了解，"雷托说，"我还不是沙虫，不完全是。现在的我接近于一种群聚性生物，感知能力已经变了。"

卢怀塞尔的左手不易察觉地伸进袍子的夹层。莫尼奥注意到了，他又瞧瞧雷托请求指示，但雷托只顾回视着卢怀塞尔兜帽下的炯炯目光。

"气味曾经是一种时髦的东西。"雷托说。

卢怀塞尔暂停了手上的动作。

"香水和香精，"他说，"我都记得，连狂热追求无气味的那些小圈子也在我的记忆里。人们用腋下和胯部喷剂来遮盖体味。你们知道吗？你们当然知道！"

安蒂克把目光转向卢怀塞尔。

两个女人都不敢开口。

"人们本能地知道信息素会出卖自己。"雷托说。

女人站着一动不动。她们听到了他的话。在所有臣民中，圣母最善于领会他的言外之意。

"你们很想挖掘我的记忆宝藏。"雷托语带责备。

"我们的确羡慕您，陛下。"卢怀塞尔承认。

"你们误读了香料萃取物的史料。"雷托说，"沙鲑感觉它只是水而已。"

"这是一次测试，陛下。"安蒂克说，"别无其他。"

"你们要测试我？"

"都怪我们太好奇了，陛下。"安蒂克说。

"我也有好奇心。把你们的香料萃取物放在莫尼奥旁边的平台上。由我来保管。"

卢怀塞尔慢慢把手伸进袍子，摸出一只内放蓝光的小瓶，动作不慌不忙，以示毫无攻击之意。她把瓶子轻轻搁在平台上。没有一丝征兆表明她会发起搏命一击。

"不愧是真言师。"雷托说。

她递给雷托一个似笑非笑、略显尴尬的表情，然后退回到安蒂克身旁。

"你们从哪里弄到的香料萃取物？"雷托问。

"我们从走私徒手里买的。"安蒂克答。

"将近两千五百年没有走私徒了。"

"勤则不匮。"安蒂克说。

"我明白了。那现在你们必须重新评估自己的耐心了，不是吗？"

"我们一直在观察您的身体进化情况，陛下。"安蒂克说，"我们认为……"她做了个轻微的耸肩姿势，这是一种特许姐妹会成员使用的姿势，获此授权者为数不多。

雷托努了努嘴作回应。"我耸不了肩。"他说。

"您会惩罚我们吗？"卢怀塞尔问。

"因为你们逗我开心？"

卢怀塞尔瞥了眼平台上的小瓶子。

"我承诺要奖赏你们。"雷托说，"我说到做到。"

"我们更愿意在我方的共同体中为您提供保护，陛下。"安蒂克说。

"不要得寸进尺。"他说。

安蒂克点点头。"您要防备伊克斯人，陛下。我们有理由相信他们可能会铤而走险来对付您。"

"他们不会比你们更让我担心。"

"您一定听说了伊克斯人在干什么。"卢怀塞尔说。

"莫尼奥不时会把帝国内个人或组织之间的往来信息带给我。我收到的情报多了。"

"我们指的是新型邪物，陛下！"安蒂克说。

"你们认为伊克斯人能造出人工智能来？"他问，"拥有和你们一样的意识？"

"我们害怕的正是这个，陛下。"安蒂克说。

"你们是想让我相信姐妹会继承了芭特勒圣战的衣钵？"

"我们不信任那些天马行空的技术催生出来的未知事物。"安蒂克说。

卢怀塞尔把身体倾向雷托。"伊克斯人夸口他们的机器能够像您一样穿越时间，陛下。"

"宇航公会还说伊克斯人周围出现了时间混沌。"雷托挖苦道，"难道我们要恐惧一切创造吗？"

安蒂克僵硬地挺直身体。

"坦率地讲，"雷托说，"我对你们的能力是认可的，你们不认可我的能力吗？"

卢怀塞尔略一点头。"特莱拉人和伊克斯人跟宇航公会结盟，并拉拢我们同他们全面合作。"

"而你们最害怕的是伊克斯人？"

"我们害怕所有自己无法控制的东西。"安蒂克说。

"你们也没有控制我。"

"如果您不在了，人民需要我们！"安蒂克说。

"终于说实话了！"雷托说，"你们来这儿是寻求'神谕'的，要我安抚你们的恐惧。"

安蒂克冷冰冰地控制着嗓音："伊克斯人会造出机械脑吗？"

"机械脑？当然不可能！"

卢怀塞尔似乎松了一口气，但安蒂克依然纹丝不动。她对这条"神谕"不满意。

为什么这种蠢事总是千篇一律地重复着？雷托自问。他的记忆涌现出无数个相似的场景——岩洞、元神出窍的男女祭司、透过宗教麻醉剂的烟雾传达凶兆的不祥之声。

他向下瞥了一眼平台上的小瓶，它在莫尼奥旁边闪着五彩斑斓的光芒。这一瓶市价几何？无可估量。这是萃取自香料的精华，是浓缩再浓缩的财富。

"你们已经为'神谕'付出代价了。"他说，"我很满意，不会让你们吃亏的。"

这些女人变得多么警觉！

"听好！"他说，"你们当下的恐惧并不是你们真正的恐惧。"

雷托喜欢这种语调，具有足够的不祥意味，适用于任何神谕。安蒂克和卢怀塞尔抬头盯着他，成了虔敬的祈求者。她们身后有个侍祭干咳了一下。

她们会查出这个人并加以训斥的，雷托想。

安蒂克仔细琢磨了雷托这句话，说："语焉不详的真理不是真理。"

"但我已经把你们的视线引导到正确的方向了。"雷托说。

"您是告诉我们不必恐惧机器吗？"卢怀塞尔问。

"你们自己有分析能力。"他说，"为什么要求助于我？"

"可我们没有您的能力。"安蒂克说。

"你们是嫌自己感受不到时间的涟漪。你们也不能像我一样感受到那种连续性。而且你们恐惧一台纯粹的机器！"

"所以您不会给我们答案的。"安蒂克说。

"别以为我不知道你们姐妹会的事情。"他说，"你们很活跃。你们的感官都是精心调教过的。我没有禁止你们干这些，你们也不要给自己设置障碍。"

"但伊克斯人在搞自动反应技术！"安蒂克反驳道。

"分散的事物、有限的片段都是彼此联系的。"他表示同意，"一旦启动，如何阻挡得了？"

卢怀塞尔放弃了贝尼·杰瑟里特一切自我控制的伪装，以此表明自己充分认可雷托的能力。她几乎尖叫着说："您知道伊克斯人在吹嘘什么吗？说他们的机器将能预测您的行动！"

"我为什么要害怕这个？他们越接近我，就越是要和我结盟。他们征服不了我，而我能征服他们。"

安蒂克刚要开口，就被卢怀塞尔碰了碰手臂制止了。

"您已经跟伊克斯人结盟了吗？"卢怀塞尔问，"我们听说您同他们的新任大使，那位赫娃·诺里，交谈了相当长的时间。"

"我没有盟友。"他说，"只有仆人、学徒和敌人。"

"那么您不害怕伊克斯人的机器？"安蒂克坚持问道。

"自动反应和意识智慧是同义词吗？"他问。

安蒂克眼睛瞪大，变得蒙蒙眬眬，她退入了记忆之中。她在自己心中的那群人里会遇上谁，雷托发现自己对此很感兴趣。

我们共享着某些记忆，他想。

这时，雷托体会到与圣母建立共同体的诱惑力了。这将是一种多么亲密与互助的关系……然而又如此危险。安蒂克想再次诱惑他。

她说："机器不可能预见到攸关人类的每一个重大问题。这就是串联起来的瞬间与永不中断的连续性之间的区别。我们是不可替代的，机器永远成为不了我们。"

"你还是有分析能力的。"他说。

"继续运用你的能力！"卢怀塞尔说。这是向安蒂克下的命令，同时一下子就挑明了这二人中谁是真正的主导——是年轻的那个占上风。

干得漂亮，雷托想。

"智慧生命善于适应。"安蒂克说。

她连说话都能省则省，雷托想，同时不让自己的兴致流露出来。

"智慧生命善于创造。"雷托说，"这意味着你必须对付从来没有想象过的外界反应。你必须面对新生事物。"

"比如伊克斯人可能造出来的机器。"安蒂克说。这不是一个问句。

"当一名优秀的圣母还不够，"雷托问，"这不是很有意思吗？"

他敏锐地感觉到两个女人都因恐惧而突然绷紧了神经。不愧是真言师！

"你们理当畏惧我。"他说，接着又提高嗓门问道，"你们如何知道自己还活着？"

正像莫尼奥多次经历过的那样，她们在他的嗓音中听出了这样一层意思：如若不能给出正确回答，将面临致命后果。雷托饶有兴致地发现，两个女人在回答前都瞥了莫尼奥一眼。

"我是一面能映照自身的镜子。"卢怀塞尔说。这种贝尼·杰瑟里特式的讨巧回答让雷托很反感。

"我不需要借助预设的工具来处理自己的人性问题。"安蒂克说，"您的提问似是而非。"

"哈，哈！"雷托笑道，"你愿意退出贝尼·杰瑟里特，跟随我吗？"

雷托看出来她是考虑了一下才拒绝的，但她并未掩饰喜色。

雷托看了看困惑的卢怀塞尔。"当事物处于你的衡量标尺之外，你就会动用智慧，而不是自动反应能力。"他说。又想：这个卢怀塞尔再也占不了老安蒂克的上风了。

卢怀塞尔憋着火，而且懒得控制自己。她说："外面传言伊克斯人为您提供模仿人类思维的机器。如果您对他们评价那么低，为什么……"

"不派个人管住她就不该把她放出圣殿。"雷托对安蒂克说，"她不敢面对自己的记忆吗？"

卢怀塞尔脸色发白，但没有说话。

雷托冷冷打量着她。"我们祖先长期无意识地同机器打交道，你不觉得这说明了什么问题吗？"

卢怀塞尔只是瞪着他，还不准备冒死当众挑衅神帝。

"你是不是认为我们至少了解机器的诱惑力？"雷托问。

卢怀塞尔点点头。

"一台维护良好的机器比人类雇工更可靠。"雷托说，"我们可以相信机器不会因情绪波动而分散注意力。"

卢怀塞尔终于开口说话了："这是不是表明您打算废除关于不得使用有害机器的芭特勒禁令？"

"我向你发誓，"雷托用冷冰冰的轻蔑语调说道，"你要再敢暴露这种愚蠢，我会把你公开处决掉。我不是你的'神谕'！"

卢怀塞尔张了张嘴又闭上了，没有把话说出来。

安蒂克碰了碰同伴的手臂，让卢怀塞尔浑身一颤。安蒂克用近乎完美的音言柔声说道："我们的神帝永远不会公开反对芭特勒圣战的禁令。"

雷托冲她笑了笑，这是一种微微的赞许。看一个行家使出最强功力不啻一种享受。

"凡是拥有意识智慧的都很清楚，"他说，"我的选择也是有局限性的，有些东西我无法干涉。"

他能看出来，两个女人正在揣摩他话语中的多重指向，掂量着可能携带的含义和意图。神帝是否在转移视线，吸引她们去关注伊克斯人，而自己却另有所图？他是不是在暗示贝尼·杰瑟里特是时候站队反对伊克斯人了？他的话有没有可能除了字面意思之外其实别无深意？无论他是怎么想的，都不能掉以轻心。毫无疑问，他是全宇宙有史以来最阴险狡诈的生灵。

雷托沉着脸望向卢怀塞尔，心里明白这只会加深她们的疑惑。

"我给你提个醒，马库斯·克莱尔·卢怀塞尔，你好像忘记历史上那些机器泛滥的社会给我们的教训了。正因为机械设备的出现，人们才学会了像使用机器一样相互利用。"

他将目光转向莫尼奥。"莫尼奥？"

"我看到他了，陛下。"

莫尼奥伸长脖子将视线越过贝尼·杰瑟里特的随从。邓肯·艾达荷从远端的大门进入空阔的觐见厅，大步流星朝雷托走来。莫尼奥没有放松警惕，他依然不信任贝尼·杰瑟里特。同时，他还摸清了雷托这番训话的意图。他在考验，永远在考验。

安蒂克清了清嗓子："陛下，我们会得到什么奖赏？"

"你们很勇敢。"雷托说，"很明显这就是选中你们担任特使的原因。很好，下一个十年你们的香料配额保持不变。至于其他方面，我不计较你们怀揣香料萃取物的真实目的。我是不是很慷慨？"

"慷慨至极，陛下。"安蒂克说，声音里不带丝毫怨恨。

邓肯·艾达荷匆匆经过女人们，停在莫尼奥旁边抬头望着雷托。"陛下，有人……"他剎住话头，瞧了瞧两个圣母。

"但说无妨。"雷托命令道。

"是，陛下。"他有些勉强，但还是服从了，"有人在本城东南角向我方发动袭击，我认为这是声东击西，因为现已接到报告，城内和禁林里也发生了暴力事件——有许多团伙在分散行动。"

"他们在捕杀我的狼。"雷托说，"不管是林子里还是城里，他们的目标都是我的狼。"

艾达荷不解地皱起了眉。"城里的狼，陛下？"

"捕食者也好，"雷托说，"狼也好——对我来说没有本质区别。"

222

莫尼奥倒抽一口冷气。

雷托朝他微微一笑，看到别人顿悟的那一瞬间是多么美妙——仿佛突然揭下眼罩，豁然开朗。

"我已经调集了大批卫兵保护这个地方。"艾达荷说，"他们守卫在……"

"我知道你会的。"雷托说，"现在仔细听好，我告诉你怎么布置剩余兵力。"

在两个圣母惊愕的目光下，雷托开始向艾达荷交代具体的伏击地点、每支队伍的人数（有些甚至具体到人）、行动时间、所需配备的武器，以及每一处的详细部署。艾达荷运用强大的记忆力分门别类记下了每一条指示。他因聚精会神于雷托的口述而无暇提出疑问，直到雷托说完，他才面露疑惧之色。

雷托似乎能洞穿艾达荷的底层意识，对他的念头一览无遗。*我是老雷托公爵忠心耿耿的战士*，艾达荷在想，*那位雷托，也就是眼前这位的祖父，救了我，抚养我，视同己出。然而，即便那位恩人有一部分存在于眼前这位身上……两者依然不是同一个人。*

"陛下，您为什么需要我？"艾达荷问。

"因为你的勇武和忠诚。"

艾达荷摇摇头。"可是……"

"你服从命令。"雷托说话的同时，注意到圣母正在分析这些话。*真话，只说真话，她们是真言师。*

"因为我欠厄崔迪人一份情。"艾达荷说。

"这就是我们彼此信任的基础。"雷托说，"邓肯？"

"陛下？"艾达荷的语气说明他已经稳住了心神。

"每处至少留一个活口，"雷托说，"否则我们就白费工夫了。"

艾达荷略一点头，沿来路大踏步走出了大厅。雷托心想，离去的艾达荷已经截然不同于刚刚进来的那个艾达荷，但这需要一双极其敏感的眼睛才能看得出来。

安蒂克说："这都是鞭打那个大使引起的。"

"的确如此。"雷托同意道，"将你的所见所闻如实转述给你的上级，可敬的赛亚克萨圣母。并转达我的话：相比猎物，我宁愿与捕食者为伴。"他瞥了眼莫尼奥示意其听令。"莫尼奥，禁林里的狼都折损了，原岗位全部顶上猛士。务必办妥。"

在入定中预见未来有别于其他幻觉——并不是从基本感知中抽离出去（如其他入定），而是沉浸于由无数前所未见的运动构成的洪流之中。万事万物永不停歇——这是"无限"之中一个最切近实际的观点，一种可遇而不可求的认知。你最终将连绵不断地意识到：宇宙在自行运动，宇宙在变，宇宙规则在变，这些运动中不存在永恒或绝对之物；任何机械性解释仅在严格限定的范围内有效，一旦突破限定，旧有的解释亦将分崩离析，随着新的运动烟消云散。在这种入定状态中所见之事物会让你豁然省悟，往往又震人心魄。你需要拼尽全力保持自我，即便如此，当你从这种状态抽身而出时，仍会有脱胎换骨般的感觉。

——《失窃的日记》

觐见日当晚，其他人或就寝，或入梦，或酣战，或死去，雷托独自在觐见厅小憩，只留下数名鱼言士亲信守门。

他没有睡着。一些紧迫的事务、几缕失望的情绪在脑子里飞旋。

赫娃！赫娃！

他现在知道赫娃·诺里为什么会被派到这里。再明白不过了！

我隐藏最深的秘密已经暴露了。

他们发现了这个秘密。赫娃就是明证。

他产生了一些绝望的想法。这种恐怖的变形可逆吗？他还能返回人形吗？

不可能。

即便可能，这个过程也将同变形至今的时间一样长。再过三千多年赫娃会在哪儿？在地宫里，早已化为尘土与白骨了。

我可以照她的样子再繁育一个，专为我而培养成人……但那就不是我的可人儿赫娃了。

如果沉溺于这类自私的目标，金色通道怎么办？

让金色通道见鬼去吧！那些愚民关心过我吗？一次也没有！

但这种说法不对。赫娃关心他。她能感受他的痛苦。

这些念头太疯狂，当他感知到侍卫的微小动作和大厅底下的水流时，试图把这些念头抛诸脑后。

当初我作这个决定的时候，想开创什么愿景？

这个问题可把心里的一干人众乐坏了！难道他没有一个需要完成的任务吗？难道这不是为控制此等人众所订契约之核心内容吗？

“你有一个任务需要完成。”他们说，“你只有一个目标。”

只有一个目标恰恰是狂徒的特征，我不是狂徒！

“你必须冷眼观世，心狠手辣。你不能辜负这种信任。”

为什么不能？

“是谁立的誓？是你。这是你自己选择的道路。”

愿景！

“历史为一代人开创的愿景，往往到了下一代就会破碎。谁能比你看得更透？”

是的……破碎的愿景会使整个人类心灰意冷。我自己就是整个人类！

"记住你的誓言！"

的确如此。我是一股跨越了成百上千年的破坏力。我束缚了愿景……包括我自己的。我阻碍了钟摆的摆动。

"那就把它松绑。永远别忘了这个。"

我累了。哦，我太累了。要是我能睡觉就好了……真正地睡觉。

"你也沉湎于自我怜悯。"

为什么不可以？我是什么？绝无仅有的孤家寡人，被硬逼着窥测诸般可能性，天天如此……而现在，赫娃出现了！

"起初你作出了无私的选择，而现在你只剩下自私。"

这个世界危机四伏。我唯有把自私当作铠甲。

"接触你的人个个面临危险。这就是你的本性吗？"

连赫娃都有危险。亲爱的、可爱至极的赫娃。

"你筑起高墙把自己圈在中间，然后沉溺于自我怜悯？"

筑高墙是因为我的帝国内已经释放出了强大的力量。

"是你自己释放的。你现在要跟它们讲和了吗？"

是因为赫娃。这些想法在我心里从来没有像现在这么强烈。都是该死的伊克斯人！

"真有趣啊，他们早该用肉体而不是机器来攻击你。"

因为他们发现了我的秘密。

"你知道解药是什么。"

想到这里，雷托庞大的身躯从头到尾颤抖起来。他很清楚以往屡屡奏效的解药是什么：暂时让自己完全沉浸在过去。这种沿记忆之轴向内跋涉的探险，连贝尼·杰瑟里特姐妹也无法做到——既可以一直深入到意识的最小单位，也能停在路边耽溺于妙不可言的感官享乐。曾有一次，在一个特别优秀的邓肯死后，他进入记忆开启了一场精彩的音乐之旅。他很快就听腻了莫扎特。装腔作势！然而巴赫……啊，巴赫。

那种乐趣令雷托难以忘怀。

我坐在风琴旁，浸淫在音乐之中。

印象中只有三次可以跟巴赫那回媲美。甚至里卡罗[1]都没能超越巴赫，顶多算不分伯仲。

知识女性会是今晚的理想选择吗？祖母杰西卡是最佳人选之一。但经验表明，像杰西卡关系这么近的人对于当前的焦虑并不是一剂合适的解药。还得好好寻找一番。

接着他开始想象对某个心怀敬畏的看客描述这种探险，这是一个纯虚拟人物，因为没人胆敢就这一神圣之事向他提问。

"我沿着祖先的轨迹回溯，追踪岔路，突入隐秘的角落。很多人的名字你都闻所未闻。谁听说过诺尔玛·森瓦？我活过她的一辈子！"

"活过她的一辈子？"假想的看客问道。

"当然。否则为什么老是把祖先留在身边？你认为宇航公会第一艘飞船的设计者是一个男人：你的历史书上记载他的名字叫奥里利厄斯·文波特？他们撒了谎。设计者应该是他的情妇诺尔玛。她把自己的设计给了他，外加五个孩子。他认为这些都是自己完全应得的。最后，他终于认识到自己名不副实，正是这一点把他毁了。"

"他的一辈子你也活过？"

---

[1] 作者虚构的音乐家。

"没错。我还追寻过弗雷曼人浪迹天涯的路线。沿着我父亲或是其他人的血脉，我曾经直接追溯到阿特柔斯家族。"

"一支声名赫赫的血脉！"

"傻瓜也不少。"

我需要分散注意力，他想。

来一场充斥风流韵事的性爱之旅怎么样？

"你不知道我心里都装着些什么样的纵欲场景！我是天下头一号窥淫癖——既是参与者也是旁观者。对性爱的无知和误解酿成了多少悲剧。我们狭隘得可怕——又多么贪婪。"

雷托明白了，在这个晚上，在与赫娃同处一城的这个晚上，自己是无法作出选择的。

要么回顾一下战争？

"哪个拿破仑是最胆小的懦夫？"他问假想的看客，"我不会说出来，但我知道。哦，是的，我知道。"

我能躲到哪儿去？当所有这些历史都在眼前一览无遗的时候，我又能往哪儿躲呢？

一所所妓院，一桩桩暴行，那些暴君、杂耍演员、裸体主义者、外科医生、男妓、音乐家、魔术师、江湖郎中、男祭司、工匠、女祭司……

"你知道吗？"他问假想的看客，"草裙舞保留了一种曾经只限男性使用的古老符号语言。你从没听说过草裙舞？当然。谁还跳这种舞？不过舞者的确把很多东西保留了下来。已经没人能解读了，但我懂。

"曾有一整夜，我是率穆斯林向东西方向挺进的世世代代哈里发——横跨几个世纪。我不会对你啰唆那些细节的。现在你退下吧！"

多么强大的诱惑力啊，他想，这个魅惑的女人一来，我就要永远
隐退到过去了。

然而过去又是多么苍白啊，这都要归功于该死的伊克斯人。相比
近在咫尺的赫娃，过去简直无聊至极。她是招之即来的，但我不能传
她……现在不能……今晚不能。

过去还在召唤他。

我可以向过去来一趟朝圣之旅。不一定非要探险。我可以独行。
朝圣能净化人心。探险只是游客的作为。这就是区别所在。我可以独
行于内心世界。

永远不回来。

雷托觉得这个结果是不可避免的，自己终将陷入这一梦境之中。

我在整个帝国营造了一种特殊的梦境。这个梦催生出新的神话、
新的方向、新的运动。新的……新的……新的……新生事物源源不断
从我自己的梦境和神话里孕育出来。而受影响最深的除了我还有谁？
猎人陷进了自己张的网。

雷托知道，他遭遇了一种无药可救的状态——过去、现在、未来
统统无效。在觐见厅的晦暗角落里，他的庞大身躯止不住地颤抖。

门口，一名鱼言士侍卫悄声问同伴："神帝有烦恼吗？"

另一个说："宇宙中的罪恶会让任何人烦恼。"

听见这一问一答，雷托无声而泣。

当我决意引领人类走上金色通道时，我承诺将给他们上一课，刻骨铭心的一课。我发现了一条深刻的规律，他们嘴上否认，却一直在用行动印证。他们声称自己在寻求安宁，即所谓和平。就在说这话的当口，他们仍未停止培育骚乱与暴力的种子。倘若果真找到了这种安宁，他们又会在里面蠢蠢欲动。他们觉得这一切实在无聊。看看他们吧。看看他们就在我记录这些文字时的所作所为吧。哈！我赐予他们强制性稳定，这稳定将生生世世不可阻挡地持续下去，尽管他们不顾一切地要重返乱世。相信我，"雷托和平"的记忆将永远铭刻在他们心中。他们以后若再要寻求安宁，就不得不三思而行了，而且在准备过程中绝不能产生丝毫动摇。

——《失窃的日记》

　　拂晓，艾达荷很不情愿地和赛欧娜并排坐在一架皇家扑翼飞机里，两人将被送往一个"安全地"。扑翼飞机朝东方那一弧金色阳光飞去，地平线上平展着一方方绿色农场。

　　这是一架大型扑翼飞机，足够搭载一个鱼言士小队和她们的两位客人。队长兼机长是个大块头女人，自报叫印米厄，艾达荷相信她从来没笑过。她坐在艾达荷正前方的机长座位上，左右各有一名强壮的鱼言士卫兵。另有五名卫兵坐在艾达荷与赛欧娜的身后。

"神帝命我带您出城。"在中央广场地下指挥所里，印米厄走近他说，"这是为了您的安全。我们明早返回，参加赛艾诺克。"

提心吊胆一整夜已让艾达荷筋疲力尽，他觉得跟"神帝本尊"的命令争辩是徒劳的。印米厄看起来只用一条粗胳膊就能轻松把他挟走。她把他从指挥所带到寒夜的露天下，天穹撒满碎钻似的星辰。他们来到扑翼飞机旁，艾达荷发现赛欧娜已经等在里边了，这时他才对此行的真正目的产生了怀疑。

昨晚，艾达荷渐渐意识到奥恩城内的暴力活动并不都来自有组织的叛军。他问起赛欧娜的情况，莫尼奥给他传话说"我女儿不碍事，她没有参与"，并在最后加了一句："我把她托付给你。"

在扑翼飞机里，赛欧娜没有回答艾达荷的问题。她一直阴着脸坐在旁边，一言不发。赛欧娜让他想起自己最早过的那些苦日子，当时他发誓要向哈克南人复仇。他不理解赛欧娜苦在哪里。是什么在驱动她？

不知为什么，艾达荷发现自己正在拿赛欧娜同赫娃·诺里作比较。要见赫娃一面很难，不过他还是想法办到了，尽管鱼言士总在固执地提醒他有其他任务要执行。

温柔，这就是他对赫娃的评价。赫娃的一举一动全都来自一以贯之的温柔本性，且以其特有的方式散发着强大力量。他发现这是一种不可抗拒的魅力。

我一定要多见见她。

然而现在，他不得不同边上阴着脸不说话的赛欧娜较劲。好吧……你沉默，那我也不吭声。

艾达荷低头望着飞掠而过的景观。随着天光渐亮，这儿那儿一座座村庄陆续熄灯。沙厉尔沙漠已经被远远甩在了身后，眼下这片土地似乎从来不曾是千里赤地。

有些东西变化不大，他想，它们只是离开一个地方，改头换面挪到了另一个地方。

这片景观让他想起卡拉丹星的苍翠花园，那座绿色星球是厄崔迪人来沙丘星前生活过无数代的家乡，现在不知变成什么样了。他能分辨出地面上的细窄道路，分布在那些集市路上的车辆都是由一种六足动物拉运的，他猜那就是驮骛。莫尼奥曾说过，驮骛是针对这类地形专门驯养的一种牲口，不仅是这里，也是整个帝国的主要役畜。

"行走中的人群更容易控制。"

他朝下张望时，脑海中响起了莫尼奥这句话。牧场在扑翼飞机前方铺展开来，平缓起伏的绿色山丘被黑石墙切割成一块块不规则形状。艾达荷辨认出有绵羊，还有几种体形庞大的牛。扑翼飞机飞过一道依然笼罩在阴暗中的狭窄山谷，谷底只有一条细细的涧流。阴影里闪着一点亮光，一缕蓝烟袅袅升起，表明谷底有人居住。

赛欧娜突然动起来了，她拍拍机长的肩膀，指向右前方。

"那边不是戈伊戈阿吗？"她问。

"是的。"印米厄说话时没有转头，语气果断，带着一种艾达荷不熟悉的情绪。

"那个地方不安全吗？"赛欧娜又问。

"安全。"

赛欧娜看着艾达荷。"命令她带我们去戈伊戈阿。"

艾达荷随即说："带我们去那个地方。"连他自己也没弄明白为什么要听她的。

印米厄这次把脑袋转过来了，她的表情艾达荷一整晚都觉得是铁板一块，现在竟然流露出了内心的情绪。她抿起嘴显出不悦之色，右眼角有根神经抽搐了一下。

"我们不去戈伊戈阿，司令。"印米厄说，"有更好的……"

"神帝指定了一个地方叫你带我们去吗？"赛欧娜问。

印米厄由于话被打断而露出气愤的眼神，不过并没有直视赛欧娜。"没有，但他……"

"那么带我们去戈伊戈阿。"艾达荷说。

印米厄猛地把目光移回控制台，机身大幅度倾斜，一个急拐朝青山上一处圆形坳地飞去，强大的惯性将艾达荷抛在了赛欧娜身上。

艾达荷越过印米厄的肩膀望向他们的目的地。山坳正中有一座村庄，是由砌围墙的黑石建造的。村庄上方的斜坡排列着果园，还有一座座花园呈梯台状朝一个小山口延伸过去，几只鹰正乘着当日刚形成的上升气流滑翔。

艾达荷转向赛欧娜问道："这个戈伊戈阿是什么地方？"

"你会知道的。"

印米厄以一个小角度滑行将扑翼飞机稳稳降落在村庄边上一片平坦的草地上。一名鱼言士打开村庄一侧的舱门。艾达荷一下子被搅在一起的各种气味——踩碎的青草味、牲畜的粪便味、刺鼻的炊火味——冲得头昏脑胀。他滑下扑翼飞机，抬眼望向一条街道，只见村民们纷纷走出家门盯着他们这些陌生人。艾达荷看见一位身着绿长袍的年长女子弯腰对一个孩子耳语了几句，那孩子立刻转身，沿街道一溜烟跑了。

"你喜欢这地方吗？"赛欧娜问。她跳落在他身边。

"看上去挺舒服的。"

印米厄及其他鱼言士随他俩在草地上集中完毕，赛欧娜看着机长说："我们什么时候回奥恩？"

"你不回那儿。"印米厄说,"我接到的命令是带你去帝堡。司令回奥恩。"

"知道了。"赛欧娜点点头,"我们什么时候走?"

"明天天一亮就走。我去跟村长落实一下住处。"印米厄大步流星走进村子。

"戈伊戈阿,"艾达荷说,"奇怪的名字。不知道这个地方在沙丘时代叫什么?"

"我碰巧知道,"赛欧娜说,"老地图上标为沙鲁茨,意思是'闹鬼之地'。《口述史》记载这里曾犯下严重的罪行,直到全体村民遭到清洗。"

"迦科鲁图。"艾达荷低声道,同时想起了关于盗水者的古老传说。他举目四望,寻找沙丘和沙脊的痕迹:什么也没有——只有两位面色平静的年长男子跟着印米厄一起回来了。两人都穿着褪色的蓝裤子和破旧的衬衫,都光着脚。

"你知道这地方?"赛欧娜问。

"只在传说中听到过名字。"

"据说这儿闹鬼,"她说,"可我不信。"

印米厄在艾达荷面前停下,并示意两个赤脚男子等在后面。"可以借住民宅,条件比较差,不过够住,"她说,"除非二位不愿住一间屋子。"她说着扭头看赛欧娜。

"我们待会儿决定。"赛欧娜说。她抓起艾达荷的胳膊。"我和司令想在戈伊戈阿转转,欣赏一下风景。"

印米厄张口欲言,但忍住了。

艾达荷任由赛欧娜牵着,从直勾勾盯着他们的两个当地人眼前走过。

"我派两个卫兵跟着你们。"印米厄喊道。

赛欧娜停下脚步转头问道："戈伊戈阿不安全吗？"

"这个地方非常太平。"一个男人回答。

"那么我们不需要卫兵。"赛欧娜说，"让她们守卫扑翼飞机。"

她转身继续领着艾达荷向村子走去。

"行了。"艾达荷说着从赛欧娜手里挣脱胳膊，"这是什么地方？"

"你多半会觉得这是个很安宁的地方。"赛欧娜说，"它跟以前的沙鲁茨完全不一样。非常太平。"

"你在耍花招。"艾达荷大步走在她身边说，"究竟有什么事？"

"我一直听说死灵满脑子都是疑问。"赛欧娜说，"我也有我的疑问。"

"哦？"

"他在你那个时代是什么样子的？我是说雷托。"

"哪一个？"

"好吧，我忘了有两个——我们的雷托和他爷爷。我当然问的是我们的雷托。"

"他还是个孩子，我就知道这个。"

"《口述史》记载他早年有个新娘就是从这个村子出来的。"

"新娘？我以为……"

"那时他还有人形，在他妹妹死后，他自己开始变成虫子之前。《口述史》称雷托的新娘们都消失在帝堡的迷宫里了，再也没人看见过她们的真身，只有全息影像资料传出来的音容。他已经有几千年没娶新娘了。"

他们来到村中心一个约五十米见方的小广场，广场中央有一浅池清水。赛欧娜走过去坐在池子的石台上，拍拍身边的位置邀艾达荷同坐。艾达荷先环顾一下村子，发现人们都在窗帘后面窥视他，孩子们对着他指指点点，窃窃私语。他转身站在那里，低头看着赛欧娜。

"这是什么地方？"

"我已经告诉你了。跟我说说穆阿迪布是怎么个人。"

"他是一个人能交到的最好的朋友。"

"那么《口述史》说得没错喽，可又把他的王位继承人叫作'神的血亲'，听上去有点邪恶。"

她在给我下套，艾达荷想。

他挤出一个笑容，猜想赛欧娜有什么动机。她像是在等待某件重要的事情，很急切……甚至还带着惧意……而背后又似乎有点洋洋得意。但没有更多线索了。她说的那些话都只能当作打发时间的闲聊来听，直到……直到什么？

他的沉思被一阵轻轻的奔跑声打断了。艾达荷转过身，看见一个八岁光景的孩子从一条小巷子里朝他跑来。孩子赤着脚踢起一朵朵尘埃。巷子那头传来一个女人绝望的喊叫。孩子停在离艾达荷约十步远的地方，用一种充满渴望的眼神目不转睛地抬头盯着他，让他感到浑身不自在。这孩子看上去似曾相识——一个结结实实的男孩，黑色卷发，小脸还没发育成熟，但已有男人的雏形：颧骨高高的，一道横纹连起两条眉毛。男孩穿着件褪色的蓝袍子，尽管洗洗晒晒了无数遍，依然能看出是上好的料子，应该是锁过边的蓬吉棉面料，即使边缘磨破也不会散线。

"你不是我爸爸。"孩子说完，转身又跑回了那条巷子，在一个拐角消失了。

艾达荷扭头冲着赛欧娜怒目而视，几乎不敢问这个问题：**那是我前任的孩子吗？**他不问都知道答案——看看那张熟悉的脸庞、那明明白白的遗传基因吧。正是小时候的我。他心里空落落的，深感沮丧。我有什么责任？

赛欧娜两手捧住脸，耸起肩膀。所发生的一切跟她想象的完全不同。她感到自己被复仇的欲望出卖了。艾达荷不仅仅是一个死灵、一个无足挂齿的异类。当艾达荷在扑翼飞机里朝她倒过来时，当艾达荷脸上流露出种种情绪时，她都能感受到一个实实在在的人。而那个孩子……

"我的前任发生了什么？"艾达荷用平板而又非难的语气问道。

她放下双手。从艾达荷的脸色上能看出来他正压抑着一团怒气。

"我们不太确定，"她说，"只知道他有一天进了帝堡，就再也没现过身。"

"那是他的孩子吗？"

她点了点头。

"你敢保证我前任不是你杀的？"

"我……"她摇摇头，艾达荷的怀疑及隐含的责难都让她吃了一惊。

"那个孩子，是为了他我们才来这儿的吗？"

她干咽了一下："是的。"

"我该拿他怎么办？"

她耸耸肩，对自己的行为感到羞耻和内疚。

"他妈妈呢？"艾达荷问。

"她和家里人都住在那条巷子里。"赛欧娜朝男孩离去的方向点

238

了一下头。

"家里人？"

"还有一个大儿子……一个女儿。你想不想……我是说，我可以安排……"

"不！那孩子说得对。我不是他爸爸。"

"对不起，"赛欧娜轻声说，"我不该这么干。"

"他为什么选择这个地方？"艾达荷问。

"你是问孩子的爸爸……你的……"

"我的前任！"

"因为厄蒂的家在这里，她不愿离开。大家都这么说。"

"厄蒂……孩子的妈妈？"

"嗯，嗯，他妻子，按《口述史》里的古老仪式成的婚。"

艾达荷环顾广场四周的石砌建筑，扫过那些拉着帘子的窗户和窄小的房门。"那么他就住这儿？"

"有空就来住。"

"他是怎么死的，赛欧娜？"

"我真不知道……但虫子杀过别的死灵。我们肯定！"

"你是怎么知道的？"他锐利的目光直刺她的脸，逼得她把眼睛转向别处。

"我不怀疑祖辈们的故事。"她说，"虽然他们说得东零西碎，有时仅有只言片语，但我相信他们。我父亲也相信他们！"

"莫尼奥一点儿也没跟我提过这个。"

"关于厄崔迪人有一件事你可以放心，"她说，"那就是我们个个都很忠诚，事实就是这样。我们信守承诺。"

艾达荷张了张嘴，没发声就闭上了。当然！赛欧娜也是厄崔迪人。这个想法让他感到震惊。他早就知道这一点，但内心并不接受。赛欧娜算是个叛乱分子，只是其行为受到雷托一定程度的默许。雷托未明示其容忍限度，不过艾达荷有所感觉。

"你不能伤害她，"雷托曾经说，"她还有待考验。"

艾达荷转身背对着赛欧娜。

"你什么事也肯定不了，"他说，"东零西碎，全是谣言！"

赛欧娜没搭腔。

"他也是厄崔迪人！"艾达荷说。

"他是虫子！"赛欧娜说，几乎掩饰不住一股怨毒之气。

"你那该死的《口述史》不过就是一堆古代八卦！"艾达荷不屑地说，"只有傻瓜才会信。"

"你还在相信他，"她说，"你会变的。"

艾达荷转身瞪着她。

"你从来没跟他说过话！"

"说过。在我小时候。"

"你现在也没长大。他一个人集中了所有死去的厄崔迪人，所有的。很可怕，但我认识那些人。他们是我的朋友。"

赛欧娜一个劲儿地摇头。

艾达荷再次别过身去。他的情绪跌入谷底，精神失去了支撑。不知不觉中，他走出广场，步入男孩进的那条巷子。赛欧娜跑过来跟在他身后，他没理会。

这是条窄巷，两侧是平房的石墙，墙里嵌着拱门，门都关着。窗户的样式跟门一样，只是按比例缩小了。他每走过一户人家，那家的窗帘就会轻微地动一下。

在第一个十字巷口，艾达荷停下来朝右侧望去，男孩就是在这里消失的。几步远处有两个身穿黑长裙和墨绿色上衣的灰发老妪，正站着交头接耳。一见艾达荷她俩就不再说话，转而以毫不掩饰的好奇目光直盯着他。他回视她们，又看看小巷。巷子里再无一人。

艾达荷又瞧了瞧老妪，随后走了过去，最近离她们不足一步。她们俩靠得更近了，转着头看他。她们只瞥了赛欧娜一眼，就重新把视线移回到艾达荷身上。赛欧娜默默地走在他旁边，脸上现出一副古怪的神情。

这是悲伤？他猜测着，**懊悔？还是好奇？**

很难说。他对一路经过的门窗更感好奇。

"你以前来过戈伊戈阿吗？"艾达荷问。

"没有。"赛欧娜把声音压得很低，似乎怕自己听到。

我为什么要走这条巷子？艾达荷自问。其实他是知道答案的。**为了这个女人，这个厄蒂：是什么样的女人把我带到了戈伊戈阿？**

右侧一面窗帘揭开了一角，艾达荷看见一张脸——正是从广场跑开的那个男孩。窗帘落下时往旁边一摆，又露出一个站着的女子。艾达荷无言地盯着她的脸，停下了脚步。他只在内心最深处的幻想中见过这张脸——线条柔和的鹅蛋脸，犀利的黑眼珠，丰满性感的嘴唇……

"杰西卡。"他咕哝道。

"你说什么？"赛欧娜问。

艾达荷无法作答。杰西卡的面容从他心中早已远逝的往昔岁月里复活了，这是基因恶作剧——穆阿迪布的母亲在新的肉体里重生了。

女人拉上窗帘，但她的容貌印在了艾达荷的记忆中，他知道自己永远摆脱不掉这幅视觉残像了。与沙丘时代共患难的杰西卡相比，她的年纪要大一些——嘴角和眼角都起了皱纹，身材也稍胖……

更具有母性，艾达荷心想，以前那个我跟她说过……她像谁吗？

赛欧娜扯了扯他的袖子。"想进去见见她吗？"

"不，这么做不对。"

艾达荷刚要转身原路返回，厄蒂家的门猛地打开了。一个小伙子走出来，关上门，转过来面对艾达荷。

艾达荷估摸他有十六岁，是谁的孩子一看便知——一头卡腊库耳绵羊毛般的头发，五官分明。

"你是新的一个。"小伙子说，已是成年人的嗓音了。

"是的。"艾达荷觉得难以启齿。

"你来干什么？"小伙子问。

"不是我要来的。"艾达荷说。他觉得这样回答要容易些，这么说也是出于对赛欧娜的怨恨。

小伙子看看赛欧娜。"听说我父亲已经死了。"

赛欧娜点点头。

小伙子把目光转回艾达荷。"请离开这里，永远别回来。你让我母亲痛苦。"

"我保证。"艾达荷说，"我不该打扰厄蒂夫人，请替我向她道歉。来这儿不是我的本意。"

"谁带你来的？"

"鱼言士。"艾达荷说。

小伙子草草点了一下头。他再次看着赛欧娜。"我一向以为你们鱼言士受的教育是对自己人更友善一些。"说完，他转身进屋，重重地关上了门。

艾达荷抓起赛欧娜的胳膊，大步往回走。赛欧娜跄跄了一下，跟上步伐后，甩开了他的手。

"他以为我是鱼言士。"她说。

"当然。你长得像鱼言士。"他扫了她一眼，"你为什么不告诉我厄蒂是鱼言士？"

"这好像不重要。"

"哦。"

"所以他俩才会认识。"

到了十字巷口，艾达荷拐上直通广场的那条小巷，朝来时的反方向快步走到巷尾，从这里开始村子变成了一座座花园和果园。一连串的震惊让他感到茫然无措，大量来不及消化的信息使头脑不堪重负。

前方横着一道矮墙。他翻了过去，听到赛欧娜也跟上来了。四周树木盛开着白花，有深棕色飞虫围着橙色花心忙碌。空气中弥漫着飞虫的嗡嗡声和鲜花的芬芳，艾达荷不禁联想起卡拉丹星上的丛林花。

他登上一座小山丘的顶部，停了下来，转身俯瞰戈伊戈阿整齐划一的布局，眼前展现着一片平坦的黑色房顶。

在山顶厚厚的草地上，赛欧娜双手抱膝坐了下来。

"出乎你意料了，是吗？"艾达荷问。

她摇摇头，艾达荷发现她快要落泪了。

"你为什么这么恨他？"他问。

"我们没有自己的生活！"

艾达荷望了一眼下面的村庄。"这样的村子有很多吗？"

"这是虫子帝国的标准规划！"

"这有什么问题呢？"

"没问题——如果合你意的话。"

"你是说他只允许这种规划？"

"这种，外加几座集市城……还有奥恩。我听说连星球的首都也不过是一些大村子。"

"我再问一遍：这有什么问题呢？"

"这是监狱！"

"那么离开它。"

"去哪儿？怎么去？你觉得我们只要登上宇航公会的飞船想去哪儿就去哪儿？"她朝下指了指戈伊戈阿，可以看见远端停着扑翼飞机，鱼言士坐在附近的草地上。"那些看守不会放我们走的！"

"她们可以离开，"艾达荷说，"想去哪儿就去哪儿。"

"可那是去执行虫子的任务！"

她把脸靠在膝盖上，闷声问："过去这里是什么样子的？"

"不一样，往往很危险。"他四下里望了望将牧场、花园和果园分割开来的围墙，"沙丘星没有划分土地所有权的界线。所有土地都属于厄崔迪公爵的领地。"

"除了弗雷曼人的。"

"是的，但他们知道自己属于哪里——以某道悬崖为界的一侧……或者盆地里沙色与白色交界线的另一头。"

"他们想去哪里就能去哪里！"

"也有一些限制。"

"我们有些人向往沙漠。"她说。

"你们有沙厉尔。"

她抬头瞪着他。"就那丁点儿大的地方！"

"长一千五百公里，宽五百公里——不算小了。"

赛欧娜站起身。"你问过虫子为什么要像这样把我们关起来吗？"

"因为'雷托和平'这条金色通道能确保我们生存下去。这是他的解释。"

"你知道他跟我父亲说什么吗？小时候我偷听过他俩谈话。"

"他说了什么？"

"他说为了削弱我们的凝聚力，他帮我们挡住了大部分危机。他说：'苦难可以维续民众，而现在我就是苦难。神可以成为苦难。'这就是他的原话，邓肯。虫子叫人恶心！"

艾达荷不怀疑她复述的真实性，但这番话并没有在他心中掀起波澜。他转而想到自己受命杀死的那个科瑞诺人。苦难。一度统治帝国的那个家族的后裔，结果是个胖乎乎的中年男人，他一心想重掌大权，忙着耍阴谋搞香料。艾达荷命令一名鱼言士把他干掉了，事后引得莫尼奥连连盘问。

"你为什么不亲自动手？"

"我想看看鱼言士的表现。"

"她们表现怎么样？"

"很麻利。"

然而科瑞诺之死给艾达荷平添了一份不真实感。夜幕下的塑石街道黑影重重，一个躺在自己血泊中的小矮胖子只是其中一层难以辨别的暗影而已。虚幻的场景。艾达荷还记得穆阿迪布的话："思维强加给我们一个所谓'真实'的框架。这个变幻莫测的框架往往与我们的感知相悖。"是什么样的真实在左右雷托皇帝？

艾达荷看了看赛欧娜，她背后是戈伊戈阿的青山和果园。"我们下去找住处吧。我还是喜欢单住。"

"鱼言士会把我们塞在一个房间里。"

"和她们住在一起？"

"不，只有我们两个。原因很简单。虫子想让我跟伟大的邓肯·艾达荷繁殖下一代。"

"我会自己挑人。"艾达荷吼道。

"我相信有一个鱼言士要中头彩了。"赛欧娜说完，转身走下山坡。

艾达荷盯着她看了一会儿，那具青春之躯如此轻盈，仿佛在风中摇曳的果树枝。

"我不是他的种男。"艾达荷自言自语，"这件事他必须搞清楚。"

每过去一天，你就变得越发不真实，同新一天的我相比较，你会更添一分怪异，更增一点差距。我是唯一的真实，而你有别于我，因此你正在丧失真实性。我的好奇心越大，我那些崇拜者的好奇心就越小。宗教会抑制好奇心。我替崇拜者包办了一些事。因此，当我最后甩手不干，把一切交还给民众的时候，他们会惊慌失措地发现自己在孤军奋战，从此样样都得自力更生了。

——《失窃的日记》

这是一种不同寻常的声音，是翘首以待的人群发出的声音，这声响穿过长长的隧道，钻进了走在御辇前方的艾达荷的耳朵里——紧张的窃窃私语经过放大变成了一种绝无仅有的轰鸣，犹如一只巨足拖曳的脚步声、一件巨袍窸窣的摩擦声。还有那种气味——甜丝丝的汗味掺杂着因性兴奋而呼出来的奶味。

天亮不到一小时，印米厄和她手下的鱼言士护送艾达荷回到绿荫遍地的奥恩城广场。刚把他交给地面上的鱼言士，她们就匆匆起飞了。印米厄明显心情不佳，因为她还要把赛欧娜送往帝堡，不得不错过赛艾诺克仪式了。

接手艾达荷的鱼言士个个压抑着兴奋之情。她们把他带到广场地下深处的一个地方，艾达荷研究过的任何城市平面图都没有显示此处。这是一座迷宫——宽度和高度都足以容纳御辇出入的走廊不断变换着方向。艾达荷失去了方向感，不知不觉回忆起前一晚的经历来。

戈伊戈阿的宿舍空间狭小、条件简朴，却还算舒适——每间屋子都有两张小床、四面白墙、一窗一门。一条走廊串起一间间屋子，整座建筑就是戈伊戈阿的临时"宾馆"。

赛欧娜说对了。没人征求过艾达荷的意见，就把他和赛欧娜安排在了一间，印米厄觉得这是理所当然的事。

房门关上后，赛欧娜说："要是你敢碰我，我会杀了你的。"

听了这句干巴巴的真心话，艾达荷差点笑出来。"我情愿一个人待着。"他说，"你就当没外人好了。"

他是带着点警觉入睡的，这让他想起为厄崔迪人出生入死、随时准备战斗的那些夜晚。屋子里很少有漆黑一团的时候——窗帘透着月光，连白墙也反射着星光。他发现自己对赛欧娜，对她的气味、呼吸和微小动作，都过于敏感了。有好几次他彻底惊醒了过来，一醒就竖耳细听四周的动静，其中两次他觉察到赛欧娜也在倾听。

按计划翌日清晨要飞回奥恩城，两人都如释重负。他俩各喝了一杯凉果汁当早餐。艾达荷心情愉快地步入拂晓前的黑暗，迈着轻快的步子走向扑翼飞机。他没有跟赛欧娜说话。鱼言士瞥来的好奇目光让他感到厌烦。

当他离开扑翼飞机跳到广场上时，赛欧娜探出机舱对他说了唯一一句话。

"我不讨厌交你这个朋友。"她说。

这种表达方式真是古怪，使他略感尴尬。"好吧……嗯，当然。"

接手的一队鱼言士把他带走，最终来到迷宫的终点。雷托正在御辇上等着。会面点位于走廊里一处宽敞空间，这条走廊向艾达荷右侧延伸，渐渐收窄。在球形灯黄色光线的照射下，深棕色墙壁上的金色条纹熠熠闪烁。鱼言士灵巧地闪到御辇之后各就各位，只留下艾达荷正对着雷托的"风帽脸"。

"邓肯，去举行赛艾诺克仪式时你走在我前面。"雷托说。

艾达荷盯着神帝那双深不见底的靛蓝色眼睛，这地方神神秘秘的气氛，还有空气中充斥着的个人欲望，都让他恼火。他觉得自己听来的有关赛艾诺克的一切，都适得其反地加重了这种神秘感。

"我真是您的卫队司令吗，陛下？"艾达荷的话音里带着强烈的怨气。

"当然如此！我刚刚赋予你一个显赫的荣誉。很少有成年男子参加过赛艾诺克。"

"昨晚城里发生了什么？"

"有些地方发生了暴力流血事件，不过今天早上已经很平静了。"

"伤亡情况？"

"不值一提。"

艾达荷点点头。雷托的预知力察觉到他的邓肯会面临一定的危险，因此才有后来飞往戈伊戈阿村暂避一事。

"你去了戈伊戈阿，"雷托说，"想不想待下去？"

"不想。"

"别怪我，"雷托说，"不是我安排你去戈伊戈阿的。"

艾达荷叹了口气。"是什么样的危险让您把我调开？"

"不是你有危险，"雷托说，"而是你会刺激我的卫兵过度展示她们的能力。昨晚的行动没有这个必要。"

"哦？"这种想法出乎艾达荷的意料。他从来没想过自己无须发动员令就能激发战斗士气，自己会成为军队的鞭策力量。另一位雷托，眼前这位的祖父，就是那种一出场即能鼓舞士气的领袖人物。

"你是我不可或缺的人才，邓肯。"雷托说。

"好吧……但我不是您的种男！"

"我当然会尊重你的意愿。这个问题我们换个时间再讨论。"

艾达荷扫了一眼鱼言士卫兵，她们个个睁大眼睛聆听着。

"您每次驾临奥恩都有暴力活动吗？"艾达荷问。

"这是有周期性规律的。现在叛党基本上都镇压下去了。接下来是一段相对和平的时期。"

艾达荷回视着雷托那张深不可测的面孔。"我的前任发生了什么？"

"我的鱼言士没告诉你吗？"

"她们说他因保护神帝而死。"

"而你听到了不同版本的谣言。"

"发生了什么？"

"他因为离我太近而死。我没有及时把他送到安全的地方去。"

"比如戈伊戈阿。"

"我更希望他在那里太太平平过一辈子，但你很清楚，邓肯，你不是那种一心想着过太平日子的人。"

艾达荷干咽了一下，感觉嗓子眼堵住了。"关于他的死我还是想知道细节。他有家庭……"

"你会知道细节的，也不必担心他的家庭。他们全家都受我保护。我会跟他们保持一定距离并确保他们的安全。你知道暴力总是死盯着我。这也是我的一项职责。可惜的是，就因为这个我尊敬的人和我爱的人都得受苦。"

艾达荷努了努嘴，对这番话并不满意。

"放宽心，邓肯。"雷托说，"你的前任是因为离我太近而死的。"

鱼言士开始躁动。艾达荷瞧了她们一眼，又看了看右方的隧道。

"是的，到时候了。"雷托说，"我们不能让女人们一直等着。走在我前面，离我近点，邓肯，关于赛艾诺克的问题我会回答你的。"

别无选择，艾达荷只得顺从地脚跟一旋领头开路了。他听到御辇在身后吱吱嘎嘎发动了，还有卫队轻轻的脚步声。

御辇的声音突然消失，艾达荷马上回头一望。原因很快就搞清楚了。

"您用了浮空器。"他说着把目光转回前方。

"我收起了轮子，因为女人们会挤到我周围来。"雷托说，"我们不能压着她们的脚。"

"赛艾诺克是什么？究竟是什么？"艾达荷问。

"我告诉过你，是'普享大典'。"

"是不是有香料味儿？"

"你的鼻子很灵。圣饼里加了一点美琅脂。"

艾达荷摇了摇头。

为了弄清情况，进奥恩城后艾达荷瞅着个机会直接向雷托发问："赛艾诺克节是怎么回事？"

"我们分享圣饼，没有别的了。连我也会参加。"

"就像奥兰治天主教仪式？"

"哦，不！圣饼不代表我的肉体。这是分享，是一种提示：她们只是女性，就像你只是男性，而我代表全体。与她们分享的是全体。"

艾达荷不喜欢这种语气。"只是男性？"

"你知道她们会在节日里奚落什么人吗，邓肯？"

"什么人？"

"曾经冒犯过她们的男人。仔细听一听她们相互之间说的悄悄话。"

艾达荷把这句话当作一条警告：**不要冒犯鱼言士。惹怒她们会有性命之虞！**

现在，艾达荷先于雷托走在隧道里，他觉得当时每句话都听得一清二楚，但就是不知道什么意思。他偏过头说：

"我不明白'普享'的意思。"

"我们一起参加仪式。你会亲眼见到。你会亲身体验到。我的鱼言士是一座特殊知识的储备库，是一条只维系自己人的连续线。你马上要加入进来了，她们会因此而爱你。仔细听她们说的话。对于人与人之间的亲密关系，她们的态度很开放。她们毫无保留地表露彼此间的倾慕。"

说得越多，艾达荷想，越是模糊不清。

他察觉隧道逐渐变宽，顶部也倾斜得越来越高。球形灯数量也增加了，都调成深橙色。他看见约三百米外有一座高高的拱门，深红色灯光下，能分辨出反着光的脸庞在缓缓地左右摆动。脸庞之下是连成片的衣着，犹如一面黑魆魆的墙。空气中充溢着兴奋的汗味。

艾达荷走近等候着的女人们，看见人群中已形成一条上坡通道，向右拐往一座低台。这是一个无比阔大的空间，球形灯都调成猩红色，巨型穹顶在女人们上方朝远处伸展开去。

"上你右边的斜坡。"雷托说，"一过平台中央就停，把脸转向女人们。"

艾达荷抬右手示意领命。他走进这片开阔地，整个封闭空间的容量之大让他叹为观止。一上平台，他就以训练有素的眼睛估量尺寸：这间圆角方厅的边长至少达到一千一百米。厅里挤满了女人；艾达荷提醒自己，这些仅仅是驻外星鱼言士军团选出来的代表——每颗星选派三名。她们站着，身体贴得那么紧，艾达荷觉得连摔倒都很难。她们沿平台边缘留出了约五十米宽的空间。艾达荷已在平台上站定，环视着场地。一张张脸抬起来盯着他——脸，脸，都是脸。

雷托紧跟着艾达荷刹住御辇，举起一条银光闪闪的手臂。

一阵"赛艾诺克！赛艾诺克！"的怒吼瞬间响彻大厅。

艾达荷感觉震耳欲聋。这一阵喊声肯定传遍全城了，他想。除非我们在足够深的地下。

"我的新娘们，"雷托说，"欢迎来到赛艾诺克。"

艾达荷抬头瞥了一眼雷托，看见那对亮晶晶的深色眼睛让他容光焕发。雷托曾说："这该死的神圣！"实际上他乐在其中。

莫尼奥目睹过这种集会场面吗？艾达荷心里问道。这是一个奇怪的念头，但艾达荷知道自己为何这么想。他希望有个平常人能聊聊这件事。卫兵说莫尼奥因"国务"而外派，但不知其详。听了这话，艾达荷体会到雷托政府的又一个特点：其权力链条从雷托直达民众，但链条与链条之间很少交叉。推行这种模式必须具备许多条件，其中一项就是要任命可信赖的官员，让他们只管执行命令而不提任何问题。

"很少有人看见神帝干害人的勾当。"赛欧娜曾经说，"这像不像你熟悉的厄崔迪人？"

艾达荷放眼望向乌压压的鱼言士，这些想法在他头脑里稍纵即逝。她们的眼里满溢着崇拜！敬畏！雷托是怎么做到的？为什么要这样？

"我的爱人们。"雷托说。御辇里暗藏有伊克斯人精心研制的扩音器，使雷托的声音朗朗回荡在每一张高扬的脸庞上，远及大厅另一头的角落。

由女人脸构成的这幅热腾腾的场景，让艾达荷脑子里不停回响着雷托的警告：*惹怒她们会有性命之虞！*

此时此刻，这条警告的意义已经不言自明了。只消雷托一句话，这些女人就会把任何冒犯者撕成碎片。她们没有疑问，只有行动。艾达荷终于对女子军队有了新的认识。她们不会顾及个人安危。她们侍奉神！

雷托弓起前节部位，高举脑袋，御辇发出轻微的吱嘎声。

"你们是信仰的守护者！"他说。

台下异口同声："时刻听从主人的召唤！"

"你们经我得永生！"雷托说。

"我们生生不息！"她们喊道。

"我爱你们胜过任何人！"雷托说。

"爱！"她们发出尖叫。

艾达荷颤抖了。

"我把我挚爱的邓肯赐给你们！"雷托说。

"爱！"她们尖叫。

艾达荷感到浑身发抖，只觉得排山倒海的崇拜要把自己压垮了。他想逃离，又想留下来领受这一切。这间大厅充满魔力。魔力！

雷托放低声音说："卫兵交接班。"

女人们齐刷刷地迅速低下头。艾达荷右侧远端出现一列白袍女人。她们走入平台下方的空地，艾达荷注意到有些女人还抱着孩子，小的还在襁褓中，大的也不过一两岁。

艾达荷早先浏览过仪式日程，知道这些女人是即将退役的鱼言士。复员后有的将担任祭司，有的将做全职母亲……但没有一个真正终止为雷托效力。

艾达荷低头瞧着孩子们，心想这段经历会怎样深埋在那些男孩子的心中。这种神秘仪式将伴随他们终身，相关记忆会从意识层面消失，但始终存在着，并从此刻起暗中对其行为产生影响。

最后一名入场者在雷托下方停步，抬头望他。大厅里其他女人也都仰起脸，目不转睛地盯着雷托。

艾达荷环视左右。占据平台下方空地的白袍女分别向两侧至少绵延了五百米。有的向雷托举起自己的孩子。这是一种绝对的敬畏与服从。艾达荷能感觉到，即使雷托命令她们把孩子摔死在平台上，她们也会照办。任何事她们都会干！

雷托将前节部位放低到御辇上，全身起了一阵轻缓的波动。他慈祥地俯视台下，用一种抚慰人心的嗓音说道："你们的忠诚与奉献理应得到我的赏赐。你们有求必有得。"

整个大厅回荡起一个声音："有求必有得！"

"我的就是你的。"雷托说。

"我的就是你的。"女人们喊道。

"让我们分享此刻，"雷托说，"一齐默祷，愿我的力量使万物调和——让人类永存。"

大厅里所有人整齐划一地低下头。白袍女把孩子紧搂在怀中，朝下盯着他们。艾达荷感觉到这是一个无声的统一体，一股试图进入他、攫住他的力量。他张大嘴，深呼吸，抵抗着这个实实在在的入侵者。他在脑海里疯狂搜寻能够抓牢、能够保护自己的东西。

艾达荷之前并不怀疑这支女子军队的力量和团结性。他清楚自己不理解这种力量。他只能旁观，知道存在着这股力量。

这一切都是雷托创造的。

艾达荷回忆起雷托在一次帝堡会议上说过的话："男子军队的忠诚维系于军队本身，而不是培养军队的文化；而女子军队的忠诚维系于其领袖。"

面对着无疑是雷托一手炮制的成果，艾达荷方才领会到这句话是多么一针见血，这让他不寒而栗。

他给了我一个分享的机会，艾达荷想。

回想起自己当时的回答，艾达荷现在只觉得幼稚可笑。

"我看不出其中的道理。"艾达荷是这样说的。

"大多数人不是为讲道理而生的。"

"没有一种军队，不管是男兵还是女兵，能保障和平！您的帝国没有和平！您只是……"

"鱼言士给你看过我们的历史了吗？"

"是的，但我还在您的城里转过，观察过您的人民。您的人民很好斗！"

"看见没有，邓肯？和平培养攻击性。"

"可您说过您的金色通道……"

"这不是严格意义上的和平。这是稳定，是培养固化阶层和各种攻击行为的沃土。"

"您在出谜语！"

256

“我说的是自己经年累月的观察结果：和平姿态其实是败者的姿态，是受害者的姿态。受害者容易招来攻击。”

“该死的强制性稳定！这有什么好处？”

“倘若没有敌人，就必须发明一个。当军事力量失去外部目标时，总会把矛头对准自己的人民。”

“您这是什么游戏？”

“我修正了人类的战争欲。”

“人民不需要战争！”

“他们需要混乱。战争是最容易获得的一种混乱。”

“这些话我一句也不信！您在玩自己搞出来的一套危险游戏。”

“非常危险。我针对人类行为的源头，重新引导他们。但有可能会抑制人类生存的力量，这就是危险的地方。不过我向你保证，金色通道将延续下去。”

“您抑制不了敌对情绪。”

“我化解某个地方的能量，将它导入另一个地方。对于你无法控制的东西，就驾驭它。”

“怎么防止他人篡夺女子军队的领导权？”

“我是她们的领袖。”

面对大厅里乌压压的女人，毫无疑问是谁处在中心领袖地位。艾达荷还目睹了有一部分崇拜被引导到了自己身上。这种诱惑让他挥之不去——他可以驱使她们干任何事……任何事！这间大厅潜藏着爆发性力量。想到这里，他对雷托早先说的话产生了更加深入的疑问。

雷托曾经谈起过爆发式暴力。看着这些正在默祷的女人们，艾达荷想起了雷托的原话：“男人容易形成固化的阶层。他们创造等级社会。等级社会是暴力活动的最终目标。它不会解体，只会爆炸。”

"女人不会这样？"

"不会，除非她们受男性主导，或者深陷于男性角色模式。"

"性别差距不可能这么大！"

"可这是事实。女人能以性别为基础共谋大事，超越阶层和等级的大事。这就是我让女人掌权的原因。"

艾达荷不得不承认这些默祷的女人的确执掌大权。

他会把哪一部分权力移交到我手里？

这种诱惑太大了！艾达荷发现自己正在哆嗦。一阵寒意突然袭来，他意识到这一定是雷托的预谋——诱惑我！

大厅里，女人们完成了默祷，抬眼盯着雷托。艾达荷从来没见过人脸上露出如此迷醉的神情——性高潮时没有，从战场辉煌凯旋时也没有——什么都不能与这种忘我的崇拜相比拟。

"邓肯·艾达荷今天站在我身边。"雷托说，"邓肯将在所有人面前宣誓效忠。邓肯？"

艾达荷五脏六腑一阵激灵。雷托给了他一个非此即彼的选择：要么向神帝宣誓效忠，要么横尸当场！

只要我流露出一丁点儿讥笑、犹豫或反对的意思，女人们就会徒手把我结果了。

艾达荷怒火中烧。他干咽了一下，清清嗓子，说："绝不要怀疑我的忠诚。我效忠厄崔迪人。"

他听到自己的声音经由雷托的伊克斯扩音器响彻整个大厅。

其效果让艾达荷惊愕不已。

"我们一起分享！"女人们尖叫着，"我们一起分享！我们一起分享！"

"我们一起分享。"雷托说。

年轻的鱼言士新兵身着醒目的绿短袍，从各个方向涌入大厅，朝圣的海洋顿时生出一个个不断扩大的小漩涡。每个新兵都手捧托盘，盘内高高堆着棕色小饼。托盘在人群中移动到哪里，哪里就会伸出一条条优雅的胳膊，宛如起伏的波浪。每只手都拿了一块圣饼高高举起。一名新兵走到平台边，将托盘举向艾达荷，雷托说："拿两块，递给我一块。"

艾达荷跪下来取了两块。圣饼摸上去很酥脆。他站起身，小心地递给雷托一块。

雷托声音洪亮地问道："新卫兵选好了吗？"

"是的，主人！"女人们喊。

"你们是否忠于我的信念？"

"是的，主人！"

"你们是否踏上了金色通道？"

"是的，主人！"

女人们的叫喊声对艾达荷形成一波波冲击，震得他目瞪口呆。

"我们一起分享吗？"雷托问。

"是的，主人！"

听到女人们的回答，雷托把圣饼抛进口中。台下每个做母亲的都是先咬一口圣饼，再把剩余部分喂给孩子。白袍女后面的全体鱼言士也都放下胳膊，吃掉圣饼。

"邓肯，吃圣饼。"雷托说。

艾达荷把饼送进嘴里。他的死灵身体没有针对香料做过调教，但记忆唤醒了感知。圣饼尝起来微苦，带一点柔和的美琅脂味。这种味道把艾达荷脑海里的古老记忆兜底翻了出来——穴地里吃过的饭、厄崔迪府邸里的宴会……那是处处弥漫着香料味的旧日子。

咽下圣饼后，艾达荷发现大厅里已陷入一片寂静，静得让人透不过气来；忽然，从雷托的御辇传来一记响亮的咔嗒声。艾达荷扭头循声望去，是雷托打开辇床里的一个暗格，拿出了一只水晶匣。匣子散发出蓝灰色的幽光。雷托将匣子搁在辇床上，打开荧亮的匣盖，取出一把晶牙匕。艾达荷立刻认出了这把刀——刀柄上镶着绿宝石，端部刻着一只鹰。

是保罗·穆阿迪布的晶牙匕！

艾达荷发现这把晶牙匕深深打动了自己。他紧盯着这把刀，仿佛这样就能让原主人再生。

雷托把刀高高举起，展示它优雅的曲线和柔和的辉光。

"我们的护身符。"雷托说。

女人们依然静默着，聚精会神。

"穆阿迪布的刀，"雷托说，"夏胡鲁的牙。夏胡鲁会回来吗？"

台下响起克制的喃喃应答声，与先前的呼喊相比，更有一种深沉的力量。

"是的，主人。"

艾达荷将目光转回到鱼言士一张张迷醉的面孔上。

"谁是夏胡鲁？"雷托问。

低沉的喃喃声再度响起："是您，主人。"

艾达荷暗自点头。毫无疑问，雷托探掘到一个巨大的能量场，并以前所未有的手段将其释放了出来。雷托谈起过这个，然而同艾达荷在这间大厅里的所见所感相比，那些话听上去毫无意义。现在，雷托的话又在他脑子里回响起来，仿佛正是为了等待这一时刻，它们才一直隐匿着真实的含义。艾达荷想起这番对话是在地宫里发生的，那个阴湿的地方似乎为雷托所钟爱，而艾达荷却特别反感——他厌恶千百年来积下的灰尘和一股久远的腐败气味。

"我一直在塑造人类社会，已经努力了三千多年，我为整个人类打开了一扇走出青春期的大门。"雷托当时说。

"您并没有解释为什么会有女子军队！"艾达荷抗议道。

"强奸不是女人的天性，邓肯。你是在问性别造成的行为差异吗？这就是一条。"

"别转移话题！"

"我没有转移。强奸是男性军事征服不可避免的代价。在强奸过程中，男性的任何青春期幻想都能实现。"

艾达荷记得这句话让自己火冒三丈。

"我的女神们驯服男人。"雷托说，"这叫驯化，自古以来的生存需求让女人学会了这一手。"

艾达荷无言地盯着雷托的"风帽脸"。

"逆来顺受，"雷托说，"去适应某种既定的生存模式。女人是在男人手底下学会这些的，现在反过来要教会男人。"

"可你说……"

"我的女神们常常在一开始就献身于某种形式的强奸，只为换取一种深层次的、有约束性的相互依赖关系。"

"该死！你……"

"约束，邓肯！约束。"

"我不认为这种约束对我……"

"教育不可能一蹴而就。你头脑里的老思想与新思维是有差距的。"

雷托的话一瞬间几乎冲走了艾达荷的所有情绪，除了一种深深的失落感。

"我的女神们教人如何成熟起来。"雷托说，"她们知道男性的成熟过程必须要有监督。与此同时，她们自己也会成熟。最终，女神们成为妻子和母亲，我们也告别了扎根于青春期的暴力冲动。"

"我要亲眼看到才会相信！"

"你会在'普享大典'上看到的。"

此刻，站在赛艾诺克大厅雷托的身边，艾达荷不得不承认自己看到了一股巨大的力量，这股力量也许能创造雷托描绘的那种人类宇宙。

雷托将晶牙匕收入匣中，又把匣子放回辇床的暗格。女人们默默地看着，连小孩也不发一声——每个人都被大厅里这股可感知的力量所镇服。

艾达荷低头瞧着孩子们。雷托说过，这些孩子将被委以重任——不管男孩还是女孩，以后都会身居高位。男孩终其一生都会由女性主导，用雷托的话说："从青少年平稳过渡到种男。"

鱼言士和她们的子孙后代享受着"一种其他大部分人过不上的激情生活"。

厄蒂的孩子将来会怎么样？艾达荷不禁心想，我的前任是否也曾站在这里，看着他的白袍妻子参加雷托的仪式？

雷托在这里给了我什么？

一个有野心的司令能依靠这支女子军队执掌雷托的帝国。能吗？不……只要雷托活着就不行。雷托说女人不具备军事侵略性，"天性使然"。

他说："这种心性不是我培养出来的。她们清楚每隔十年都要举行一次皇家庆典，包括卫兵交接班，为新一代祝福，为亡故的姐妹和爱人默哀。一场一场赛艾诺克以可预测的时间跨度永无终结地举办下去。这种变化本身也成了固定不变的东西。"

艾达荷的视线从白袍女和孩子们转向那一片乌压压的沉默面孔。他对自己说，这支庞大的女性力量如蛛网般广布于帝国，眼前只是其小小的核心。他相信雷托说的："这股力量非但不会减弱，反而每过十年就会增强。"

最终会怎么样？ 艾达荷自问。

他瞥见雷托向大厅里的女神们抬起赐福的双手。

"我们现在要从你们中间穿过。"雷托说。

台下的人群分开一条小路，不断向前延伸，仿佛某种自然灾害中裂开的一条地缝。

"邓肯，你走在我前面。"雷托说。

艾达荷干咽了一下。他手撑平台边缘跳入空地，走进地缝，他知道唯有如此方能结束这场考验。

他飞快地向后瞟了一眼，只见雷托的御辇依靠浮空器威武地飘移下台。

艾达荷转回头，加快了步伐。

人群中的小路开始收窄。在一片古怪的静默气氛中，女人们一边靠近，一边目不转睛地盯着她们的目标——先是艾达荷，再是他身后伊克斯御辇上那具硕大的准沙虫身躯。

艾达荷强自镇定地向前走去，各个方向都有女人伸过手来摸他、摸雷托，甚至光是摸一下御辇。在这些触摸中，艾达荷感觉到了压抑的激情和有生以来最深切的恐惧。

领导问题将不可避免地归结为：谁来扮神？

——穆阿迪布，摘自《口述史》

赫娃·诺里跟随一名年轻的鱼言士传令兵走在盘旋通往奥恩城地下深处的宽阔坡道上。她在节庆第三日午夜前接到了雷托皇帝的传召，当时她正专注于调节情绪平衡。

她的第一助理奥思瓦·耶克不是一个好相处的男人——沙色头发，瘦长脸，一对眼睛从不长时间看着某样东西，也从不直视对话者的眼睛。耶克交给她一张梅默雷兹纸，说是"近期节庆城暴力事件汇总报告"。

她坐在一张书桌前，耶克站得离桌子很近，眼朝下盯着她左边的某个地方。他说："鱼言士正在全城范围内屠杀变脸者。"他并没有显得震惊。

"为什么？"她问。

"据说贝尼·特莱拉[1]有行刺神帝之举。"

一阵惊恐袭遍她的全身。她往后一靠，环视着这间大使办公

---

[1] 特莱拉人的正式名称，类似"贝尼·杰瑟里特"。

室——这是一个圆形房间，配一张半圆形书桌，锃亮的桌面下暗藏着多种伊克斯设备的控制器。暗色调装潢颇符合机要之处的氛围，棕色木制嵌板下藏有防监听监视装置。整个房间不设窗户。

赫娃尽力掩饰心中的不安，抬眼看着耶克问道："那么雷托皇帝……"

"行刺活动似乎对他毫无影响。不过这也许可以解释那场鞭刑。"

"也就是说你认为的确存在行刺的图谋？"

"是的。"

这时出现一名雷托皇帝派来的鱼言士，接待室刚一通报她就进门了。有个贝尼·杰瑟里特的干瘪老太太跟在后面，鱼言士介绍她是"安蒂克圣母"。安蒂克专注地盯着耶克。长着一张嫩滑的娃娃脸的年轻鱼言士传话道："圣上命我重复他说过的一句话：'我一传你，就必须立即回来。'现在他传你。"

就在鱼言士说话的时候，耶克开始烦躁不安。他四处乱看，似乎在房间里找一样并不存在的东西。赫娃在外衣上加了件深蓝色袍子，嘱咐耶克待在办公室里等她回来。

使馆外的橙色夜灯下，街道一反常态的空空荡荡，安蒂克看着鱼言士，只说了声"没错"，就跟她们分手了。鱼言士把赫娃从阒寂的街上带到一栋无窗的高楼，那条螺旋陡坡就直通此楼的地下室。

走在这条半径很小的螺旋坡道上，赫娃感到一阵阵晕眩。明亮的迷你白色球形灯飘浮在中庭，照耀着叶片巨大的紫绿色藤蔓植物。这种植物攀悬在闪闪发光的金丝上。

这条坡道铺有黑色软性路面，听不出脚步声，这反而让赫娃对袍子轻微的窸窣声敏感起来。

"你要把我带到哪里去？"赫娃问。

"去见圣上。"

"这我知道，可他在哪儿？"

"在他的私人宫殿。"

"深得可怕。"

"是的，圣上喜欢地下深处。"

"这么转啊转的把我搞得头都晕了。"

"要是不看那些藤蔓会好些的。"

"这是什么植物？"

"这叫藤萝，应该是没有一点气味的。"

"我没听说过。是从哪儿来的？"

"只有圣上知道。"

接下来两个人沉默地走着。赫娃试着理了理心绪。神帝让她充满了悲伤。她能感觉到他里面的那个男人，那个本来应该存在的人。一个人为什么要把一生投入到这项事业中去呢？有人知道吗？莫尼奥知道吗？

也许邓肯·艾达荷知道。

她的思路转到了艾达荷身上——真有魅力，男人味儿十足！她觉得自己深受吸引。要是雷托拥有艾达荷的身体和外表就好了。可莫尼奥——那是另一个问题了。她看着鱼言士的脊背。

"能跟我说说莫尼奥吗？"赫娃问。

鱼言士扭头瞥了一眼，淡蓝色的眼睛露出怪异的神情——恐惧，或是一种古怪的敬畏。

"有什么不对吗？"赫娃问。

鱼言士转过头去看着脚下的螺旋坡道。

"圣上说你会打听莫尼奥。"她答。

"那就跟我说说他。"

"说什么呢？他是圣上最亲密的心腹。"

"连邓肯·艾达荷也比不了？"

"嗯，是的。莫尼奥是厄崔迪人。"

"莫尼奥昨天来找过我。"赫娃说，"他说我应该对神帝有所了解。还说神帝能做任何事，任何他认为有益的事。"

"很多人都相信这一点。"鱼言士说。

"你不信？"

就在赫娃问话的当口，坡道拐完了最后一个弯，前方几步远就是一间连着拱门的小前厅。

"圣上马上会接见你的。"鱼言士说完转身爬上坡道，没有回答自己究竟信不信。

赫娃穿过拱门，发现自己来到一间层高较矮的厅堂，面积也比觐见厅小得多。这里的空气清新而干燥。隐藏在天花板角落里的光源发散着淡黄色光线。她让眼睛适应了一会儿昏暗的照明，注意到地毯和软垫散乱地围着一小堆东西……当这堆东西动起来的时候，她不禁用手捂住了嘴，原来这正是乘在御辇上的雷托，只是他待的这块地方是凹陷下去的。她立刻领悟到了这间屋子的设计用意，是为了缓解来客的压迫感，同时降低雷托自身的高度，使其不显得那么盛气凌人。由于他的体长和体重过于扎眼，一方面只能依靠阴影加以掩饰，另一方面还要将灯光聚焦于面孔和双手。

"来，坐下。"雷托用亲切而低沉的嗓音说道。

赫娃走到距雷托面部仅数米远的一张红垫子旁，坐了上去。

雷托喜形于色地看着她走过来。她穿着一件暗金色外衣，头发编成辫子束在脑后，这让她的脸庞显得清纯而天真。

"我已经把您的消息送到伊克斯星了。"她说，"我还告诉他们您想知道我的年龄。"

"他们也许会答复的，"他说，"甚至可能说真话。"

"我想了解我的出生时间和当时的所有情况，"她说，"但不知为什么您也会感兴趣。"

"我对有关你的一切都感兴趣。"

"他们不会愿意看到您任命我为终身大使。"

"你的主人们是既古板又随便的奇怪混合体。"他说，"我不太能容忍傻瓜。"

"您觉得我是傻瓜，陛下？"

"马尔基不傻，你也不傻，我亲爱的。"

"我好多年没听到叔叔的消息了，有时我都怀疑他是不是还活着。"

"或许我们也能打听到他的音信。马尔基和你说起过我的塔基亚[1]措施吗？"

她想了一下，说："是不是古弗雷曼人也叫它凯特曼？"

"没错。是指一个人在面临危险时隐瞒身份的自保行为。"

"我想起来了。他跟我说过您用笔名撰写历史，有些还非常有名。"

"这种情况就是我们谈论的塔基亚。"

"您为什么要提到这个，陛下？"

---

[1] 这里借用伊斯兰教的"塔基亚原则"，即穆斯林在受到迫害时，可以隐瞒内心的信仰，暂时不履行宗教功课，否认宗教身份，以达到保护自己的目的。下文"凯特曼"与此同义。

“为了避开其他话题。你知道我托名诺亚·阿克赖特[1]写的书吗？”

她忍俊不禁。“真有趣，陛下。我的功课就包括阅读他的生平。”

“那也是我写的。你的任务是从我这儿挖掘什么秘密呢？”

听到雷托巧妙改变话题，她连眼睛都没有眨一下。

“他们对陛下宗教的内部运行机制很好奇。”

“现在还好奇？”

“他们想知道您是怎么从贝尼·杰瑟里特手里夺取宗教控制权的。”

“想必他们自己企图重演历史？”

“我肯定他们有这种想法，陛下。”

“赫娃，你作为伊克斯人的代表可不称职哦。”

“我是您的仆人，陛下。”

“你对自己不好奇吗？”

“我怕我的好奇会让您心烦。”她说。

雷托盯了她一会儿，说：“我明白了。是的，你说得对。我们应当暂时避免更亲密的谈话。你想让我谈谈姐妹会吗？”

“是的，我想。您知道我今天碰上了一个贝尼·杰瑟里特使团的人吗？”

“应该是安蒂克。”

“我觉得她很吓人。”她说。

“你一点也不用怕安蒂克。是我派她去使馆的。你可知道使馆已

---

[1] 原文“Noah Arkwright”系对“Noah' Ark”（诺亚方舟）的戏拟。

经被变脸者占领了吗？"

赫娃倒抽一口凉气，只觉寒意袭上心头，但还是镇定了下来。"奥思瓦·耶克？"她问。

"你也有怀疑？"

"我只是不喜欢他，我听说……"她耸耸肩，接着又回到了现实，"他怎么了？"

"真人？他死了。变脸者在这种情况下一般不留活口。鱼言士有我的明确指令，你的使馆里一个活的变脸者也不能留下。"

赫娃沉默了，脸颊上流下两行眼泪。街道上为什么空空荡荡，安蒂克为什么神神秘秘地说了声"没错"，现在都有了解释。许多事都清楚了。

"我会派鱼言士协助你工作，直到你把一切安排妥当为止。"雷托说，"鱼言士也会保护你。"

赫娃甩掉脸上的眼泪。伊克斯星的裁判官要对特莱拉人大发雷霆了。伊克斯人会相信她的报告吗？所有使馆工作人员都被变脸者取而代之了！难以置信。

"全都死了？"她问。

"变脸者没有理由留下活口。你会是下一个。"

她打了个哆嗦。

"他们推迟了行动，"他说，"因为他们认为必须高度精确地复制你，才能瞒过我。他们不太清楚我的本事。"

"那么安蒂克……"

"姐妹会和我都有识别变脸者的能力。安蒂克……嗯，她自然精于此道。"

"没人信任特莱拉人。"她说，"为什么不早点把他们清除掉？"

"专业人员有他们的作用，也有不如意的地方。你让我吃惊了，赫娃。我没料到你也会有这么血腥的想法。"

"特莱拉人……他们太残忍了，不能算人。他们不是人！"

"我肯定人类可以一样残忍。我自己有时候就很残忍。"

"我知道，陛下。"

"在发怒的时候。"他说，"不过我唯一考虑过消灭的人是贝尼·杰瑟里特。"

她惊愕得哑口无言。

"她们离自己应该成为的样子是那么近，然而又是那么远。"他说。

她回过神来，说："可《口述史》上说……"

"圣母的宗教，是的。她们曾经针对特定的社会设计特定的宗教，并称之为工程。你对此有什么看法？"

"冷酷无情。"

"的确如此。她们自食其果。尽管多次尝试大规模推行普世教会主义，全帝国依然充斥着无数的大神、小神和自诩的先知。"

"是您改变了局面，陛下。"

"在一定程度上。不过这些神很顽固，赫娃。我的一神教虽然占了主导，但原来的诸神还存在着，它们披着各种伪装钻到地下去了。"

"陛下，我感觉您的话……跟……"她摇了摇头。

"跟姐妹会一样工于算计？"

她点点头。

"是弗雷曼人神化了我父亲，伟大的穆阿迪布，尽管他真的不在乎是否被人称为伟大。"

"可弗雷曼人……"

"他们做得对不对？我最亲爱的赫娃，他们善于捕捉运用权力的机会，也渴望保持自身的优势地位。"

"我觉得这……让人不踏实，陛下。"

"我能看出来。造一个神居然这么简单，好像任何人都能办到，这让你接受不了。"

"这听起来实在是太随便了，陛下。"她的声音显得既遥远又费劲。

"我向你保证其实任何人都做不到。"

"可您暗示您的神性是继承自……"

"千万不要对鱼言士说这话。"他说，"异端邪说会引起她们的激烈反应。"

她干咽了一下。

"我说这个全是为了保护你。"他说。

她轻声道："谢陛下。"

"我告诉我的弗雷曼人，我不能再为部落提供死亡之水了，那时就是我神性的开端。你知道死亡之水吗？"

"沙丘时代从死者尸体回收的水。"她答。

"啊，你读过诺亚·阿克赖特的书。"

她挤出一丝笑容。

"我对弗雷曼人说，死亡之水将供奉一位无名的至高神。但我会把这水的掌控权授予弗雷曼人。"

"在那些日子水一定是非常珍贵的。"

"非常珍贵！我作为无名神的代表，间接掌管珍贵的水将近三百

272

年。"

她咬着下嘴唇。

"听上去还像算计吗?"他问。

她点点头。

"确实如此。在奉献我妹妹的水时,我上演了一个奇迹。从甘尼的水瓮里传出来所有厄崔迪人的说话声。这时,我的弗雷曼人发现我就是他们的至高神。"

赫娃战战兢兢地问道,嗓音里充满惶惑:"陛下,您在告诉我其实您并不是神吗?"

"我在告诉你我不跟死亡玩捉迷藏。"

赫娃凝视了他几分钟才作出回应,他确信赫娃领会了他的深意。这一回应也进一步显露了她的关爱。

"您的死跟别人的死不会一样。"她说。

"可爱的赫娃。"他咕哝了一声。

"我想知道您不怕人们评判至高神的真假吗?"她说。

"你在评判我吗,赫娃?"

"不,我只是为您担心。"

"想想我将要付出的代价吧。"他说,"我的意识将分散到我的每一部分后代里面封锁起来,迷失而无助。"

她用双手捂住嘴,盯着他。

"这种恐怖是我父亲不敢面对而且尽力避免的:一个失明的自我无休无止地分裂再分裂。"

她放下双手,悄声问:"那时您还有意识吗?"

"在某种程度上有……但发不出声音。每一条沙虫、每一条沙鲑都会带上我的一颗意识之珠——我有知觉但连一个细胞也控制不了,我的意识将沉浸在一个无尽的梦中。"

她不寒而栗。

雷托看到她正努力理解这种存在。当他的自我分裂成千千万万个碎片，仍在拼命控制越来越不听使唤的伊克斯思录机，这最终的喧嚣场面她想象得出吗？在那可怕的分裂结束之后一切骤然归于死寂，她又能体会得到吗？

"陛下，要是我泄露这个秘密，他们会拿来对付您的。"

"你会泄露吗？"

"当然不会！"她缓缓摇着头。他为什么要接受这种可怖的变形？就没有其他出路吗？

片刻后，她说："记录您思想的那种机器，不能改造一下用来……"

"来记录一百万个我？十亿个我？比十亿还多的我？我亲爱的赫娃，没有一颗意识之珠代表真正的我。"

她的两眼湿润了。她眨眨眼，深吸了一口气。雷托看出来这是贝尼·杰瑟里特让自己保持镇定的训练手法。

"陛下，您让我害怕极了。"

"而你不理解我为什么要这么做。"

"我有可能理解吗？"

"哦，是的。能理解的大有人在。但他们在理解之后会怎么干，又是另一回事了。"

"您会指导我应该怎么做吗？"

"你已经知道了。"

她静静地想了想，说："与您的宗教有关系。我能感觉到。"

雷托微微一笑。"你的伊克斯主人们把你这件无价之宝献给我，任何事我都能原谅他们。如今你们求就必得着。[1]"

她在坐垫上将身体前倾，凑近雷托。"告诉我您宗教的内部运行机制。"

"你很快就会全面了解我的，赫娃。我保证。只需要记住，远祖的太阳崇拜其实离我们并不遥远。"

"太阳……崇拜？"她坐直身体。

"太阳控制一切运动但不能触碰——它就是死亡。"

"您的……死亡？"

"所有宗教都像一颗行星围绕着太阳旋转，行星必须利用太阳的能量，必须依靠它确保自身生存。"

她的声音几乎像耳语："您在您的太阳里看到了什么，陛下？"

"一个开着许多扇窗的宇宙，我可以向内窥视。窗内显现什么，我就看见什么。"

"未来？"

"宇宙本质上是没有时间的，也可以说，它包含一切时间和一切未来。"

"那么这是真的了。"她说，"您看到了某个场景，必须通过这个——"她指了指他那具长长的分节身躯，"来避免它的发生。"

"你内心有没有觉得，这可能是神圣的，一点点也好？"他问。

她光是点了点头。

"如果你加入到我这边来，"他说，"我警告你这会成为一个可怕的负担。"

"这样能减轻您的负担吗，陛下？"

---

[1] 典出《圣经·新约·约翰福音》，耶稣之语。

"不会，但能让我好受些。"

"那我愿意加入。告诉我怎么做，陛下。"

"还不到时候，赫娃。你必须再耐心等待一段时间。"

她忍住失望，叹了口气。

"只是因为我的邓肯·艾达荷越来越没耐心了。"雷托说，"我必须先对付他。"

她向后瞥了瞥，小厅里没有别人。

"您希望我这就离开吗？"

"我希望你永远不离开我。"

她盯着他，他的神情既透着真挚的关爱，也流露出饥渴的空虚，这让她悲从中来。"陛下，您为什么要把自己的秘密告诉我呢？"

"我不会让你做一个神的新娘。"

她惊讶地瞪大了眼睛。

"别回答。"他说。

她几乎没动脑袋，只用目光扫视着暗影里那具长长的躯体。

"不必在我身上寻找那个已经不存在的部分。"他说，"我已经无法享受某些肉体欢娱。"

她把目光转向他的"风帽脸"，看着脸颊上的粉红色皮肤，这是异类躯壳中极为醒目的人类特征。

"假如你想要孩子，"他说，"我只要求你由我来选择父亲。不过我现在还没要求你做任何事。"

她的声音很微弱。"陛下，我不知道怎么……"

"我马上回帝堡。"他说，"你到那儿来见我，我们再谈。到时候我会告诉你我要避免的是什么。"

"我很害怕，陛下，从来没有想到过我会这么害怕。"

"别怕我。我只会对你好，我的好赫娃。至于其他危险，我的鱼言士会用生命来保护你。她们不敢让你受到伤害！"

赫娃站起身来，瑟瑟发抖。

看见这番话对她产生了如此巨大的影响，雷托感到痛苦。赫娃的眼里闪着泪光。她紧紧捏住双手，想止住颤抖。雷托知道她愿意去帝堡跟自己再度会面。不管他要求什么，她都会像鱼言士那样回应："是，陛下。"

雷托觉得，如果她能跟自己换个位置，挑起他的重担，她是愿意挺身而出的。正因为做不到这一点，才更增添了她的痛苦。她拥有源自深度敏感的悟性，而又毫无马尔基的享乐主义弱点。她完美，所以才恐惧。她的每一处细节都确证了雷托的想法：她精准符合他心目中的理想女性形象，假如他成长为正常的男人，她就是他希望得到的（不！必须得到的！）那个配偶。

伊克斯人清楚这一点。

"退下吧。"他轻声说。

对于人民我亦父亦母。我了解出生与死亡的狂喜，我也通晓你必须学习的那些规律。难道我没有迷醉地徜徉在宇宙的各种形态之中吗？有！我见过你在亮光里的剪影。如今你说你能看见和感知的那个宇宙，也是我的梦。我对其倾注全力，我无所不在。你就是这样诞生的。

——《失窃的日记》

　　"鱼言士告诉我赛艾诺克一结束你就立刻去了帝堡。"雷托说。

　　他用责备的目光盯着艾达荷，艾达荷站的位置离一小时前赫娃坐的地方不远。只有短短一小时——但雷托觉得空落落的，仿佛过了几个世纪。

　　"我需要时间思考。"艾达荷说。他瞧着御辇所占的那个黑咕隆咚的大坑。

　　"还有跟赛欧娜谈话？"

　　"是的。"艾达荷抬眼看雷托的脸。

　　"可你还在找莫尼奥。"雷托说。

　　"我每个动作她们都要汇报吗？"艾达荷问。

　　"并不是每个动作。"

"有时候人需要一点私密空间。"

"当然。但不要责怪鱼言士，她们是在关心你。"

"赛欧娜说她要经受考验！"

"这就是你找莫尼奥的原因？"

"是什么考验？"

"莫尼奥清楚。我假设这就是你想见他的原因。"

"你不会假设！而是知道。"

"赛艾诺克让你心烦了，邓肯。我道歉。"

"你有一点点了解我……在这里的感受吗？"

"死灵的人生不是一帆风顺的。"雷托说，"有些死灵尤其命运多舛。"

"我不需要这种幼稚的哲学！"

"那你需要什么，邓肯？"

"我需要了解某些事实。"

"比如？"

"我不理解你周围的任何一个人！莫尼奥面不改色地告诉我，赛欧娜是要颠覆你的一个叛乱分子。他的亲生女儿！"

"当年莫尼奥也是反叛者。"

"明白我的意思了吗？你也考验过他？"

"是的。"

"你会考验我吗？"

"我正在考验你。"

艾达荷瞪着他说："我不理解你的政府、你的帝国、你的一切。我了解得越多，越是不明白到底在发生什么。"

"你真幸运，发现了智慧的真谛。"雷托说。

"什么？"艾达荷憋了一肚子火，这一声喊犹如战场上的怒吼回荡在这间小厅里。

雷托微微一笑。"邓肯，我没跟你讲过吗？当你自以为了解什么的时候，恰好完全堵塞了求知的通道。"

"那么告诉我到底在发生什么。"

"我的朋友邓肯·艾达荷正在培养新习惯。他的目光总要越过自认为了解的事物，去探求未知。"

"好吧，好吧。"艾达荷边说边慢慢点头，"那么是怎样的未知把我卷进那个什么赛艾诺克的？"

"我在巩固鱼言士与卫队司令之间的关系。"

"而我不得不赶走她们！送我去帝堡的那支卫队想在半道上开一场放荡派对。还有你派去带我回来的那些人……"

"她们知道我多想看到邓肯·艾达荷的孩子。"

"该死的！我不是你的种男！"

"不必大喊大叫，邓肯。"

艾达荷深吸了几口气，说："我对她们说'不'之后，一开始她们显得挺委屈，接着就把我当成该死的——"他摇了摇头，"圣人之流。"

"她们不服从你？"

"她们什么也不问……除非有违你的命令。我是不想回这儿来的。"

"但她们还是带你回来了。"

"你清楚得很，她们不会不听你的。"

"我很高兴你能回来，邓肯。"

"哦，我能看出来！"

"鱼言士知道你有多特别，也知道我有多器重你，我又是多么亏欠你。关于我和你，永远不存在服从和不服从的问题。"

"那是什么问题？"

"忠诚。"

艾达荷陷入了深思。

"你感觉到赛艾诺克的力量了？"雷托问。

"旁门左道。"

"那你为什么被它搞得心烦意乱？"

"你的鱼言士不是军队，她们是警察。"

"我以自己的名义保证不是这样的。警察不可避免会走向腐败。"

"你用权力来诱惑我。"艾达荷愤愤地说。

"那就是考验，邓肯。"

"你不相信我？"

"我相信你对厄崔迪人的忠诚，毫不怀疑。"

"那谈什么腐败和考验？"

"是你在怪我豢养了一支警察力量。警察总是见证着罪犯的滋生。要是哪个警察看不出权力正是最大的犯罪温床，那他一定是愚钝到家了。"

艾达荷舔了舔嘴唇，满脸迷惑地盯着雷托。"但道德规训……我是指，法律……监狱……"

"假如违法不属于罪恶，法律和监狱还有什么用？"

艾达荷将脑袋微微向右扬起。"你是在说你那该死的宗教是……"

"惩罚罪恶有时需要大动干戈。"

艾达荷把拇指跷过肩头指了指门外。"人们议论的死刑……鞭刑和……"

"只要有可能，我都要试着免去无谓的法律和监狱。"

"你必须设立一些监狱！"

"是吗？监狱唯一的作用就是展示法庭和警察正在发挥作用的假象。一种就业保障而已。"

艾达荷微转身，伸出食指指着他进屋时穿过的那道门。"你把一颗颗星球都变成了十足的监狱！"

"你要是心里有这种幻象，我猜你会把任何地方都想象成监狱。"

"幻象！"艾达荷把手垂到体侧，惊愕地站着。

"是的。你提到监狱、警察、法律这些完美幻象，在它们背后运转的是一个发达的权力结构。很显然，这个结构凌驾于自己的法律之上。"

"那么你觉得犯罪问题可以……"

"不是犯罪，邓肯，是罪恶。"

"所以你认为你的宗教能……"

"你有没有注意到最严重的罪恶是什么？"

"什么？"

"企图腐蚀我的政府官员，还有政府官员自身的堕落。"

"是什么样的堕落？"

"本质上说，就是看不见也不崇拜雷托的神圣性。"

"你？"

"我。"

"可你一开始就对我直说……"

"你觉得我不相信自己的神性吗？小心点，邓肯。"

艾达荷用愤怒而平直的语调说："你说过，我的任务就包括帮你保守秘密，还有你……"

"你不知道我的秘密。"

"还有你是一个暴君？这没有……"

"神的权力比暴君更大，邓肯。"

"你的话我不爱听。"

"厄崔迪人什么时候要求你爱自己的工作？"

"你要我领导你的鱼言士，而她们既是法官，又是陪审团，还是执行人……"艾达荷刹住话头。

"怎么？"

艾达荷仍未开口。

雷托看了看他俩之间的距离，顿感心寒，间隔那么短，然而又那么长。

这就像反复拉动钓线上的鱼，雷托想，在这场角力中，你必须估量每个部分的断裂点。

艾达荷的问题是，只要一进到网子里，就会加快自取灭亡的速度。而这次比以前来得更快。雷托不由伤感起来。

"我不会崇拜你的。"艾达荷说。

"鱼言士能看出来你有特别豁免权。"雷托说。

"就像莫尼奥和赛欧娜？"

"区别很大。"

"就是说叛党属于特殊情况。"

雷托露齿一笑。"所有我最信任的官员都当过叛党。"

"我不是……"

"你是叛党中的佼佼者！你帮助厄崔迪人从一个帝王手里夺取了整个帝国。"

艾达荷沉思起来，显得眼神恍惚。"那么我是。"他猛一摇头，仿佛要把头发里的什么东西甩出去，"看看你对这个帝国都干了什么！"

"我在里面创建了一种模式，一种普适的模式。"

"你爱怎么说怎么说吧。"

"信息会在模式中僵化，邓肯。我们可以用一种模式解决另一种模式。流动的模式是最难以识别和理解的。"

"又是旁门左道。"

"你又错了。"

"你为什么叫特莱拉人复活我——一个死灵接着一个死灵？这里面有什么模式？"

"因为你拥有那么多的优点。我要让我父亲来说话。"

艾达荷抿紧了嘴唇。

雷托开始用穆阿迪布的声音说话，连"风帽脸"都模仿起了他父亲的面容。"你是我最忠诚的朋友，邓肯，连哥尼·哈莱克都比不上你。但我已经成为过去了。"

艾达荷费力地干咽了一下。"看看你干的事！"

"有违厄崔迪人的宗旨？"

"你说得对极了！"

雷托恢复了自己的声音。"但我仍然是厄崔迪人。"

"真的吗？"

"我还能是什么人呢？"

"我也想知道！"

"你觉得我在玩文字和声音的游戏？"

"那你到底在玩什么把戏？"

"我在保护生命，同时为下一个周期打基础。"

"你靠杀戮来保护生命？"

"死亡常常有利于生存。"

"厄崔迪人不会这么想！"

"恰恰相反。我们经常看到死亡的价值。而伊克斯人从来看不到这种价值。"

"伊克斯人跟这个有什么关……"

"大有关系。他们会造一台机器来掩盖别的阴谋诡计。"

艾达荷若有所思地说："这就是那位伊克斯大使被派来的原因？"

"你见过赫娃·诺里。"雷托说。

艾达荷朝上指着说："我来的时候她刚好离开。"

"你跟她说话了？"

"我问她在这儿干什么。她说她在站队。"

雷托爆发出一阵大笑。"哦，我的天。"他说，"她太棒了。她透露自己站在哪边了吗？"

"她说她现在侍奉神帝。当然，我不相信。"

"但你应该相信她。"

"为什么？"

"啊，是啊。我忘了你曾经连我祖母杰西卡夫人，都怀疑过。"

"我有充分的理由！"

"你也怀疑赛欧娜吗？"

"我开始怀疑任何人了！"

"而你还说不知道自己对我有什么价值。"雷托责怪道。

"赛欧娜怎么了？"艾达荷问，"她说你要我们俩……我是说，该死的……"

"赛欧娜有一点你要绝对相信，那就是她的创造力。她能创造美丽的新事物。人总要相信真正的创造力。"

"甚至包括伊克斯人的阴谋诡计？"

"那不是创造力。创造力总是为人所知晓，因为它是光明正大的。而那些鬼鬼祟祟的举动却完全暴露了另一种力量的存在。"

"那么你不信任这位赫娃·诺里咯，可你……"

"错了，我信任她，原因正是我刚才告诉你的。"

艾达荷眉头紧锁，接着又舒展开，他叹了口气。"我最好跟她熟络熟络。万一她是你……"

"不！你离赫娃·诺里远一点儿。我对她另有打算。"

我把我心中的城市经验隔离开来作近距离审视。城市这一概念让我着迷。生物群落若未形成功能性、互助性的社会共同体，必将导向一场大灾难。假如没有相互关联的社会结构，整个世界会变成单一化生物群落，最终走向毁灭。考察人口高度密集的环境便知个中原因。贫民区就是一种具有毁灭性的存在。人口密度过大所产生的心理压力日积月累终要爆发。建立城市的宗旨是管控这些压力。城市在摸索中尝试的各种社会形态值得我们研究。记住，任何社会秩序的形成必然伴随着某种恶意，因为人造实体必须为其自身的存在而斗争。专制制度和奴隶制度总是在其边缘盘旋不去。然后会发生大量流血事件，于是就需要制定法律。法律衍生出自己的权力结构，制造更多的流血事件与新的不公现象。救治这种创伤要靠合作而非对抗。谁号召合作，谁就是救世者。

——《失窃的日记》

　　莫尼奥带着明显的不安走进雷托的小厅。其实对于这个参见地点他还比较接受，因为神帝的御辇停放在凹坑里，虫子不太容易发起致命攻击；还有一点不可否认的是，雷托允许他乘伊克斯电梯下来，不用没完没了地走坡道。然而莫尼奥有预感，他在这天早上带来的消息一定会刺激到沙虫神。

怎么禀报呢？

黎明刚过去一小时，今天是节庆第四日，想到这场磨难已近尾声，莫尼奥才略感宽心。

莫尼奥进入小厅时雷托已经有了动静。灯光按雷托的指令点亮了，只聚焦在他自己的脸上。

"早安，莫尼奥。"他说，"侍卫说你一定要马上进来。出了什么事？"

经验告诉莫尼奥，倘若不加克制，说得太多太快，就会有危险。

"我跟安蒂克圣母见过面。"他说，"虽然她藏得很深，但我肯定她是门泰特。"

"是的。贝尼·杰瑟里特总是有不服从我的时候。这种违命倒让我觉得好笑。"

"那么您不会惩罚她们了？"

"莫尼奥，从根本上说我是人民唯一的家长。家长必须恩威并施。"

他心情不错，莫尼奥想。他轻轻叹了口气，雷托见状微微一笑。

"我对安蒂克说，您已下令特赦几名落网的变脸者，她表示反对。"

"我要在节庆中派他们用场。"雷托说。

"陛下？"

"我过后会告诉你。先说说你现在急着带给我的消息吧。"

"我……嗯……"莫尼奥咬着上嘴唇，"特莱拉人特别卖力地巴结我。"

"当然是这样。他们揭露了什么秘密？"

"他们……嗯，为伊克斯人提供过指导和设备，足以制造一个……嗯，不能说是死灵，连克隆人也算不上。也许我们应该用特莱拉人的术语：一个细胞重组体。这个……嗯，实验是在某种屏蔽装置里进行的，宇航公会的人向他们保证说您的预知力无法穿透进去。"

"那么结果呢？"雷托觉得这句问话投进了冰冷的真空。

"特莱拉人不确定，因为不让他们旁观。不过，他们的确看到马尔基进了这个……嗯，舱室，而出来的时候多了个婴儿。"

"没错！我就知道！"

"您知道？"莫尼奥糊涂了。

"靠推理。这一切发生在二十六年前？"

"是的，陛下。"

"他们认为那个婴儿就是赫娃·诺里？"

"他们不确定，陛下，但……"莫尼奥耸了耸肩。

"也难怪。你得出了什么结论，莫尼奥？"

"新任伊克斯大使怀有不可告人的企图。"

"当然是这样。莫尼奥，你不觉得奇怪吗？赫娃，温柔的赫娃跟可怕的马尔基简直是正反两面，处处相反，包括性别。"

"我没想到这一点，陛下。"

"我想过。"

"我会立即把她遣返伊克斯星。"莫尼奥说。

"你不能这么干！"

"可，陛下，要是他们……"

"莫尼奥，据我观察，遇到危险的时候你很少背转身去。别人经常这么干，但你很少这样。你为什么要让我做这么愚蠢的动作呢？"

莫尼奥干咽了一下。

"好。只要你能认识到错误，我就很欣慰。"雷托说。

"谢陛下。"

"我还欣赏你表达谢意的诚挚态度，就像你刚才那样。那么，你听到这些消息的时候，安蒂克也在场吗？"

"照您吩咐安排的，陛下。"

"好极了。这样会热闹一点。你现在马上去赫娃小姐那里，说我要立即见她。她会感到不安。她本来以为要等到我回帝堡后才会召见。我要你宽慰她，减轻她的担忧。"

"我该怎么做，陛下？"

雷托失望地说："莫尼奥，自己擅长的事怎么还讨别人的意见？把我的善意传达给她，安抚她，带她过来。"

"是，陛下。"莫尼奥弯腰退后一步。

"等等，莫尼奥！"

莫尼奥一下定住了，两眼紧盯雷托的面孔。

"你心里有疑惑，莫尼奥。"雷托说，"有时候你不知道怎样来看待我。我不是全知全能的吗？你给我带来这些零零碎碎的消息，心里纳闷：他是不是已经知道了？如果他已经知道了，我还费什么事呢？但我还是命令你汇报这类消息，莫尼奥。你一向遵命行事，难道没有从中受到点启发吗？"

莫尼奥刚要耸肩，但止住了。他的嘴唇在发抖。

"时间跟空间一样，莫尼奥。"雷托说，"任何事物都与你当下所处的位置还有你的所见所闻密切相关。对事物的判断依靠的是意识本身。"

经过长时间沉默，莫尼奥大着胆子问："就这些了吗，陛下？"

"不，不止这些。宇航公会的信使今天会交给赛欧娜一个包裹。不可干涉包裹的交接。明白吗？"

"包裹里有……有什么，陛下？"

"一些译文，是我希望她读到的材料。你不能干涉。包裹里没有美琅脂。"

"您怎……怎么知道我担心里面有……"

"因为你害怕香料。它能延长你的寿命，但你拒绝服用。"

"我害怕它的其他作用，陛下。"

"慷慨的大自然宣布美琅脂能帮助一部分人探究深不可测的精神世界，而你却害怕？"

"我是厄崔迪人，陛下！"

"啊，没错，对于厄崔迪人，美琅脂能通过特殊的内省过程重演时间的秘密。"

"我只需要记得您考验我的方式，陛下。"

"你看不出来自己必然会感知到金色通道吗？"

"我不害怕这个，陛下。"

"你害怕其他意外，那些促使我作出决定的东西。"

"我只要看着您，陛下，就能体会那种恐惧。我们厄崔迪人……"他打住话头，觉得嘴巴发干。

"你不想要聚在我心中的祖先和其他人的记忆！"

"有时……有时，陛下，我觉得香料是对厄崔迪人的诅咒！"

"你宁肯从来没出现过我这个人吗？"

莫尼奥没有作声。

"但美琅脂自有它的价值，莫尼奥。宇航公会领航员需要它。没有美琅脂，贝尼·杰瑟里特会退化成一帮哭哭啼啼的没用女人！"

"有它没它我们都得活下去，陛下。我心里有数。"

"很有见地，莫尼奥。但你选择不靠它活。"

"我不能这样选择吗，陛下？"

"目前不能。"

"陛下，这是什么……"

"美琅脂在通用加拉赫语中有二十八个同义词。它的用途、溶液、保存年代，是合法购买的、偷来的还是征服后占有的，是男方的彩礼还是女方的嫁妆，诸如此类，都可以用来称呼美琅脂。你怎么来理解这种现象，莫尼奥？"

"我们有许多选择，陛下。"

"只有香料存在这种情况吗？"

莫尼奥皱眉思索了一下，说："不。"

"你很少在我面前说'不'。"雷托说，"我喜欢你嘴唇吐出这个字的样子。"

莫尼奥刻意地笑了笑，看上去只是抽了一下嘴角。

雷托语速很快地说："好了！你即刻去赫娃小姐那里。临走前我再给你一条建议，也许用得上。"

莫尼奥认真地盯着雷托的面孔。

"药物知识大部分来源于男性，因为男性更爱冒险——这是男性攻击性的自然产物。你读过《奥兰治天主圣经》，应该了解夏娃和苹果的故事。它有个有趣的细节：夏娃并不是先摘苹果吃的那个人。先吃的是亚当，吃过之后，他还学会了嫁祸于夏娃。这个故事暗示我们的社会必然会出现人以群分的结果。"

莫尼奥把脑袋微微向左倾。"陛下，这对我有什么帮助？"

"这能帮助你同赫娃小姐打交道！"

宇宙独一无二的多重性深深吸引着我。这是一种极致之美。

——《失窃的日记》

雷托听到前厅里响起莫尼奥的声音，接着赫娃步入了小觐见室。她下穿淡绿色宽松马裤，脚踝处用搭配凉鞋的墨绿色蝴蝶结扎紧。黑色斗篷里面穿着一件同样是墨绿色的宽松外衣。

她走近雷托时显得神色镇定，自顾自坐了下来，挑的是金色坐垫而不是上次那只红色的。莫尼奥不到一小时就把她带来了。雷托敏锐的听觉留意到莫尼奥在前厅里发出烦躁不安的声音，雷托发个信号关上了拱门。

"莫尼奥有烦心事。"赫娃说，"他在我面前费了好大劲儿来掩饰，可他越是安慰我，就越让我觉得好奇。"

"他没有吓着你吧？"

"哦，没有。不过他确实说了些非常有趣的话。他说我必须时刻牢记，雷托神是与众不同的。"

"这有什么有趣的？"雷托问。

"有趣的是紧接着的那个问题。他说他常常想，在创造您这位与众不同者的过程中，我们都扮演了什么角色？"

"的确有趣。"

"我觉得很深刻。"赫娃说，"您召我有什么事？"

"曾经有一段时间，你的伊克斯主人……"

"他们不再是我的主人了，陛下。"

"原谅我。从此以后我叫他们伊克斯人。"

她严肃地点了点头，重提刚才的话头："曾经有一段时间……"

"伊克斯人计划制造一种武器——一种能自动推进、设有机器逻辑的致命猎杀武器。它在设计上具备自动进化能力，它的使命就是搜寻生命体再将其分解为无机物。"

"我没听说过这种东西，陛下。"

"我知道。伊克斯人没有意识到，机器制造者总是面临着全盘机器化的危险。这是对生命的彻底灭绝。机器总会失灵的……终有一天。当机器失灵的时候，就什么也不会剩，一条生命也留不下来。"

"有时我觉得他们疯了。"她说。

"安蒂克也是这么想的。眼下有个问题。伊克斯人瞒着世人在干一个勾当。"

"连您也瞒住了？"

"连我也瞒住了。我马上会派安蒂克圣母去调查。关于你童年生活过的地方，我要你把方方面面的情况毫无保留地告诉她，这对她有帮助。不要遗漏任何细节，不管有多么微不足道。安蒂克会帮你回忆的。所有声音、气味、颜色，所有来客的外貌和名字，甚至你皮肤的刺痛，我们都要知道。最小的细节都可能事关重大。"

"您觉得他们就是在那儿干见不得人的事？"

"我肯定。"

"您认为他们的武器就是在那里……"

"不，但我们将用这个借口去调查你的出生地。"

她张开嘴，慢慢地笑了，说："陛下真狡猾。我马上去见圣母。"赫娃刚要起身，雷托示意她等等。

"我们不能显得太急。"他说。

她又在垫子上坐稳。

"以莫尼奥的眼光看，我们每一个都是与众不同的。"他说，"创世记并没有结束。你的神还在创造你。"

"安蒂克会发现什么？您知道的，是吗？"

"可以说我对此有非常大的把握。嗯，你还没问起我刚才提的那个话题。你没有问题吗？"

"如果我有必要知道答案，您会告诉我的。"这句充满信任的话让雷托无法言语。他只能看着她，叹服于伊克斯人的杰作——这个人类。赫娃的一举一动严格遵循其个人的道德标准。她容貌秀丽，为人热情而诚挚；她的感觉异常敏锐，凡是自己认同的人，她会不由自主地分担其一切痛苦。雷托想象得出，面对赫娃难以撼动的诚以待己原则，她的贝尼·杰瑟里特导师该有多么沮丧。那些导师显然只能对她施以小修小补式的调教，然而所有努力的结果都是帮倒忙，反而在阻止她成为一名贝尼·杰瑟里特。这一定让她们万分恼火！

"陛下，"她说，"我想知道驱使您选择这条生活道路的动机。"

"首先，你必须理解看到未来是怎么一回事。"

"有您的帮助，我愿意一试。"

"没有一样事物能够割离其源头。"他说，"看见未来其实是目睹一种连续性，其间万事万物一一显现，仿佛瀑布底下的水泡。你看见了水泡，接着它们就消失在小溪中。假如这条小溪流到了尽头，那些水泡也就像从来没有存在过。这条小溪就是我的金色通道，我看到了它的尽头。"

"您的选择——"她指了指他的身体，"改变了它？"

"它还在变。这种变化不仅来源于我活的方式，也来源于我死的方式。"

"您知道自己会怎么死？"

"不知道怎么死。我只知道我的死会发生在金色通道里。"

"陛下，我不……"

"很难理解，我知道。我将经历四重死亡——肉体之死、灵魂之死、神话之死和理性之死。而所有死亡都包含复活的种子。"

"您会回来……"

"种子会回来。"

"您离开后，您的宗教将发生什么？"

"任何宗教都是单一的共享团体。金色通道的光谱不会中断，但人类只能按先后顺序依次观看。当感知出现偏差，就会产生错觉。"

"人们仍会崇拜您。"她说。

"是的。"

"可当'永远'结束时，人们会愤怒。"她说，"有人将起来唱反调。他们会说您只不过是凡夫俗子中的一个暴君。"

"这是错觉。"他表示同意。

她感到嗓子眼有点堵，停顿了片刻，说："您的生和死是怎么改变……"她摇了摇头。

"生命将延续。"

"我相信，陛下，可怎么延续？"

"每一个周期都是前一个周期的结果。如果你想一想这个帝国的形态，就知道下一个周期是什么样了。"

她把目光移向别处。"我了解过您的家族，所有事实都表明您这样做——"她冲着他的方向做了个手势，但并没有看他，"只能是为了一个无私的目的。不过，我想我不是很清楚这个帝国的形态。"

"不清楚'雷托的金色和平'？"

"我们享受到的和平并不如某些人宣称的那样多。"她说着把视线转回到他身上。

这就是她的坦诚！他想，**无法扼杀的坦诚。**

"这是一个充斥着欲望的时代。"他说，"这个时代，我们就像一个单细胞那样扩张着。"

"可某些东西丢失了。"她说。

她跟那些邓肯很像，他想。**一旦某些东西丢失了，他们立刻就能察觉。**

"肉体在成长，但精神并没有成长。"他说。

"精神？"

"就是自我意识，它让我们知道自己是真真切切活在世上的。你很熟悉这种感觉，赫娃。正是这种感觉告诉你怎么做真正的自己。"

"您的宗教还不够。"她说。

"任何宗教都不能永远面面俱到。这是一个选择问题——只不过是唯一的选择。你现在能理解为什么你的友谊和陪伴对我如此重要了吗？"

她眨着眼睛忍住眼泪，点点头，说："为什么民众不知道这些？"

"因为条件不允许。"

"由您规定的条件？"

"正是。看看我的帝国。你能看出它的形态吗？"

她闭上眼睛思索起来。

"想每天坐在河边钓鱼？"他问，"完全可以。你可以过这种生活。想驾一艘小船周游海岛寻访陌生人？一点没问题！还想干什么？"

"如果是太空旅行呢？"她的问话里有一股挑衅的意味，眼睛也睁开了。

"你注意到我和宇航公会都不允许这件事。"

"是您不允许。"

"对。宇航公会要敢不服从我，就得不到香料。"

"把民众限制在自己的星球上，能使他们免遭祸患。"

"不止于此。这样还能让他们对旅行产生渴望，由此创造出远行和见识新事物的需求。到最后，旅行就意味着自由。"

"可香料在减少。"她说。

"所以自由也就日益珍贵。"

"这只会导致绝望和暴力。"她说。

"在我先辈里有一位智者——实际上我就是那个人，你知道吗？我的过去没有陌生人，这一点你了解吗？"

她敬畏地点点头。

"这位智者发现财富是实现自由的工具。但追求财富又是一条通向奴役之路。"

"宇航公会和姐妹会就在自我奴役！"

"还有伊克斯人、特莱拉人和其他所有人。哦，他们时不时搜罗出一点藏匿的美琅脂，为此投入了全副精力。非常有趣的游戏，你觉得呢？”

“可当暴力发生……”

“到时候会有饥荒，人民会陷入艰难的反思。”

“厄拉科斯星也会有？”

“这儿，那儿，到处都会有。人们回顾我的极权统治，会把它当成美好的旧时光。我将成为未来的借鉴。”

“但这太可怕了！”她反对道。

她不可能有别的反应，他想。

他说：“当土地无法供应那么多人口时，幸存者会挤到越来越小的避难所去。许多星球都会重复残酷的淘汰过程——出生率暴增，而食物却不断减少。”

“难道宇航公会不能……”

“没有足够的美琅脂去驾驶运输船，宇航公会起不到什么大作用。”

“有钱人不会逃跑吧？”

“一部分会逃跑。”

“这么说来，实际上您没有改变任何事。我们还是会在挣扎中等死。”

“直到厄拉科斯星恢复沙虫的统治。到时候，我们已经拥有意义深远的共同经历，我们借此完成了自我考验。我们将会知道一个星球上发生的事也可能在其他任何星球上发生。”

“那么多的痛苦和死亡。”她轻声说道。

“你不理解死亡吗？”他问，“你必须理解。人类必须理解。所有生命都必须理解。”

“帮帮我，陛下。”她细声说。

"对于任何生物，死亡都是意义最深远的经历。"他说，"虽然重病、伤痛、事故……女人分娩……男人曾经参与的战斗，这些都徘徊着死亡的阴影，但都够不上真正的死亡。"

"可您的鱼言士……"

"她们传授生存之法。"他说。

她在豁然省悟中睁大了眼睛。"那些幸存者。当然！"

"你是多么难得的一个人哪。"他说，"世所罕有。保佑伊克斯人！"

"也诅咒他们？"

"哦，是的。"

"我觉得自己永远也理解不了您的鱼言士。"她说。

"连莫尼奥也不行。"他说，"而我对邓肯们已经失去了信心。"

"必须珍视生命才能保护生命。"她说。

"而正是幸存者才能极轻易而又深刻地体现生命之美。关于这一点女人往往比男人懂得多，因为生育是死亡的镜像。"

"我叔叔马尔基总是说，您有足够的理由禁止男人投入战斗和无谓的暴力。多么痛的教训！"

"身边没有暴力，男人几乎没有自我考验的途径，不知道该怎么去面对那最后一幕。"他说，"某些东西丢失了。精神没有成长。民众是怎么议论'雷托和平'的？"

"说您让我们沉湎于十足的堕落之中，就像猪在污秽里打滚。"

"堕落。"他说，"民间智慧总是一针见血。"

"大部分男人没有原则。"她说，"伊克斯女人经常这么抱怨。"

"当我需要辨认谁是反叛者的时候，我会找那些有原则的男人。"他说。

她默默盯着他。他觉得，尽管这只是个简单的反应，却充分体现了她的聪慧。

"知道我是在哪儿物色最优秀的官员吗？"他问。

她轻轻喘了一口气。

"原则，"他说，"是你奋力争取的东西。大部分男人无争无斗过一生，只有临终时才挣扎一番。他们遇到的严酷环境太少，几乎没有考验过自己。"

"他们有您。"她说。

"但我太强大，"他说，"跟我斗等于自杀。谁会找死？"

"疯子……或绝望的人。反叛者？"

"我代表战争。"他说，"终极捕食者。我能凝聚他们，也能粉碎他们。"

"我从来没把自己当作反叛者。"她说。

"你比他们要好得多。"

"您会用我？"

"我会的。"

"不当官。"她说。

"我已经有一批好官了——清廉、睿智、豁达、勇于认错、有决断力。"

"他们都是反叛者？"

"大部分是。"

"他们是怎么选拔出来的？"

"可以说他们是自我选拔的。"

"通过生存？"

"有，但还不止。称职的官员和不称职的官员之间只有大约五秒钟的差距。称职的官员能够当机立断。"

"是可行的决策吗？"

"一般都能行得通。另一方面，不称职的官员总是在犹豫中浪费时间，他们要求成立委员会，要求调研和报告。最后，他们的行事方式总会引发大问题。"

"可他们有时候不是需要更多的信息来做……"

"不称职的官员更关心报告而不是决策。他们需要有白纸黑字为自己的错误找好挡箭牌。"

"那么称职的官员呢？"

"哦，他们靠的是口头命令。要是口头命令出了纰漏，他们从来不会为自己的决定撒谎开脱，而且聚集在他们身边的下属也都有能力按口头命令把事情办妥。哪个环节出现差错往往是最重要的信息。不称职的官员会隐瞒自己的失误，直到一切不可收拾。"

雷托看着她，她正在想雷托的那些官员——特别是莫尼奥。

"有决断的人。"她脱口而出。

"对于极权者而言，"他说，"物色到真正有决断的人可以说难上加难。"

"您熟知历史，是否能从中得到一些……"

"我得到的是滑稽可笑。在我之前的大部分官僚政府都在搜罗和提拔逃避作决断的人。"

"原来如此。您会怎么用我，陛下？"

"你愿意嫁给我吗？"

她的嘴角漾起微笑。"女人，也能决断。我愿意嫁给您。"

"好，去帮圣母吧。一定要把她想了解的都告诉她。"

"也就是我的身世。"她说，"现在我们两个人都知道我的作用了。"

"这与你的出生密切相关。"他说。

她起身说道："陛下，关于金色通道您会不会犯错？是不是存在失败的可能……"

"任何事、任何人都可能失败，"他说，"但勇敢的挚友会出手相助。"

聚居人群往往要改造环境，使其适应群体生存。若偏离此道，则意味着罹患了集体性疾病，有种种症状可以说明问题。我观察过人们分享食物的过程。这是一种交流形式，也是一个明显的互助标志，其中还包含着攸关生死的相互依存信号。有趣的是，如今照管土地的通常是男人。他们成了农夫。这项工作曾经是女人的本分。

——《失窃的日记》

"因时间紧迫，"圣母安蒂克写道，"请原谅本报告所言不详。我将于明日启程前往伊克斯星，此行目的见我前一份较详尽的报告。不可否认神帝对伊克斯星有发自内心的强烈兴趣，但我现在必须汇报与伊克斯大使赫娃·诺里刚结束的一场不寻常的会面。"

安蒂克坐在一张不舒服的凳子上，这已经是她在这些陋室里能找到的最好的一张了。她一个人待在如鸽笼般逼仄的卧室里，尽管贝尼·杰瑟里特将特莱拉人的谋反企图通报了雷托皇帝，他还是拒绝为她们更换馆舍。

安蒂克的大腿上搁着一个边长约十毫米、厚度至多三毫米的漆黑色小方块。她用一根闪闪发亮的针状笔在这方块上写字——叠写的文字——录入方块。充当信使的那名侍祭眼内设有神经接收器可输入报告全文，秘密携带到圣殿后再回放出来。

赫娃·诺里太让人为难了！

当年派赴伊克斯星教导赫娃的贝尼·杰瑟里特成员曾撰写相关报告，安蒂克了解其内容。然而，这些报告遗漏的情况比记录下来的还要多。它们带来了更多的问题。

你有过哪些冒险经历，孩子？

你小时候吃过哪些苦？

安蒂克吸了吸鼻子，朝下瞥了一眼等待输入的黑方块。这些念头让她想起弗雷曼人的一种观点：你的出生地决定了你是怎样一个人。

"你的星球上有奇怪的动物吗？"弗雷曼人会问。

护送赫娃过来的是一支浩浩荡荡的鱼言士卫队，由一百多名全副武装、人高马大的女兵组成。安蒂克很少见到如此齐备的武器——激光枪、长刀、银剑、击昏手榴弹……

当时上午已过半，赫娃冲了进来，鱼言士占领了贝尼·杰瑟里特的馆舍，只留下这间简陋的内室。

安蒂克环视房间。雷托皇帝把她留在这里，是要传达某种信息。

"你可以由此衡量自己对于神帝的价值！"

除非……现在他要派圣母前往伊克斯星，此行的公开目的透露了雷托皇帝的许多情况。也许时来运转了，姐妹会在地位和美琅脂方面都将得到优待。

一切都取决于我的表现。

赫娃独自走进房间，端庄地坐在安蒂克的小床上，头部略低于圣母。干得好，这不是出于偶然。赫娃显然可以命令鱼言士在任何地方、以任何形式安排两人的会面。赫娃开口第一句话就证明了这一点，并让安蒂克震惊不已。"有一件事你必须先知道：我将嫁给雷托皇帝。"

听到这一消息，需要运用强大的控制力才能不露出目瞪口呆的表情。安蒂克的测谎意识判断赫娃所言属实，但是吉是凶无法预测。

"圣上命你不得向任何人透露这个秘密。"赫娃补充道。

太为难了！安蒂克想，能不能只通报圣殿里的姐妹呢？

"自有一日会昭告天下。"赫娃说，"但现在还不是时候。之所以告诉你，是为了表明圣上寄予的信任。"

"对你的信任？"

"对我们俩。"

一阵颤抖几乎毫无掩饰地传遍了安蒂克全身。这信任本身就蕴含着一股强大的力量！

"你知道伊克斯人为什么选你当大使吗？"安蒂克问。

"知道。他们打算让我去迷惑他。"

"看上去你已经成功了。这么说来，伊克斯人相信特莱拉人关于圣上有怪癖的说法咯？"

"连特莱拉人自己都不信。"

"也就是说，你确认那些说法是谎言了？"

赫娃以一种奇怪的平直语调答话，就连安蒂克的测谎意识和门泰特能力也难以解读。

"你跟他谈过话，也观察过他。这个问题留给你自己回答吧。"

安蒂克压下一点火气。虽然赫娃还年轻，但她不是侍祭……永远不能成为一名优秀的贝尼·杰瑟里特。多可惜啊！

"你向伊克斯政府汇报过这件事吗？"安蒂克问。

"没有。"

"为什么？"

"他们很快会知道。过早透露消息对圣上不利。"

她说的是真话，安蒂克提醒自己。

"你不该首先效忠伊克斯星吗？"安蒂克问。

"我首先忠于事实。"她莞尔一笑，"伊克斯人的计划比预想的还要完美。"

"伊克斯人是不是把你当作对神帝的威胁？"

"我认为他们最关心的是情报。出发前我同安普里讨论过这个。"

"伊克斯联邦外事部部长安普里？"

"是的。安普里相信，圣上可以容忍针对自己的人身威胁，但有一个限度。"

"安普里说的？"

"安普里认为不可能对圣上隐瞒未来。"

"但我这次去伊克斯星似乎表明……"安蒂克咽下后半截话，摇摇头说，"伊克斯人为什么向圣上供应机器和武器？"

"安普里认为伊克斯人没有选择。谁构成太大的威胁，谁就是自取灭亡。"

"假如伊克斯人拒绝，就超出圣上的容忍限度了，中间没有回旋的余地。你想过嫁给圣上的后果吗？"

"你是说这会使他的神性遭到质疑？"

"有些人会相信特莱拉人的谣言。"

赫娃只是微笑。

该死的！安蒂克想，**我们怎么没留住这个女孩？**

"他在改变他的宗教设计。"安蒂克抱怨道，"就是这样，没错。"

"不要犯以己度人的错误。"赫娃说。当安蒂克愤愤地扬起头时，赫娃又补充道："但我来这儿不是跟你争论圣上的。"

"是的，当然。"

"奉圣上之命，"赫娃说，"我要把记忆里有关我出生和成长地的一切细节告诉你。"

安蒂克回想着赫娃的话，同时眼朝下盯着大腿上记载密文的黑方块。赫娃已经根据她主人（现在是未婚夫！）的命令提供了细节，要不是安蒂克拥有门泰特的数据处理能力，有些细节听上去会很无聊。

安蒂克思忖着该向圣殿里的姐妹汇报哪些内容，她摇了摇头。想必诸位姐妹正在研究她之前提供的情报。一台机器能屏蔽自身及其内部之物，连神帝那神通广大的预知力也奈何不得？可能吗？抑或这是另一种考验，考验贝尼·杰瑟里特对雷托皇帝是否坦诚？可话说回来，假如他并不了解这个神秘的赫娃·诺里的身世……

关于为何会派遣自己赴伊克斯星执行任务，安蒂克曾以门泰特之法推测过可能的原因，刚才那个新想法进一步佐证了她的结论。神帝不愿意让鱼言士了解内情。他不希望鱼言士怀疑主人存在弱点！

或者，事实果真像看上去的那样明显吗？错综复杂，云山雾罩——这就是雷托皇帝的风格。

安蒂克又摇了摇头。她弯下腰继续撰写上呈圣殿的报告，但并未涉及神帝钦定新娘的消息。

她们过不了多久就会知情。在此期间，安蒂克打算好好掂量一下其中的利害关系。

假使你熟悉自己的所有祖先，你就会见证一系列创造神话与宗教的历史。认识到这一点，你就必须视我为神话的缔造者。

——《失窃的日记》

第一次爆炸发生在夜幕刚刚降临奥恩城的时候。伊克斯使馆外几名冒险赶派对的狂欢者在爆炸中遭了殃，这个派对原计划由变脸者演一出国王残杀亲骨肉的古代戏剧。鉴于节庆期间前四天发生的暴力事件，从相对安全的住所走到大街上是需要一点胆量的。无辜路人死伤的消息已经传遍全城，新添的伤亡者将进一步加剧紧张气氛。

雷托的想法要是让受害者和幸存者知道，怕是要引起众怒了：他嫌无辜伤亡者有点少了。

雷托敏锐地感知到这次爆炸并定位了事发地点。他登时暴怒（过后又懊悔了），大声喊来鱼言士，命令她们"肃清变脸者"，连早先已饶过的也格杀勿论。

雷托转念一想，这种暴怒的感觉还挺过瘾的。即便是微微的愠怒也已经很久没有体验过了。失望、刺激——顶多只有这些感觉。而现在，得知赫娃·诺里受到威胁，他的反应竟然是暴怒！

经过重新考虑，他更改了前一道命令，不过一些鱼言士已经飞跑着离开了，神帝的反应勾起了她们最强烈的暴力冲动。

"神大发雷霆了！"有的鱼言士喊道。

第二次爆炸击倒了几名奔入广场的鱼言士，阻碍了雷托后一道命令的传达，并激起了更多暴力活动。第三次爆炸发生在第一次附近，让雷托不得不亲自上阵了。他驱动御辇从休息室冲进伊克斯电梯，犹如一股狂暴的毁灭性力量升上了地面。

出现在广场边缘后，雷托发现了一处陷入混乱的地方，鱼言士已放出数千盏自由飘浮的球形灯将那里照得通亮。广场中央平台已炸得粉碎，只有铺砌面下方的塑钢底座尚显完好。到处都是碎石和死伤者。

广场对面的伊克斯使馆方向，一场酣战正在进行。

"我的邓肯呢？"雷托吼道。

一名卫兵霸撒跑着穿过广场来到他身边，气喘吁吁地报告说："我们已经把他带回帝堡了，主人！"

"那边怎么了？"雷托指着伊克斯使馆外的战斗场面问道。

"叛军和特莱拉人正在攻打伊克斯使馆，主人。他们有炸药。"

就在她说话的当口，使馆破碎的立面前方又发生一次爆炸。他看到人体在空中扭动着向外划出一道道弧线，落在爆闪圈的外围，一闪而过的强光在他眼里留下了黑点斑斑的橙色残影。

雷托不假思索地将御辇切换到浮空模式，急速掠过广场——仿佛一头飞驰的巨兽，尾巴后面吸进了一串球形灯。临近战团之际，他飞车越过自己的卫兵，一头扎进袭击者的侧翼，直到这时他才发现激光枪正向自己射来青灰色的弧光。他感觉到御辇一路猛撞人体，敌军横七竖八地躺倒在地上。

御辇撞到一堆碎石，雷托滚落下来，掉在使馆正前方的硬路面上。他感到激光束正在挠着自己的分节躯体，继而体内升起一波热浪，尾部喷出一股氧气。本能驱使他把脸深深埋入"皮风帽"，将胳膊拐进前节部位厚厚的防护层下。已占主导的沙虫身体不断地弓起、拍打，如失控的车轮到处乱滚，向四面八方狂抽怒扫。

街面上血流成河。在他眼里，别人的鲜血本是封存的水，现在死亡将水释放了出来。他如长鞭一般疾抽的躯体在血浆里滑动，身上沾染的血水流过沙鳟皮肤，在每一个弯曲处都燃起了青烟。水带来的痛楚正在刺激全身，这具不停疾抽的庞大躯体更加狂暴了。

雷托刚开始猛烈抽打时，鱼言士的包围圈就后撤了。一名机警的霸撒看到了眼前的机会。她在战斗的嘈杂声中拔高音量喊道："解决落单的！"

女兵们一拥而上。

接下来几分钟是鱼言士的血腥游戏，在球形灯昏惨惨的光线下，只见剑刺刀砍，激光飞舞，她们甚至直接对着毫无防范的人体掌劈脚踹。没人能从鱼言士手底下生还。

雷托从使馆前方的血浆里翻滚而出，水带来的痛楚一波波袭来，几乎使他失去了思考能力。身体周围的空气含氧量很高，这有利于他恢复人类的感知。他默唤御辇，御辇飘了过来，但因浮空器损坏而危险地倾斜着。他慢慢蠕动着爬上歪斜的御辇，用意念发出返回广场地宫的指令。

很久以前，他就为自己准备了一间"水伤"治疗室——室内可喷射干燥的高温空气，用以清创疗伤。沙子也可用来养伤，但他需要一大片沙地来加热和磨挫身体表面使其洁净如常，奥恩城因空间所限，难以提供这种条件。

他在电梯里想起赫娃，随即发送了一条命令：立即将赫娃带到地下见他。

假如她还活着。

他现在没工夫调用预知力进行搜索。他的身体，无论是准沙虫的还是人类的，都渴望来一次高温清洗；而其他事情，他现在能做的只有企望。

一进入疗伤室，他就想到要再次确认一下先前更改过的命令——"要留几个变脸者活口！"然而此时，狂怒的鱼言士已经分散在全城，他又无法调用预知力去扫描最合理的传令点。

他从疗伤室出来时，一名卫队长带来消息：赫娃·诺里虽有小伤，但很安全，只要现场指挥官认为时机合适，会立即差人护送她过来。

雷托当场将这名卫队长提拔到副霸撒。她和内拉一样壮实，但不是内拉那种方脸——她脸型较圆，更接近古代人的相貌。主人的嘉许让她激动得浑身乱颤。雷托命她返回现场"再次确认"赫娃是否平安，她一个急转从雷托面前飞跑而去。

雷托翻到小觐见室凹坑里的一辆新御辇上，心想，*我连她的名字也没问*。他花了点时间回忆这名新任副霸撒的名字——丘莫。这次晋升还得落实一下。他在心里加了一条备忘，提醒自己要亲自处理。全体鱼言士必须马上清楚他是多么珍视赫娃·诺里。至少在今晚之后不能再有明显的怀疑。

他调用预知力扫了一番，将传令兵调遣到暴怒的鱼言士那里。此时损失已经造成——奥恩城遍布尸体，一部分确是变脸者，另一部分仅仅是有变脸者的嫌疑。

很多人目睹了我的杀戮行为，他想。

在等待赫娃的时候，他回顾着刚才发生的一切。这不是典型的特莱拉式袭击，不同于来奥恩城途中那次袭击所定下的新模式，即只以取命为唯一目标。

我差点死在那儿了，他想。

他有点明白为什么自己没有预测到这次袭击了，不过还有更深层的原因。雷托将所有线索拼合起来，看到那个原因逐渐浮出水面。谁最了解神帝？谁又有一个可以躲起来密谋的地方？

马尔基！

雷托唤来一名侍卫，叫她去打听一下安蒂克圣母是否已离开厄拉科斯星。片刻后她回来报告说："安蒂克还在馆舍里。那边的鱼言士指挥官说她们没有遭到袭击。"

"向安蒂克传个话，"雷托说，"问问她，现在明不明白为什么我要把她们的馆舍安排在远离我的地方？再跟她说，到了伊克斯星必须找到马尔基的藏身处，并将地点告知我们的伊克斯驻军。"

"马尔基，前伊克斯大使？"

"是的。他不该逍遥法外。再通知伊克斯驻军司令须与安蒂克密切联系，提供一切必要的协助。要么把马尔基押来我这儿，要么就地处决，由司令自行斟酌决定。"

这名传令侍卫点点头，打在雷托面部的灯光形成一个光圈，她就站在光圈里面，脸上晃荡着暗影。这些命令她不需要听第二遍。雷托的每一名近身侍卫都受过强记训练。她们能一字不差地重复雷托的话，连抑扬顿挫都可一并复制，也从来不会忘记雷托说过的每一句话。

侍卫走后，雷托发送了一个私密问询信号，过了几秒钟收到了内拉的回复。她的声音经御辇内置的伊克斯设备传出，只有雷托一个人能听到，那种金属般单调的声音已经失去了她本人的特色。

是的，赛欧娜在帝堡里。不，赛欧娜没有联系叛党。"不，她

不知道我在监视她。"袭击使馆的人？是一个名叫"特莱拉人联络小组"的派别干的。

雷托在心里叹了口气。叛党总是喜欢给自己贴上这类假模假式的标签。

"有活口吗？"他问。

"据我所知没有。"

虽然这种金属质感的声音不带情绪，但雷托能用记忆来弥补，他觉得这样很有趣。

"你联系赛欧娜，"他说，"坦白自己的鱼言士身份。告诉她之所以早先没有坦白，是怕她不信任你，也担心暴露自己，因为效忠赛欧娜在鱼言士里是极罕见的。对她再表一次忠心。你以一切神圣事物向赛欧娜起誓，在任何事情上都服从她、听命于她。你也知道得很清楚，以上都是实话。"

"是，主人。"

雷托凭记忆为内拉的答复添上了狂热的语气。她会服从的。

"可能的话，为赛欧娜和邓肯·艾达荷提供单独在一起的机会。"他说。

"是，主人。"

让他俩自然而然地亲近起来，他想。

他结束了与内拉的通话，想了一会儿，派人传召广场部队指挥官。这名霸撒不久就赶了过来，深色军服满是脏污，靴子上有明显的血迹。她是个精瘦的高个子，一张鹰脸上的道道皱纹使她不怒自威。雷托想起她的军籍注册名是"伊莉奥"，在古弗雷曼语里意为"可靠"。不过雷托还是喊了她的母姓"尼谢"，意思是"谢的女儿"，让这次召见一开始就带上几分亲切感。

"在坐垫上歇歇，尼谢。"他说，"你辛苦了。"

"谢主人。"

她坐在赫娃坐过的红垫子上。雷托留意到尼谢嘴角周围有一条条疲劳纹，但两眼依然保持警觉。她抬头凝视着雷托，渴望听到他的声音。

"我的城市又太平了。"这句不完全是问话，它为尼谢起了个话头。

"是的，但还不理想，主人。"

雷托瞥了一眼她靴子上的血迹。

"伊克斯使馆门前的街道呢？"

"正在清洗，主人。维修也在进行中。"

"广场呢？"

"到明天早上，广场就会恢复原样。"

她紧盯着雷托的面孔。他还没有提到这次召见的主要目的，对此两人心照不宣。就在这时，雷托发现尼谢隐隐带着一副别有意味的神情。

她为自己的主人感到骄傲！

她还是第一次目睹神帝杀人。一种可怕的依赖性已经播下了种子。*假如灾难降临，我的主人会伸出援手。*这就是她的眼神表达的意思。她不再孤军奋战，而是已接受了神帝赋予的权力，并对这一权力的运用负责。她的表情流露出一种强烈的占有欲。她变成了一台随时准备开动的恐怖杀人机器。

这是雷托不希望看到的情形，但已无可挽回，只能慢慢地进行潜移默化式的补救。

"袭击者的激光枪是哪里来的？"他问。

"是我们自己库房的，主人。军火库守卫已经撤换了。"

撤换，这是一种委婉说法。犯错的鱼言士将被隔离待命，只在雷托需要敢死队的时候才解禁。她们乐于献出生命，当然，也相信自己可以赎清罪愆。有时，仅仅传出敢死队要来的风声，就能让出了乱子的地方平定下来。

"军火库是用炸药攻破的？"他问。

"有暗中盗取的，也有炸药强攻的，主人。军火库守卫失职了。"

"炸药是从哪儿来的？"

尼谢耸了耸肩，显出疲态。

雷托只能接受这个回答。他知道自己可以搜索出炸药的源头，但这样做于事无补。懂行的人总能找到自制炸药的原料——都是些寻常之物，比如糖、漂白剂、普通的油、合法的肥料、塑料、溶剂、堆肥下方泥土的萃取物……随着人类经验和知识的积累，这份清单几乎可以无限拉长。即便是他一手创建的这个社会，一个尽力限制技术与新理念相结合的社会，也不可能完全消灭小型暴恐武器。控制这些原料纯属异想天开，是一个危险而疯狂的念头。关键在于扼制暴力的欲望。就这方面而言，今晚已经成了一个灾难。

不公义现象层出不穷，他想。

尼谢叹了口气，似乎读出了他的思想。

当然如此。鱼言士从小受到的训练就是尽一切可能避免不公义。

"我们要做好平民的抚恤工作。"他说，"务必满足他们的需求。要让他们认识到这是特莱拉人造的孽。"

尼谢点点头。在晋升到霸撒之前她一直不理解这套善后程序。如今她认为这套程序必不可少。光是听雷托一说，她就深信特莱拉人是罪魁祸首。她还领悟到其中所含的一种实用成分。她知道她们为什么没有杀光特莱拉人。

你不能把替罪羊都宰了。

"我们还要转移一下公众的视线。"雷托说，"运气不错，也许有现成的可以利用。我跟赫娃·诺里小姐商量后会通知你的。"

"那位伊克斯大使，主人？她没有参与……"

"她是绝对清白的。"他说。

他看到尼谢脸上立刻现出信服的神情，仿佛有个塑料机关一下子定住了下巴和眼神。就连尼谢也不能例外。他知道个中原因，这原因正是他创造的，但有时候他对自己的创造物都会感到些许惊讶。

"我听到赫娃小姐进前厅了。"他说，"你出去时叫她进来。还有，尼谢……"

她本已起身欲退，一听这话就没有挪步，静等下文。

"今晚我提拔了丘莫当副霸撒。"他说，"你负责办一下正式手续。你本人我也很满意。你有什么要求尽管提。"

他看到这句套话在尼谢身上激起了一阵喜悦，但她立即克制住了，这再次证明了她的价值。

"我会考察丘莫的，主人。"她说，"如果她能顶我的班，我想休个假。我已经很多年没回萨鲁撒·塞康达斯探亲了。"

"时间由你定。"他说。同时心想，*萨鲁撒·塞康达斯。难怪！*

她一提自己的家乡，雷托就想起她像一个人：哈克·艾尔-艾达。*她有科瑞诺血统。我们俩的血缘关系比我猜想的还要近。*

"谢主隆恩。"她说。

她退下了，脚步注入了新的活力。雷托听到她在前厅里的声音："赫娃小姐，主人现在要见你。"

赫娃进来了。起先，背后的光线照着一副框在拱门里的身影，她的步履显得有些迟疑，直到眼睛适应了室内的昏暗才迈开步子。她犹如一只飞蛾投入到以雷托的脸为焦点的光圈内，目光扫过他黑魆魆的身体寻找伤处。他知道伤口是看不出来的，不过自己仍能感觉到疼痛和体内的颤抖。

他发现赫娃有点跛，动右腿时很小心，但一条翠绿色长袍遮住了伤处。她在停放御辇的凹坑边缘收住脚步，直视雷托的眼睛。

"听说你受伤了，赫娃。疼吗？"

"膝盖下面有一处割伤，陛下。爆炸时被一片小碎石擦到了。您的鱼言士用药膏抹过伤口，已经不疼了。陛下，我担心的是您。"

"我也担心你，我的好赫娃。"

"除了第一次爆炸，我没有危险，陛下。她们很快把我送进了使馆最里边的一间屋子。"

就是说她没看见我的举动，他想，**真走运。**

"我叫你来是想请你原谅。"他说。

她坐在一只金色垫子上。"原谅什么，陛下？您跟这次袭击又没有……"

"有人在试探我，赫娃。"

"试探您？"

"有人想知道我有多在乎赫娃·诺里的安危。"

她把手向上一指。"那……是因为我？"

"因为我们俩。"

"哦，可谁……"

"你已经同意嫁给我，赫娃，而我……"她正欲开口，他抬手制止了她，"你向安蒂克透露的情况她都汇报过了，不过这件事跟她无关。"

"那么是谁……"

"是谁不重要。重要的是你应该重新考虑。我必须给你一次改主意的机会。"

她垂下目光。

她的表情多甜哪，他想。

他只能在想象中描绘与赫娃共度一生。纷乱芜杂的记忆能为他提供足够的材料来虚构婚姻生活。他在幻想中搜罗到种种微妙情节——都是两人共同经历的细枝末节，一次抚摸、一个亲吻，以及所有那些只能在甜蜜二人世界生发出来的痛苦之美。这些想象给他带来阵阵痛楚，远甚于使馆一战留下的肉体创伤。

赫娃抬起下巴凝望他的双眼。从她的眼睛里，他看到一股急欲出手相助的怜悯之情。

"可我还能以其他方式为您效力吗，陛下？"

他提醒自己，她是灵长类，而他已不完全属于灵长类。两者的隔阂每一分钟都在扩大。

他的内心一直在隐隐作痛。

赫娃是一个躲不开的现实，这种情感过于原始，任何语言都无法充分表达。这内心之痛几乎令他难以承受。

"我爱你，赫娃。我爱你就像一个男人爱一个女人……但这不可能。永远不可能。"

她落泪了。"我该离开吗？我该回伊克斯星吗？"

"他们会想方设法搞清楚自己的计划出了什么纰漏，这样只会伤害你。"

她能看见我的痛苦，他想，她也看清了其中的徒劳与无奈。她会

怎么做？她不会撒谎。她不会说她也像女人爱男人那样爱我。她明白这无济于事。她清楚自己对我怀着怎样的感情——怜悯、敬畏，以及无所畏惧的怀疑。

"那我会待下来。"她说，"我们尽可能享受共同生活的乐趣。我觉得这对于我们俩都是最好的选择。如果这意味着我们应当结婚，那就结。"

"这样一来我必须跟你分享从来不为人知的秘密。"他说，"你将获得控制我的力量……"

"别这样干，陛下！假如有人强迫我……"

"你再也不会离开我的皇室范围。这里的行宫、帝堡，还有沙厉尔的几个安全处所——都是你的家。"

"照您的吩咐。"

她默默地接受了，多么贴心和坦然，他想。

他必须压下内心的抽痛。这种痛苦对他本人、对金色通道都是威胁。

狡诈的伊克斯人！

马尔基发现了全能神不得不奋力抵制的永恒诱惑——对快乐的渴望。

哪怕是最不经意的想象，也会渗透着这股诱惑的力量。

他的默然让赫娃心里没底。"我们会结婚吗，陛下？"

"会。"

"我们怎么来对付特莱拉人的那些谣言……"

"什么也不做。"

她盯着他，想起两人早先的谈话。解体的种子正在下播。

"我害怕的是——陛下，我会削弱您。"她说。

"那么你要想办法让我变强。"

"要是我们弱化对雷托神的信仰，您会变强吗？"

雷托从她的声音里听出了马尔基的味道，这种精于算计的腔调让他既讨嫌又有魅力。*我们永远无法完全摆脱儿时启蒙老师的阴影。*

"你的问题是无法回答的。"他说，"许多人会根据我的设计继续搞崇拜。其他人会相信这是谎言。"

"陛下……您要让我替您说谎吗？"

"当然不是。但是，当你想说话时，我会要求你保持沉默。"

"可假如他们辱骂……"

"你不可反驳。"

眼泪再次顺着她的脸颊流下。雷托很想帮她擦拭，但眼泪是水……令他痛苦的水。

"必须这样做。"他说。

"您会解释给我听吗，陛下？"

"我离去之后，他们一定称我为撒旦，地狱之王。车轮一定会沿着金色通道不断前进前进再前进。"

"陛下，不能将怒火只引向我一个人吗？我不会……"

"不！伊克斯人把你造得太完美，已经远远超出了他们的预期。我真心爱你，无力抗拒。"

"我不想使您痛苦！"这句话是从她嘴里硬挣出来的。

"事已至此，不必懊丧。"

"请帮我理解。"

"我离去后仇恨情绪会蔓延开来，接着必然会慢慢沉入历史。经过很长很长时间，人们会发现我的日记。"

"日记？"似乎突然出现一个新话题，令她猝不及防。

"我所在的时代的编年史。我的观点和辩解书。已有副本散落在外，一些残篇断章会流传下去，有的内容会遭到歪曲，而原始版本要等待漫长的时间才能重见天日。我已经藏好了。"

"当他们发现的时候？"

"人们就会领悟我跟他们想象的全然不同。"

她话语中带着颤抖的咝咝音："我已经知道他们会领悟什么了。"

"是的，亲爱的赫娃，我也这么认为。"

"您既不是魔也不是神，而是一种空前绝后的存在，因为您的存在消灭了人们对您的需求。"

她擦掉脸上的泪水。

"赫娃，你知道你有多危险吗？"

这句话让她紧张起来，神色为之一变，胳膊也僵住了。

"你是当圣人的料。"他说，"在错误的地方、错误的时间发现一位圣人，你知道这有多痛苦吗？"

她摇头。

"人们必须对圣人的出现做好心理准备。"他说，"否则，他们只能永远在圣人的影子里当追随者、祈祷者、乞求者和无能的谄媚者。这样只会让人越来越软弱，终将招致毁灭。"

她思考了片刻，点头说："您离去后会出现圣人吗？"

"这就是金色通道的意义所在。"

"莫尼奥的女儿，赛欧娜，她会不会……"

"她目前只是个反叛者。至于能否成为圣徒，我们会让她自己决定。也许她只能做天生注定的事。"

"是什么呢，陛下？"

"别叫我陛下了。"他说，"我们俩将成为沙虫和沙虫的妻子。你愿意的话就叫我雷托。叫陛下太别扭。"

"是，陛……雷托。可她注定要做的事是……"

"赛欧娜注定要当领袖。这种天生的使命是危险的。当了领袖，你就会懂得什么是权力。这将让你变得鲁莽而不负责，变成放纵的祸害，最终成为可怕的破坏者——疯狂的享乐主义者。"

"赛欧娜会……"

"关于赛欧娜，我们只知道她能献身于特定的任务和自己直觉上认同的道路。她必定是个贵族，但大部分贵族都是着眼过去的。这是他们的软肋。任何一条道路你都看不远，除非你是杰纳斯，能同时看到后方和前方。"

"杰纳斯？哦，对了，两面神。"她用舌头润了润嘴唇，"你是杰纳斯吗，雷托？"

"我是十亿倍的杰纳斯。我也可以是其中的一部分。比方说，我一直是官员们最钦佩的人———个永不出错的决策者。"

"可万一你让他们失望……"

"他们就会把矛头指向我，是的。"

"赛欧娜会替代你吗，如果……"

"啊，一个多么宏大的假设！你注意到赛欧娜对我的肉体有威胁。但她不会威胁到金色通道。还有一个事实是，我的鱼言士都对邓肯心怀爱慕。"

"赛欧娜看上去……那么年轻。"

"另外，我是她最放在心上的伪君子，一个在虚假的名义下掌权的骗子，从来不顾及人民的需求。"

"我能不能跟她谈谈……"

"不！任何事你都不要尝试去劝赛欧娜。答应我，赫娃。"

"如果你要我这样做，当然可以，但我……"

"任何神都有这个问题，赫娃。在洞察深层次需求的同时，我常常要忽略掉当下的需求。而在年轻人眼里，不解决当下的需求就是犯错误。"

"你能不能跟她说说理……"

"决不要跟自以为是的人去说理！"

"可你知道他们是错的……"

"你相信我吗？"

"是的。"

"假如有人要说服你我是有史以来最大的恶棍……"

"我会非常生气。我会……"她没说下去。

"理性的宝贵，"他说，"只有在无言而真切的宇宙背景下才会体现出来。"

她蹙眉思考起来。雷托着迷地看着她的意识在觉醒。"嗯。"她吐出了这个字。

"理性之人再也不会否认雷托的经验。"他说，"我看出来你开始领悟了。这是起点！是生命的意义所在！"

她点点头。

没有争论，他想，当她看见道路，她会循路而行去探寻其方向。

"只要生命存在，每一个终点都是起点。"他说，"而我将拯救人类，即使他们要自取灭亡我也不能坐视不管。"

她再次点头。道路在向前延伸。

"这就是为什么在人类的不朽进程中，没有一个人的死亡是完全无用的。"他说，"这就是为什么一个人的出生会让我们如此感动。

这就是为什么最可悲的死亡是婴儿的夭折。"

"伊克斯人还在威胁你的金色通道吗？我从小就知道他们在搞阴谋。"

他们在搞阴谋。*赫娃不知道她自己这句话的隐含意味。她没有必要知道。*

他凝望着她，这个充满奇迹的赫娃。她所拥有的那种坦诚，也许有人会称之为天真，但雷托知道这只是"非自我意识"。坦诚不是赫娃的本性，而就是她本身。

"明天我会在广场上安排一场演出。"雷托说，"由幸存的变脸者表演。之后将公布我们的婚约。"

毋庸置疑，我是我们祖先的集合体，是他们争夺存在感
的竞技场。他们是我的细胞，我是他们的身体。我指的是守
护天使，是灵魂，是集体无意识，是心理原型的源头，是所
有伤痛与喜乐的容器。我是他们得以觉醒的必然之选。我入
定就是他们入定。他们的经验就是我的经验！他们的知识精
华都是我的遗产。那数十亿人合而为一便是我。

——《失窃的日记》

　　上午变脸者表演了近两个小时，之后公布的消息震惊了整个节
庆城。

　　"他上次娶新娘还是几百年前的事！"

　　"超过一千年了，宝贝。"

　　鱼言士举行了一个短暂的列队仪式。她们为他大声欢呼，却又感
到心烦意乱。

　　"只有你们是我的新娘。"他曾说过。难道这不是赛艾诺克的本
意吗？

　　雷托觉得变脸者的表演够得上精彩，只是带着明显的惧色。道具
服是从一座弗雷曼博物馆翻箱倒柜找出来的——带兜帽的黑长袍配白色

腰带，背后绣有一只展开双翼横跨两肩的绿鹰——这是穆阿迪布巡回祭司的制服。身穿长袍的变脸者变成了一张张满是皱纹的黝黑脸膛。这出舞剧述说着穆阿迪布的军团如何在整个帝国传播他们的宗教。

赫娃穿着一件银光闪闪的裙装，戴一根翡翠项链，仪式从头至尾都端坐在御辇上、雷托的身边。中间有一次，她凑近雷托的脸庞问道："那不是谐剧吧？"

"在我看来，也许是。"

"变脸者知道吗？"

"他们心里有点数。"

"他们没有表面上看起来那么害怕。"

"哦，不，他们很害怕。只不过他们的胆子比大部分人想的还要大。"

"胆大竟然会显得这么愚蠢。"她轻声道。

"反过来也成立。"

她若有所思地看了他一眼，随后把目光转到了表演上。有近两百名变脸者毫发未伤地幸存了下来，这批人被强制要求参演。精心编排的走位和舞姿令人眼花缭乱。观看演出时，人们会暂时忘却那是一个始于血雨腥风的日子。

雷托独自在小觐见室回忆着这些场景，不久就到了正午，莫尼奥来了。莫尼奥护送安蒂克圣母登上一艘宇航公会驳船，随后就前一晚的暴力活动与鱼言士指挥部交换了意见，还见缝插针地飞了一趟帝堡，确认赛欧娜处于严密的看守下且没有卷入使馆袭击事件。他返回奥恩城时婚约刚刚宣布完毕，对此毫无心理准备。

莫尼奥怒气冲天。雷托从没见过他这么大的气。他一阵风般冲进觐见室，离雷托的脸仅两米才刹住脚步。

"这等于坐实了特莱拉人的谣言！"他说。

雷托以一种讲道理的语气答道："要求我们的神必须完美，这是多么顽固的思维啊。希腊人在这方面就要理性得多。"

"她在哪儿？"莫尼奥问，"那个……"

"赫娃在休息。折腾了一夜，又熬了一上午。今晚回帝堡前我要她好好休息。"

"她是怎么得逞的？"莫尼奥问。

"你来真的吗，莫尼奥？你说话一点也不过脑子了吗？"

"我担心您！您知道城里都在传什么吗？"

"我对那些传言知道得很清楚。"

"您正在干什么？"

"你知道，莫尼奥，我觉得只有最早的泛神论者才正确理解了神性：披着超人的外衣，却有凡人的毛病。"

莫尼奥向上高举双臂。"我看到了他们脸上的表情！"他放下胳膊，"不到两礼拜就会传遍全帝国。"

"肯定不止这点时间。"

"如果您的敌人需要一个机会抱成团……"

"亵渎神灵是人类的老传统了，莫尼奥。为什么我就能幸免呢？"

莫尼奥开口欲言，却发现自己一个字也说不出来。他沿御辇坑的边缘跨下一步，又收脚回到原位，瞪着雷托的面孔。

"如果要我帮您，我需要一个解释。"莫尼奥说，"您为什么要这么干？"

"情感。"

莫尼奥做好嘴型准备吐出一个字眼，但没说出口。

"就在我以为已经永远丧失情感的时候，情感又来了。"雷托说，"最后尝尝这人性的味道，多美啊。"

"跟赫娃？可您肯定不能……"

"记忆里的情感是永远不够的，莫尼奥。"

"您是说您沉湎于……"

"沉湎？当然不是！但永恒的存在离不开三根支柱，它们是肉体、思想和情感。我本来以为自己只剩下肉体和思想了。"

"她施了巫术。"莫尼奥怒道。

"没错。为此我很感激。倘若无视思想的需求，莫尼奥，像有些人那样，那么我们会丢失内省的力量，无法理解感官传达给我们的信息；假如抛弃肉体，就等于卸下了搭载我们的车子的轮子；而要是拒绝情感，我们就割断了与内在宇宙的一切联系。我最怀念的正是情感。"

"我坚持我的意见，陛下，您……"

"你在惹我生气，莫尼奥。这也是一种情感。"

雷托看到这句话让莫尼奥的怒火冷却了下来，如将一块红铁浸入冰水之中，不过还在冒热气。

"我不是为自己，陛下。我主要是为您着想，您很清楚。"

雷托柔声说道："这是你的情感，莫尼奥，我很珍惜。"

莫尼奥颤抖着深吸了一口气。他从来没见过神帝处于这种心境、流露出这样的情感。雷托显得兴致勃勃，又听天由命，如果莫尼奥没看错的话——真实情况谁也拿不准。

"如果有一样东西能把生活变得甜蜜，"雷托说，"变得温暖，而且充满了美，那我就要把它留下，即使它排斥我。"

"所以这个赫娃·诺里……"

"讽刺的是，她让我想起了芭特勒圣战。她是所有机械和非人性的对立面。多奇怪啊，莫尼奥，不是别人，正是伊克斯人造出的这个人恰好拥有我最珍视的那些品性。"

"我不明白您怎么会提到芭特勒圣战，陛下。有思维的机器不应存在于……"

"圣战针对的是机器，同样也针对机械的价值观。"雷托说，"人类用机器来取代自己审美，甚至取代不可或缺的自我，导致无法作出发自内心的判断。所以机器被消灭了。"

"陛下，我还是无法接受您愿意让那个……"

"莫尼奥！赫娃光是出现在我面前就能让我安心。千百年来我还是第一次不感到孤独，只要她陪在我身边。如果我还没有证明这种情感的存在，这个事实总归有说服力了吧？"

莫尼奥陷入了沉默，雷托所说的孤独显然让他心有触动。莫尼奥自然了解丧失挚爱的感受。他的心情全都写在脸上。

雷托很久以来头一次注意到莫尼奥变得这么苍老了。

他们老得太快了，雷托想。

雷托此时深深感到自己有多么在乎莫尼奥。

我不该受到感情的束缚，但我无法控制自己……尤其在赫娃出现之后。

"他们会嘲笑您，开猥亵的玩笑。"莫尼奥说。

"那是好事。"

"怎么会是好事？"

"这是新情况。我们的任务一向就是把新生事物纳入到平衡体系中来，并在不妨碍生存的前提下，借此调整行为模式。"

"即便如此，您又怎么受得了这个？"

"猥亵言论的滋生？"雷托问，"猥亵的反面是什么？"

莫尼奥大睁两眼猛省过来。他见识过许多两极对立的状态——事物因其反面的存在而为人所知。

事物在有反差的背景中会显得格外醒目，雷托想，**莫尼奥当然懂这个道理。**

"这样太危险。"莫尼奥说。

这是保守主义者的盖棺论定！

莫尼奥没有被说服。他战栗着发出一声深深的叹息。

我一定要记住不能夺走他们的怀疑，雷托想，**我就是这样让参与广场仪式的鱼言士失望的。而伊克斯人正紧紧抓着人类的怀疑这根稻草。赫娃就是证据。**

前厅响起一阵骚动。雷托关上大门，挡住了不速之客。

"我的邓肯来了。"他说。

"他也许听说了您的婚礼计划——"

"也许。"

雷托看到莫尼奥正在跟心中的怀疑较劲，他的思想活动祖露无遗。此时此刻，莫尼奥是如此完美地展示他的人性，雷托简直想拥抱他了。

他拥有完整的心理光谱：从怀疑到信任，从爱到恨……应有尽有！所有这些可贵的人性因子无不是在情感的暖流中、在心甘情愿投身生活的过程中发展成型的。

"赫娃为什么要接受这件事？"莫尼奥问。

雷托微微一笑。**莫尼奥不能怀疑我，只好怀疑别人了。**

"我承认这不是一种传统意义上的结合。她是灵长类，而我已经不完全属于这一类。"

莫尼奥再次跟自己能感觉到但无法言说的念头较起劲来。

看着莫尼奥，雷托明显感到有一股意识从眼前流过，这种情况很罕见，可一旦出现就是那么清晰。雷托没有去搅动这股意识流，生怕激起涟漪。

这个灵长类动物在思考，思考是他的生存之道。在他的思维活动底下潜伏着一种基因。那就是人类对其整个物种的持久关切。有时候他们会掩饰、屏蔽或深藏这种想法，但我有意引导莫尼奥去感受他内心最深处的自我运行机制。他之所以跟从我，是因为相信我掌握着最有利于人类生存的道路。他知道存在一种深嵌在基因中的意识。我是在扫描金色通道时发现这一点的。这就是人性，我们俩都同意：金色通道必须延续！

"婚礼的地点、时间和形式都定好了吗？"莫尼奥问。

没有为什么了？雷托注意到。莫尼奥不再追问为什么了。他回到了安全地带。他是神帝的内务总管，是首席大臣。

他可以运用名词、动词和修饰语。语言能以惯常的方式为他效劳。莫尼奥也许从来没有参透过玄奥的言外之意，但他熟悉语言在日常俗务中的含义。

"我的问题现在能得到答复吗？"莫尼奥追问。

雷托眯眼瞧着他，心想：我倒是觉得，语言最有用的地方是开启迷人的未知之境。然而，一种文明倘若仍然坚信存在一个受制于绝对因果关系的机械宇宙——这个宇宙显然可以追溯到单一的根本原因和初始的种子效应，那么语言的作用也就很难为这种文明所理解了。

"伊克斯人和特莱拉人的谬论掺和在一起，就像帽贝似的紧紧粘在人类事务上。"雷托说。

"陛下，您不集中注意力让我很为难。"

"可我的注意力很集中，莫尼奥。"

"没集中在我身上。"

"并没有把你漏掉。"

"您的注意力在游移，陛下。您不必对我隐瞒。我宁肯不忠于自己也绝不会不忠于您。"

"你觉得我在捡羊毛？"

"捡什么，陛下？"莫尼奥以前从没问过这个词，但这次……

雷托解释了这个典故，心想：多么古老啊！雷托的记忆里响起了织机和梭子咔嗒咔嗒的声音。从动物皮毛到人的衣服……从猎人到牧人……漫长的意识觉醒之路……现在他们必须再继续一段征程，比古人走过的还要漫长。

"您总是胡思乱想。"莫尼奥不客气地指出。

"我有的是时间胡思乱想。对于一个集万众于一身的存在，这是顶顶有趣的事情。"

"但是，陛下，有些事情需要我们……"

"你肯定想不到我为什么胡思乱想，莫尼奥。常人花一分钟都懒得去想的事，我可以琢磨一整天。为什么吝啬这点时间呢？我的寿命大概有四千年，多一天少一天又有什么关系？人的寿命有多长？一百万分钟？我活过的天数都有这么多了。"

莫尼奥呆在那里哑口无言，这种比较让他自惭形秽。他觉得自己的人生在雷托眼里不过是一粒尘埃。他也开始"捡羊毛"了。

语言……语言……语言，莫尼奥想。

"语言对于涉及感知的事物往往没什么用。"雷托说。

莫尼奥尽力控制呼吸，只留一丝气息。神帝能读心！

"纵观我们的历史，"雷托说，"语言最大的作用就是对某些超常事件进行自圆其说的叙述，在公认的编年史中为这类事件找到一个位置，给它们一个解释，以便此后我们能一直沿用这些描述，然后说：'这就是它的意义。'"

莫尼奥感到这些话语把自己压垮了，那些可能引起他思索的言外之意让他恐惧。

"真相就是这样遗失在历史中的。"雷托说。

经过一段长时间的沉默，莫尼奥大着胆子说："您还没有回答我的问题，陛下。婚礼怎么安排？"

他的声音听上去多么疲惫，雷托想，他彻底垮了。

雷托快速说道："你将给我前所未有的帮助。婚礼必须经过最周密的安排。只有你的细致严谨才能胜任。"

"地点，陛下？"

声音里有了点精神。

"沙厉尔的泰伯村。"

"时间？"

"你来定。一切准备妥当了就宣布。"

"具体仪式呢？"

"我会安排的。"

"您需要帮手吗，陛下？装饰品之类呢？"

"仪式的点缀？"

"我可能没想到的任何特别的东……"

"我们的小把戏不需要很多东西。"

"陛下！我求您！请……"

"你将站在新娘身边，把她托付给我。"雷托说，"我们采用古老的弗雷曼仪式。"

“那么我们要用到水环了。”莫尼奥说。

“是的！我会用甘尼的水环。”

“都有谁出席，陛下？”

“只有一队鱼言士和贵族。”

莫尼奥盯着雷托的面孔。“陛下说的‘贵族’是什么……什么意思？”

“你、你的家人、内务侍臣、帝堡官员。”

“我的家……”莫尼奥咽下了后半句，“算上赛欧娜？”

“如果她通过考验的话。”

“可……”

“她不是你家人？”

“当然是，陛下。她是厄崔迪人和……”

“那就肯定要算上赛欧娜！”

莫尼奥从兜里掏出一部微型备忘器，这是一种暗黑色的伊克斯设备，在密密麻麻的芭特勒圣战违禁品清单中可以找到其名称。雷托不觉莞尔。莫尼奥明确了自己的责任，开始执行了。

邓肯·艾达荷在大门外嚷嚷得更厉害了，但莫尼奥没有理会。

莫尼奥清楚自己的特权价值几何，雷托想，这是另一种联姻——特权与责任的联姻，也成了贵族自我辩白的托词。

莫尼奥结束了记录。

“还有一些细节问题，陛下。”莫尼奥说，“赫娃需要什么特殊的服饰吗？”

“蒸馏服和弗雷曼新娘礼服，要真货。”

“珠宝首饰呢？”

雷托盯着莫尼奥在微型备忘器上快速移动的手指，看到了一个分崩离析的场景。

领导力、勇气、对知识的感悟力、条理性——莫尼奥样样齐备。这些优点犹如一圈神圣的光环围绕着他，但除了我，谁也看不出还有一股力量在由内而外地腐蚀他。这是不可避免的。在我离去之后，人人都能看得出来。

"陛下？"莫尼奥催问道，"您在捡羊毛？"

哈！他喜欢这个词！

"就这些。"雷托说，"只要礼服、蒸馏服和水环。"

莫尼奥鞠了一躬，转身离去。

他现在朝前看了，雷托想，但这件新鲜事一样会过去。到时候他又要往回看。我曾经还对他抱有那么高的期望。算了……也许赛欧娜……

"不要制造英雄。"我父亲说。

——甘尼玛之声，摘自《口述史》

　　吵吵嚷嚷的艾达荷已获准面圣。仅凭他在小觐见室跨步走来的样子，雷托就能判断出这个死灵已经发生了重要转变。这种屡见不鲜的转变雷托再熟悉不过了。面对正往外走的莫尼奥，邓肯甚至连招呼都没打一个。一切都按规律走。这套规律真无聊啊！

　　雷托为邓肯们的这种转变起了个名字，叫"自从综合征"。

　　死灵们心中常常会酝酿出一个个疑团来，他们怀疑，自从自己丧失意识那一刻起直到如今的千百年来，一定发生了隐秘之事。这段时间里人们都干了什么？为什么他们会需要我这么个老古董？这些疑问搁在谁的心里都会久久盘桓，难以驱散——更不用说是一个多疑的人了。

　　曾有个死灵责怪雷托："你在我身体里安了东西，我完全不了解的东西！这些东西会把我的一举一动都通报给你！我无时无刻不受你的监视！"

　　还有一个指责雷托拥有一种"能随心所欲操纵我们替你干事的机器"。

　　"自从综合征"一旦得上就再也无法治愈，虽然能对其加以控制，甚或疏导，但休眠的种子即使受到最轻微的刺激也会苏醒而萌发。

艾达荷在莫尼奥先前站立的地方停下脚步，他的眼睛和双肩姿态都蒙上了一层漫无目标的怀疑的阴影。雷托听任紧张气氛渐渐发酵，静待其爆发。艾达荷先是紧盯着他，接着环视屋内。雷托认出了这种目光。

邓肯们永远不会遗忘！

艾达荷运用数千年前杰西卡夫人和门泰特杜菲·哈瓦特所授之法观察室内，他感到一阵时空错位的眩晕。他觉得自己受到了这间屋子的排斥，样样东西都不例外——金色的、绿色的、红得发紫的巨大而蓬松的软垫；围着雷托的凹坑厚厚堆叠在一起、件件堪称珍品的弗雷曼地毯；将干暖的光线裹在神帝脸上，又使四周黑影显得更阴暗、更神秘的伊克斯仿阳光球形灯；附近的香料茶的味道；还有沙虫身躯散发的浓烈美琅脂味。

艾达荷感觉，自从特莱拉人把他扔在那间空无一物的牢房里由露莉和"朋友"接手，发生了太多的事情，而且太快了。

太多了……太多了……

我真的在这里吗？他满腹疑惑，**这真的是我吗？我在想什么？**

他凝视着雷托纹丝不动的身体，这个黑魆魆的庞然大物如此安静地躺在坑里的御辇上。这具巨大肉身越是无声无息，就越是显出一股神秘的力量，这股可怕的力量也许会以任何人都意想不到的方式释放出来。

艾达荷对伊克斯使馆一战已有耳闻，但鱼言士的说法给这件事套上了一个神迹的光环，让他看不清真相。

"他飞降在他们头顶上，痛痛快快地处决了这帮罪人。"

"他是怎么做到的？"艾达荷问。

"他是震怒的神。"汇报者答道。

震怒，艾达荷想。是因为赫娃受到了威胁吗？他听到了传言！没有一句可信的。赫娃要嫁给这个大……不可能！不会是可爱而温婉的赫娃。他在玩某种可怕的游戏，在考验我们……考验我们……这年头已经没有真实可言了，除了赫娃带来的宁静，其余全是疯狂。

当艾达荷把视线转向雷托的面孔——那张默默等待的厄崔迪脸——他心中的错位感更加强烈了。他心里生出一个念头，假如沿着某条陌生的新思路再动动脑子，能否打破无形的壁障，忆起其他艾达荷死灵的种种经历？

他们走进这间屋子的时候在想什么？他们也会感觉到这种错位、这种排斥吗？

再使点劲儿想想。

他感到天旋地转，怕自己会晕倒。

"不舒服吗，邓肯？"雷托那无比理性和镇静的声音响起。

"这不真实。"艾达荷说，"我不属于这里。"

雷托故意误解他。"可侍卫通报说你是自愿来这里的，你从帝堡飞过来要求立刻见我。"

"我是说这儿，现在！这个时代！"

"但我需要你。"

"需要我干什么？"

"你自己看看，邓肯。你能帮我忙的地方太多了，你都干不过来。"

"可你的女人不让我战斗！每次我要去……"

"你活着比死了更有价值，你不同意吗？"雷托咯咯笑了一下，又说，"运用你的智慧，邓肯！那才是我看重的。"

"还有我的精子，你也看重。"

"你的精子由你自己来决定去向。"

"我不会把孤儿寡母像那样留在……"

"邓肯！我说过选择权在你自己手里。"

艾达荷干咽了一下，说："你对我们犯了罪，雷托，对我们所有死灵——你从没问过我们的意见就让我们复活了。"

邓肯冒出了新想法。雷托瞧着艾达荷，一下子来了兴致。

"什么罪行？"

"哦，我听见你嘟嘟囔囔说着心里的想法。"艾达荷愤愤地说，接着把拇指跷过肩头指向门口，"你知道自己的声音能传到前厅吗？"

"当我希望被人听到的时候，的确如此。"*但只有我的日记能听到全部！*"不过我想知道自己犯了什么性质的罪行。"

"曾经有一个你生活着的时代，也是你应该生活的时代。那个时代能发生奇迹。你知道你永远也看不到那个时代了。"

雷托眨眨眼，被邓肯的感伤触动了。这番话让他深有共鸣。

艾达荷将两手举到胸前，掌心向上，仿佛一个乞丐在乞求明知无法获得的东西。

"然后……某一天你醒过来，你记得自己快要死了……你记得再生箱……弄醒你的是肮脏的特莱拉人……本来应该是一个新的开始。但没有。永远不可能了，雷托。这就是犯罪！"

"我夺走了奇迹？"

"是的！"

艾达荷放下双手，在身体两侧攥起拳头。他觉得自己仿佛独自站在引水渠的动力水流中，稍一放松就会跌倒。

*那么我的时代呢？*雷托想，*同样永远不会再来了。但这个邓肯不*

会明白其中的区别。

"你从帝堡匆匆赶回来是为了什么？"雷托问。

艾达荷深吸了一口气，说："是真的吗？你要结婚了？"

"确实。"

"娶那个赫娃·诺里，伊克斯大使？"

"没错。"

艾达荷飞快地瞥了一眼雷托横卧着的身躯。

他们总要找找我的生殖器，雷托想，也许我该叫人做个东西，一个硕大的凸起，来吓吓他们。他差点笑出声来，不过还是强忍住了。我的情感又一次得到了释放。谢谢你，赫娃。谢谢你们，伊克斯人。

艾达荷摇着头。"可你……"

"婚姻除了性爱，还有其他重要因素。"雷托说，"我们能生儿育女吗？不能。但这种联姻将具有深远的影响。"

"你跟莫尼奥说的话我都听到了。"艾达荷说，"我想这肯定是一个玩笑，一个……"

"说话小心，邓肯！"

"你爱她吗？"

"比有史以来任何一个男人爱一个女人爱得更深。"

"那么她呢？她是不是……"

"她心里……有一股强烈的同情心，有一种要和我同甘共苦、献出一切的愿望。这是她的天性。"

艾达荷忍住反感。

"莫尼奥说得对。人们会相信特莱拉人的谣言。"

"这就是其中一个深远影响。"

"而你还是要我去跟赛欧娜交……交配！"

"你知道我的意愿。我让你自己决定。"

"那个叫内拉的女人是谁？"

"你见过内拉了！好。"

"她和赛欧娜像姐妹似的。那个大块头！那里头究竟有什么事，雷托？"

"你希望有什么事？这重要吗？"

"我从来没见过这种粗人！她让我想起野兽拉班。你绝对看不出她是女的，除非她……"

"你以前还见过她一回。"雷托说，"那次她叫'朋友'。"

艾达荷不声不响地盯着他看了片刻，仿佛穴居动物感觉到鹰隼的逼近。

"这么说你信任她咯？"艾达荷说。

"信任？什么是信任？"

是时候了，雷托想。他能看见艾达荷的想法在成形。

"信任来自忠诚的誓言。"艾达荷说。

"就像你我之间的信任？"雷托问。

艾达荷嘴角泛起一丝苦笑。"这就是你对赫娃·诺里干的事？婚姻、誓言……"

"我和赫娃已经彼此信任了。"

"你信任我吗，雷托？"

"要是我连邓肯·艾达荷都不能信任，那我就没人可信了。"

"如果我不信任你呢？"

"那么我会可怜你。"

艾达荷就像挨了一巴掌。他睁大眼睛，憋了一肚子不满。他渴望信任别人。他渴望一去不复返的奇迹。

接着，他的思路似乎突然来了一次跳跃。

"前厅里的人能听见我们说话吗？"他问。

"不能。"*可我的日记能！*

"莫尼奥非常生气。谁都看得出来。但他离开的时候像一只温顺的羊羔。"

"莫尼奥是贵族。他离不开他的本分、他的责任。只要用这些东西来提醒他，他就消气了。"

"所以你就是这样控制他的。"艾达荷说。

"他自己控制自己。"雷托说着，想起了莫尼奥从备忘器上抬起目光，不是为了得到确认，而是为了进一步唤起责任感。

"不。"艾达荷说，"他控制不了自己，是你在控制。"

"莫尼奥把自己封闭在过去。这不是我干的。"

"可他是贵族……一个厄崔迪人。"

雷托眼前浮现出莫尼奥苍老的面容，心想贵族毫无疑问会拒绝履行他最后的职责——急流勇退，隐没到历史中去。他一定是给撺开的。一定。从来没有贵族顺应过变革的大势。

艾达荷继续问道："你是贵族吗，雷托？"

雷托微笑道："最后的贵族死在我心里了。"他又想：*特权培养傲慢。傲慢加剧不公。毁灭的种子开花结果。*

"我可能不参加你的婚礼。"艾达荷说，"我从来不认为自己是贵族。"

"可你是。你就是使剑的贵族。"

"保罗比我使得好。"艾达荷说。

雷托用穆阿迪布的嗓音说："因为我是你教的！"随后又恢复往常的声音："贵族有个不明说的责任——教导他人，有时还要靠残酷的以身示范。"

接着他想：高贵的血统总要走向贫穷，而小圈子婚配又使其愈来愈衰弱。这为拥有财富和能力的人打开了机会的大门。新晋富豪脚踩旧制度登上权力的巅峰，就像哈克南人曾经做到的那样。

这种现象周而复始一成不变，雷托觉得任何人都应该看出它已经融入了人类的生存模式，这类模式因跟不上时代而早为人类所遗忘，但从未消失。

不，我们仍然携带着残渣余毒，我必须把它们肃清。

"有没有一块处女地？"艾达荷问，"有没有一块我能去的处女地，好永远摆脱这一切？"

"假如有这样的处女地，也一定是由你来帮我开辟的。"雷托说，"就目前来看，不存在一个别人跟不上也找不到你的地方。"

"你不放我走咯？"

"你愿意走的话可以走。其他死灵曾经尝试过。我跟你明说，不存在处女地，无处可躲。从很早很早以前一直到现在，人类就像被一种危险的黏合剂粘成了团，好比一个单细胞生物。"

"没有新星球？没有未知的……"

"哦，我们不断壮大，但从未分离。"

"因为是你把我们绑在一起的！"他恼恨地说。

"不知道你是不是能明白这个，邓肯，假如有一块处女地，不管什么样的，那么你身后的东西就不会比你前方的东西更重要了。"

"你就是过去！"

"不，莫尼奥是过去。他会毫不迟疑地搬出贵族惯用的壁垒，挡住通往处女地的道路。你一定了解那些壁垒的厉害。它们不但能围住星球和星球上的土地，还能封锁思想。它们压制变革。"

"压制变革的是你！"

他还是转不过弯来，雷托想，再试一次。

"判断贵族是否存在，最明确的标志就是有没有阻碍变革的壁垒，有没有排斥新生和异己事物的铁幕、钢幕、石幕或其他什么幕。"

"我知道在某个地方一定有一块处女地。"艾达荷说，"你在隐瞒。"

"我什么也没有隐瞒。我也想要处女地！我想要意外！"

他们已经到了门口，雷托想，却又拒绝进入。

他预测得不错，艾达荷迅速换了话题："你真的让变脸者在你的订婚仪式上演出了？"

雷托心头涌起一股怒气，紧接着他又对这情绪之强烈生出一股扭曲的快感。他想冲着邓肯大吼大叫……但解决不了问题。

"有变脸者的表演。"他说。

"为什么？"

"我希望每一个人都分享我的幸福。"

艾达荷瞪着他，好像在饮料里发现了一只恶心的虫子。艾达荷用平板的语调说："我从没听见一个厄崔迪人说过这么讽刺的话。"

"可就是有一个厄崔迪人这么说了。"

"你在搪塞我！在回避我的问题。"

又要争个明白了，雷托想。接着说："贝尼·特莱拉变脸者是群聚有机体。个个都没有生育能力。这是他们自己为自己作出的选择。"

雷托边等回答边想：我必须耐心。一定要让他们自己去发现。要是我说出来，他们是不会信的。思考，邓肯。思考！

经过长时间沉默，艾达荷终于开口了："我向你起过誓。我重视这条誓言，至今不变。我不知道你在干什么、为什么干。我只能说我不喜欢这些事。你瞧，我说了。"

"这就是你从帝堡赶过来的原因？"

"是的！"

"你现在可以回帝堡了吗？"

"难道另有处女地可去吗？"

"很好，邓肯！就算你的理性有不明白的东西，你的愤怒也会告诉你。赫娃今晚回帝堡。我明天跟她会合。"

"我要进一步了解她。"艾达荷说。

"你应该回避她。"雷托说，"这是命令。赫娃不属于你。"

"我一向知道女巫还存在。"艾达荷说，"你祖母就是。"

他脚跟一旋，未作告退，大步沿来路离去。

真像一个小男孩，雷托看着他僵直的背影想，在我们的宇宙中，他既是最老的一个，又是最小的一个——两者合一。

先知不会为过去、现在和未来的幻象所迷惑。语言的僵化性决定了其线性特征。先知握有解锁语言的钥匙。对于他们而言，机械的图景不过是静态画而已。然而宇宙并不是机械性的。事件呈线性发展实为旁观者强加的规律。因果链？大谬不然。先知吐露预言，你便能窥见"注定"之事。但预言一出即释放无穷的先兆与力量。与此同时，宇宙也会神不知鬼不觉地走上另一条路。于是睿智的先知总是闪烁其词，隐匿真相。无知者以为预言尽是模棱两可之语，故而不信任先知。但你只要听从直觉就能领悟到：直言不讳无疑会削弱预言的力量。最高明的先知只把你引至幕前，让你自己来一窥究竟。

——《失窃的日记》

　　雷托用前所未有的冰冷语调对莫尼奥说："这个邓肯不听我的话。"

　　这间通风良好的凌云阁位于帝堡南塔顶层，由黄灿灿的石材砌就。距雷托从奥恩城十年庆返回已经过了三天。他旁边有一个开启的落地窗，俯视着正午火辣辣的沙厉尔。风呼啸着从窗口吹进来，卷携的沙尘让莫尼奥眯起了眼睛，而对雷托似乎没什么影响。他眺望着热气蒸腾的沙厉尔。远方起起伏伏的沙丘暗示着这片景观在流动，但只有他的眼睛能觉察。

莫尼奥站在那儿，因恐惧而散发的酸臭味把自己给淹没了。他知道风会将这股味道隐含的信息传递到雷托的感官。婚礼的安排、鱼言士的躁动——一切都充满矛盾。莫尼奥想起最初同神帝打交道那阵子，神帝说过的一些话。

"矛盾是提示你放远目光的指针。假如矛盾使你困扰，说明你信奉绝对真理。在相对主义者眼里，矛盾只是一件乐事，也许能逗人一笑，或者更极端点，不乏教育意义。"

"你没回答我。"雷托说。他的目光离开沙厉尔，落在莫尼奥身上。

莫尼奥只耸了耸肩。虫子有多近了？他猜测。莫尼奥曾经注意过一个现象：从奥恩城返回帝堡之后，虫子有时会苏醒过来。从表面上还看不出神帝可能发生这种恐怖的变化，但莫尼奥能感觉得到。虫子会不会毫无预警地突然现身呢？

"加快婚礼安排的进度，"雷托说，"越快越好。"

"放在考验赛欧娜之前？"

雷托沉默了片刻，说："不。你怎么处理邓肯？"

"您要我怎么做，陛下？"

"我告诉他不要去见诺里，回避她。我说过这是命令。"

"诺里只是同情他，陛下。没别的。"

"她为什么要同情他？"

"他是死灵，跟现时代是脱节的，他没有根。"

"他的根和我一样深！"

"可他不知道这个，陛下。"

"你在跟我争吗，莫尼奥？"

莫尼奥退后半步，同时清楚自己并未脱离危险。"哦，不，陛下。但我一向实话实说。"

"我来说实话给你听。他在向诺里献殷勤。"

"是诺里主动约他的，陛下。"

"这么说你都知道！"

"我不知道您严格禁止此事，陛下。"

雷托若有所思地说："他对付女人有手腕，莫尼奥，绝对有手腕。他能看穿女人的灵魂，让她们围着他转。邓肯们总爱搞这一套。"

"我不知道您严禁他俩碰面，陛下！"莫尼奥几乎在尖叫。

"他比其他死灵都危险。"雷托说，"这是我们时代的错误。"

"陛下，特莱拉人的手头还没有替换品。"

"所以我们还得用着这一个？"

"是您自己说的，陛下。这是一个我不能理解的矛盾，但的确是您说的。"

"替换品还要多长时间做好？"

"至少一年，陛下。要我去问具体日期吗？"

"今天问。"

"他可能会听到风声的，陛下，就像前一个。"

"我不希望发生此类事件，莫尼奥！"

"我明白，陛下。"

"我不敢跟诺里谈这件事。"雷托说，"这个邓肯不属于她。但我又不能伤着她！"最后一句近似哭诉。

莫尼奥站在那里噤若寒蝉。

"你看不到吗？"雷托问，"莫尼奥，帮帮我。"

"我看到了诺里的与众不同，"莫尼奥说，"可我不知道该怎么做。"

"有什么不同？"雷托的声音直刺莫尼奥的内心。

"我是指您对她的态度，陛下。就我所见，跟您对其他人或事的态度全都不一样。"

接着莫尼奥就注意到了一些初始迹象——神帝双手抽搐，眼神开始失焦。*神啊！虫子来了！*莫尼奥感觉自己完全暴露在了危险之中。这庞大身躯只消轻轻一弹就能把他碾碎在墙上。*我必须把他的人性引出来。*

"陛下，"莫尼奥说，"我在资料中读到过您和令妹甘尼玛的婚姻，您也亲口跟我说过。"

"如果她眼下能在我身边就好了。"雷托说。

"她从来没有真正成为您的妻子，陛下。"

"你想说什么？"雷托问。

雷托双手的抽搐变成了一阵阵痉挛。

"她是……我是说，陛下，甘尼玛其实是哈克·艾尔-艾达的妻子。"

"当然！你们这些厄崔迪人都是他们俩的后代！"

"有些话您是不是还没跟我说，陛下？有没有可能……就是说，您跟赫娃·诺里……能行房吗？"

雷托的手哆嗦得这么厉害，莫尼奥奇怪他本人怎么没有发觉。那对大大的蓝眼睛更加恍惚了。

莫尼奥又朝门口退了一步，出门下楼便可逃离这个死亡之地。

"别问我什么可能性。"雷托说。令人恐惧的是,他的声音仿佛来自远方,又沉入了他内心的古老深处。

"不敢了,陛下。"莫尼奥说。他躬身后退,直到距门口仅一步。"我会跟诺里谈的,陛下……还有跟邓肯谈。"

"尽力去办。"雷托的声音从只有他本人才能进入的内部空间远远传来。

莫尼奥轻轻跨出厅门。他在身后关上门,背靠在上面,颤抖不止。*啊,从来没离得这么近过。*

矛盾依然存在。它指向哪里?神帝反常而痛苦的决定意味着什么?是什么勾出了沙虫神?

凌云阁里传出"砰"的一声,有什么东西重重地砸在石墙上。莫尼奥不敢开门看个究竟。他向后一顶,把自己推离那扇可怕的嗡嗡震动的门,蹑手蹑脚地走下楼梯,连大气都不敢喘,一直到了底楼鱼言士岗哨处,方才松了一口气。

"他心烦了?"鱼言士问,一边抬头朝楼上望去。

莫尼奥点点头。他俩都能很清楚地听见撞击声。

"是什么惹烦他的?"守卫又问。

"他是神,我们是凡人。"莫尼奥说。这个回答平时足以消除鱼言士的疑问,但眼下有一股新的力量正在涌动。

鱼言士直盯着他,莫尼奥发现,她柔和的五官底下隐隐现出一个训练有素的杀手。她正值妙龄,赤褐色头发,朝天鼻和厚嘴唇本是她最显眼的特征,现在却被一对咄咄逼人的眼睛占了上风。只有傻瓜才会对这双眼睛视而不见。

"不是我惹烦他的。"莫尼奥说。

"当然不是。"她同意道。她的表情稍稍缓和了一些。"但我想知道是因为谁或者什么事。"

"我觉得他是等结婚等得不耐烦了。"莫尼奥说，"我想就是这回事。"

"那就赶紧！"她说。

"我正要去办。"莫尼奥说。他转身沿长长的走廊快步回到自己在帝堡内的寓所。神啊！鱼言士要变得和神帝一样危险了。

这个愚蠢的邓肯！他把我们往火坑里推。还有赫娃·诺里！该拿她怎么办？

君主制及类似政体向所有政治形态传达了一条宝贵经验。记忆让我确信，这条经验对任何类型的政府都不无裨益。政府只要抑制住走向极权的内在冲动，就能为被统治者谋福利。除了那些众所周知的特性，君主制也拥有若干优点。君主制能缩减官僚管理机构的规模，弱化其寄生性。君主制在必要情况下能迅速作出决策。君主制还能满足人类自古以来对家长制（如部落制或封建制）的需求，使人人各知其位——这一点尤为重要，哪怕只是一个临时位置。假如你困囿于一个有违本意的位置，必然备受折磨。因此，我以最有效的方式，即亲身示范，宣扬专制之道。也许你是在千百年后读到这些文字的，即使到了那时，我的专制依然未被遗忘。我的金色通道是其不朽的保证。希望你在获知这条经验之后，能以极其审慎的态度向任何政府授出自己的权力。

——《失窃的日记》

雷托耐心而谨慎地准备好同赛欧娜的私人会面，这是自她儿时被强制送入节庆城鱼言士学校以来，两个人的首次见面。他交代莫尼奥将接见地点安排在小帝堡，那是他在沙厉尔中央建造的一座高塔。塔址经过精心选择，可将四周的旧貌新颜尽收眼底。小帝堡与外界无路可通。朝见者都由扑翼飞机载送，而雷托驾临此处似乎靠的是神力。

在即位之初，他亲手操控一台伊克斯机械，在沙厉尔底下挖了一条通往小帝堡的秘密隧道，全部工程都由他独自完成。那些日子，沙漠里还漫游着几条野生沙虫。他用厚厚的熔凝硅石墙加固隧道，并在外层嵌入无数能吓退沙虫的水泡。隧道的空间足以容纳他日后长到极限的身躯，外加一辆当时尚在构想中的御辇。

预定接见赛欧娜那天的凌晨，雷托下到地宫，向侍卫下令不见任何人。在辐射状的地宫里，他进入一条带暗门的漆黑隧道，驾着御辇一阵飞驰，不到一小时就抵达了小帝堡。

只身进入沙地是他的一大乐事。不驾御辇，只让准沙虫的身躯带着自己漫游。贴身的沙粒让他产生无比强烈的快感。他在第一缕曙光中穿过一道道沙丘，身上发出的热量在后面留下一尾水汽，逼着他不断前行。当他在约五公里外发现一个相对干燥的区域时，方才停了下来。他躺在那里，少量晨露蒸腾出恼人的湿气，将他裹在中间；他的身体刚好处在长长的塔影之外，这道影子继续向东延伸，跨过一座又一座沙丘。

远处，那座三千米高塔不可思议的犹如一根长针直刺云霄。只有将雷托的指令与伊克斯人的想象力创造性地结合起来，才构思得出这样一座建筑物来。高塔直径一百五十米，塔基在沙面下扎根之深不亚于塔高。塔身巧妙运用了塑钢与超轻合金两种建材，既有足够的韧性抵御强风，又耐风沙侵蚀。

由于太钟爱这个地方，雷托严格限制自己驾临的次数，为自己制定了一长串必须遵守的规则：一言以蔽之，非到"十分必要之时"不许前来。

只要躺在这里稍事休息，他就能暂时卸下金色通道的重负。莫尼奥，能干而可靠的莫尼奥，会保证赛欧娜在黄昏时分准时抵达。雷托有一整天的时间放松遐想，玩玩假装对一切漠不关心的游戏，还能如饥似渴地直接吸取大地的养分，在奥恩城和帝堡里他从来无法如此尽兴。在那些地方，他只能鬼鬼祟祟地穿行于狭窄通道，还得小心翼翼地运用预知力才能避开四处的水团。而在这里，他能尽情遨游于沙海，汲取自然的滋养茁壮成长。

他翻滚着，压得沙粒吱吱作响；他弯曲身体，享受着纯粹的动物快感。他感觉沙虫的自我正在复苏，一股健康的电流传遍全身。

现在太阳已经高挂在地平线之上，为高塔勾勒出一幅金色的轮廓。空气中飘散着沙尘的苦味，还有远处多刺植物在些微晨露的刺激下发出的味道。他以高塔为圆心缓缓绕着大圈，速度越来越快，同时思索着赛欧娜的事。

这件事不能再拖，必须考验她了。莫尼奥心里和雷托一样清楚。

就在那天凌晨，莫尼奥说："陛下，她有严重的暴力倾向。"

"她刚得了肾上腺素成瘾症。"雷托说，"该来个'强制戒断'了。"

"强制什么，陛下？"

"这是一种古老说法，意思是采取必要的休克疗法，彻底断了她的瘾头。"

"哦……我明白了。"

这一次，雷托觉得莫尼奥的确是明白了。莫尼奥自己就经历过"强制戒断"。

"年轻人没有能力去作艰难的决定，他们能作的决定都是直接跟暴力有关，能刺激肾上腺素飙升的。"雷托解释道。

莫尼奥默默回忆了片刻，说："这非常危险。"

"这就是你在赛欧娜身上看到的暴力。就连老人也难免沾染一点，年轻人更是喜欢在里面打滚。"

天光越来越亮，雷托一边回想着这番对话，一边围着高塔转圈。沙地逐渐变干，快感也越发强烈。他放慢爬行速度。一阵风从背后吹来，把自己排出的氧气和一股燧石燃烧味卷进那尚具人类知觉的鼻孔。他深深吸了口气，使本已放大的意识变得更加敏锐。

白天这段时间他为自己安排了几件事。其中一项就是思考接下来的会面，仿佛古代斗牛士细细盘算即将首度交锋的公牛。虽然莫尼奥能保证赛欧娜不会携带任何有形的武器前来，但她依然是一个头顶利角的劲敌。雷托要确保自己熟知赛欧娜的每一个强项和弱项。只要有机会，雷托还将动之以情。她必须为考验做好准备，一定要用精心布置的铁丝网敛住她内心的锋芒。

午后，沙虫分身已心满意足，雷托返回高塔，爬上御辇，启动浮空器上升到顶层一扇落地窗的边缘，这扇窗只有他本人下指令才能开启。当天余下的时间，他就躺在这间凌云阁里，思索着，谋划着。

夜幕刚刚降临，空中传来一架扑翼飞机振动机翼的嗡嗡声。莫尼奥来了。

守时的莫尼奥。

在雷托的操控下，凌云阁伸出一块着陆台。扑翼飞机滑降而来，收拢机翼，轻轻落在着陆台上。雷托眺望着渐浓的夜色。赛欧娜下机后朝他冲过来，显然对这没有护栏的高台感到害怕。她穿着一件不带徽记的黑色制服，外披白袍。一进入塔内，她就偷偷向后瞥了瞥，随后望向凌云阁中央、御辇上的那具庞大身躯。扑翼飞机起飞，消失在黑暗中。雷托没有收回着陆台，并让落地窗开着。

"这座塔另一头有个阳台。"他说,"我们去那儿。"

"为什么?"

赛欧娜的声音流露出满腹狐疑。

"听别人说那里凉快。"雷托答,"我自己在那儿吹着小风时,也的确感到脸颊上有微微的凉意。"

赛欧娜在好奇心的驱使下走近了他。

雷托关上了她身后的落地窗。

"从阳台看出去夜景美极了。"雷托说。

"我们为什么来这里?"

"因为这里不会有人偷听。"

雷托掉转御辇,无声无息地驶向阳台。借助室内隐藏式照明装置发出的微光,她看到他在移动。他也听到她跟了上来。

这座弧形阳台在塔堡的东南面,装有齐胸高的透空栏杆。赛欧娜走到栏杆前,环视着眼前的荒漠。

雷托感觉她在等自己发话。有些话要在这里说出来,只让她一个人听到。不管说的是什么,她都会倾听并作出毫无掩饰的反应。雷托的目光越过她望向沙厉尔的边界,一号月亮已经升上地平线,勉强可以看到一条扁扁的线,那就是人造围墙。他运用增强的目力分辨出远处移动着一支来自奥恩城的队伍,发着暗光的畜力车缓缓行驶在通往泰伯村的大道上。

他能在记忆里调出那个村子的画面——一座草木掩映的村庄,坐落在墙根内侧一片湿润的土地上。他的保留地弗雷曼人照管那儿的枣椰树、高杆草,甚至蔬菜农场。今非昔比了,想当年,凡是住人的地方,即便是仅靠一套蓄水箱和捕风器维持、稀稀拉拉散落着低矮植物的小盆地,在荒漠里也算草木茂盛了。跟泰布穴地一比,泰伯村简直是水的天堂。如今村里人人知道，在沙厉尔围墙的另一侧，泛着银色月辉的艾达荷河正笔直向南流去。保留地弗雷曼人从里侧翻不过陡直的围墙，但他们心里清楚那儿有条河。大地也知道。泰伯村民将耳朵紧贴地面，就能听见大地另一头传来的汨汨水流声。

现在应该有夜鸟沿着那道堤岸飞行，雷托想，日出后这些生物会回到另一个世界。沙丘星已经在它们身上实现了进化奇迹，它们仍旧离不开沙厉尔。雷托曾见过那些鸟在水面上投下暗影，偶尔啜一口水，泛起的涟漪随河流漂逝而去。

即使离得这么远，雷托还是能感觉到水的力量，往昔的豪情已经离他远去，犹如这道向南直奔农场与森林的水流。这条河穿行于绵延起伏的群山，一路擦过郁郁葱葱的植被，昔日沙丘星的沙漠地块几乎荡然无存，只有这片遗世独立的沙厉尔依然守护着过往。

雷托还记得那些伊克斯机械咆哮着在地表上强行撕开这条水道。时间似乎转瞬即逝，只过了三千年而已。

赛欧娜不安地回头瞧了瞧雷托，但他仍然没有开口，目光紧盯着远处。一座倒映于远方云朵上的小镇在地平线上方闪耀着淡琥珀色的光。雷托从方向和距离判断是沃尔波特镇，那里曾是个苦寒之地，远在阳光低斜的北方，现在被阴差阳错地投映到了温暖的南方。这座熠熠生辉的小镇仿佛在他心里开启了通往过去的一扇窗。他感到这束光穿透了已取代皮肤的厚厚鳞膜，直击心头。

我很脆弱，他想。

然而，他知道自己将成为这个地方的主宰。而这座星球是他的主宰。

我是它的一部分。

他直接吞食沙土，只是不能碰水。他的人嘴和人肺仅用于呼吸，刚够维持残余的人性……和说话的功能。

雷托朝赛欧娜的后背开口道："我喜欢聊天。我害怕总有一天不能再说话了。"

月光下，她犹犹豫豫地转过身盯着他，带着明显的嫌弃表情。

"我知道在很多人眼里我是个怪物。"他说。

"为什么带我来这儿？"

直奔主题！她不绕弯子。这是大部分厄崔迪人的行事作风，他想。他希望在育种计划中保留这一个性。它带有一种强烈的认同感。

"我要看看时间怎么改变了你。"他说。

"为什么？"

她的声音里带着些许惧意，他想。她以为我要审问她那不值一提的叛乱和余党的名字呢。

在他沉默的时候，赛欧娜说："你要杀我吗，就像杀我朋友那样？"

她听说了使馆的战事。她估计我对她过去的叛乱活动掌握得一清二楚。莫尼奥教训过她了，该死！算了……换成我或许也会这样做的。

"你真的是神吗？"她问，"我不明白我父亲怎么会信这个。"

她还有一丝怀疑，他想，我仍有回旋余地。

"各人定义不同。"他说，"对于莫尼奥，我是神……这是事实。"

"你曾经是人。"

他开始欣赏她跳跃的思维了。这股毫不掩饰的追根究底的好奇劲儿正是厄崔迪人的标志。

"你对我好奇。"他说，"彼此彼此，我也对你好奇。"

"你怎么会觉得我在好奇？"

"你小时候经常不眨眼地盯着我看。今晚我看到了同样的目光。"

"是的，我想知道成为你是一种什么感受。"

他打量了她一会儿。她眼睛下方蒙着月影，双眼隐在暗处。他能想象她的眼睛跟自己一样也是全蓝的，香料上瘾的那种蓝。这么一想，赛欧娜竟跟早已故世的甘尼有几分相似，从脸型到眼睛的位置都有点像。他差点把这个告诉赛欧娜，但话到嘴边又咽下了。

"你吃人类的食物吗？"赛欧娜问。

"披上沙鲑皮肤之后的很长一段时间，我有饥饿感。"他说，"偶尔我想吃点东西，但食物总是让我反胃。沙鲑的纤毛在我体内四处蔓延。吃东西成了一件麻烦事。如今我只吃些干的东西，有时就着香料。"

"你……吃美琅脂？"

"有时。"

"可你已经没有人类的食欲了呀。"

"我没这么说。"

她瞧着他，静候下文。

雷托欣赏她这种无言的提问方式。她很聪明，又在短暂的人生中学到了很多东西。

"饥饿是一种黑暗的感觉，一种我无法缓解的痛苦。"他说，"那时我会奔跑，像发狂的野兽一样在沙丘上奔跑。"

"你……奔跑？"

"那段日子，我的腿相对于身体还比较长。我可以来去自如。但饥饿的痛苦从来没有离开过我。我觉得那是渴求失去的人性。"

他觉察到她心里已经勉强生出了点同情，所以才会有这一连串的问题。

"你还……痛苦吗？"

"现在只有轻微的灼痛。这是我变形末期的一个征兆。再过几百年，我就重返沙漠了。"

他看见她在身体两侧捏紧拳头。"为什么？"她问，"为什么要这么干？"

"这种变化不见得都是坏事。比如今天我就很舒服，非常自在。"

"还有我们看不见的变化。"她说，"我知道一定有。"她松开了拳头。

"我的视觉和听觉都变得极其敏锐，但不包括触觉。除了脸以外，我已经丧失了以前的触觉。我怀念那种触觉。"

他再次注意到她流露出勉强的同情，她试图设身处地去体会。她想要了解他！

"你活了这么久，"她说，"对时间的流逝有什么感觉？是不是觉得日子越过越快了？"

"很奇怪，赛欧娜。有时候时间过得飞快，有时又慢得像在爬。"

在交谈的过程中，雷托慢慢调暗了凌云阁里的隐藏式照明灯，并驱动御辇渐渐靠近赛欧娜。现在，灯已全熄，只剩下月光。御辇前端伸进了阳台，他的脸离赛欧娜仅有大约两米。

"我父亲告诉我，"她说，"你越老，你的时间就走得越慢。你是这样跟他说的吗？"

她在试探我有没有说实话，他想，这么说她不是真言师。

"凡事都有相对性，不过相比人类对时间的感觉，的确如此。"

"为什么？"

"这跟我的变化有关系。到最后，我的时间会凝固，我就像一粒冻在冰里的珍珠。之后我的新身体会四分五裂，每一部分都藏着一粒珍珠。"

她背过身不看他，面朝沙漠说道："我在这儿的暗头里跟你说话，几乎忘记你是谁了。"

"所以我把会面安排在这个时间。"

"可为什么要在这个地方呢？"

"因为只有这个地方让我有家的感觉。"

赛欧娜转身靠在栏杆上，盯着他。"我想看看你。"

他打开了凌云阁里所有的灯，包括阳台外檐一排刺眼的白色球形灯。灯一亮，墙内就伸出一张伊克斯制透明罩，在赛欧娜背后将阳台封了个严实。她被身后突然动起来的罩子吓了一跳，接着明白过来似的点了点头。她以为这是为了防御偷袭。其实不然，这张透明罩只是为了阻挡携带潮气的夜虫。

赛欧娜自下而上打量雷托的身体，目光在由腿退化来的残根处停留了一会儿，随后挪到双臂和双手，最后移到脸上。

"你的官方史书记载所有厄崔迪人都是你和你妹妹甘尼玛的后代。"她说，"这和《口述史》说的不一样。"

"《口述史》是正确的。你的祖先是哈克·艾尔-艾达。我和甘尼只有名义上的婚姻关系，是为了巩固权力。"

"就像你跟那个伊克斯女人的婚姻？"

"这不一样。"

"你会有孩子吗？"

"我从来没有生育能力。我还没到生育年龄就选择了变形这条路。"

"你是从小孩子直接变成——"她指了指，"这个的？"

"是的，没有过渡。"

"一个小孩怎么知道选择哪条路？"

"我是全宇宙最老的孩子之一。另一个是甘尼。"

"我听过关于你们祖先记忆的故事！"

"是真事。我们都在这儿。《口述史》不是这么说的？"

她转过身，僵硬地背对着他。这个人类姿势又一次勾起了雷托的兴趣：既排斥，又不设防。一会儿，她转了回来，凝视着那张嵌在层层皮褶里的脸庞。

"你有厄崔迪人的面相。"她说。

"我跟你一样老老实实地继承了这张脸。"

"你那么老……为什么没有皱纹？"

"我的人类部位不会像平常人那样老化。"

"这就是你选择这条路的原因吗？"

"为了延年益寿？不。"

"我搞不懂怎么会有人作出这样的选择。"她咕哝了一句，接着提高嗓门说，"永远不知道爱……"

"别犯傻了！"他说，"你说的那不叫爱，而是性。"

她耸耸肩。

"你觉得最可怕的事是放弃了性？不，这绝不是最大的牺牲。"

"那是什么？"这不情愿的一问暴露了她心底受到了触动。

"我走在伙伴们中间，没有一次不受侧目。我不再属于你们。孤零零一个。爱？爱我的人很多，但我的外形让他们敬而远之。中间这道鸿沟，赛欧娜，没有一个人有胆量跨过。"

"连你的伊克斯女人都不敢吗？"

"不，她敢，但她不能。她不是厄崔迪人。"

"你是说我……能？"她用一根手指点着自己胸口。

"要是有足够多的沙鳟的话。可惜的是，它们全都包裹在我的肉体上了。不过，假如我死了……"

这种想法让她陷入了无言的恐惧，她摇起头来。

"《口述史》有可信的记述。"他说，"别忘了你是相信《口述史》的。"

她不停地摇头。

"这里没有秘密。"他说，"关键在于变形的初始时刻。你的意识必须同时向内和向外推进，无限的意识。我可以为你提供足够的美琅脂，来完成这一步。有了足够的香料，你就能撑过最初那段难熬的时光……还有之后的所有阶段。"

她不由发起抖来，紧盯着他的眼睛。

"你知道我说的是实话，对不对？"

她点点头，颤抖着深吸了一口气，说："你为什么要这样干？"

"另一条路远比这可怕。"

"另一条路是什么？"

"到时候你会明白的。莫尼奥就是这样。"

"你那该死的金色通道！"

"恰恰相反。非常神圣。"

"你把我当成傻瓜……"

"我认为你缺乏经验，但能力强大，你丝毫不怀疑自己的潜力。"

她深吸了三口气，稍稍定了定神，说："如果你不能跟这个伊克斯人交合，为什么……"

"孩子，你怎么如此偏执？这跟性无关。在认识赫娃之前，我不可能有伴儿。我没有同类。在这空无的宇宙中，我孤独无依。"

"她是你的……同类？"

"这是有预谋的。伊克斯人特意把她制造成这个样子。"

"制造……"

"别犯蠢！"他抢白道，"她本质上是神的陷阱。连猎物都无法拒绝她。"

"你为什么要告诉我这些？"她轻声说。

"你偷了我两卷日记的副本。"他说，"你也读过宇航公会的译本，已经知道怎么对付我了。"

"你都知道？"

他看见她重新拾起力量，勇气又回来了。"你当然知道。"她自答。

"这就是我的秘密。"他说，"你无法想象，我有多少挚爱的伙伴在眼皮底下悄悄离去……就像你父亲现在这样。"

"你爱……他？"

"我也爱你母亲。有时他们去得快，有时又是在痛苦中慢慢离开的。每一次我都异常痛苦。我可以扮作无情，我可以作出必要的决定，甚至杀人的决定，但我摆脱不了痛苦。在很长很长的一段时间里——你偷的那些日记有如实记载——那是我唯一了解的情感。"

他看见她两眼润湿，但下巴的线条仍旧显得愤怒而刚毅。

"这些都不是你独揽大权的理由。"她说。

雷托忍住笑。终于谈到了赛欧娜反叛的根源。

谁赋予的权力？我的统治有何公义可言？靠鱼言士之力将我的统

治强加在他们身上，对人类的进化何益之有？我熟悉所有那些革命说教、问题圈套和大而无当的言辞。

"你没有发现，你的反叛帮助我巩固了权力。"他说。

她成熟的时机尚未来到。

"我从来没有选择你来统治。"她说。

"但你让我变得更强大。"

"怎么会？"

"就因为你反对我。我用你们这些人来磨尖爪子。"

她马上扫了眼他的手。

"打个比方而已。"他说。

"我最终还是惹恼你了。"她觉得他的话里满含怒气。

"你没有惹恼我。我们血脉相连，一家人可以直言不讳。事实上，我怕你的程度远远超过你怕我。"

这句话让她吃了一惊，不过只有一眨眼工夫。他看见她先是相信，双肩随之绷紧，接着心生疑惑。她低下头，又抬眼望他。

"雷托大神怎么会怕我？"

"怕你无知的暴力。"

"你是说你的肉体会受到伤害？"

"我不会警告你第二遍，赛欧娜。我玩文字游戏是有限度的。你和伊克斯人都清楚，是我爱的人会受到肉体伤害。不用多久，大部分帝国人也都会知道。这种消息传得很快。"

"而且每一个人都会质问你凭什么独揽大权！"

她的声音里透着快意。雷托不禁怒火中烧。他发现很难抑制这股怒气。他憎恶人类的这一面情感。幸灾乐祸！这种情绪维持了片刻，然后他决定反击，从对方已暴露的弱点撕破其防线。

"我的统治权来自我的孤独，赛欧娜。我的孤独分为自由的一面和公仆的一面。自由的一面确保我不会被任何人类集团收买，而公仆的一面要求我倾尽君主之力为你们服务。"

"可伊克斯人已经逮着你了！"她说。

"不。他们送给我的礼物会让我更强大。"

"那只会削弱你！"

"也对，"他承认，"但我仍然掌控着非常强大的力量。"

"哦，对。"她点头道，"我知道这个。"

"你不知道。"

"那我相信你会解释给我听的。"她挖苦说。

他话音太轻，她不得不前倾身子才能听到："任何地方的任何人都不能要求我做任何事——无论是分权还是妥协，其他政府形式即使是再小的萌芽也不允许出现。我就是唯一。"

"就连那个伊克斯女人也不能……"

"她跟我太像了，不会以这种方式来削弱我。"

"但是当伊克斯使馆遭到攻击……"

"愚蠢还是会惹我发火的。"他说。

她对他怒目而视。

雷托认为这是她在不知不觉中摆出的一个漂亮姿态。他知道自己已经促使她思考了。他肯定她从没想过权力竟然会与唯一性密切相关。

他对着她一言不发的怒容说道："我的政府是独一无二的，在整个人类历史上都没有出现过。我只对我自己负责，按我的牺牲索取足够的回报。"

"牺牲！"她冷笑着说，不过他还是听出了她语气中的犹疑，"每个暴君都会说这种话。你只对你自己负责！"

"所以我对每一个活人负责。我会保护你们度过这些时期的。"

"度过哪些时期？"

"本来可能出现但永远不会出现的时期。"

他看出来她心里没底。她不相信自己的直觉，即未经训练的预测能力。她一时心血来潮，会作出类似偷日记的那种决定，但在了解到真相后，她会忘记这个决定的初衷是什么。

"我父亲说你很会玩文字游戏。"她说。

"他理当了解。不过有些知识你只有亲身参与才能掌握，躲在一边看两眼、动动嘴皮子是没用的。"

"他指的就是这个。"她说。

"你说得很对。"他同意道，"它不合逻辑，却是一道光，一只能看见外物但看不见自身的眼睛。"

"我没兴趣再聊了。"她说。

"我也是。"他又想：我已经看得够多，也尽力了。她袒露了自己的疑惑。被无知蒙蔽的人是多么脆弱啊！

"你什么也没有说服我。"她说。

"这不是我们会面的目的。"

"那目的是什么？"

"看看你是否准备好接受考验了。"

"考验……"她向右歪了歪脑袋，盯着他。

"别给我装傻。"他说，"莫尼奥跟你说过。我现在告诉你，你已经准备好了！"

她费劲地想咽一口唾沫，说："什么……"

"我已经通知莫尼奥，让他把你送回帝堡。"他说，"下一次碰面，我们就能知道你到底是块什么料了。"

你听说过香料大仓库的神话吗？是的，我也知道这个故事。是一个总管当趣事讲给我听的。故事说有一个美琅脂仓库，巨大无比，像一座山。这座仓库藏在一颗遥远星球的地下深处。不是厄拉科斯星。不是沙丘星。香料在很久以前就藏好了，甚至比第一帝国和宇航公会的出现还要早。故事还说保罗·穆阿迪布去了那里，与这座仓库毗邻而居，一直靠香料活着、等待着。总管不明白为什么这个故事会让我心烦意乱。

——《失窃的日记》

　　艾达荷气得发抖，正沿着灰色塑石走廊大步流星地走向帝堡寓所。每经过一个岗哨，女兵都会"啪"的一声立正。艾达荷一个人也没回应。他知道自己搅起了她们的不安。没有人会看错司令的情绪。但他依然重重迈着步子，靴子砸在地面上的声音沿着墙壁一路回荡。

　　他还在回味那顿午饭——带有古怪熟悉感的厄崔迪式筷子餐：一小份辣味人造肉，外围一圈香草调味的焙烤什锦谷物。他用一杯清澄的西缀特果汁把这些都灌了下去。莫尼奥找到了独自坐在卫兵食堂一角的艾达荷，盘子边上支着一张地区作业计划。

莫尼奥径自坐到艾达荷对面，把作业计划拨到一边。

"神帝叫我带个信给你。"莫尼奥说。

他生硬的语气让艾达荷意识到这不是一次邂逅。其他人也感觉到了。周围几张桌子的女人们都静下来竖耳倾听，严肃的气氛逐渐扩散到了整个食堂。

艾达荷放下筷子："嗯？"

"这是神帝的原话。"莫尼奥说，"'邓肯·艾达荷竟然迷上了赫娃·诺里，这是我运气不好。这件倒霉事不能再继续下去了。'"

艾达荷面露愠色，紧抿嘴唇，但没有开口。

"这种蠢事让我们大家都面临危险。"莫尼奥说，"诺里是神帝的未婚妻。"

艾达荷竭力压着火气，可情绪还是从言语中透了出来："他不能娶她！"

"为什么？"

"他在玩什么把戏，莫尼奥？"

"我只是给你传这条口信，别的与我无关。"莫尼奥说。

艾达荷声音低沉，语带威胁："但他信任你。"

"神帝同情你。"莫尼奥撒了个谎。

"同情！"艾达荷喊出这个词，食堂里更安静了。

"诺里当然是个有魅力的女人。"莫尼奥说，"但她不属于你。"

"神帝发过话了，"艾达荷冷笑着说，"所以谁也不能有异议。"

"我认为你明白这条口信的意思。"莫尼奥说。

艾达荷把自己推离餐桌。

"你去哪儿？"莫尼奥问。

"我这就去找他摊牌！"

"这等于自杀。"莫尼奥说。

艾达荷怒视着他，陡然意识到四周的女人们都在聚精会神地聆听。艾达荷脸上忽然现出一副神情，穆阿迪布倘若在世，会管它叫作"逗魔鬼开心的表情"。

"你知道老一辈厄崔迪公爵常说什么吗？"艾达荷嘲弄地问道。

"有关系吗？"

"他们说，当你仰视任何绝对主宰的时候，也就丧失了一切自由。"

莫尼奥在恐惧中直僵僵地凑近艾达荷。他的嘴唇几乎没动，声音如同耳语："不要说这种话。"

"因为这里的女人会打小报告？"

莫尼奥摇了摇头，不敢相信眼前的事。"你比其他任何一个邓肯都莽撞。"

"是吗？"

"别再这样了！你这种态度极端危险。"

艾达荷听到整个食堂紧张地骚动起来。

"他顶多把我们杀了。"艾达荷说。

莫尼奥用紧绷而压低的声音说："你个蠢货！虫子受到一丁点儿刺激就会把他控制住。"

"你是说虫子？"艾达荷故意大声说出来。

"你必须相信他。"莫尼奥说。

艾达荷左右看了看。"是的，我猜她们都听到了。"

"几十亿几十亿的人集中在他一个人身上。"莫尼奥说。

"我听说了。"

"他是神，而我们是凡人。"莫尼奥说。

"神怎么会作恶？"艾达荷问。

莫尼奥把椅子向后一顶，腾的一下站起来。"随你便吧！"随后猛一转身，疾步冲出食堂。

艾达荷扫了眼食堂，发现所有卫兵都盯着他看。

"莫尼奥没有主见，但我有。"艾达荷说。

他惊讶地瞥见有几个女人竟然现出讥笑。她们接着吃起饭来。

艾达荷大步走在帝堡走廊里，一边回想刚才那场对话，一边琢磨莫尼奥的怪异举动。他能看出莫尼奥的恐惧，甚至也能理解，但这种恐惧似乎比怕死厉害得多……远远超过怕死。

虫子会把他控制住。

艾达荷觉得莫尼奥说漏了嘴，不经意间泄了密。这是什么意思？

比其他任何一个邓肯都莽撞。

艾达荷想到这句话就来气，别人把他当成一个陌生人来同他自己作比较，而他不得不忍受着。其他邓肯要有多小心？

到了寓所门前，艾达荷把一只手放到掌锁上，心里犹疑起来。他觉得自己像一只逃回巢穴的猎物。食堂里的卫兵一定已经把刚才那场对话报告给了雷托。神帝会怎么做？艾达荷的手在锁上扫了一下。房门往里打开。他进入前厅，关上门，可眼睛还盯着门看。

他会派鱼言士来逮我吗？

艾达荷环视了一圈。这是一处普通的门厅——设有衣架和鞋架、一面全身镜和一口武器柜。他瞧了瞧关着的柜门。里面没有一件武器能对神帝构成真正的威胁，连激光枪都没有……尽管所有记录都显示激光枪对虫子是没有杀伤力的。

他知道我会反对他。

艾达荷叹了口气，朝通往起居区的拱门望过去。原来那批轻软的家具由莫尼奥换成了更厚重硬实的家具，其中一部分明显是弗雷曼式样的——挑选自保留地弗雷曼人的库藏。

保留地弗雷曼人！

艾达荷啐了一口，大步走过拱门。往屋里只走了两步，他就愕然刹住脚步。北窗的柔和光线正照着坐在低矮吊索沙发上的赫娃·诺里。她穿着一件凸显身材的亮闪蓝袍子，正抬头望他。

"感谢诸神你还好好的。"她说。

艾达荷回头瞧了瞧前厅和掌锁门，又不解地看着赫娃。除了几名特许的卫兵没人打得开这扇门。

看到他一脸疑惑，她笑着说："那些锁是我们伊克斯人制造的。"

艾达荷发现自己全在为她担心。"你来这儿干吗？"

"我们必须谈谈。"

"关于什么？"

"邓肯……"她摇摇头，"关于我们。"

"他们警告你了。"他说。

"他们要我拒绝你。"

"是莫尼奥叫你来的！"

"在食堂听见你们说话的两个女兵——是她们带我来的。她们认为你非常危险。"

"这就是你来的原因？"

她站起身，这个优雅的动作让艾达荷想起雷托的祖母杰西卡——两个人都能如行云流水般控制肌肉，每个细微动作都那么美。

他震惊地想到了什么。"你是贝尼·杰瑟里特……"

"不！她们是我的导师，但我不是贝尼·杰瑟里特。"

他脑子里布满疑云。雷托的帝国究竟运行着怎样的效忠机制？一个死灵对这些东西能了解多少？

我死后发生的那些变化……

"我猜你只是个单纯的伊克斯人。"他说。

"请别挖苦我，邓肯。"

"那你究竟是谁？"

"我是神帝的未婚妻。"

"你会忠贞地服侍他吗？"

"我会。"

"那我们没什么好谈的了。"

"除了我们之间的这件事。"

他清了清嗓子："什么事？"

"这种吸引力。"她抬起一只手让他别说话，"我想投入你的怀抱，我知道那里有爱和庇护。你也希望这样。"

他僵住了。"神帝不许这样做！"

"可我已经在这儿了。"她朝他走近了两步，长袍在身上微微荡漾。

"赫娃……"他干咽了一下，"你最好离开。"

"谨慎不是最好的选择。"她说。

"要是他发现你在这儿……"

"就这么离你而去可不是我的风格。"她再一次举手示意他别开口，"生育我、训练我都只为了一个目标。"

她的话让他不寒而栗，同时警觉起来。"什么目标？"

"引诱神帝。哦，他知道这个。他不会改变跟我有关的任何事。"

"我也不会。"

她又靠近了一步。他闻到了她乳香味的温暖气息。

"他们把我造得太好了。"她说，"我的设计目标是取悦厄崔迪人。雷托说他的邓肯比许多厄崔迪人更像厄崔迪人。"

"雷托？"

"我该怎么称呼我的未婚夫呢？"

她一面说一面继续靠近艾达荷。两人如磁铁般吸在了一起。赫娃将脸颊贴住他上衣，抱着他，手臂感受到他坚实的肌肉。艾达荷将下巴埋在她的头发里，一股麝香味扑鼻而来。

"这太疯狂了。"他悄声说。

"是的。"

他抬起她的下巴，吻她。

她把身子紧贴着他。

两个人都很清楚接下来会发生什么。他抱起她走向卧室，她并没有抗拒。

中间艾达荷只说过一次话："你不是第一次。"

"你也不是，亲爱的。"

"亲爱的，"他耳语着，"亲爱的，亲爱的，亲爱的……"

"我在……我在！"

一切归于平静之后，赫娃将双手枕在脑后，在凌乱的床上扭动舒展身体。艾达荷背对她坐着，眼望窗外。

"你都有哪些情人？"他问。

她用一只手肘支起身子。"我没有别人。"

"可……"他转过头朝下看着她。

"在我十几岁时，"她说，"有个小伙子很想要我。"她笑了笑，"事后，我感到很羞耻。我真是容易上钩！我觉得辜负了那些信任我的人。可他们发现这件事后都很高兴。怎么说呢，我猜那是一次考验。"

艾达荷皱起眉。"跟我一样？想要你？"

"不，邓肯。"她的表情严肃起来，"我们为彼此带来欢乐，因为这是爱。"

"爱！"他的话音里透着苦涩。

她说："我叔叔马尔基过去常说爱是赔本买卖，因为你得不到保证。"

"你叔叔马尔基是个聪明人。"

"他很蠢！爱不需要保证。"

艾达荷抽了抽嘴角表达笑意。

她露齿一笑。"你知道，当你只希望让对方快乐而不顾后果的时候，这才是爱。"

他点点头。"我只怕你有危险。"

"我们该是谁还是谁。"她说。

"我们以后怎么办？"

"这段经历我们会珍惜一辈子。"

"这话听上去好像……都结束了。"

"是的。"

"但我们还要再见面的，每隔……"

"永远不会跟这次一样了。"

"赫娃！"他扑上床，把脸埋进她的胸口。

她抚摸他的头发。

他的脸蒙着，发出模糊不清的声音："万一有了孩子……"

"嘘！应该有孩子的话自然会有。"

艾达荷抬起脑袋望着她。"可他一定会知道的！"

"他无论怎样都会知道。"

"你认为他真的知道一切？"

"也不是一切，但这件事他会知道。"

"怎么会？"

"我会告诉他。"

艾达荷把自己从她身上推开，坐直在床上，脸上交织着气恼与困惑。

"我必须这样做。"她说。

"如果他要害你……赫娃，我听说过这种事。你可能非常危险！"

"不。我也有需要。这个他懂。他不会害我们两个的。"

"可他……"

"他不会毁了我。如果害你，我就毁了，他会明白这一点的。"

"你怎么能嫁给他？"

"亲爱的邓肯，难道你看不出来他比你更需要我吗？"

"但他不能……我是指，你不可能……"

"你我共享的欢乐，我无法从雷托那里得到。他无能为力。他对我坦白过。"

"那为什么不能……要是他爱你……"

"他有更宏大的计划和更深远的需求。"她伸出胳膊，双手握住艾达荷的右手，"我刚开始了解他的时候就明白了。他的需求比你我的都要深远。"

"什么计划？什么需求？"

"去问他。"

"你知道吗？"

"知道。"

"你是说你相信那些个……"

"他有真诚和善良的一面。这是我在亲自跟他打交道时了解到的。我的伊克斯主人也许在我体内植入了一种化学物质，现在我发现的东西已经超出了他们的预设范围。"

"这么说，你相信他！"艾达荷愤然道。他想从她手中抽出自己的手。

"如果你去见见他，邓肯，而且……"

"他永远不会再见我了！"

"他会的。"

她把他的手抬到嘴边，吻他的手指。

"我只能受人摆布。"他说，"你让我害怕……你们俩……"

"我从来不认为侍奉神是一件轻松的事。"她说，"但没料到会这么艰难。"

记忆对于我具有奇特的意义，这种意义我希望别人也能分享。人们拼命逃避祖先记忆，把自己躲藏在一面厚厚的神话屏障之后，这一行为总让我感到惊诧。哦，我不指望他们像我一样去重历每一个活生生的可怕瞬间。我也能理解，他们或许不愿陷入一大堆关于祖先的细枝末节之中。你有理由担心自己的分分秒秒为他人所占。然而，这些记忆自有其深意。我们如巨浪般席卷着祖先一同前行，裹挟着过去所有的企盼、悲喜与苦乐。只要人类尚存，那些记忆就不会完全没有意义和影响。伴随我们的是无限之光明，即永恒的金色通道，我们将不断为之效忠，每个人的付出虽然微小，却都源自天启。

——《失窃的日记》

"我这次传你来，莫尼奥，是因为卫兵向我汇报了一些事。"雷托说。

他们待在昏暗的地宫里，莫尼奥提醒自己，神帝在这儿作过一些极其痛苦的抉择。那些报告莫尼奥已有耳闻。他一下午都在等待召见，谕令是在晚饭后不久送达的，一阵恐惧瞬间吞没了他。

"是不是关于……关于邓肯的，陛下？"

"当然是关于邓肯！"

"我听说，陛下……他的行为……"

"不可救药的行为，莫尼奥？"

莫尼奥低下头。"您说得是，陛下。"

"特莱拉人还需要多长时间供应下一个？"

"他们说出了些问题，陛下。可能还要两年左右。"

"你知道卫兵跟我说什么了吗，莫尼奥？"

莫尼奥屏住呼吸。如果神帝听说了最近那件……不会！就算是鱼言士也被那种公然犯上之举吓坏了。要不是邓肯，任谁都会被那些女人亲手结果了。

"嗯，莫尼奥？"

"我听说，陛下，他召集了一队卫兵，盘问她们的出身。哪里出生的？什么血统？童年怎么过的？"

"而且她们的答复没让他满意。"

"他吓唬她们，陛下。他一定要问出个所以然来。"

"的确，好像多问几遍就能弄清真相似的。"

莫尼奥暗自希望神帝挂心的事只此一件。"为什么邓肯们总要来这一手，陛下？"

"这是他们的早期训练造成的，厄崔迪式训练。"

"这跟其他训练有什么区……"

"厄崔迪人依赖他们统治的人而生存。他们以被统治者的生活来衡量自己政府的好坏。所以邓肯们总想了解人民过得怎么样。"

"他在一个村子里待了一整晚，陛下。他已经走了几个镇。他见过……"

380

"全看你怎么来解释调查结果，莫尼奥。没有判断，情报就毫无用处。"

"我注意到他有自己的判断，陛下。"

"每个人都有判断，但邓肯们往往相信这个宇宙被我的意志绑架了。而且他们知道你不能以正义的名义作恶。"

"是不是他说你……"

"这是我说的，我心中全体厄崔迪人说的。这个宇宙不允许这种事存在。你的努力结果不会持久，假如你……"

"可是，陛下！你不作恶！"

"可怜的莫尼奥。你看不见我已经创造了一套非正义的手段吗？"

莫尼奥接不了话。他意识到神帝表面上的情绪缓和让自己掉以轻心了。然而现在，莫尼奥感觉到那具庞大身躯正在蠢蠢欲动，而他又离得这么近……莫尼奥扫了一眼地宫中央大殿，暗想有不计其数的人丧命于此地，又供奉于此地。

我的大限到了吗？

雷托沉吟道："靠绑架不可能取得成功。这是一种奴役。不能由一类人主宰另一类人。这个宇宙不允许这种事存在。"

这些话久久不散，在莫尼奥的意识里翻腾，与他感觉到的神帝体内涌动的异变形成骇人的对比。

虫子来了！

莫尼奥再次扫视地宫大殿。这地方比凌云阁糟糕多了！能藏身的地方太远。

"嗯，莫尼奥，你怎么看？"雷托问。

莫尼奥壮起胆子轻声说："陛下的话对我很有启发。"

"启发？你没有启发！"

莫尼奥绝望地说："可我侍奉陛下！"

"你要侍奉神？"

"是的，陛下。"

"是谁创立了你的宗教，莫尼奥？"

"是您，陛下。"

"说得不错。"

"谢陛下。"

"不要谢我！告诉我什么样的宗教组织能长存！"

莫尼奥后退了四步。

"站住别动！"雷托命道。

莫尼奥一时语塞，他浑身颤抖着摇起头来。终于，这个没有答案的问题还是抛在了他面前。不回答，就是死路一条。他低下头等待着。

"我来告诉你，可怜的仆人。"雷托说。

莫尼奥又生出了希望。他抬眼偷觑神帝的脸，发现他的目光没有失焦……双手也并未颤抖。也许虫子没有现形。

"宗教组织维持一种世俗的主仆关系。"雷托说，"它们设立一个竞技场，把追逐权力的狂人还有他们那些短视的偏见统统吸引过去！"

莫尼奥只有点头的份儿。神帝的手是不是抖了一下？那张可怕的脸有没有往"皮风帽"里缩进去一点？

"私底下调查阴暗面，这就是邓肯们爱干的事。"雷托说，"邓肯们对民众过于同情，对友谊又过于挑剔。"

莫尼奥研究过沙丘星古老沙虫的全息影像，一张栽满晶牙的巨嘴喷出熊熊烈火。他观察着雷托身体表面微凸的环节。是不是更鼓了？"风帽脸"下面会不会又张开一张嘴？

"邓肯们心里清楚，"雷托说，"我有意忽视穆罕默德和摩西的警告。连你也知道，莫尼奥！"

这是怪罪。莫尼奥先是点头，接着又摇头。他犹豫着是否要继续冒险后撤。经验告诉莫尼奥，这类说教再持续不多一会儿，虫子便会现形。

"是什么警告？"雷托问，声音带着轻佻的嘲弄。

莫尼奥微微耸了耸肩。

突然，大殿里充满雷托低沉的中音，这是一句流传了千百年的古语："汝等皆为神仆，不得彼此为仆！"

莫尼奥绞着双手喊道："我侍奉您，陛下！"

"莫尼奥，莫尼奥，"雷托的声音低沉而洪亮，"一百万个谬误加在一起也得不到一个真理。真理因其不朽而为人所知。"

莫尼奥唯有一声不吭地站在那里哆嗦。

"我本想安排赫娃和你育种，莫尼奥。"雷托说，"现在太晚了。"

出自雷托之口的每一个字都要经过一段延迟才能进入莫尼奥的意识。他觉得这些字眼都是孤立而无意义的。赫娃？赫娃是谁？哦，对了——神帝的伊克斯准新娘。和我……育种？

莫尼奥摇着头。

雷托的话音里带着无限伤感："终有一天你也会弃世而去。你的所有努力都将烟消云散吗？"

就在他说话的当口，毫无先兆地，他的身子猛地一个翻滚，以惊人的速度和力量从御辇上弹射下来，眨眼就落到了莫尼奥面前仅几厘米的地方。莫尼奥大叫着在地宫里逃窜起来。

"莫尼奥！"

雷托这一声喊让总管止步于电梯门口。

"那个考验，莫尼奥！我明天考验赛欧娜！"

在没有纷扰、没有迷惑的永恒意识中，我认清了我是谁。我创造了一个既无自我亦无中心的世界，一个连死亡都只是比喻的世界。我不追求任何结果。这个世界必须无欲无求，不会自我完善，甚至不存在远景。这个世界唯有无所不在的原初意识。它是一束光，穿过我的宇宙之窗。

——《失窃的日记》

太阳升上来了，将耀眼的光芒洒在一道道沙丘上。雷托感受着身下沙地的温柔抚摸，但耳边传来的却是沙粒与沉重身躯的刺耳摩擦声。这种感觉上的冲突他已经习惯了。

他听到赛欧娜走在身后，步履轻盈；他还听见沙粒轻轻撒落的声音，那是她爬上了一座与他差不多高的沙丘。

我越坚持，就越脆弱，他想。

近些日子，当他进入沙漠时，经常会冒出这个想法。他抬头仰望。天空没有一丝云彩，这种湛蓝色在沙丘时代绝对见不着。

若没有无云的天空，沙漠会成什么模样？可还是很遗憾，沙漠丧失了沙丘星的那种银色调。

这里的天气由伊克斯卫星控制，并不尽如他希望的那样完美。幻想依赖机器实现完美，结果总是因人工控制而功亏一篑。不过，这些卫星还是发挥了足够稳定的作用，在这个上午呈现给他一个平静的沙漠。他的人肺深吸一口气，听了听赛欧娜有没有跟上来。她刚才停下了脚步。他知道她在欣赏风景。

雷托觉得自己凭借想象力，犹如魔术师一般变出了这一切，造就了此时此刻的自然环境。他能感觉到卫星的存在。各种精密设备不间断地监控调节大股水平与垂直气流，仿佛在为冷热气团的舞蹈伴奏。当初伊克斯人猜测他会将这种尖端技术用于新型"水利专制"——制造干旱或强风暴来惩罚反对他统治的人，一想起这个他就暗自发笑。当他们发现自己想错了的时候，是多么吃惊啊！

我有更精妙的统治艺术。

他轻缓地移动起来，在沙面游弋，从沙丘上一滑而下，一次也没回头看过尖细的高塔，他知道这座塔不久就会消失在白日的热雾之中。

赛欧娜一反常态，顺从地跟在后面。是内心的疑惑在起作用。她读过偷来的日记。她听过父亲的警告。现在，她不知道该怎么想。

"这是什么考验？"她刚才问莫尼奥，"他会干什么？"

"考验每次都不同。"

"他是怎么考验你的？"

"不会跟你一样。你要是听了我的经历，只会更加困惑。"

雷托暗中倾听莫尼奥为女儿做准备工作，他帮她穿上真正的弗雷曼蒸馏服，外披一件黑袍子，再把靴泵安装到位。莫尼奥都没忘。

在俯身帮她调整靴子的时候，莫尼奥抬起头来。"虫子会现形。我只能告诉你这个。你必须在虫子面前找到一条生路。"

莫尼奥站起来，介绍蒸馏服的原理，解释蒸馏服如何回收身体水分。他指导她抽出积存袋的管子，吸一口，再封住管口。

"进了沙漠之后你身边只有他一个。"莫尼奥说，"在沙漠里，夏胡鲁永远不会远离你。"

"要是我不去呢？"她问。

"你最终还是会去……但可能回不来。"

这场对话发生在小帝堡的底楼大厅里，而雷托正等在凌云阁。听到赛欧娜已准备停当，他开启御辇浮空器飘然而下，投入黎明前浓黑的夜色中。御辇进入底楼时莫尼奥和赛欧娜正往外走。莫尼奥上了地面不远处的一架扑翼飞机，在机翼轻轻的嗡鸣声中离去了。雷托命赛欧娜检查底楼厅门是否关严，又举头看了看直插天穹的高塔。

"横穿沙厉尔是唯一一条路。"他说。

他自顾自从塔脚出发，甚至没有令她跟上来，一切听凭她的理智、好奇和疑惑。

雷托游下沙丘坡面，经过一处基底岩石的外露部分，又翻上另一个较平缓的沙坡面，在身后为赛欧娜开辟出一条路径。弗雷曼人把这种压实的小道称作"神赐予疲累者的礼物"。他缓缓前行，给赛欧娜留出足够的时间去领会：这是他的领地，他的自然栖息地。

他出现在另一座沙丘顶部，回身看她的进度。她循着他辟出的路径前行，直到登上丘顶才停下脚步。她先瞧瞧他的脸，然后环视了一圈地平线。他听到她急促的吸气声。热雾遮住了高塔的上部，而底部应该是遥遥隐现。

"它就是这个样子。"他说。

他知道，沙漠里有些东西会跟弗雷曼人的永恒灵魂交谈。他选择这块地方是为了更充分地展现沙漠的震撼力——这座沙丘比其他的略高。

"好好看看它。"他说完从沙丘另一面滑下，不让庞大身躯挡住她的视野。

赛欧娜慢慢地再次瞭望了一周。

雷托了解她现在的内心感受。高塔底部已经变成一个模模糊糊不起眼的光点，除此之外，地平线上再无一丁点儿凸起——平坦，一望无垠的平坦。没有植物，没有活物。从她的立脚处到那条遮住更远处景物的大地弧线，距离约为八公里。

雷托停在丘顶下面一点，他说："这是真正的沙厉尔。只有亲自走进来，你才能认识它。'拜尔赫比勒马'只剩下这些了。"

"无水之海。"她悄声说。

她又一次转身放眼望了望整条地平线。

没有风。雷托知道，在没有风的时候，那种寂静会噬咬人的灵魂。赛欧娜开始觉得失去了所有熟悉的参照点，被丢弃在危险的空间里了。

雷托瞥了瞥前方的一座沙丘。那是一列小矮丘，由山脉分化而成的一堆堆碎石渣土。他依然一言不发，让沉默来分担自己的任务。他想象这些沙丘是绵延不尽的，就像过去那样环绕星球一周，这么一想连心情都愉快起来了。然而，即便是所剩无几的沙丘也仍在不断退化。沙厉尔早就告别了昔日肆虐沙丘星的科里奥利风暴，顶多只有一些强风和偶尔出现的热气旋产生点局部作用。

此时恰好一位迷你"风魔"舞过，往南去了一段距离。赛欧娜的目光追随着风迹。她兀然说道："你有个人信仰吗？"

雷托盘算着如何回答。人进了沙漠是多么容易产生有关信仰的想法啊，这总让他感到诧异。

"你竟敢问我有没有个人信仰？"他反问。

他知道赛欧娜心有惧意，但她依然不露声色地转身朝下盯着他看。胆子大向来是厄崔迪人的一个特点，他提醒自己。

她没开腔，他说："你的确是厄崔迪人。"

"这是你的回答？"她问。

"其实你想知道什么，赛欧娜？"

"你信什么？"

"嗬！调查我的信仰。好吧，告诉你——我相信没有神的干预，就不会无中生有。"

他的话让她迷惑。"这怎么能算……"

"Natura non facit saltus.[1]"他说。

她摇摇头，不明白他脱口而出的这句古话。雷托翻译道："大自然不会跳跃。"

"这是什么语言？"她问。

"一种在我的宇宙中无人再说的语言。"

"那你说它干吗？"

"激发你的古老记忆。"

"我没有古老记忆！我只想知道你为什么把我带到这儿来。"

"让你体会体会过去。过来，爬到我背上。"

她起先有些踌躇，后来觉得反对无济于事，便滑下沙丘，爬上了他的后背。

雷托等着她在上面跪稳当。如今跟他熟悉的旧时代不同了。她手里没有造物主矛钩，无法在他背上站立。他将前节部位稍稍抬离沙面。

"为什么要我干这个？"这句问话的语气表明，她觉得趴在上面傻乎乎的。

---

[1] 原文系拉丁文。

"我想让你体会一下，我们过去是怎么高高地骑着巨型沙虫，在这片土地上纵横驰骋的。"

他开始在接近丘顶的高度沿沙丘滑行。赛欧娜看过类似的全息影像，理性上了解这是怎么回事，但真的身临其境，心还是怦怦乱跳。他知道她会兴奋。

啊，赛欧娜，他想，你连我要怎么考验你都不想一想了。

雷托硬了硬心肠。我不能有怜悯心。她死就死。不管谁死，都是必然的结果，没什么。

随后他又想到，连赫娃·诺里也难免一死。问题是，任谁也不该死啊。

他发现赛欧娜开始享受骑在背上的感觉了。他觉察她的重心微微后移到腿部，并抬起了头。

他朝外一拐，沿一条蜿蜒的峡谷前行，与赛欧娜同享旧日的欢快。雷托稍稍瞥了一眼前方地平线上的残余山体，仿佛一粒静待萌发的昔日之种，提醒人们沙漠里还存留着一股自我维持、自我生长的力量。他暂时忘却了沙厉尔是这座星球上仅存的一小片沙漠，在充满危机的环境中勉强维生。

然而，这只是旧时代的幻觉。他在行进中意识到了这一点。白日梦，毫无疑问，他心想，只要他的强制性稳定还在继续，这个白日梦仍会不断消逝。就连这条颇有气势的峡谷也比以往那些要小。更没有一座沙丘能与过去的相提并论。

这一整片由人工维护的沙漠猛地给他带来一种荒谬感。他在两座沙丘间的砾石地上大幅减速，几乎停了下来，同时回忆着维持整个系统运行都用上了哪些人力物力。他想到星球旋转会形成巨大的气流，促成大团冷热空气的交换——所有气候现象都由装有伊克斯设备和聚热碟的微型卫星监控。假如高高在上的监测系统真能看见东西，那么它们会在某种程度上把沙厉尔当作环绕着实体墙和冷空气墙的"沙漠保护区"。这样一来沙漠边缘容易结冰，因而还需要进一步实施气候调节。

这个工程不简单，雷托不计较这类偶尔的失误。

他继续游过一道道沙丘，暂时忘记了这片沙漠其实是微妙平衡的结果，也不再去想中央沙地外围的砾石荒原，而是尽情遨游于这波浪凝结的"固态海洋"。他转身向南，沿残余山体前进。

他知道大多数人对他痴迷于沙漠心存怨念。他们感到不安，也不愿面对此事。但赛欧娜就躲不开了。不论她望向哪里，沙漠都在强调自身的存在。她默默地骑在他背上，他知道她的视野很充实。老而又老的记忆已开始翻腾。

不到三小时，他来到了一个鲸背沙丘区，其中有些沙丘与盛行风错开一个角度，长度超过一百五十公里。再过去有一条夹在沙丘之间的岩质廊道，通往一个约四百米高的星状沙丘区。最后，他们来到中央沙海里一个辫状沙丘区，这儿的高气压和带着静电的空气让他精神为之一振。他知道这种奇效也会发生在赛欧娜身上。

"这儿是远征之歌的发源地。"他说，"《口述史》里有完整收录。"

她没有搭话，但他知道她听到了。

雷托放慢速度，跟赛欧娜聊起弗雷曼人的历史。他感觉到这激起了她的兴趣。她甚至偶尔还会提个问题，不过他也觉察出她的恐惧正在积聚。现在连小帝堡的底部也看不见了。她在这里找不到一件人造物。她还会想，他聊些无关紧要的小事，其实是为某些可怕的事打前站。

"男女平等的思想起源于这里。"他说。

"你的鱼言士否认男女平等。"她说。

雷托觉得，相比根据触觉，根据她充满质疑的话音更容易判断她蜷在后背的哪个位置。雷托停在两座辫状沙丘的交汇处，让热烘烘的氧气排放消停一会儿。

"今非昔比了。"他说，"男人和女人的确有不同的进化需求。但就弗雷曼人而言，他们形成了一种相互依靠的关系。当生存问题迫在眉睫时，自然就会培养出男女平等的思想。"

"你干吗带我来这儿？"她问。

"看看我们身后。"他说。

他感觉到她在转身。接着她说："叫我看什么？"

"我们有没有留下痕迹？你能看出我们是从哪儿来的吗？"

"现在有点风。"

"把我们的痕迹都盖住了？"

"我想是的……没错。"

"是这片沙漠造就了我们的过去和现在。"他说，"这是一座包含我们全部传统的现成博物馆。那些传统从未真正丢失过。"

雷托看到从南方地平线刮来一股小沙暴，所谓"基布利风[1]"。他看见打头阵的是一条条狭窄的沙尘带。赛欧娜自然也注意到了。

"你为什么不说干吗带我来这儿？"她问，声音里透着明显的恐惧。

"可我已经告诉你了。"

"你没有！"

"我们走了多远，赛欧娜？"

---

[1] 原指北非的一种含尘的热沙漠风。

她想了想。"三十公里？二十公里？"

"不止。"他说，"我在自己的地盘走得很快。你没感觉到刮在脸上的风吗？"

"有感觉。"她气冲冲地说，"那你问我走了多远干什么？"

"下来，站在我能看见你的地方。"

"为什么？"

很好，他想，她觉得我会把她撂在这儿，而我的速度她是赶不上的。

"下来，我会解释的。"他说。

她从他背上滑下，绕到前面能看见他脸的地方。

"当你感到充实的时候时间会过得飞快。"他说，"已经过去将近四个小时了。我们走了大约六十公里。"

"这有什么要紧的？"

"莫尼奥在你长袍口袋里放了干粮，"他说，"吃一点儿，我解释给你听。"

她在口袋里摸到了一方脱水蛋白能量块，一边啃一边盯着他看。这是一种纯正的弗雷曼传统食品，甚至还按老配方加了一点美琅脂。

"你已经感受了过去。"他说，"现在，我必须引导你感受未来，感受金色通道。"

她咽了一口。"我不相信你的金色通道。"

"如果你想活下去，就得相信它。"

"这就是你的考验吗？要么信仰雷托大神，要么死？"

"你绝不需要信我。我要你信自己。"

"为什么我们走了多远是一件要紧事？"

"这样你就能知道自己还要走多远。"

她一只手摸着面颊。"我不……"

"你现在站立的地方，"他说，"正是无限之中心。转头看看，你就理解什么叫无限了。"

她左右望了望连绵的沙漠。

"我们将一起走出我的沙漠。"他说，"就我们俩。"

"你又不用走。"她讥讽道。

"一个比方而已。但你得走，我保证。"

她朝他们的来路看了看。"所以你问我是不是留下了痕迹。"

"就算有痕迹，你也不能走回头路。我的小帝堡里一点维生的东西也没有。"

"没有水？"

"什么也没有。"

她在肩上摸到积存袋的管子，吸了一口，放回原位。他注意到她小心地封上了管口，但没有拉上面罩把嘴遮住，而雷托听到莫尼奥告诫过她别忘了这一步。她露出嘴是为了方便说话！

"你的意思是我逃不开你。"她说。

"你想离开就能离开。"

她转了一圈，瞧了瞧这片荒漠。

"关于这片辽阔的沙地有一句老话，"他说，"沿任何一个方向走都没有区别。有一定道理，但我不会全信。"

"我真的来去自由，不受你管吗？"

"自由会是一种非常孤独的状态。"他说。

她指着两人身下这座沙丘的一面陡坡说："我可以直接从这儿下去……"

"如果我是你，赛欧娜，就不会往这个方向走。"

她瞪着他。"为什么？"

"在沙丘的陡坡面，除非你沿着自然曲线走，否则沙子可能会崩塌下来把你埋住。"

她朝下望着沙坡，一边消化这条知识。

"看看语言有多美？"他问。

她把目光转到他脸上。"我们可以走了吗？"

"你来这儿是学习珍惜闲暇时间的。还有谦卑。别急。"

"但我们没有水，除了……"

"只要精打细算，蒸馏服能让你活下去。"

"可它能让我们维持多长时间……"

"你的急躁惹我烦了。"

"我们只有我口袋里这点干粮。到时候我们吃什么……"

"赛欧娜！有没有发现你说话的时候已经把'我们俩'绑在一起了？我们吃什么？我们没有水？我们可以走了吗？它能让我们维持多长时间？"

她试图咽口唾沫，他察觉到她的嘴巴发干。

"我们可以互相依靠吗？"他问。

她不情不愿地说："我不知道怎么在这里生存。"

"而我知道？"

她点点头。

"我为什么要把这些宝贵的知识分享给你？"他问。

她耸了耸肩，这个可怜的动作触动了他。沙漠灭人锐气真是太快了。

"我会把知识教给你的。"他说，"你也必须找到有价值的东西来和我分享。"

她从头到尾打量着他的身躯，目光在曾是腿脚的鳍足上逗留片刻，又移回他的面孔。

"胁迫别人订下的协议不能算协议。"她说。

"我没有对你使用暴力。"

"暴力有很多种。"她说。

"你是指我把你带到这个死亡之地来？"

"我有选择吗？"

"生为厄崔迪人本来就不容易。"他说，"相信我，我知道的。"

"你不必这么干。"她说。

"这你就错了。"

他别转身，划着波浪线游下沙丘。他听见她脚下打着滑、跌跌撞撞地跟了上来。雷托完全进入一片沙丘阴影之后停了下来。

"我们白天待在这儿。"他说，"夜里赶路消耗的水分比较少。"

任何语言都有一个极可怕的词：军人。它的同义词贯穿于我们的历史：约加尼、骑兵、轻骑兵、卡利波、哥萨克、迪兰齐夫[1]、军团兵、萨多卡、鱼言士……我都知道。这些词在我的记忆里列队而立，提醒着我：永远要把军队掌握在手中。

——《失窃的日记》

艾达荷总算找到了莫尼奥，在连接帝堡东西翼的那条地下长廊里。自两小时前的拂晓时分，艾达荷就一直在帝堡里四处寻觅总管，现在终于在走廊远远的另一头看到了他，他正跟一个隐身在门洞里的人说话。即使离得这么远，凭着站姿和那身一成不变的白制服，也一眼就能认出是莫尼奥。

地下五十米的走廊砌着琥珀色塑石墙，由调节为日间模式的光带提供照明。地下深处凉风拂面，地面卫星塔上竖有宛如长袍巨人的自摆翼，地下风就来自这套简单的系统。现在太阳已经烘热了沙地，自摆翼全部朝北，迎向灌入沙厉尔的凉爽空气。艾达荷边走边闻着带燧

---

[1] 约加尼、卡利波、迪兰齐夫原文分别为yogahnee、kareebo、deranzeef，系作者杜撰的与"军人"有关的单词。

石味的清风。

他知道这条走廊应该代表什么。它的确具备一些古代弗雷曼穴地的特色。走廊很宽阔，足够雷托的御辇通行。拱顶看上去像岩石。不过两条光带跟整体氛围格格不入。进帝堡前艾达荷从没见过光带：在他的时代，光带是不实用的，消耗能源太多，维护成本太高。球形灯结构更简单，便于更换。不过他已经意识到，雷托几乎没有"不实用"这种概念。

雷托想要什么，自会有人提供什么。

艾达荷在长廊里走向莫尼奥，一种不祥之感油然而生。

走廊里排列着穴地式小房间，没有门，只挂着薄薄的黄褐色布帘，在微风中摆动。艾达荷知道这个区域大部分用作年轻鱼言士的宿舍。他看见这里有一间包含武器库、厨房、餐厅、维修车间等在内的综合厅。在不够私密的门帘后面，他还目睹了其他事情，让他大光其火的事。

莫尼奥朝艾达荷转过身。跟莫尼奥说话的女人退回屋内，放下了门帘，不过艾达荷还是瞥见了一张不算年轻、惯于下命令的面孔。艾达荷没有认出这位指挥官是谁。

艾达荷停在距莫尼奥两步远处，莫尼奥点点头。

"卫兵说你在找我。"莫尼奥开口道。

"他在哪儿，莫尼奥？"

"谁在哪儿？"

莫尼奥上下打量艾达荷，注意到他穿着一身老式厄崔迪黑色军服，胸口佩有红色鹰徽，高筒靴擦得锃亮。这个人有一种仪式感。

艾达荷急促地吸了口气，咬牙切齿地说道："别跟我来这一套！"

莫尼奥看了看艾达荷别着的一把带鞘腰刀，又移开了目光。刀柄上镶着宝石，像是一件博物馆藏品。艾达荷在哪里搞到的？

"如果你是指神帝……"莫尼奥说。

"在哪儿？"

莫尼奥依然心平气和。"你为什么急着寻死？"

"她们说你跟他在一起。"

"那是之前。"

"我要找他，莫尼奥！"

"现在不行。"

艾达荷手按刀柄。"难道要我来硬的你才肯老实说吗？"

"我劝你别这么干。"

"他……在……哪儿？"

"既然你非要问，他和赛欧娜在沙漠里。"

"和你女儿？"

"还有谁叫赛欧娜？"

"他们在干什么？"

"她在接受考验。"

"他们什么时候回来？"

莫尼奥耸耸肩："你莫名其妙生哪门子气呢，邓肯？"

"他要怎么考验你的……"

"我不知道。跟我说，什么事让你发这么大火？"

"这地方让我恶心！鱼言士！"他转头啐了一口。

莫尼奥瞥了眼艾达荷身后的走廊，想起他是从那儿一路走过来的。熟悉邓肯们的人，很容易猜到他为什么会火冒三丈。

"邓肯，"莫尼奥说，"处于青春期的女性跟男性一样，会受同性的身体吸引，这事再正常不过了。大多数人都会自然渡过这一关的。"

"应该禁止！"

"但这是我们传统的一部分。"

"禁止！那不是……"

"哦，消消气吧。你要是想扑灭它，它反而会烧得更旺。"

艾达荷狠瞪着他。"你说你不知道自己女儿在那边发生了什么事！"

"赛欧娜在接受考验，我跟你说过了。"

"这意味着什么？"

莫尼奥举起一只手遮住眼睛，叹了口气。他放下手，不明白自己为什么要忍受这个愚蠢而危险的老古董。

"这意味着她也许会死在那儿。"

艾达荷大吃一惊，火气也消了一点儿。"你怎么能允许……"

"允许？你觉得我还有选择吗？"

"每个人都有选择！"

莫尼奥唇间掠过一丝苦笑。"你怎么比别的邓肯蠢那么多？"

"别的邓肯！"艾达荷说，"他们是怎么死的，莫尼奥？"

"我们怎么死他们就怎么死。他们总有活到头的一天。"

"你在撒谎。"艾达荷咬牙说道，他狠命摁在刀柄上的指关节已经发白。

莫尼奥仍然不急不躁地说道："小心一点儿。我的容忍也是有限度的，尤其是现在。"

"这个地方腐烂了！"艾达荷说。他用那只空手朝身后的走廊挥了一下。"有些事我永远都无法接受！"

莫尼奥目光朝向空空的走廊，但并没有在看什么。"你必须成熟起来，邓肯。必须成熟。"

艾达荷握紧刀柄。"这是什么意思？"

"眼下是敏感期。任何惊扰他的事，不管什么事……都必须杜绝。"

艾达荷已经到了爆发的边缘，之所以还没有动手，只是因为莫尼奥的态度里有一种说不清的东西在稳着他。然而话都已经说出口了，没法听而不闻。

"我不是没长大的小屁孩，可以让你……"

"邓肯！"艾达荷从没领教过性情温和的莫尼奥这么大声说话，一惊之下手也定住了，莫尼奥继续说道："假如你的身体已经有了成熟的需求，而某些东西强制你留在青春期，这时你就会做出非常不得体的举动。释放自己吧。"

"你……是在……指责……我……"

"不！"莫尼奥冲走廊做了个手势，"哦，我知道你一定看见了那边的事，但这……"

"两个女人在疯狂接吻！你认为那不是……"

"那不重要。年轻人总是多方面探索自己的潜能。"

艾达荷极力克制着不发作，他将身体重心前移。"很高兴能看清你这个人，莫尼奥。"

"嗯，好吧，我也看清过你，不止一次。"

莫尼奥眼看这句话一下子把艾达荷的神思纠缠住了。死灵们总禁不住对那些前任们想入非非。

艾达荷哑着嗓子低声说："你看清了什么？"

"你给过我珍贵的教导。"莫尼奥说，"每个人都在努力成长，但假如遭到阻挠，我们会把自身潜能转化为痛苦——寻求痛苦或施加痛苦。处于青春期的人尤其脆弱。"

艾达荷倾身靠近莫尼奥。"我说的是性！"

"当然。"

"你在责怪我幼稚……"

"是的。"

"我应该割掉你的……"

"哦，闭嘴！"

莫尼奥的声音不像贝尼·杰瑟里特的音言具有微妙的控制力，但自有一种一辈子都在发号施令的力量。艾达荷只能乖乖听从。

"抱歉。"莫尼奥说，"独养女的事搞得我心烦意乱……"他收住话头，耸了耸肩。

艾达荷深吸了两口气。"你们疯了，全疯了！你说你女儿可能会死，而你却……"

"你这个蠢货！"莫尼奥打断他，"知不知道你瞎操的那些闲心在我眼里算个什么！你那些愚蠢的问题，你那些自私的……"他摇摇头，咽下了后半句话。

"我体谅你，因为你有自己的麻烦事，"艾达荷说，"但要是你……"

"体谅？你体谅我？"莫尼奥颤抖着吸了一口气。太过分了！

艾达荷生硬地说："我可以原谅你……"

"你！你唠叨性，唠叨原谅，唠叨痛苦……你觉得你跟赫娃·诺里……"

"别把她扯进来！"

"哦，是的。别把她扯进来。别把这份痛苦扯进来！你和她享受

402

性爱，从来没想过断绝关系。告诉我，蠢货，在这件事上你的奉献精神哪儿去了？"

艾达荷窘迫地深吸了一口气。他并非不知道一贯稳重的莫尼奥心里憋着气，但没想到斥责起人来会……

"你觉得我残忍？"莫尼奥逼问，"我促使你去思考你想都不愿想的事。哈！圣上承受过更残忍的对待，那是只为残忍而残忍的对待。"

"你替他说话？你……"

"我最了解他！"

"他在利用你！"

"为了什么？"

"你说！"

"他是确保人类长存的最大希望……"

"歪门邪道不可能长存！"

莫尼奥的语气变得缓和，而说的话却让艾达荷惊愕。"我只对你说一遍。同性恋者从来都是拔尖的战士，能一定胜负的猛士。他们也是最出色的男女祭司。宗教里的独身习俗并非偶然。打仗最厉害的总是青少年士兵，这也不是偶然。"

"这就是反常的歪门邪道！"

"很正确。军事指挥官千百个世纪前就知道反常的性错位会变为痛苦。"

"这就是雷托大帝在干的事？"

莫尼奥依然用温和的口气说道："暴力需要你制造痛苦，容忍痛苦。军队被一股深层的力量驱策到痛苦中之后，控制起来就会容易得多。"

"他把你也变成了怪物！"

"你说他利用我，"莫尼奥说，"可那是我情愿的，因为我知道他付出的要远比向我索取的多。"

"连女儿也在所不惜？"

"他毫无保留。我为什么要保留？哦，我还以为你了解这种厄崔迪精神呢。邓肯们对于这一点总是很明白的。"

"邓肯们！该死的，我不是……"

"你就是没胆子付出他索要的代价。"莫尼奥说。

艾达荷眨眼间抽刀出鞘，向莫尼奥猛刺过去。他出手迅疾，不料莫尼奥反应更快——侧身一闪，同时将艾达荷绊倒在地，把他脸朝下按在地板上。艾达荷两手向前乱抓，试图翻身跳起，接着又迟疑起来，他意识到自己竟然攻击起了一个厄崔迪人——莫尼奥正是厄崔迪人。艾达荷在震惊之下一动也不动。

莫尼奥起身站定，往下看着他，脸上现出一副古怪的悲哀神情。

"你要杀我，邓肯，最好背后偷袭。"莫尼奥说，"这样还能有几分把握。"

艾达荷单膝跪起，一只脚踩在地板上，但保持这个姿势没动，手里还紧握着那把刀。莫尼奥动作太快了，而且那么优雅——那么……那么举重若轻！艾达荷清了清嗓子："你是怎么……"

"他花了很长时间育种才有了我们，邓肯，我们的各方面都得到了强化，包括速度、智力、自制能力、反应能力。你只是……只是一款老型号。"

你知道打游击的常说什么吗？他们声称自己没有经济体系，因此他们的反叛不会被经济战打败，还声称他们恰恰寄生在自己要推翻的体制上面。这些傻瓜只是算不清自己必然要付出的代价而已。这种做法只有死路一条。要知道，这场戏在奴隶制国家、福利国家、等级制宗教国家和社会主义官僚国家里反复上演——在任何创造并维持相互依存关系的社会中都不可避免。这条寄生虫太长，没有寄主就无法生存。

——《失窃的日记》

雷托和赛欧娜整个白天都待在沙丘的阴影里，只随着日头的移动而移动。他教她正午时分如何钻入沙下防暑，或者待在温度相对较低的沙丘间岩石层。

到了下午，赛欧娜会爬近雷托取暖，他知道这些日子自己总是有多余的热量。

他俩偶尔聊上几句。他向她诉说一度在此地盛行的弗雷曼式美德。她刺探着他的秘事。

有一次，他说："你也许会觉得奇怪，来到这里，我的人性反而最强烈。"

听了他的话，她却没有充分意识到自己作为人类的脆弱，也没有想到她或许会死在这儿。即使在不说话的时候，她也没有拉起蒸馏服的面罩。

雷托知道这是一种无心之失，而直言相告并不会有什么好处。

天色向晚，夜寒渐渐侵入沙漠，他为她唱起《口述史》未收录的远征之歌。她喜欢他珍爱的一首歌，《列特进行曲》，这让他备感欣慰。

"货真价实的老调子，"他说，"来自前太空时期的古老地球。"

"你能再唱一遍吗？"

他在最悦耳的男中音里选了一个，这位早已作古的艺术家曾在大大小小的音乐厅里一展歌喉。

> 遗忘之墙遮我眼眸，
> 古老瀑布飞挂墙后，
> 万川汇一湍流奔涌！
> 浪花飞舞，
> 凿土成窟，
> 巨流滚滚涛声隆隆。

他唱完后，她沉默了一会儿，说："这是一首奇怪的进行曲。"

"他们喜欢这首歌，因为它经得起分析。"他说。

"分析？"

"在我们的弗雷曼祖先来到这座星球之前，夜晚是讲故事、唱歌和吟诗的时间。而到了沙丘时代，这些事情都挪到了白天，穴地里是不见天日的。晚上他们要出去四处活动……就像我们现在这样。"

"可你刚才说的是分析。"

"这首歌表达了什么意思？"他问。

"哦。这……这只不过是一首歌。"

"赛欧娜！"

她听出了他声音里的火气，没有吭声。

"这座星球是沙虫的孩子，"他警告她，"而我就是沙虫。"

出乎意料的是，她竟然满不在乎地答道："那告诉我这歌有什么意思？"

"虫儿离不开巢穴，正如我们离不开历史。"他说，"历史留下了洞窟，留下了飞溅的巨流刻下的所有信息。"

"我更喜欢舞曲。"她说。

这是一句轻率的回答，但雷托只当她变换了话题。他向她介绍起弗雷曼女人的婚嫁舞，其舞步最早模仿的是尘卷风。雷托对自己讲故事的本领颇感自豪。她入迷地听着，显然身临其境般看到了女人们在尽情旋转，踏着古老舞步甩动长长的青丝，乱发之下是一张张先祖的面容。

他讲完时天快黑了。

"来，"他说，"清晨和黄昏能看到剪影。让我们看看沙漠里是不是还有别人。"

赛欧娜随他登上一处丘脊，两人环视着渐黑的沙漠。只有一只鸟在他们头顶上空高高飞翔，是被这两个活物吸引过来的。雷托从它张开的翼尖和身形判断是一只秃鹫。他对赛欧娜说了。

"可它们吃什么？"她问。

"任何死了或快死的东西。"

她顿感震惊，仰头盯着这只孤鸟，它的飞羽已被最后一缕阳光镀成了金色。

雷托继续说道："依然有人冒险走进我的沙厉尔。保留地弗雷曼人有时会走失。他们的确只擅长举办仪式。还有就是在沙漠边缘，我的狼群会在那儿留下点什么。"

听到这儿，她猛地背转身去，但雷托还是看到了那股仍在蚕食她的怒火。赛欧娜正在经受痛苦的考验。

"白天的沙漠几乎没有仁慈。"他说，"这也是我们要在夜里赶路的原因。对于弗雷曼人，白天只有抹平道路的漫天沙尘。"

她转过身，眼里闪着泪光，但神色已然镇定下来。

"这里现在有哪些生物？"她问。

"秃鹫、一些夜行动物、旧时代留下的零星植物、穴居动物。"

"就这些？"

"是的。"

"为什么？"

"因为这里是它们的诞生地，我允许它们只认定这里。"

天色几近全黑，这个时间沙漠里只有忽闪的亮光。他在闪光的瞬间观察她，意识到她并没有明白他的言外之意。不过他知道这些意义会潜伏在她心里，折磨她。

"剪影。"她重提先前的话头，"我们上来的时候你本指望找到什么？"

"也许是远处的人影。你永远无法确定。"

"什么人？"

"我已经说过了。"

"要是你看到别人，会怎么做？"

"弗雷曼人习惯上把远处的人当作敌人，除非对方向空中扬沙。"

他说话时，夜幕已经完全降临了。

在骤然亮起的星光下，赛欧娜变成了一个会动的幽影。"扬沙？"她问。

"扬沙是一个有深意的动作，意味着：'我们有难同当。沙子是我们唯一的敌人。我们喝的是沙子。握沙的手里没有武器。'你明白吗？"

"不明白！"她故意不说实话想让他难堪。

"你会明白的。"他说。

她一声不吭，带着满腔怒火沿沙丘的弧线大踏步从雷托身边走了开去。雷托远远地跟在后面，让他感兴趣的是，她本能地选择了正确方向。他能觉察到弗雷曼人的记忆正在她心里翻涌。

在两座沙丘即将交汇的下坡面，她等着他赶上来。他看见她的蒸馏服面罩仍然松耷耷地敞着。还不到训斥她的时候。某些潜意识的东西必须等待它们自然浮现。

他靠近时，她问："这个方向不比别的方向差吧？"

"如果你认准这个方向的话。"他答。

她抬头瞧了瞧星星，他看到她认出了指极星，她的弗雷曼祖先就是靠着这几颗星星穿越沙地的。不过他也发现，她识认星辰主要依赖的是书本知识。她还没有开始接受内心的指引。

雷托抬起前节部位，借着星光向前方眺望。他们正在朝北面稍偏西的方向前进，这条路曾经越过哈班亚山脊和鸟巢洞，进入假墙山西段下面的沙海，直通风口关。这些地标现在都荡然无存了。他嗅了嗅带着燧石味的冷风，空气湿度有点大，让他感到不舒服。

赛欧娜继续赶路——这回放慢了速度，时不时瞥一眼星星来确定方向。她刚才还依赖雷托来确认方向，而现在已经靠自己认路了。他感觉到她谨慎的思维底下有一股骚动，他知道某些东西开始浮现了。正如沙漠人总是死心塌地地忠于旅伴，她的心里也生出了这种苗头。

我们知道，他想，假如跟旅伴走散，你会迷失在沙丘与岩石之间。单枪匹马走在沙漠里的人必死无疑。只有沙虫能在这里独自生存。

他远远地落在后面，不让自己行进时发出的沙粒摩擦声太过刺耳。他的人类分身必须在她心里占上风。他指望她的忠诚能起到作用。然而赛欧娜是暴脾气，胸中总憋着一团怒火——比他考验过的任何人都更叛逆。

雷托一面在她身后滑行，一面回顾育种计划，盘算着万一她通不过考验该采取怎样的替代方案。

夜越来越深，赛欧娜越走越慢。一号月亮已悬在头顶，二号月亮也高挂在地平线上方，她停下来歇歇脚，吃点东西。

雷托很乐意歇一会儿。与沙粒摩擦久了，沙虫分身会渐渐抬头，他身体周围充斥着因体温调节而释放的化学气体。"氧气增压器"正在稳定排放，他强烈感觉到体内活动着的蛋白质"工厂"和氨基酸资源，沙虫分身要靠它们来维持与人类细胞即母体之间的关系。沙漠加快了他的最终变形。

赛欧娜所站的位置接近一座星状沙丘的顶部。"你真的吃沙子吗？"他靠近时她问道。

"真的。"

她极目四望，地平线上月华如霜。"我们为什么不带上信号设备？"

"我希望你理解身外之物的意义。"

她朝他转过头。他脸上感觉到她的气息。她有太多水分散失到干燥的空气中了，却仍未想起莫尼奥的警告。这将是一场痛苦的教训，毫无疑问。

"我根本不理解你。"她说。

"但你的使命就是要做到这一点。"

"是吗？"

"否则你用什么来交换我给予你的东西呢？"

"你给了我什么？"这句话出口时带着满腔怨恨，还有一丝干粮里的香料味。

"我给了你单独和我共度这段时光的机会，你却毫不在乎。你把机会浪费掉了。"

"身外之物有什么说道？"她问。

他听到她的嗓音里已露出疲态，缺水的信号开始在她体内发出嘶吼。

"他们在古代活出了真性情，那些弗雷曼人。"他说，"他们的审美眼光仅限于有用的东西。我从来没碰上过一个贪婪的弗雷曼人。"

"这说明什么？"

"古代人带进沙漠的每一样东西都是必需品，别的什么也不带。而你的生活总也摆脱不了身外之物，赛欧娜，否则你不会提到信号设备。"

"为什么信号设备不是必需品？"

"信号设备什么也教不了你。"

他从她身边绕过，沿指极星所示方向前行。"来，让这黑夜给我们指引。"

她紧走几步，跟"风帽脸"齐头并进。"要是我不听你那该死的说教会怎么样？"

"你也许会死。"他说。

她沉默了一会儿，深一脚浅一脚地走在他身旁，偶尔瞟他一眼，对沙虫身体视而不见，目光只落在他尚存的人类特征上。过了一段时间，她开口道："鱼言士说，我是按照你的配种指令生育出来的。"

"没错。"

"她们说你一直在做跟踪记录，你命令厄崔迪人配种来达到自己的目的。"

"也没错。"

"这么说《口述史》是对的。"

"我想你对《口述史》是深信不疑的吧？"

她自顾自继续发问："要是你下令配种的对象不同意这档子事怎么办？"

"我给予他们充分的行动自由，只要按我的指令完成生育就行。"

"指令？"她怒气冲冲地问。

"是的。"

"你不能爬进每一间卧室，也不能每时每刻盯着每一个人的生活！你怎么知道别人是不是服从你的指令？"

"我知道。"

"那你就该知道我不会服从你的！"

"你渴吗，赛欧娜？"

她一愣。"什么？"

"口渴的人会谈论水，而不是性。"

她仍然没有封好面罩。他想：**厄崔迪人总是热血沸腾，甚至不惜牺牲理性。**

不到两小时，他们下坡出了沙丘区，来到一片疾风劲吹的砾石平原。雷托继续前进，赛欧娜不离他身旁。她时不时瞄一眼指极星。现在两颗月亮都低垂在地平线上方，每一块巨石都拖着两条长长的影子。

雷托发现，这类地形有时爬行起来比沙漠要舒服。硬石的导热性强于沙粒。他可以平贴在石头上，缓一缓体内"工厂"的加工速度。砾石，甚至大块岩石，都对他没有妨碍。

赛欧娜就有麻烦了，好几次差点崴了脚。

这片平原对于没走惯的人是个大考验，雷托想。视野贴近地面时，他们只能看见广袤的虚空，在月光下尤显诡异——远处是一座座沙丘，不管他们怎么走，这距离似乎始终不变——这里唯有永无止歇的风、散落的石块，和头顶上不通人性的星辰，除此之外别无一物。这是沙漠中的沙漠。

"弗雷曼音乐里那种永恒的孤寂就来自这里，"他说，"而不是来自沙丘。到了这里你才真正体会到，假使有流水的声音，假使这无尽的狂风能减弱威力，即便只减弱一点点，那也无异于天堂了。"

都说到这个份上了，她还是没有拉起面罩。雷托开始绝望了。

天亮时两人已经在平原上走了很远。

雷托停在三块堆作一堆的超大圆石旁，其中一块甚至比他还高。赛欧娜在他身上靠了一会儿，这个动作令他又燃起了几分希望。她后背一顶离开他，朝最高的那块石头攀爬上去。他看到她出现在圆石顶上，专注地向远方眺望起来。

雷托连看都不用看就知道她的视野里有什么：地平线上风沙如

雾，将初升的太阳模糊成一团光晕；剩下的就只有平原和大风。

他身下的岩石带着沙漠清晨的寒意。低温下空气要干燥得多，他感觉很惬意。要不是赛欧娜，他会继续赶路，但赛欧娜明显筋疲力尽了。她从圆石上下来后又靠在他身上，过了近一分钟他才发现她在竖耳倾听。

"你在听什么？"他问。

她懒懒地答道："你里面在咕隆咕隆叫。"

"这把火永远熄不了。"

这句话提起了她的兴致。她顶了一下，从旁边绕到正面直视他的面孔。"火？"

"每个活物体内都有一把火，有些烧得慢，有些烧得快。我这把火就比大多数人要旺。"

她在寒风中搂住自己。"那你在这儿不觉得冷喽？"

"不冷，但我看得出你冷。"他把一部分脸缩进"皮风帽"，将前节部位的末段向下弯出一道弧度。"有点像吊床。"他眼望下方说道，"你蜷在这儿会暖和起来的。"

她毫不迟疑地接受了他的邀请。

虽然是他主动提供的帮助，他还是发现她的信赖打动了自己。他现在的同情心比认识赫娃之前要强烈得多，但他必须克制住。他告诫自己，这件事容不得半点同情。种种迹象表明赛欧娜很可能会死在这儿。他必须做好失望的心理准备。

赛欧娜用一条胳膊挡住脸，合眼入睡了。

从来没有人像我这样经历过那么多的昨天，他提醒自己。

他知道，以普通人的眼光看，他在这里的所作所为简直就是残酷无情。他逼着自己退到记忆里，有意识地撷取人类历史中所犯下的错误。现在，亲历人类的错误是他最牢靠的精神支柱。了解错在哪里，才能制订出长远的纠偏计划。他必须对各种后果始终保持清醒的认识。假如后果不为人知或遭到隐瞒，教训也就丢了。

然而，他离沙虫越近，就觉得自己越难作出别人所谓"非人性"的决定。而在过去，他作这类决定都是毫不费力的。随着人性的渐渐丧失，他发现自己反而越来越受人性的牵制了。

在人类历史的发源地，我仰躺在一个极窄的洞穴里，进出只能靠蠕动而不是爬行。在那儿，我借着松明火把的摇曳之光，在洞壁和洞顶上描画各种猎物，还有我的人民的灵魂。透过一个完美的循环回窥祖先奋力追求灵魂的浮现，这是何其发人深省。那一声远古的呼喊回荡至今："我在这里！"后世艺术巨匠指引我凝视着岩壁上木炭与植物染料留下的手印和流畅的肌肉线条。我们远远不只是单纯的机械现象！我的未开化分身发出质疑："他们究竟为什么不愿离开洞穴？"

——《失窃的日记》

下午晚些时候，莫尼奥派人请艾达荷去办公室见面。艾达荷已经坐在寓所的帆布沙发上胡思乱想了一整天。每一种想法都起源于上午莫尼奥轻而易举把他撂倒在走廊地板上这件事。

"你只是一款老型号。"

艾达荷想来想去都觉得自己是无足轻重的。他感到自己的生存意志正在消散，只留下怒火燃烧后的灰烬。

我身上唯一有用的，就是一摊精液而已，他想。

这种想法不是导致轻生就是引向纵欲。他感觉自己被钉死在命运的棘刺上了，而且还遭受着来自四面八方的折磨。

身穿挺括蓝军服的年轻传信兵带来的是又一次折磨。听到敲门他低低地应了一声，传信兵走进来，在连接前厅的拱门下站定，迟疑着没有开腔，而是对他察言观色起来。

闲话传得真快啊，他想。

艾达荷看见她站在拱门内，一副鱼言士精英的形象——比一般人更多几分性感，却又不是特别撩人。蓝军服未能掩盖她坚挺的胸部和翘臀。他抬眼看了看她淘气的面孔和一头金发——侍祭的发型。

"莫尼奥派我来问候您。"她说，"有请您到他办公室见面。"

艾达荷去过他办公室几次，第一次所见印象最深。去之前他就知道，这里是莫尼奥待得最多的地方。屋内摆着一张带漂亮金色纹理的深棕色木桌，约两米长一米宽，桌腿粗而短，四周堆着灰色坐垫。艾达荷觉得这张桌子是个贵重的稀罕物件，也是作为这里唯一的重点精心挑选的。屋内除了这张桌子，就是坐垫——同地板、四壁和天花板一样都是灰色——再无其他家什。

考虑到主人的地位，这间屋子算小的，长不过五米，宽仅四米，但天花板很高。相对的两面窄墙各设一狭长玻璃窗采光。窗口视点极高，一扇俯瞰沙厉尔西北边缘与禁林的交界线，另一扇面向西南面的滚滚沙丘。

反差很大。

有趣的是，桌子进一步加深了这个第一印象。桌面似乎在展示什么叫"杂乱无章"。薄薄的晶纸散得到处都是，完全遮住了桌面，只隐隐透出一些木纹。有的晶纸上印有精致的文字。艾达荷认出了加拉赫语和其他四种文字，包括稀有的过渡语种——珀斯语。有几张一看就是平面图，还有些龙飞凤舞地写着贝尼·杰瑟里特特有的粗黑软笔花体字。最令他感兴趣的是四根长约一米的白色轧制管——这是配合违禁计算机用的三维输出装置。他怀疑终端设备就藏在某面墙的一块嵌板之后。

莫尼奥派来的年轻传信兵清了清嗓子，把正在出神的艾达荷拉回现实。"我应该怎么向莫尼奥回话？"她问。

艾达荷盯着她的脸。"你想怀上我的孩子吗？"他问。

"司令！"显然，与这个提议相比她更意外的是他答非所问。

"啊，对了，"艾达荷说，"莫尼奥。我们怎么跟莫尼奥说呢？"

"他等着您答复，司令。"

"我的答复真的有什么意义吗？"艾达荷问。

"莫尼奥让我转达您，他希望同您和赫娃小姐一起谈谈。"

艾达荷模模糊糊来了一点兴致。"赫娃跟他在一起？"

"也派人去传她了，司令。"传信兵又一次清了清喉咙，"司令要我今晚再来吗？"

"不用了，不过还是谢谢你。我改主意了。"

他觉得她巧妙地掩饰了失望之情，但口气正式得有些僵硬："我可以回莫尼奥说您会去吗？"

"就这样说。"他挥手示意她退下。

她走后，艾达荷本想不去理会这次邀见，但好奇心渐渐抬头。莫尼奥安排赫娃在场一起谈话？为什么？他觉得这样就能让艾达荷振作起来？艾达荷咽了口唾沫。一想到赫娃，他空落落的心就感到充实。不能不理会莫尼奥的邀见。有一股可怕的力量将他与赫娃绑在了一起。

他站起身，由于长时间没动弹，肌肉已经发僵。好奇心外加这股力量驱使他行动起来。他来到走廊里，不顾卫兵们投来窥探的眼光，听凭内心难以抗拒的命令将自己带往莫尼奥的办公室。

艾达荷进办公室时赫娃已经到了。她坐在莫尼奥对面，中间隔着那张杂乱无章的桌子。她穿着一双红色便鞋，两脚蜷在身下的灰垫子旁边。艾达荷刚看见那身配绿色编织腰带的棕色长袍，她就把头转了过来，接下来他的目光就完全聚焦在她脸上了。她嘴巴动了动想叫他的名字，但没有发出声音。

连她也听说了，他想。

这个想法反倒让他打起了精神。当天的所有念头开始在脑海中重新组合成形。

"请坐，邓肯。"莫尼奥说。他指了指赫娃边上的一只坐垫。他的声音带着一种古怪的迟疑语气，除了雷托几乎无人留意过。他目光下垂，停留在杂乱的桌面上。斜阳照着一件金色镇纸——一座水晶火焰山上栽着一株结满宝石果的仙树，在凌乱的桌面上投下了蛛网般的影子。

艾达荷按莫尼奥的示意坐在一只垫子上，注意到赫娃一直看着他。接着她转头望向莫尼奥，艾达荷觉得她的眼神中带着怒意。莫尼奥还是穿着那件素白色制服，领口敞开，露出皱纹密布的脖子和一些赘肉。艾达荷直盯着莫尼奥的眼睛就是不开腔，迫使对方打破沉默。

莫尼奥回视着艾达荷，发现他仍旧穿着上午相遇时的那件黑军服，前襟下方甚至还沾有些许污迹，是被莫尼奥撂倒在走廊地板时蹭上的。但艾达荷没有再佩带那把历史悠久的厄崔迪刀。这让莫尼奥感到不安。

"我今天上午的所作所为是不可原谅的。"莫尼奥说，"所以我不求你原谅。我只希望你能理解我。"

艾达荷留意到赫娃对于这番开场白并不感到意外，可以想见两人在艾达荷到场前已经谈论过什么了。

艾达荷没有答话，莫尼奥继续说道："我无权让你产生自卑感。"

艾达荷发现莫尼奥的言语和态度在自己心中激起了奇怪的反应。他依然觉得自己在智谋和能力方面一败涂地，自己那个时代已经远远落伍了，但他可以肯定莫尼奥并没有在耍弄自己。出于某些原因，总管袒露了真诚的秉性。认识到这一点，艾达荷觉得雷托的宇宙、鱼言士无法无天的性亢奋、赫娃有目共睹的率真——一切事物——都构成了新的关系，一种他能理解的关系，仿佛这屋里的三个人是全宇宙仅剩的真正人类。他的答话带着狠狠的自嘲："当我跟你动武的时候，你完全有权利自我保护。看到你这么能干我只有高兴。"

艾达荷转向赫娃，没等他开口，莫尼奥先说话了："你不必替我辩解。我觉得她对我的不满已经根深蒂固了。"

艾达荷摇摇头。"我还没说，甚至还没想，这里的人就知道我要说什么、想什么了吧？"

"你有一点很让人钦佩，"莫尼奥说，"就是不掩饰自己的想法。而我们——"他耸耸肩，"就不得不更谨慎一些。"

艾达荷看了看赫娃。"他代表你说话？"

她把手放到艾达荷手里。"我代表我自己。"

莫尼奥伸长脖子盯着那两只扣在一起的手，随后又重重地坐回垫子，叹了口气。"你们这样可不行。"

艾达荷更紧地握住她的手，并感到她有力的回应。

"在你们提问之前我先说一下，"莫尼奥说，"神帝对小女的考验还没有结束，他们都没回来。"

艾达荷觉得莫尼奥在努力保持冷静。赫娃也听出来了。

"鱼言士说的是真的吗？"她问，"赛欧娜通不过就会死？"

莫尼奥默然不语，脸绷得像一块岩石。

"这是不是类似于贝尼·杰瑟里特的考验？"艾达荷问，"穆阿迪布说姐妹会的考验是为了测试你属不属于人类。"

赫娃的手开始颤抖。艾达荷感觉到了，看着她问："她们测试过你吗？"

"没有，"赫娃说，"不过我听年轻人谈起过。她们说你必须闯过痛苦这一关，而且不能丢失自我意识。"

艾达荷将目光转回莫尼奥，注意到他的左眼角开始抽跳。

"莫尼奥。"艾达荷吸了口气，突然想起来了，"他考验过你！"

"我不想谈考验。"莫尼奥说，"我们这次碰头是商量你们俩应该怎么办的。"

"难道这不是由我们俩来决定的吗？"艾达荷问。他感到赫娃的手正在沁汗，滑溜溜的。

"由神帝决定。"莫尼奥说。

"即使赛欧娜通不过考验？"艾达荷问。

"那就更应该服从神帝！"

"他是怎么考验你的？"艾达荷问。

"他让我看了一眼当神帝是怎么回事。"

"然后呢？"

"能看见的我都看见了。"

赫娃的手在艾达荷手里猛地绷紧了。

"这么说你真的造过反。"艾达荷说。

"起初我依赖于爱和祈祷，"莫尼奥说，"接下来我变得愤怒和叛逆。然后我又被改造成你眼前的这个人。我认清了自己的职责，我履行职责。"

"他对你干了什么？"艾达荷问。

"他对我引用了我小时候念过的祷文：'我献身于无上荣耀之神。'"莫尼奥若有所思地说。

艾达荷注意到赫娃一直没动静，只是盯着莫尼奥的面孔。她在想什么？

"我承认这的确是我念过的祷文。"莫尼奥说，"接着神帝又问倘若献出生命还不够，我还会放弃什么。他朝着我大喊：'假如你没有发挥真正的天赋，你的生命又有什么价值？'"

赫娃点点头，艾达荷却一头雾水。

"我从他声音里听出了真相。"莫尼奥说。

"你是真言师吗？"赫娃问。

"在绝望的时候是，"莫尼奥说，"但其他时候不是。我发誓他说的是真话。"

"有些厄崔迪人也会运用音言。"艾达荷咕哝道。

莫尼奥摇摇头。"不，这是真话。他对我说：'我现在看着你，要是我能流泪，我会流的。想想吧，把愿望化为行动！'"

赫娃身体前倾，几乎触及桌子。"他不能哭？"

"沙虫。"艾达荷低声说。

"什么？"赫娃朝他扭过头来。

"弗雷曼人用水杀死沙虫。"艾达荷说，"他们用溺死沙虫的办法来采集宗教狂欢所需要的香料萃取物。"

"但圣上还不完全是沙虫。"莫尼奥说。

赫娃坐直身子，瞧着莫尼奥。

艾达荷努嘴沉思起来。雷托还在恪守弗雷曼人禁止流泪的规矩吗？弗雷曼人是多么畏惧浪费水分哪！*把水献给死者。*

莫尼奥对艾达荷说："我本来希望能让你理解。圣上发过话。你和赫娃必须分手，永远不再相见。"

赫娃从艾达荷手中抽回自己的手。"我们知道。"

艾达荷无奈而苦涩地说："我们知道他的权力。"

"但你不理解他。"莫尼奥说。

"理解他是我最大的愿望。"赫娃说。她把一只手放在艾达荷胳膊上，示意他别出声。"不，邓肯。这里容不下我们的私欲。"

"也许你应该向他祈祷。"艾达荷说。

她转身一直盯着艾达荷，直到他垂下目光。她用艾达荷从没听过的富有节奏的语调说道："我叔叔马尔基总是说雷托皇帝从来不会回应祈祷。他说雷托皇帝把祈祷看作一种胁迫，一种针对天定之神的暴力行为，祈祷者指挥不朽神灵干这干那：*给我一个奇迹，神，否则我就不信你！*"

"名为祈祷，实为狂妄。"莫尼奥说，"要么就是替人祈求。"

"他怎么可能是神？"艾达荷问，"他并非不朽之身，他自己都承认。"

"关于这一点我想转述圣上的话，"莫尼奥说，"'我就是你们想要目睹的唯一神。我就是那个变成了奇迹的词。我是我所有的祖先。这还不足以称为奇迹吗？你们还想要什么？问问你自己：还有比这更大的奇迹吗？'"

"空洞的言辞。"艾达荷轻蔑地说。

"我也有过同样的轻蔑。"莫尼奥说，"我用《口述史》里他自己的话来顶他：'献给无上荣耀之神！'"

赫娃倒吸一口气。

"他笑我。"莫尼奥说，"他笑着问，我怎么才能献出原本就属于神的东西？"

"你发火了？"赫娃问。

"哦，是的。他看到了，说会告诉我怎么献身于神。他说：'你可以把自己看成是一个伟大的奇迹，和我完全一样。'"莫尼奥扭头朝左侧窗口望出去，"我只怕怒火让耳朵不好使了，我一点儿准备都没有。"

"哦，他很聪明。"艾达荷说。

"聪明？"莫尼奥看着他，"我不这么想，不是你指的这方面。在这方面我认为圣上不比我更聪明。"

"你没准备好什么？"赫娃问。

"冒险。"莫尼奥答。

"可你在他面前发火已经够冒险的了。"她说。

"不及他冒的险。我能在你眼睛里看到，赫娃，你懂的。他的身体让你反感吗？"

"已经不了。"她说。

艾达荷在失望中磨了磨牙。"他让我作呕！"

"亲爱的，你不能这么说。"赫娃说。

"你也不能叫他亲爱的。"莫尼奥说。

"你宁愿她摸索着去爱某个邪恶的庞然大物，任何一个哈克南男爵做梦都不敢把自己变成这么一个人。"艾达荷说。

莫尼奥努了努嘴，说："圣上跟我说起过这个与你同时代的恶老头，邓肯。我认为你不了解你的敌人。"

"他是个肥胖的、怪物一样的……"

"他追求感官享乐。"莫尼奥说，"肥胖原本是副作用，后来可能成了一种乐趣，因为肥胖是对别人的挑衅，而他就爱挑衅。"

"男爵只祸害几座星球，"艾达荷说，"而雷托祸害的是整个宇宙。"

"亲爱的，请别！"赫娃想拦住他说这种话。

"让他口出狂言。"莫尼奥说，"我也有过年少无知的时候，就像赛欧娜和这个可怜的傻瓜，我说话也是这副腔调。"

"这就是你让亲生女儿去送死的理由吗？"艾达荷问。

"亲爱的，你说得太狠了。"赫娃说。

"邓肯，你有个缺点，就是总爱歇斯底里。"莫尼奥说，"我警告你，歇斯底里会培养无知。你的基因有活力，你也能在鱼言士中激发出一点活力，但你不是个好长官。"

"别想激怒我。"艾达荷说，"我还不至于蠢到跟你动粗，可你也别太过分。"

赫娃想握住艾达荷的手，但他把手抽了回来。

"我知道自己的地位。"艾达荷说，"我就是个卖力气的跟班。我能扛厄崔迪的旗子。把那面黑绿色大旗扛在背上！"

"无能之辈靠歇斯底里维护手中的权力。"莫尼奥说，"厄崔迪人的统治是一门与歇斯底里不沾边的艺术，是一门对权力运用负责的艺术。"

艾达荷把自己往后一推，站起身来。"你那该死的神帝什么时候负过一点责？"

莫尼奥低头看着杂乱的桌面，并保持这个姿势说："他对自己做的那些事，他一人担当。"这时莫尼奥抬起头来，眼睛仿佛蒙了一层霜。"邓肯，你没胆子去了解为什么他要对自己做那些事！"

"而你有胆？"艾达荷问。

"就在我火气最大的时候，"莫尼奥说，"他在我眼里看到了他自己，他说：'你怎么敢对我动怒？'就在那时——"莫尼奥咽了口唾沫——"他让我看到了恐惧……也是他曾见过的恐惧。"泪水从莫尼奥的两眼涌出，沿脸颊流下。"我只感到幸运，不必像他那样去作决定……我会很满足于当一个跟班。"

"我触摸过他。"赫娃轻声说。

"那么你也知道？"莫尼奥问。

"我没看见，但我知道。"她答。

莫尼奥低声说道："我几乎为此而死。我……"他颤抖了一下，接着抬头望着艾达荷。"你不能……"

"你们都去死吧！"艾达荷大吼一声，转身冲出房间。

赫娃盯着他的背影，表情十分痛苦。"哦，邓肯。"她细声说。

"你看见了吗？"莫尼奥问，"你错了。不管是你还是鱼言士都降不住他。而你，赫娃，你反而在毁他。"

赫娃一脸痛苦地转向莫尼奥。"我不会再见他了。"她说。

对于艾达荷，走向寓所的这段路成为他记忆里少有的艰难时刻。他竭力把面孔想象成能掩盖内心动荡的塑钢面罩，不能让旁边的任何一名卫兵看出自己的痛苦。他不知道大部分卫兵都能准确地猜到他的情绪，并产生同情。她们每一个都仔细地对邓肯们的简报做过功课，知道如何判断他们的心理。

快到寓所时，艾达荷遇上内拉正慢慢地从对面走来。她那犹豫不决、若有所失的神情让艾达荷收住脚步，连自己的心事也暂时忘记了。

"'朋友'？"他在离她几步远时打了个招呼。

她瞧过来，从那张四方大脸明显可以看出，她是突然间认出他来的。

这个女人真是怪模怪样的，他想。

"我不再是'朋友'了。"她说着与他擦身而过，朝走廊另一头走去。

艾达荷转动脚跟，盯着她渐远的背影——那副壮实的肩膀，那一大堆肌肉缓缓移动的感觉，吸引着他的目光。

生育这个人是什么目的呢？他暗想。

这个想法转瞬即逝。他自己的问题重又涌了上来，比先前更加揪心。他迈了几步来到门口，走入房间。

进到屋内，艾达荷在身体两侧捏紧拳头，站了片刻。

我与任何时代都脱离了关系，他想。奇怪的是，这并没有给他一种解放感。他明白，自己刚才的所作所为将会淡化赫娃对他的爱。她会看不起他。不久之后她就会把他看作是一个完全受情绪摆布的坏脾气小傻瓜。他能感觉到自己正从她心目中渐渐消失。

还有那个可怜的莫尼奥！

对这位卑顺的总管所奉行的原则，艾达荷有了大致的了解。义务与责任。当一个人面临艰难抉择时，这是一个多么安全的避风港。

我曾经也是那样，他想，不过那是另一条生命，另一个时代。

邓肯们有时会问我是否理解历史上异族的思想。假如我理解，为什么不能给出解释？邓肯们认为，知识只存在于具体事实中。我试着告诉他们所有语词都是具有可塑性的。语词一经说出就开始变形。植根于某语言的思想只能由该语言来表达。这就是"异族"一词的核心意义。它已经开始变形了，看到了吗？对于异族之语，转译即扭曲。我此时说的加拉赫语就是一种自我强化之物。它是一个外部参照系、一套特殊系统。任何系统都潜藏着危险。一套系统包含其创造者的未经检验的理念。你一旦采用一套系统，接受其理念，你也就进一步增大了它变易的阻力。这是否有助于我向邓肯们解释，有些东西是无法用语言表述的？啊！不过邓肯们相信一切语言都为我所有。

——《失窃的日记》

　　整整两天两夜赛欧娜没有遮上面罩，每呼一口气都要损失一点珍贵的水分。赛欧娜早把父亲的教诲忘到九霄云外了，而弗雷曼人养成遮面罩的习惯是因为打小就受大人的耳提面命。第三天早晨，万里平沙，寒风呼啸，两人歇在一块岩石的背阴处，雷托终于提醒她说：

"珍惜你的每一次呼吸，它会带走生命所需的体温和水分。"

他知道，他们还要在沙海里待上三个白天、走上三个夜晚，才能抵达水源。此时已是从小帝堡出发后的第五个上午。昨夜他们进入了浅飘沙区——没有沙丘，但前方能望见沙丘，甚至还能看见残余的哈班亚山脊，只要面朝正确的方向，就能见到远方那条断断续续的细线。现在赛欧娜只在需要把话说清时才拿下蒸馏服面罩。她露出的嘴唇已发黑渗血。

她渴到绝望了，当他用感官探了探周围环境后这样想，**她离危机时刻不远了**。感官告诉他，在这沙海的边缘地带依然只有他们两个人。天刚破晓，曙光照出了一块块沙尘反光屏，在永不止歇的狂风中忽上忽下，扭动弯曲。他的听觉滤除风声后，还能接收到其他声音——赛欧娜起起伏伏的呼吸声、一坨沙子从附近岩石上撒落的声音、他自己的庞大身躯与浅沙层摩擦的声音。

赛欧娜把面罩摘到一边但并没有松手，以便快速戴上。

"还要多久才能找到水？"她问。

"三晚。"

"没有近一点的路了？"

"没有。"

她开始领会弗雷曼人谈论要事时言简意赅的好处了。她贪婪地从积存袋里吸了几滴水。

雷托读出了她的肢体信息——这是弗雷曼人临死前的常见动作。赛欧娜充分体会到了祖先们共有的一种感受——帕提耶，垂死之渴。

她的积存袋里仅剩的几滴水也没了。他听到了她的吸气声。她戴好面罩，闷声说："我挺不过去，是吗？"

雷托望着她的眼睛，看到了将死者特有的澄澈，一个人在其他状态下很难达到这种通透。生存所必需的那部分被放大了。是的，她深深进入了泰达赖阿格利米，即能让人开窍的痛苦状态。不久后，她就必须要作那个最终决定，虽然她自以为已经作过了。雷托从种种迹象看出，现在她尤其需要善待。他必须真诚地回答她每一个问题，因为每个问题都隐含着一种判断。

"是吗？"她又问一遍。

她绝望中还残存一丝希望。

"一切都是未知数。"他说。

这句话让她陷入了无望。

雷托本不想如此，但他知道这种情况时常发生———一个正确的却又模棱两可的回答往往会勾起对方心底的恐惧。

她叹了口气。

她又从面罩下发出闷闷的声音，来试探他："我在你的育种计划里有特殊目的。"

这不是一句提问。

"人人都有目的。"他说。

"但你要我心甘情愿地立约。"

"的确如此。"

"你清楚我痛恨与你有关的一切，你又怎么能指望我跟你立约呢？诚实点吧！"

"立约包含三个基础：愿望、事实和怀疑。跟表述是否准确与诚实关系不大。"

"请别和我争。你知道我快要死了。"

"我正是因为太尊重你，才不会和你争。"

他稍稍抬起前节部位，探了探风。风里已携有白天的暑热，但也卷裹着太多湿气，让他不舒服。他意识到，自己越是下令控制气候，需要控制的因素就越多。越绝对，就越不明确。

"说好不和我争，可……"

"争论会关闭感知之门。"他说着将身体降到地面。"争论总是掩盖着暴力。时间一长，争论就会演变成暴力。而我对你毫无暴力的意图。"

"愿望、事实和怀疑，你这是什么意思？"

"愿望将立约人聚在一起。事实为各方划定对话的边界。怀疑圈定问题的范围。"

她走到他一米以内，直视他的脸。

多么奇怪啊，他想，憎恨可以跟希望与敬畏融合得这么充分。

"你能救我吗？"

"有一个办法。"

她点点头，他知道她的思维跳跃到了一个错误的结论。

"你想用这个换取我立约！"她愤愤地说。

"不。"

"如果我通过了你的考验……"

"这不是我的考验。"

"那是谁的？"

"它源于我们共同的祖先。"

赛欧娜在冰冷的岩石上找了个地方一坐，一声不吭，她还不准备借他暖和的前节部位歇一歇。雷托似乎能听见堵在她嗓子里的细声尖叫。现在，她的疑问正在酝酿中。她开始怀疑，他是否真的符合自己心中勾勒的终极暴君形象。她抬头看他，眼里再次现出他刚才见过的那种惊人的澄澈。

"你为什么要干这些事？"

问题已经圈定。他说："因为我需要拯救人。"

"什么人？"

"我下的定义比任何人都宽泛得多——比自以为定义过'人类'的贝尼·杰瑟里特还要宽泛。我指的是人类的永恒血脉，无论你怎么定义人类。"

"你想告诉我……"她的嘴巴干得说不出话。她想聚一点唾液。他看到她的嘴巴在面罩底下直动弹。不过她的问题已经很明确了，他没有等她继续开口。

"要是没有我，现在一个人都剩不下，不管什么人。人类灭绝之路的可怕程度，你是绝对想象不出来的。"

"你自以为是的预言。"她嗤之以鼻。

"金色通道仍然开启着。"他说。

"我不相信你！"

"因为我们不平等？"

"是的！"

"但我们是相互依赖的。"

"你需要我什么？"

啊，这是自我定位不明的年轻人发出的逼问。他感觉到相互依赖的秘密关系所隐含的力量了，因而强迫自己硬起心肠来。人一有依赖，就会变得软弱。

"你就是金色通道。"他说。

"我？"声音轻如耳语。

"你读过从我这儿偷的日记。"他说，"里面有我，可你在哪儿？看看我已经创造的东西，赛欧娜。而你，你只能创造你自己。"

"空话，又是耍花腔的空话！"

"受人崇拜我并不痛苦，赛欧娜。我痛苦的是永远不被理解。也许……不，我不敢寄希望于你。"

"为什么写那些日记？"

"是一部伊克斯设备记录的。这些日记应该在遥远的未来被人们发现，并引发思考。"

"伊克斯设备？你违反圣战禁令！"

"这里面也是有教训的。这类设备究竟起了什么作用？有了它们，我们不动脑就能干的事变多了。不动脑子干的事——其实非常危险。看看你，在沙漠里走了那么长时间也没想到要戴上面罩。"

"你可以提醒我的！"

"那只会增加你的依赖性。"

她盯着他看了一会儿，说："你为什么要我来领导你的鱼言士？"

"你是厄崔迪女人，足智多谋，又能独立思考。你只忠于自己所见的事实。生育你、训练你都是为了让你当领袖——这意味着完全独立。"

大风卷起两人周围的沙尘，她掂量着他的话。"要是我同意，你会救我？"

"不。"

她满以为能得到一个肯定的答复，听到这个字愣了好几秒才反应过来。此时，风渐渐缓下来，露出远至哈班亚山脊残体的一整片沙丘景观。气温骤降，这股寒冷能像最烈的阳光那样夺去身体水分。雷托的一部分意识探测到这是气候控制系统出现的波动。

"不？"她既迷惑又恼怒。

“我不跟自己必须托付的人做残酷的交易。”

她慢慢摇头，但始终盯着他的脸。“怎么样才能让你救我呢？”

“怎样都不能让我救你。我不会对你做的事，难道你可以对我做吗？相互依赖可不是这样的。”

她的肩膀软塌下来。“既然我不能和你做交易，又不能强迫你……”

“那么你必须另找出路。”

意识爆炸的那一瞬真了不起，他想。赛欧娜的表情暴露了一切。她死死瞪着他的眼睛，仿佛要完全进入他的思想。她被面罩蒙住的声音已经生出了新的力量。

“你会让我知道关于你的一切——甚至包括所有弱点？”

“你会利用我的慷慨来对付我吗？”

晨光刺眼地照在她脸上。“我什么也不承诺！”

“我也不需要。”

“不过要是我开口，你会给我……水的吧？”

“那不光是水。”

她点点头。“我是厄崔迪人。”

鱼言士没有放弃对厄崔迪基因特有的敏锐度的培养。赛欧娜知道香料从哪儿来，会对自己产生什么作用。鱼言士学校里的老师从来没让雷托失望过。赛欧娜干粮里添加的少量美琅脂也让她更加敏感。

“我的脸旁有一些卷曲的小皮褶。”他说，“用一根手指轻轻拨弄其中一片，会分泌出几滴富含香料萃取物的液体。”

他在她眼睛里看到了醒悟。记忆在跟她说话，尽管她还不知道这是记忆。在她之前，一代又一代厄崔迪人不断提高着自身的敏锐度。

虽然干渴至极，但她并没有立即照办。

为了让她安心渡过危机，他讲起弗雷曼孩子常在绿洲边上用棍子挖出沙鲑，刺激它们泌出水分，喝了之后能迅速恢复活力。

"可我是厄崔迪人。"她说。

"这一点《口述史》有如实记述。"他说。

"也许会毒死我。"

"这就是考验。"

"你想把我变成纯粹的弗雷曼人！"

"否则我离开后你怎么教导后代在这里生存？"

她摘下面罩凑近他，直到两张脸仅距一掌之宽。她举起一根手指，碰了碰他那顶"皮风帽"的一片卷褶。

"轻轻拨。"他说。

然而她的手指所遵从的指示并不是来自雷托，而是自己的内心。她的手指做出了准确的动作，同时勾起了雷托的记忆，这是在无数孩子之间流传的经验……海量的知识和谬误就是这样留存下来的。他把脸转到底，斜视着她近在眼前的面孔。皮褶边缘凝起淡蓝色液滴，散发出浓浓的肉桂味。她凑近液滴。他看见她鼻子边上的毛孔和饮水时蠕动的舌头。

不一会儿她就挪开了脑袋——没有解足渴，但谨慎与怀疑促使她适可而止，莫尼奥当初也是如此。**有其父必有其女。**

"多长时间起效？"她问。

"已经起效了。"

"我是说……"

"一分钟左右。"

"这件事我不亏欠你什么！"

"我不会要你的回报。"

她遮上面罩。

他看见她的眼睛渐渐变得朦胧而遥远。她自说自话地敲敲他的前节部位，要他用身体做一张暖和的"吊床"。他照办了。她把自己安顿进这道舒服的弧线里。他的头要低得很低才能看见她。她眼睛还睁着，不过已对眼前的东西视而不见了。她猛地抽搐一下，像临死的小动物那样哆嗦起来。他了解这种体验，可什么忙也帮不上。祖先们不会留在她的意识里，但她的所见、所闻、所嗅都将永远成为自己的一部分。在那里，猎杀机器已经启动，空气中弥漫着血液和内脏的腥味，人们瑟缩在地道里已知逃生无望……而机器一直在逼近，越来越近，越来越近……越来越响……越来越响！

她到处寻找，到处都一样——哪里都没有出口。

他觉得她的生命正在退潮。**跟黑暗斗，赛欧娜！**厄崔迪人就是干这个的。他们为生存而战。现在她正在为他人的生命而战。然而，他感到她的生命力在熄灭……流失的速度十分可怕。她往黑暗中扎得越来越深，比以往任何人都要深。他把前节部位当成摇篮，轻轻摇晃起她来。或许是这个动作，或许是一缕不灭的意志，也可能是两者结合的作用，情况终于有了好转。中午过后，她的身体颤抖着进入了接近正常睡眠的状态。只是偶尔会猛吸一口气，表明幻象带来的震撼。他左右轻摇着她。

她还能从黑暗深处回来吗？他感觉到生机勃勃的回应，便放下心来。这就是她的力量！

黄昏之前，她蓦地平静下来，呼吸节奏也变了，她醒了，两眼突然睁开。她盯着他看了一会儿，随后从"吊床"上翻下来，背对着他沉思默想了近一小时。

莫尼奥当初也是这个动作。这是厄崔迪人的新姿态。在他俩之前，有些受考验者的反应是冲着他大吼大叫。还有人一面瞪着他一面跌跌撞撞往后退，他不得不蠕动身躯擦着砾石跟上去。另有些人干脆蹲下来瞧着地面。没有人背对着他。雷托将这种新姿态当作希望的征兆。

"我的家族根深叶茂，对此你已经有点概念了。"他说。

她转过身来，紧抿嘴唇，但没有与他对视。然而他能看出来，她已经接受了一个极少有人能明白的事实：他集万众于一身，使全人类都成了他的家族。

"你本可以在禁林里救我朋友的。"她恼恨地说。

"你本来也能救他们。"

她怒视着他，捏紧两只拳头顶住太阳穴。"可你知道一切！"

"赛欧娜！"

"难道我必须以那种方式来领悟吗？"她低声问。

他默然不语，迫使她自己来回答这个问题。她必须认识到他的主导思维是弗雷曼式的；还要知道，捕食者会死跟着任何留下踪迹的猎物，一如天启幻象里的猎杀机器。

"金色通道，"她轻声说道，"我能感觉到它。"又瞪着他说："它太残酷了！"

"生存总是残酷的。"

"他们没地方躲，"她小声说，接着拔高音量，"你对我干了什么？"

"你企图成为弗雷曼式的反叛者。"他说，"可弗雷曼人对沙漠里的蛛丝马迹有超强的识别能力，连纵横交错、肉眼很难看清的风路都能分辨出来。"

他看到她开始悔恨了，脑海里浮现出已故战友的形象。他知道她马上就要生出负罪感，并冲他发火，因而赶紧说："假如我只是召你来说一说，你会相信吗？"

她几乎被悔恨压垮了，嘴巴在面罩底下大张着不住喘息。

"你的沙漠生存还没完成。"他提醒道。

慢慢地，她止住了颤抖。他在她头脑里预设的弗雷曼本能起到了应有的平复情绪的作用。

"我能活下去。"随后她又盯着他的眼睛说，"你透过我们的情绪来读心，是不是？"

"情绪引燃思想。"他说，"我能分辨由情绪引起的极小行为差异。"

他看到她又惧又恨地接受了这个全裸思维的现实，就像当年的莫尼奥。问题不大。他探了探他们前方的未来。是的，她能活着走出他的沙漠，因为他旁边有她留在沙地里的足迹……但看不到她本人。在她的足迹前方，忽地冒出一片什么都没有的空白。而安蒂克的垂死呼号在他的预知意识里……在蜂拥进攻的鱼言士中间回荡着！

马尔基要来了，他想，又要见面了，我和马尔基。

雷托睁开眼睛，看见赛欧娜还在瞪着自己。

"我还是恨你！"她说。

"你恨的是捕食者不可或缺的残酷性。"

她带着得意洋洋的恶意说道："但我还看到了一件事！你没能跟上我的路！"

"所以你必须育种，保护好这条路。"

就在他说话的当口，开始下雨了。天空骤然阴云密布，同时大雨倾盆而下。尽管雷托先前已感觉到气候控制的波动，却未料到有此突然袭击。他知道沙厉尔有时会降雨，雨水来得快去得也快，寥寥几个水坑太阳一露头就消失得无影无踪。大多数时候，雨水连地面都碰不到，仿佛幻影一般，落到沙漠上方的高温大气层里就已蒸发干净，随风散尽。然而，这一场大雨却把他淋了个透。

赛欧娜拉下面罩，抬起脸贪婪地迎上雨水，连雷托那儿发生了什么都没有注意到。

当第一阵雨水钻入沙鲑交叠的缝隙时，他一下子僵住了，极度痛苦中把自己蜷成一个球。来自沙鲑和沙虫的两股相反的作用力为"痛楚"一词赋予了新含义。他感到自己正在被撕裂。沙鲑有亲近水、锁封水分的冲动，而沙虫只觉得死神降临了。雨滴落在哪里，哪里就喷出一团青烟。他的体内"工厂"开始制造纯正的香料萃取物了。一缕缕青烟从他身下的水洼升起。他不停地扭动着，呻吟着。

乌云飘远了，赛欧娜过了一会儿才发现他正乱作一团。

"你怎么了？"

他没法回答。雨虽然停了，但石头上还沾着水，身下到处都是水洼。没地方可躲。

赛欧娜看见他身上凡沾水之处都在冒青烟。

"是水！"

右侧不远处有一块不高的凸地没有积水。他忍痛朝那边挣扎过去，每压过一处水洼都要发出哀鸣。当他终于翻上这片近乎干燥的凸地时，痛苦才渐渐平息，他发现赛欧娜就站在正对面。她假装关切地试探道："水怎么会伤着你？"

伤着？真轻描淡写！但她的问题无法回避。她现在知道得够多了，只要想找就能找到答案。他迟疑了一下，开始解释沙鲑和沙虫各自与水的关系。她默默地仔细听着。

"可你自己还挤了点儿水给我……"

"香料起到了隔绝的作用。"

"那你为什么不坐车就来这儿冒险？"

"躲在帝堡或车子里算不得弗雷曼人。"

她点点头。

他看到她眼里重新燃起叛逆之火。她不必怀有负罪感或依赖感。她再也不能不相信他的金色通道了，但这有什么区别呢？他的残暴行为仍旧不可饶恕！她可以拒绝他在大家族里占有一席之地。他不属于人类，跟她截然不同。而且她已经掌握了毁灭他的秘密！用水包围他，毁掉他的沙漠，挖一条制造痛苦的水沟把他圈在里面。她觉得只要避开他就能瞒住自己的想法吗？

我能怎么办？他想，她必须活下去，而我又不能对她下手。

既然他已经大致了解了赛欧娜的本性，何不轻轻松松丢下一切，一头沉入自己的思想中去呢？只活在自己的回忆里，多么诱人哪，但他的孩子们还需要再上一堂示范课，才能使金色通道避开最后的威胁。

多么痛苦的决定！他对贝尼·杰瑟里特又生出了新的同情。他现在面临的两难处境类似于她们当初面对穆阿迪布时的情形。她们同样无法控制育种计划的最终目标——我的父亲。

好朋友们，再接再厉，向缺口冲去吧[1]！他在心里装模作样地念起了这句台词，差点苦笑出来，不过还是忍住了。

---

[1] 语出莎士比亚《亨利五世》，系亨利王在战场上鼓舞士气之语。

只要进化的代数足够多，捕食者就能促使被捕食者发生适应性变异，而此类变异又会通过反馈机制改良捕食者，继而再度影响被捕食者……如此周而复始，循环往复……许多强大力量亦是如此，包括宗教在内。

——《失窃的日记》

"陛下命我通知你，你女儿还活着。"

内拉垂眼望着办公桌对面埋在一大堆便笺、文件和通信设备里的莫尼奥，用单调的声音传达了这条消息。

莫尼奥双掌紧紧合十，盯着桌上的宝树镇纸在斜阳下扯出的长长阴影。

他问道："两个人都回帝堡了？"但并没有抬头去看那副以标准立正姿势站在面前的粗壮身形。

"是的。"

莫尼奥朝他左侧的窗户望出去，沙厉尔地平线上悬着铁板一般的黑幕，狂风贪婪地席卷着每一座沙丘顶上的沙粒，但这些他都视而不见。

"先前我们商量过的那件事呢？"他问。

"已经安排妥了。"

"很好。"他挥手示意她退下，但内拉站着没动。莫尼奥颇感意外，定睛看她，自打她进门这还是第一次。

"我必须参加这场——"她咽了口唾沫，"婚礼吗？"

"这是圣上的命令。你将成为唯——个佩带激光枪的人。这是一种荣誉。"

她依然站在原地，目光停留在莫尼奥头顶上某个地方。

"嗯？"他提醒。

内拉突出的大下巴抽了一下，说："他是神，我是凡人。"她脚跟一旋出了办公室。

莫尼奥模模糊糊感觉到这个大块头鱼言士有什么心结，但他的心思还是禁不住落到了赛欧娜身上。

*她和我一样挺过来了。*现在赛欧娜已经从内心感觉到金色通道正在延伸。就像我当初那样。他并没有从中获得一种心灵相通之感，也没有觉得自己与女儿离得更近了。这是一个负担，必然会束缚她的叛逆天性。没有一个厄崔迪人会反对金色通道。雷托有办法做到这一点！

莫尼奥想起自己高举反旗的那些日子。每晚都换一张床，永远停不下奔跑的脚步。痛苦的往事像蛛网般粘在脑子里，不管费多少劲去忘却都无济于事。

赛欧娜已经被关进了笼子，跟我一样，跟可怜的雷托一样。

暮钟敲响，打断了他的思路，也点亮了办公室灯光。他低头看看尚未完成的神帝与赫娃·诺里的婚礼筹备工作。要干的事太多了！过了一会儿，他按呼叫铃，吩咐待命的鱼言士助手倒杯水，再传邓肯·艾达荷到办公室来。

她很快端水过来，把杯子放在桌上莫尼奥左手边。莫尼奥看到几根擅弹琵琶的细长手指，但没有抬眼看她本人。

"我派人去请艾达荷了。"她说。

他点点头，继续工作。他听到她离开，这才抬起头来喝水。

有些人活着就像夏天的飞蛾，他想，而我却扛着永远也卸不下的重负。

水喝起来寡淡无味，让他心生倦意，感到浑身乏力。他眺望着沙厉尔渐暗的余晖，觉得按常理应该欣赏这美景的，然而自己只是在想光线变化符合自然规律。对此我无能为力。

夜幕降临后，办公室照明亮度自动提高，这有助于保持思维清晰。他觉得已充分准备好接待艾达荷了。得教教这位什么是当务之急了，马上就教。

办公室门开了，还是那名助手。"您现在用餐吗？"

"等一会。"她刚要退下，莫尼奥抬抬手，"门开着好了。"

她皱了皱眉。

"你练你的琴。"他说，"我想听听。"

她有一张嫩滑、圆圆的娃娃脸，笑起来如阳光般灿烂。她转身离去时嘴角还挂着笑意。

少顷，他听到外间响起琵琶声。没错，这个年轻的助手有天赋。低音弦急拨宛如雨点敲打屋顶，中音弦轻声相和。也许有一天她能再上一个台阶去弹巴厘琴。他听出了曲音：那是低沉的秋风籁籁之声，来自一颗不知沙漠为何物的遥远星球。琴音宛如天籁，伤感而悲悯。

这是笼中人的悲泣，他想，关于自由的记忆。这种想法让他自己都感到惊讶。难道自由总是离不开反抗吗？

琵琶声息，传来低低的话语声。艾达荷走进办公室，莫尼奥的目光迎了上去。一缕光线使莫尼奥产生错觉，仿佛艾达荷戴着一张鬼脸面具，只露出深凹的眼睛。艾达荷自顾自往莫尼奥对面一坐，错觉消失了。只是又一个邓肯而已。他换了没有徽记的普通黑制服。

"我正在问自己一个特别的问题。"艾达荷说，"很高兴你传我。我也想问问你。莫尼奥，我的前任没有吸取什么教训？"

莫尼奥一怔，坐直身子。好一个非典型邓肯问题！特莱拉人会不会真的在这一个身上藏了点特别的东西？

"这话从何而来？"莫尼奥问。

"我一直像弗雷曼人那样思考。"

"你不是弗雷曼人。"

"比你想的更接近。斯第尔格耐布曾经说过，我可能天生是弗雷曼人，只是来沙丘星之前连我自己都蒙在鼓里。"

"你像弗雷曼人那样思考，怎么了？"

"你应该记得一句话：不愿与之共亡的人，亦不可为伍。"

莫尼奥把手掌按在桌面上。艾达荷脸上露出狼一般的微笑。

"那你来这儿干什么？"莫尼奥问。

"我猜你也许是个好伙伴，莫尼奥。我问自己为什么雷托会把你当成最亲密的心腹。"

"我通过了考验。"

"和你女儿一样？"

他已经知道他俩回来了。说明有几个鱼言士会向他通风报信……要么就是神帝召见过邓肯……不可能，否则我会知道的。

"考验永远不一样。"莫尼奥说，"给我的安排是独自走进一座洞穴迷宫，随身只带一袋干粮和一小瓶香料萃取物。"

"你选了哪个？"

"什么？哦……如果你接受考验就会知道。"

"其实我不了解那个雷托。"艾达荷说。

"我没跟你说过这事吗？"

"其实你也不了解那个雷托。"艾达荷说。

"因为他是这个宇宙有史以来最孤独的人。"莫尼奥说。

"别跟我耍情绪上的花招博同情。"艾达荷说。

"情绪花招，是的，很好。"莫尼奥点点头，"神帝的情绪就像一条河——没有阻碍时波澜不兴，遇到一点点阻碍就会泛起泡沫和浪头。他是不可阻挡的。"

艾达荷环视亮堂堂的办公室，随后把目光投向黑魆魆的夜空，想到外面某处流淌着已驯服的艾达荷河。他把视线转回莫尼奥，问道："关于河流你知道些什么？"

"在我年轻时，他派我外出公干，我竟把生命托付给一条船，先是漂浮在河上，而后又漂到前后看不见岸的海上。"

说话间，莫尼奥突然觉得触及了一条指向雷托某些深层真相的线索。这种感觉让莫尼奥陷入了沉思，他回忆起那颗遥远的星球，那片茫茫的大海。旅途头一晚起了一场风暴，轮船深处不知从哪里传来费力的引擎声，吭哧吭哧吭哧吭哧，令人烦躁不安。他在船长的陪同下站在甲板上，注意力一次次被引擎声吸引，而墨绿色的海浪也一波波如山崩般压过来。船体的每一次坠落，都像一记重拳捣入大海。轮船发疯般上下狂颠，浸得透湿。恐惧压得他肺疼。轮船无数次俯冲进企图摧毁他们的海水之中——坚硬的海面不停炸起白色水花，砸在甲板上，一小时又一小时，一片海域又一片海域……

这一切都是指向神帝的线索。

他既是风暴，又是船。

莫尼奥盯着坐在对面的艾达荷。在办公室的冷光下，此人没有一丝不安，只有一腔渴望。

"你不打算帮我弄清其他邓肯·艾达荷没有吸取什么教训咯？"艾达荷说。

"我会帮你。"

"那么是什么教训我始终没有吸取呢？"

"如何信任。"

艾达荷把自己推离桌子，瞪着莫尼奥，用粗哑的嗓音说道："我要说我信任过头了。"

莫尼奥不依不饶："可你是怎么信任的？"

"你是什么意思？"

莫尼奥把手搁在大腿上。"你选择男性伙伴，只看他们能不能站在你所谓正义的一边去战斗和牺牲；你选择女性伙伴，只看她们能不能与你的阳刚标准形成互补。你听不得不同意见，即便是善意的。"

办公室门口有动静。莫尼奥抬头正见赛欧娜往里走。她停下脚步，一手撑在胯部。

"哈，父亲，又是你那套老把戏，我看出来了。"

艾达荷连忙转头看她。

莫尼奥仔细打量她，寻找变化的迹象。她洗过澡，换上了新制服——鱼言士指挥官的黑金双色军服，但脸和手暴露了她在沙漠里经历的磨难。她瘦了，颧骨凸了出来。药膏遮不住嘴唇上的裂口。双手静脉隆起。她的目光似已饱经沧桑，而表情就像嚼过苦药渣。

"我听你们两个在聊。"她说。她把手从胯部放下，往里走了一点。"你怎么敢提善意，父亲？"

艾达荷注意到她那身军服。他努嘴思忖起来。*鱼言士指挥官？赛欧娜？*

"我了解你吃的苦头。"莫尼奥说，"我也有过类似的感受。"

"真的吗？"她又上前几步，站在艾达荷身边。艾达荷依然不解地盯着她。

"我非常高兴看到你活下来了。"莫尼奥说。

"看到我安然无恙地被神帝收编，你不知有多得意吧？"她说，"你有了个孩子，可等了太久才正眼瞧她！看看我现在有多成功。"她慢慢转了一圈展示自己的军服，"鱼言士指挥官。光杆儿司令，但毕竟是司令。"

莫尼奥克制着用公事公办的冷静语气说："坐下。"

"我喜欢站着。"她朝下看着艾达荷仰起的脸，"啊，邓肯·艾达荷，给我分配的伴侣。你不觉得有意思吗，邓肯？圣上说迟早要把我安排进鱼言士的领导层。在此之前，我有个勤务兵。你认识一个叫内拉的人吗，邓肯？"

艾达荷点点头。

"真的？我倒好像不认识她。"赛欧娜望向莫尼奥，"我认识她吗，父亲？"

莫尼奥耸了耸肩。

"可你刚才还提到信任，父亲。"赛欧娜说，"位高权重的莫尼奥信任谁呢？"

艾达荷转脸看总管有什么反应。他看上去正强忍着不发作。是生气吗？不……是别的。

"我信任神帝。"莫尼奥说，"我要把他的愿望传达给你们俩，希望这能让你们明白点什么。"

"他的愿望！"赛欧娜奚落道，"听到了吗，邓肯？神帝的谕令现在改叫愿望了。"

"你直说吧。"艾达荷说，"我知道我们无论如何都没的选择。"

"你始终有选择。"莫尼奥说。

"别听他的。"赛欧娜说，"他有的是花招。他们想叫我俩投入彼此的怀抱，多生养些跟父亲差不多的人出来。你的后代，我的父亲！"

莫尼奥脸色变白。他双手紧紧抓住桌沿，身子朝前倾。"你们两个都是蠢货！但我会想办法挽救你们的。你们自己破罐子破摔，我却不能撒手不管。"

艾达荷看见莫尼奥面颊颤动、目光如炬，意外地有所触动。"我不是他的种男，但我听你的。"

"永远不靠谱。"赛欧娜说。

"住嘴，女人。"艾达荷说。

她自上而下怒视艾达荷的头顶。"别跟我这么说话，否则我会把你的脖子绕在你脚腕上！"

艾达荷愣了一下，刚要转身。

莫尼奥扮了个苦相，挥手示意艾达荷坐着别动。"我提醒你，邓肯，她干得出来。连我都不是她对手，没忘记你对我动手那次吧？"

艾达荷快速深吸一口气，再慢慢吐出来，说："该说什么你就说。"

赛欧娜往莫尼奥的桌子边上一坐，朝下看着两个人。"这样就好多了。"她说，"让他说，不过别听。"

艾达荷紧紧抿住嘴唇。

莫尼奥松开抓着桌沿的手，往后一靠，看看艾达荷，又望望赛欧娜。"神帝和赫娃·诺里的婚典我差不多安排好了。婚礼期间我希望你们两个避一避。"

赛欧娜疑惑地瞧着莫尼奥。"这主意是你的还是他的?"

"我的!"莫尼奥回瞪着女儿,"你没有荣誉感和责任感吗?跟他在一起你什么也没学到吗?"

"哦,你学到的我都学到了,父亲。我给出了承诺,也会兑现。"

"那么你会统率鱼言士咯?"

"要看他什么时候把指挥权交给我。你知道,父亲,他比你可狡猾多了。"

"你要把我们支到哪儿去?"艾达荷问。

"那也得我们先同意。"赛欧娜说。

"沙厉尔边上有个保留地弗雷曼人的小村庄,"莫尼奥说,"叫托诺。这个村子条件还不错,有山墙遮阴,山墙另一边是条河。村里有口井,吃得也挺好。"

托诺?艾达荷好奇起来。这名字听上去耳熟。"去泰布穴地要经过一个托诺盆地。"他说。

"而且长夜漫漫,没有娱乐活动。"赛欧娜说。

艾达荷狠狠瞪了她一眼。她也不甘示弱地回瞪。"他要我们配种,去迎合虫子的意思。"她说,"虫子需要我肚子里怀上宝宝,生出来好供他折腾。想让我干这事除非他死了!"

艾达荷呆呆地看着莫尼奥。"要是我们不去呢?"

"我想你们会去的。"莫尼奥说。

赛欧娜嘴角抽搐了一下。"邓肯,你见过这种沙漠小村吗?没设施,没……"

"我见过泰伯村。"艾达荷说。

"我敢说跟托诺村一比它就是大都市。我们的神帝不会在一堆泥房子中间举办婚礼的。哦，不。托诺村就是一堆泥房子，什么便利设施也没有，跟原始弗雷曼人的住地差不多。"

艾达荷盯着莫尼奥说道："弗雷曼人不住泥屋。"

"谁管他们在哪儿搞膜拜把戏。"赛欧娜不屑地说。

艾达荷的视线仍然没有离开莫尼奥。"真正的弗雷曼人只信奉一样，就是正直的品性。相比住得舒不舒服，我更关心这个。"

"别指望我会让你舒服！"赛欧娜插嘴道。

"我什么也不指望你。"艾达荷说，"我们什么时候去这个托诺村，莫尼奥？"

"你打算去？"她问。

"我考虑接受你父亲的好意。"艾达荷说。

"好意！"她看看艾达荷又瞧了瞧莫尼奥。

"你们马上出发。"莫尼奥说，"我已经点了一组鱼言士，由内拉带队护送你们去托诺村并安排食宿。"

"内拉？"赛欧娜问，"真的？她要跟我们在一起？"

"直到完婚那一天。"

赛欧娜慢慢点了点头。"那我们同意。"

"别代表我！"艾达荷插了一句。

赛欧娜莞尔一笑。"抱歉。我能否恭请绝不会碰我的邓肯·艾达荷大人一同前往该原始驻地？"

艾达荷挑起眉毛朝上望着她。"你可千万别担心我会碰谁。"他又把目光转向莫尼奥。"你是出于好意吗，莫尼奥？是出于好意才把我支走的吗？"

"这是个信任问题。"赛欧娜说，"他信任谁？"

"我和你女儿不去也得去吗？"艾达荷追问。

赛欧娜站起身。"要么我们接受，要么当兵的把我们五花大绑押到那儿。他脸上明明白白写着呢。"

"实际上我没选择咯？"艾达荷说。

"你有一个人人都有的选择，"赛欧娜说，"马上死还是缓一缓再死。"

艾达荷仍旧盯着莫尼奥。"你的真正目的是，莫尼奥？你不愿满足我的好奇心吗？"

"好奇心让很多人活了下来，但也害死过不少人。"莫尼奥说，"我想让你活下去，邓肯。我以前从来没这样做过。"

老沙丘星几乎无处不是沙漠，收服这漫天扬尘、用水土将尘沙固着于地表，花了将近一千年时间。厄拉科斯星已有约两千五百年没见过沙尘暴了。当年一场风暴就能卷起两百亿吨沙尘，将天空蒙上一片银灰色。弗雷曼人有言："沙漠是一名外科大夫，能切肤划肌，揭表见里。"星球和人一样都是有层次结构的，这一点显而易见。我的沙厉尔仅仅是对过往的无力缅怀。我必须成为现今的沙尘暴。

——《失窃的日记》

"你不跟我商量就把他俩支到托诺村了？真让我意外啊，莫尼奥！你很长时间没这么有主见了。"

在昏暗的地宫中央，莫尼奥低头站在离雷托约十步远处，使尽浑身解数不让自己发抖，同时又意识到这点花招可能早被神帝看穿了。此时已近午夜，之前雷托让总管等了又等。

"但愿我没有冒犯陛下。"莫尼奥说。

"你把我逗乐了，不过也别高兴。近来，是悲是喜我已经分不清了。"

"原谅我，陛下。"莫尼奥低声说。

"你在请求什么样的原谅？你总是离不开别人的评判吗？你的宇宙不能自行运转吗？"

莫尼奥抬眼望向那张可怕的"风帽脸"。*他既是船又是风暴，仿佛日落之情景自生自息。*莫尼奥感到自己已经站在了恐怖真相的边缘。神帝的目光钻进了他的身体，正在灼烧他、刺探他。"陛下，您想要我怎么做？"

"我要你对自己有信念。"

莫尼奥只觉体内有什么东西就要炸开了。"那么我没有跟您商量就……"

"你真有悟性，莫尼奥！小人物企图爬到别人头上，先要摧毁他们的信念。"

莫尼奥觉得这些话一股脑儿砸了过来，既带有责备，也隐含着坦白。他感到某种令人生畏却又总能依赖的东西正在远去。他想说点什么把它找回来，可脑子一片空白。也许问问神帝……

"陛下，只求您能说说您的想法，关于……"

"我的想法转瞬即逝！"

雷托朝下盯着莫尼奥。那只厄崔迪鹰勾鼻上面的一对眼睛真古怪——节拍器似的脸型搭配了一双散漫的眼睛。*马尔基要来！马尔基要来！马尔基要来！*莫尼奥听到这个有节奏的声音了吗？

莫尼奥痛苦得想大喊大叫。他原本能感觉到的依傍——已经无影无踪了！他把两只手按在嘴上。

"你的宇宙是一只二维沙漏。"雷托责怪道，"你为什么要阻挡沙子流动？"

莫尼奥放下双手，叹了口气。"您想听听婚礼的安排吗，陛下？"

"别烦我！赫娃在哪儿？"

"鱼言士正在帮她准备……"

"你跟她商量过婚礼的安排了吗？"

"是的，陛下。"

"她没意见？"

"是的，陛下，但她怪我安排的环节只重数量不重质量。"

"这不是一针见血吗，莫尼奥？她有没有看出鱼言士的不安？"

"我想有，陛下。"

"我结婚这件事让她们不太平了。"

"所以我把邓肯支开了，陛下。"

"当然是这样，赛欧娜也跟他……"

"陛下，我知道您考验过她，她……"

"她和你一样深切地感知到了金色通道，莫尼奥。"

"那我为什么还怕她，陛下？"

"因为你把原因看得比什么都重。"

"可我恰恰不知道自己害怕的原因！"

雷托微微一笑。这就好比在一座无限大的露天剧场里玩透明骰盅。莫尼奥的情感只在这个迷你舞台上有精彩表演。他从没发现自己离台沿有多近！

"莫尼奥，你为什么总是从连续的整体中孤立出一个个现象？"雷托问，"当你看到一道光，你会特别留意光谱中的某一种颜色吗？"

"陛下，我不明白！"

雷托合上眼睛，想起他曾无数次听过这句呼喊。呼喊者的面孔层层叠叠地混淆在一起。他睁开眼把它们统统抹去。

"只要有一个人活下来看着这些颜色，它们就不会走向死亡[1]，即使你死了也不会，莫尼奥。"

　　"这些颜色是什么，陛下？"

　　"连续性、永恒、金色通道。"

　　"可您能看到我们看不见的东西，陛下！"

　　"因为你不愿去看！"

　　莫尼奥把下巴低到胸口。"陛下，我知道您进化得比我们快，所以我们崇拜您……"

　　"该死，莫尼奥！"

　　莫尼奥猛地抬头，惊恐地盯着雷托。

　　"当世俗权力超越宗教，文明就会崩塌！"雷托说，"你为什么看不出来？赫娃就看得明白。"

　　"她是伊克斯人，陛下。也许她……"

　　"她是鱼言士！天生就是，她生下来就是为了献身于我。不！"莫尼奥刚要开口，就被雷托抬起一只小手制止了，"鱼言士心里不太平，因为我管她们叫过新娘，而现在，她们看到一个没受过赛艾诺克训练的陌生人比自己知道得还要多。"

　　"这怎么会，陛下，您的鱼……"

　　"你说什么？每个人总会知道自己是谁、自己应该干什么。"

　　莫尼奥张了张嘴又闭上了，什么也没说。

　　"小孩子都是明白事理的。"雷托说，"只是大人会把他们弄糊涂，搞得他们把已经明白的也给藏起来，最后连自己都蒙在鼓里了。莫尼奥！释放你自己！"

---

[1] 原文"mortis"系拉丁文。

"陛下，我做不到！"莫尼奥撕心裂肺地喊出这句话，并痛苦地颤抖起来，"我没有您的能力、您的知识……"

"够了！"

莫尼奥不说了，但身体还在发抖。

雷托柔声说道："没关系，莫尼奥。我对你要求太高，我看出来你尽力了。"

莫尼奥慢慢止住颤抖，大口大口喘着气。

雷托说："我的弗雷曼式婚礼有一些变动。水环不用我妹妹甘尼玛的，用我母亲的。"

"用契尼夫人的，陛下？可她的水环在哪里？"

雷托在御辇上扭动庞大身躯，指了指左侧两条隧道的交会处，昏暗的灯光照着厄拉科斯星最早一批厄崔迪人的灵位。"在她的墓穴里，第一个灵位。莫尼奥，你取出水环，带到婚礼上来。"

莫尼奥注视着地宫阴暗的另一头。"陛下……这会不会有失敬意……"

"你忘了，莫尼奥，谁住在我心里。"接着他用契尼的嗓音说："我可以随意处置我自己的水环！"

莫尼奥畏惧地应道："是，陛下。我会把水环带到泰伯村……"

"泰伯村？"雷托已恢复平常的声音，"我改主意了。婚礼将在托诺村举行！"

大多数文明建立在怯懦之上。教人怯懦是教化的捷径。你淡化勇敢的标准。你削弱意志，扼制欲望，画地为牢。你为一举一动都设定条条框框。你不允许存在无序状态。你甚至教导孩子放慢呼吸频率。最终，你得到顺民。

——《失窃的日记》

艾达荷由近处一见托诺村就惊呆了。这里就是弗雷曼人的家？

黎明时分，一队鱼言士把艾达荷与赛欧娜带出帝堡，塞进一架大型扑翼飞机，边上还停放着两架较小的护卫机。机队低速飞行了将近三小时，降落在一座扁圆形塑石机库旁。此地距托诺村近一公里远，中间隔着几座有年头的沙丘，间杂着矮灌木的瘠地草披覆在沙丘上，使其形态保持不变。他们走在下坡路上时，村庄背靠的山墙变得越来越高，直至耸入云天，相形之下，山脚下的村庄则显得越来越小。

"保留地弗雷曼人基本上没沾过星外技术。"内拉解释说，其他队员正忙着把扑翼飞机停入低矮的机库。一名鱼言士已领命小跑前往托诺村去作通报。

赛欧娜整个航程几乎一言未发，但她一直在偷偷打量内拉。

在晨光下翻越沙丘时，有那么一会儿，艾达荷试着想象自己回到了旧年月。植被底下的沙地清晰可见，沙丘之间的谷地分布着焦土、枯草和光秃秃的灌木。三只秃鹫双翅横展，翼尖撜开，在天穹盘旋——弗雷曼人称之为"高空搜索"。艾达荷本想跟身旁的赛欧娜说说秃鹫的习性。当这些食腐动物开始下降时，你才需要小心。

"我听说过秃鹫。"她冷冷地说。

艾达荷注意到她上嘴唇汗涔涔的。簇拥着他俩的其他队员散发出掺有香料味的汗味。

他不断地发现过去与现在的差别，所以老是在想象中出戏。配发给他们的蒸馏服徒有其表，并不能有效地收集身体水分。真正的弗雷曼人绝不会把生命托付给这种蒸馏服，即使是在眼下这个能闻着水源味的地方也不行。内拉的鱼言士小队走路时也不像弗雷曼人那样悄无声息，她们叽叽喳喳的好似一帮小孩子。

赛欧娜深一脚浅一脚地走在他旁边，对谁都不待见。她的目光不时落在内拉的虎背熊腰上。内拉阔步走在最前，领先余者数米。

这两个女人之间怎么了？艾达荷想。内拉对赛欧娜显得忠心耿耿，不管赛欧娜说什么她都一字不漏地竖耳倾听，不管赛欧娜有什么异想天开的吩咐她都照办……除了不会违背带他们去托诺村的谕令，内拉对赛欧娜唯命是从，尊称她为"长官"。两个人之间另有隐情，正因如此内拉才保持着敬畏之心。

终于，他们走上了通向村庄及村后山墙的下坡路。从空中俯瞰，托诺村由一片反光的矩形组成，恰好落在山墙的阴影之外。而从这儿近距离望过去，村子变成了一堆破败的小屋，闪亮的矿物颗粒和金属件凸显出墙面上的涡卷花饰——越想装点门面，越显得寒碜。最大的一所房子上竖着根金属杆，一面破破烂烂的绿旗飘在杆顶。阵阵微风把垃圾和敞口粪池的气味送进艾达荷的鼻孔。一条村中街正对着他们在植被稀疏的沙地上延伸了一段距离，露出参差不齐的路面断头。

一个穿长袍的接待团等候在插绿旗的房子附近，内拉先前派去通报的那名鱼言士也在里面。艾达荷数了数接待团一共八人，全是男性，身上所穿似是正宗的深褐色弗雷曼长袍。其中一人兜帽下醒目地系着一根绿色头带——无疑是耐布。孩子们捧着花站在一侧。后面的小巷里能看见戴黑兜帽的女人正在朝这边观望。艾达荷发现整个场面令人丧气。

"赶紧打发掉他们完事。"赛欧娜说。

内拉点点头，打头下坡走向街道。赛欧娜和艾达荷同她保持几步距离。其他人三三两两跟在后面，嘴巴已经安静下来了，她们四处张望着，毫不掩饰好奇心。

内拉走近接待团时，系绿头带的那位迎上前来，躬身致意。他的动作像老人，但艾达荷看出来他其实并不老，将近中年，两颊光润无皱纹，粗短的鼻子上没有呼吸过滤管的摩擦疤痕，还有眼睛！这双眼睛的瞳孔清晰可见，并不像香料上瘾者那样是全蓝色，而且眼珠是棕色的。弗雷曼人竟然是棕色眼睛！

"我叫加伦，"那男人向站在面前的内拉自我介绍说，"是此地的耐布。谨向光临托诺村的诸位致以弗雷曼式的欢迎。"

内拉举手过肩朝站在身后的赛欧娜和艾达荷做了个手势。"客人的住处备妥了吗？"

"弗雷曼人好客是出了名的。"加伦说，"都备妥了。"

艾达荷觉得这里不但气味刺鼻，声音也刺耳。右边就是那座插绿旗的房子，他从敞开的窗户望进去。厄崔迪的旗帜居然飘在这上头？里面是一间低矮的礼堂，尽头有一座贝形舞台，中央一座小讲台。他看到一排排座椅和酱紫色地毯。怎么看都是个面向观光客的娱乐表演场所。

一阵脚步拖动声把艾达荷的注意力拉回到加伦身上。小孩们绕过接待团挤上前来，用脏兮兮的手捧出一簇簇俗艳的红花。花已经蔫了。

加伦准确认出了赛欧娜军服上鱼言士指挥官特有的金滚边，就向她请示起来。

"您想观看弗雷曼仪式表演吗？"他问，"比如音乐？舞蹈？"

内拉从一个孩子手里收下一束花，嗅了嗅，打了个喷嚏。

另一个顽童把花伸向赛欧娜，睁大两眼抬头瞧着她。她看也没看那孩子就接过了花。艾达荷干脆冲着正要靠近的孩子们做了个赶人的挥手动作。孩子们盯着艾达荷犹豫了一下，随即绕开他奔向其他人。

加伦对艾达荷说："如果您赏他们几个子儿，他们就不会来烦您了。"

艾达荷惊愕了。这就是弗雷曼孩子所受的教育？

加伦转向赛欧娜，开始介绍村子的布局，内拉在一旁听着。

艾达荷离开他们沿街道走去，发现自己成了众目睽睽的焦点，而当他回视时那些目光又都躲开了。房舍墙面上的装饰物丝毫无法掩饰这地方的破败，让他大倒胃口。他透过一扇敞开的门往礼堂内部瞧去。托诺村处处散发着不和谐，枯萎的花瓣和加伦讨好的言语都透着一股苦苦挣扎的意味。换一个时间和星球，这就是一座驴子满街跑的村子——腰上系绳子的农民会挤过来递请愿书。他能从加伦的声音里听出哭诉与哀求。这些不是弗雷曼人！这些可怜虫生活在边缘地带，竭力想抓住一点点旧年月的残羹冷炙，然而往昔还是离他们越来越远。雷托把这里变成了什么？这些保留地弗雷曼人完全迷失了方向，只剩下苟活，鹦鹉学舌般重复着一些老话，他们不理解其中的意义，甚至连发音都不对头！

艾达荷回到赛欧娜身边，弯腰细看加伦那件褐色长袍的剪裁。为了省布料，袍子紧绷绷地箍在他身上，底下露出光滑的灰色蒸馏服，直接暴露在阳光下，真正的弗雷曼人绝不会这么干。艾达荷看了看接待团其他成员，发现他们清一色穿着布料能省则省的袍子。这也反映了他们的性格特点。穿上这种袍子动作幅度不能过大，也不能太随意。这种服装把整个群体都束缚住了！

艾达荷感到一股厌恶涌上心头，他疾步上前，一把撕开加伦的袍子，想看看里面的蒸馏服。果然不出所料！蒸馏服也是冒牌货——既无袖子，又无靴泵！

加伦朝后一退，一只手按住刀柄，这把刀别在腰带上，袍子一扯开便露了出来。"喂！你干什么？"加伦怒道，"可别乱碰弗雷曼人！"

"你？弗雷曼人？"艾达荷反唇相讥，"我和弗雷曼人朝夕相处过！我和弗雷曼人一起打过哈克南人！我和弗雷曼人并肩战死过！你？你就是个冒牌货！"

加伦紧按在刀把的指关节已经发白。他问赛欧娜："这个人是谁？"

内拉大声答道："这位是邓肯·艾达荷。"

"那个死灵？"加伦的目光重又转回艾达荷脸上，"我们从来没见过死灵。"

艾达荷觉得自己几乎控制不住要血洗这个村子了，就算为此丧命也无所谓，反正这条小命永远也死不了，一些根本不把他当回事的人还会让他复活的。*我是老型号，没错！*可他们连弗雷曼人都不是。

"要么拔刀，要么把手拿开。"艾达荷说。

加伦迅速移开按着刀把的手。"这不是真刀，"他说，"装饰用的。"他的口气变得热情起来，"真刀我们也有，连晶牙匕都有！都锁在展示柜里保护起来了。"

艾达荷禁不住仰头大笑。赛欧娜也笑了，但内拉显得很谨慎，其他鱼言士闻声而来，警惕地将他们围在中间。

这笑声对加伦起到了奇怪的效果。他低下头，两只手紧扣在一起，但艾达荷早已注意到这双手在发抖了。加伦再次抬起头来，从浓眉下望着艾达荷。艾达荷突然醒悟过来。加伦的自我意识仿佛被一只铁靴碾得只剩下畏惧与屈从了。此人眼睛里流露出见机行事的神情。不知何故，艾达荷想起了《奥兰治天主圣经》里的一段话。他自问：**就是这些顺民会把我们慢慢耗尽再接管宇宙吗？**

加伦清了清嗓子说："邓肯·艾达荷死灵是否有兴趣亲眼看看我们的习俗和仪式，并提出宝贵意见呢？"

这哀求让艾达荷感到害臊。他不假思索地说："我会把我了解的有关弗雷曼人的一切教给你们。"他抬眼看见内拉冲他面露不悦。"我也好打发时间。"他说，"谁知道呢？也许能带回一些弗雷曼人的真材实料。"

赛欧娜说："我们不需要玩古老的膜拜把戏！带我们去宿舍。"

内拉尴尬地低下头，眼睛瞧着别处对赛欧娜说："长官，有件事我没敢跟您说。"

"就是你必须确保我们待在这个肮脏的地方。"赛欧娜说。

"哦，不！"内拉抬头看着赛欧娜，"你们能去哪儿？这山墙爬不上去，墙那头也只有一条河。另一边是沙厉尔。唔，不是这个……还有一件事。"内拉摇摇头。

"快说！"赛欧娜厉声喝道。

"我接到死命令，长官，不敢不服从。"内拉扫了一眼其他队员，重又望着赛欧娜说，"你和……邓肯·艾达荷必须住在一起。"

"我父亲下的命令？"

"长官，据说是神帝亲自下的令，我们不敢不服从。"

赛欧娜直视着艾达荷。"我们最后一次在帝堡见面时我对你的警告，你还记得吧，邓肯？"

"我的手只听凭我自己的意愿，"艾达荷吼道，"而我的意愿你应该清楚得很！"

她略一点头，从艾达荷转向加伦。"在这个破地方睡哪儿不一样呢？带我们去。"

加伦的反应让艾达荷感到意外——他朝艾达荷转过脸，躲在弗雷曼兜帽里偷偷眨了眨眼，表示心照不宣，这才领着他们沿肮脏的街道走去。

是什么最直接威胁到我的统治？告诉你，是真正的先知先觉者，一个站在神面前又清醒地意识到这一点的人。先知先觉的狂喜会释放出性爱般的能量——除了创造，别的一概不在乎。种种创行为大同小异。一切都取决于所见之幻象。

——《失窃的日记》

雷托躺在小帝堡塔楼高高的带顶阳台上，没有乘坐御辇。他克制着焦躁不安的情绪，知道这是因为与赫娃·诺里完婚的日子不得不延后了。他朝西南方向眺望着。在渐暗的地平线另一边，邓肯、赛欧娜和他们的下属已经在托诺村待了六天。

延迟婚期是我自己不好，雷托想，是我临时更改婚礼地点，可怜的莫尼奥又得重新筹备了。

当然，现在还有马尔基这件事。

这些要紧事都没法跟莫尼奥解释。雷托听见他在凌云阁正厅里来回溜达，正为自己离开婚礼筹备指挥所而担心。莫尼奥真是操心的命！

雷托望着低悬在地平线上的太阳，最近的一场风暴将落日变成了暗橙色。沙厉尔以南的云层下潜伏着一场雨。在长长的沉默中，雷托一直凝视着这场没头没尾的雨。云层生自铁灰色的天幕，雨丝清晰可见。他感觉身不由己地被记忆裹住了。这种情绪很难摆脱，心中几句古诗轻轻脱口而出。

"您在说话吗，陛下？"莫尼奥的声音从雷托的近旁传来。雷托只转了转眼珠，看见这位忠心的主管正专注地等待下文。

雷托把诗句译成加拉赫语："夜莺在李树上筑巢，可她如何与风对抗？[1]"

"这是一个问题吗，陛下？"

"老问题了。答案很简单。让夜莺守着她的花。"

"我不明白，陛下。"

"别老说明摆着的事，莫尼奥。你这样我很烦。"

"原谅我，陛下。"

"我还能怎么样？"雷托端详着莫尼奥沮丧的神情，"你和我，莫尼奥，不管我们做什么，都是在演一场好戏。"

莫尼奥盯着雷托的面孔。"陛下？"

"酒神巴克斯的宗教节庆仪式孕育了希腊戏剧，莫尼奥。戏剧往往起源于宗教。人们将要看到我们的精彩表演。"雷托再次转头遥望西南方地平线。

一阵风聚拢了云朵。雷托觉得应该能听见狂风扫过沙丘的声音，但凌云阁里只有泛着回音的寂静，伴着极微弱的咝咝风声。

"云。"他低声吟道，"我愿再饮一樽月光，古老的海驳船泊在脚边，薄云紧贴我幽暗的天穹，蓝灰色斗篷披在肩上，近处传来萧萧马鸣。"

"陛下很烦恼。"莫尼奥说，声音里流露出的同情让雷托顿感

---

[1] 此句及下句"让夜莺守着她的花"出自埃兹拉·庞德翻译的《日本能剧》。

揪心。

"过去的影子在放光，"雷托说，"它们从来没有乖乖地离开过我。我聆听乡村小镇黄昏时的钟鸣寻求抚慰，但它只说，我才是此处的声音与灵魂。"

说话间，夜幕笼罩了塔楼。四周的自动灯亮起。雷托向外远眺，云上飘浮着一弯细细的月牙，那是一号月亮，厄拉科斯星的橙色反光依稀勾勒出它的圆形轮廓。

"陛下，我们为什么来这里？"莫尼奥问，"您怎么没告诉我？"

"我喜欢看你吃惊的样子。"雷托说，"一艘宇航公会的驳船马上就要降落在附近。我的鱼言士会带马尔基过来。"

莫尼奥猛吸一口气，憋了一会儿才吐出来。"赫娃的……叔叔？就是那个马尔基？"

"你对这件事毫无准备，所以才会惊讶。"雷托说。

莫尼奥全身打了个激灵。"陛下，您只要想保密……"

"莫尼奥？"雷托的话音里带着和气的劝说口吻，"我知道马尔基给你的诱惑比谁都大……"

"陛下！我从没……"

"我知道的，莫尼奥。"雷托的口气依然温和，"吓唬你一下能使记忆更鲜活。不管我有什么要求你都随时准备冲锋陷阵。"

"我能为……为陛下做什……"

"也许我们不得不除掉马尔基。他是个麻烦。"

"我？你要我……"

"也许。"

莫尼奥咽了口唾沫："那个圣母……"

"安蒂克死了。她很得力，可惜死了。鱼言士袭击了马尔基藏身的那个……地方，那一仗打得极惨烈。"

"没有安蒂克更好。"莫尼奥说。

"我理解你对贝尼·杰瑟里特的不信任，但我宁愿安蒂克别以这种方式离开我们。她待我们是忠诚的，莫尼奥。"

"圣母是……"

"贝尼·特莱拉和宇航公会都想知道马尔基的秘密。"雷托说，"他们见我们对伊克斯人有行动，就抢在鱼言士之前出手了。安蒂克……哎，只能拖住他们一小会儿，不过已经够了。鱼言士包围了那个地方……"

"马尔基的秘密，陛下？"

"假如一样东西凭空消失，"雷托说，"其中透露的信息不亚于一样东西突然出现。空荡荡的地方总是值得研究一番的。"

"陛下指的是什么意思，空荡荡……"

"马尔基没有死！当然我本该知道的。他消失的时候究竟去了哪里？"

"从您眼里……消失，陛下？您是说伊克斯人……"

"他们改进了老早给过我的一种设备，神不知鬼不觉地慢慢改进，还将它一层套一层地掩盖起来，但我注意到了那些阴影。我感到了意外。这让我高兴。"

莫尼奥思索着这句话。一种设备能瞒住……啊！神帝有几次提到过一种东西，能隐藏他记下的想法。莫尼奥说："马尔基带来的秘密是……"

"哦，没错！但这不是马尔基真正的秘密。他心里还藏着别的，没想到我会产生怀疑。"

"别的……可是，陛下，如果他们连您也瞒得住……"

"现在很多人都能做到这个，莫尼奥。他们在鱼言士的军事压力下向各地逃散。伊克斯设备的秘密也就传得越来越远了。"

莫尼奥紧张地睁大眼睛。"陛下，假如有谁……"

"如果他们学聪明了，就不会留下蛛丝马迹。"雷托说，"告诉我，莫尼奥，关于邓肯内拉是怎么说的？现在要向你直接汇报，她有没有抵触情绪？"

"只要是陛下的命令……"莫尼奥清了清嗓子。他不明白神帝为什么刚提到蛛丝马迹，马上又说起邓肯和内拉来了。

"是的，当然。"雷托说，"不管我下什么命令，内拉都会服从。她是怎么说邓肯的？"

"他没有跟赛欧娜育种的意思，如果这是陛下的……"

"他和我的傀偏耐布加伦还有其他保留地弗雷曼人相处得怎么样？"

"邓肯和他们聊老传统，聊跟哈克南人的战斗，聊第一批定居厄拉科斯星的厄崔迪人。"

"沙丘星！"

"是，沙丘星。"

"正因为沙丘星不复存在，弗雷曼人也就消失了。"雷托说，"你把我的口谕带给内拉了吗？"

"陛下，您为什么要冒险？"

"口谕带没带？"

"已派传令兵去托诺村了，不过我还能把她召回来。"

"不得召回！"

"但是，陛下……"

"她应该向内拉传达什么？"

"传达……传达您向内拉下的命令，要她继续无条件绝对服从小女，除非……陛下！这太危险了！"

"危险？内拉是鱼言士。她会服从我。"

"可赛欧娜……陛下，我担心小女不能全心全意效忠于您。而内拉……"

"内拉不可出偏差。"

"陛下，还是把您的婚礼安排在其他地方吧。"

"不！"

"陛下，我知道您已经预见到……"

"金色通道在延续，莫尼奥。你和我一样清楚。"

莫尼奥叹了口气。"您拥有无限，陛下。我没有质疑……"他突然刹住话头，一阵惊天动地的轰鸣使塔楼都摇撼了起来，声音越来越响。

两人一齐循声望去——南边不足一公里，一片发出蓝橙色亮光的羽状物携带着漩涡震荡波正在向沙漠降落。

"啊，我的客人到了。"雷托说，"我用我的车子送你去接一下，莫尼奥。只带马尔基回来。跟宇航公会的人说他们已经将功抵过了，打发他们走。"

"将功……哦，陛下。但要是他们知道了这个秘密……"

"他们遵照的是我的旨意，莫尼奥。你也必须如此。带马尔基来。"

莫尼奥依言走向停放在厅内远端阴影里的御辇。他爬上车，注视着落在山墙上的夜幕。一块着陆台伸进这夜里。御辇鸿毛般飘出塔外，朝泊在沙地里的宇航公会驳船斜飞而去；矗立于沙漠中的驳船像一座变了形的微缩版小帝堡。

雷托从阳台上望出去，为获得更佳视角稍稍抬起了前节部位。他以超强目力辨出月光下莫尼奥立在御辇上的白色身影。长腿的公会仆从抬出一副担架，将其推上御辇，又同莫尼奥交谈了片刻。他们离开后，雷托用意念关闭御辇的泡形舱罩，月光映在罩面上。随后他将御辇唤回着陆台，停入室内的灯光下，关闭入口。与此同时，公会驳船伴着隆隆的噪音起飞了。雷托打开舱罩，朝担架滚过去，身子底下发出碾压沙粒的声音。他抬高前节部位注视马尔基，马尔基似乎睡着了，身体被宽宽的灰色弹性绳捆牢在担架上。他头发暗灰，面色苍白。

他变得多老啊，雷托想。

莫尼奥走下御辇，回头看看担架上的人。"他受伤了，陛下。他们想派一名医……"

"他们想安插一个眼线。"

雷托端详着马尔基——又黑又皱的皮肤，深陷的面颊，椭圆脸却嵌着一个尖鼻子。两道粗眉几乎全白。要不是一辈子都在分泌睾酮……的确。

马尔基睁开眼睛，一双棕色的母鹿眼竟透着邪恶，多么令人震惊的反差！马尔基抽了抽嘴角代表微笑。

"陛下。"马尔基发出沙哑的细语。他的目光转向右边，盯着总管。"还有莫尼奥。原谅我不方便起身。"

"你疼吗？"雷托问。

"有时疼。"马尔基环视周遭，"女神们呢？"

"恐怕这方面我无法让你满意了，马尔基。"

"没关系。"马尔基哑着嗓子说，"说实话我也满足不了她们。你派来抓我的那些可不是女神，雷托。"

“她们对我是赤胆忠心的。”雷托说。

“她们是残忍的猎手！”

“安蒂克才是猎手。我的鱼言士只是清道夫。”

莫尼奥轮流看着他们两个。这场对话有一种令他不安的潜台词。马尔基声音粗哑，可语气听上去几近轻佻……当然他一贯如此。一个危险分子！

雷托说：“就在你来之前，莫尼奥和我正聊着无限。”

“可怜的莫尼奥。”马尔基说。

雷托回以微笑。“还记得吗，马尔基？你曾要求我展示一下无限。”

“你说无限不可展示。”马尔基扫了一眼莫尼奥，“雷托爱玩悖论。凡是有人耍过的语言把戏他都熟悉。”

莫尼奥强压着一股怒气。他觉得自己被这场对话排斥在外，成了两个更高级生命的取笑对象。马尔基和神帝仿佛一对老友，正回忆着过去的欢乐时光。

“莫尼奥怪我独占无限。”雷托说，“他不愿相信自己拥有的无限其实并不比我少。”

马尔基抬眼盯着雷托。“看见没有，莫尼奥？他多会耍语言的把戏？”

“说说你的侄女吧，赫娃·诺里。”雷托说。

“他们说的是真的吗，雷托？你要和乖孩子赫娃结婚了？”

“是真的。”

马尔基咯咯笑起来，随即露出一脸痛苦状。“她们下手太狠了，雷托。”他轻声说，“告诉我，老虫子……”

莫尼奥倒抽一口冷气。

马尔基等这阵痛苦稍缓过去，才继续开口说道："告诉我，老虫子，你这个庞大的身体里头有没有藏着一根大家伙？我的乖赫娃要吓死了！"

"很久以前我就跟你说过实话了。"雷托说。

"没人说实话。"马尔基嘶哑地说。

"你就总是对我说实话，"雷托说，"有时连你自己都没意识到。"

"那是因为你比我们都聪明。"

"你能跟我说说赫娃吗？"

"你想你已经知道了。"

"我想听你说。"雷托说，"特莱拉人有没有帮过你？"

"他们为我们提供专业知识，仅此而已。其余都是我们自己干的。"

"我想也不是特莱拉人干的事。"

莫尼奥再也抑制不住好奇心。"陛下，赫娃和特莱拉人是怎么回事？您为什么……"

"问东问西的，莫尼奥老朋友。"马尔基说着把目光移向总管，"你不知道他……"

"我从来不是你朋友！"莫尼奥打断他。

"女神里的老伙计，总可以吧？"马尔基说。

"陛下，"莫尼奥转向雷托，"你为什么说……"

"嘘——莫尼奥，"雷托说，"我们让你的老伙计受累了，我还有事要问他呢。"

"你有没有感到奇怪，雷托，"马尔基问，"为什么莫尼奥从没想过要抢走你这个摊子？"

"这个什么？"莫尼奥问。

"这也是雷托的老话。"马尔基说，"摊、子——摊子。完美的词。你为什么不给帝国改个名，雷托？大摊子帝国！"

雷托抬手示意莫尼奥别开口。"你能跟我说说吗，马尔基？关于赫娃？"

"只是从我身上取了几个小小的细胞。"马尔基说，"接下去就是小心翼翼的培养和教育——样样都和你的老朋友马尔基相反。这一切都是在虚无空间里干的，你看不到！"

"但我注意到有什么东西消失了。"雷托说。

"虚无空间？"莫尼奥问，接着渐渐明白了马尔基的意思，"你？你和赫娃……"

"这就是我在阴影里看到的东西。"雷托说。

莫尼奥直视着雷托的面孔。"陛下，我准备取消婚礼。我想说……"

"不得如此！"

"可是陛下，如果她和马尔基是……"

"莫尼奥，"马尔基沙哑地说，"你的陛下有令在先，你必须服从！"

这嘲讽的口气！莫尼奥狠狠瞪着马尔基。

"样样都和马尔基相反。"雷托说，"你没听他说吗？"

"还能比这更好吗？"马尔基问。

"但毫无疑问，陛下，如果你现在知道……"

"莫尼奥，"雷托说，"你开始惹烦我了。"

莫尼奥窘迫地闭上了嘴。

雷托说："这样就好了。你知道，莫尼奥，几万年前，那时我还是另外一个人，我犯了个错误。”

“您，犯错误？”马尔基奚落道。

雷托只是笑了笑。“我的错误混合着美妙的表达方式。”

“文字游戏。”马尔基继续挖苦。

“的确！我是这么说的：‘当下是瞬间的分神，未来是一个梦，唯有记忆能解密生命的意义。[1]’这句话不漂亮吗，马尔基？”

“完美，老虫子。”

莫尼奥用一只手遮住嘴。

“然而我的话是愚蠢的谎言。”雷托说，“当时我就知道，但我受到漂亮语言的蛊惑。不——记忆无法解密意义。若是没有经历过无法用语言表达的精神痛苦，哪儿都不存在意义。”

“你那些辣手的鱼言士给我带来的痛苦，我可看不出有什么意义。”马尔基说。

“你这个算不上痛苦。”雷托说。

“要是咱俩换换身体，你就……”

“这只是肉体上的疼痛，”雷托说，“马上就会结束的。”

“那我什么时候能体验到痛苦呢？”马尔基问。

“也许在此之后。”

雷托将前节部位从马尔基扭向莫尼奥。“你真心实意地效命于金色通道吗，莫尼奥？”

“啊，金色通道。”马尔基语带嘲弄。

“您知道我的忠心，陛下。”莫尼奥说。

“那么你必须向我保证，”雷托说，“你在这里耳闻目睹的一切

---

[1] 引英国文学评论家德斯蒙德·麦卡锡（Desmond MacCarthy，1877—1952）之言。

必须守口如瓶，明里暗里都不许泄露一丁点儿。"

"我保证，陛下。"

"他保证，陛下。"马尔基冷笑着重复道。

雷托伸出一只小手指了指马尔基，马尔基仰面注视着隐藏在灰色"皮风帽"里那张轮廓模糊的脸。"出于我对马尔基由来已久的钦佩以及……其他许多原因，我没法亲手结果他，甚至不能命令你……但他必须消失。"

"哦，你真聪明！"马尔基说。

"陛下，如果您去大厅那头稍等片刻，"莫尼奥说，"您回来的时候也许马尔基这个问题已经解决了。"

"他干得出来，"马尔基嘶哑地说，"冥神啊！他干得出来。"

雷托蠕动到大厅的阴影里，将注意力集中于一道微明的弧线上，只需发出一条意念指令，这道弧线就会变成向黑夜敞开的大门。从着陆台一翻而下——这是一段多么长的垂直距离啊。他怀疑连自己的身体也经不起这一摔，更何况塔下的沙地里还没有水。他感觉金色通道开始忽明忽灭，仅仅因为自己想了想这种结局。

"雷托！"马尔基在他身后喊道。

雷托听到担架碾压着沙粒，沙子是被大风卷上凌云阁的。

马尔基又喊起来了："雷托，你是最棒的！这个宇宙里没有一种邪恶能超过……"

一记湿漉漉的重击截断了马尔基的喊叫。一击封喉，雷托想。是的，莫尼奥精于此道。接着传来阳台透明罩滑动开启的声音，继而是担架摩擦栏杆的刺耳声，最后归于寂静。

莫尼奥一定会把尸体埋在沙里，雷托想。沙虫重现的时候还没到，无法吞尸灭迹。雷托转过身，朝大厅另一头看去。莫尼奥凭栏而立，俯视着……俯视着……俯视着……

　　我无法为你祈祷了，马尔基，也不能为你，莫尼奥，雷托想，我
成了彻头彻尾的孤家寡人，也许是帝国中仅存的宗教意识……所以我
无法祈祷。

假如不了解历史的流动、潮涌以及领袖们在这些力量作用下的行动方式，你就无法了解历史。领袖会竭力维持某些条件使人们离不开他的领导。因此领袖需要局外人。我提醒你们慎重评价我的生平。我既是领袖又是局外人。别误以为我只是简单地把国家改造成了一个教会。这是我作为领袖的职责，而且我有许多历史样板可供借鉴。至于我局外人的一面，可以从我们时代的艺术作品看出端倪。这些作品以原始粗犷的风格为主导。最受欢迎的诗歌？史诗。流行的戏剧范式？英雄主义。舞蹈？基本失传。莫尼奥认为舞蹈是危险的，他的观点正确。舞蹈刺激想象，会让人们感觉到我夺走了什么。我夺走的是什么呢？是参与历史的权利。

——《失窃的日记》

艾达荷伸展着四肢，合眼躺在他的小床上，听见有东西落在另一张床上。他坐起来，后半下午的阳光从唯一一扇窗户斜射进来，照在白瓷砖地板上，又反射到淡黄色的墙面。他看见赛欧娜进来了，平躺在自己的小床上。她正读着一本书，她随身携带的绿布包里有几本书，这是其中一本。

为什么要有书？他不解。

他把双脚垂在地上，扫视了一圈房间。这间又高又阔的"陋室"还有哪点跟弗雷曼人沾边？两床之间隔着一张本地塑料制造的深棕色大桌子。屋内有两扇门：一扇直通花园，另一扇通向一间豪华浴室，天窗宽大，淡蓝色瓷砖闪闪发亮。浴室里设施齐备，下沉式浴缸和淋浴间至少都有两米见方。这个享乐之处敞着门，艾达荷听到浴缸在排水。赛欧娜放的洗澡水似乎总是多过正常需要。

斯第尔格，古沙丘时代艾达荷的耐布，要是看到这间屋子一定会嗤之以鼻。"可耻！"他会说，"堕落！软弱！"斯第尔格会抛出一大堆贬义词，来形容这座竟敢自比真正弗雷曼穴地的村子。

赛欧娜"唰"的一声翻过去一页。她躺在床上，用两只枕头支着脑袋，身上裹着件薄薄的白袍，透着洗浴后的湿黏。

艾达荷摇摇头。这些书本里有什么让她这么感兴趣？自打来到托诺村，她就读了又读。书都不厚，但分许多册，黑封皮上只标有编号。艾达荷见过数字九。

他脚踩地面站起身，走到窗口。远处有个老人正在掘土栽花。花园三面围着房子。花朵很大——红色花瓣，盛开的那些吐露白色花心。老人的一头灰发也像是一种花，飘扬在白花和宝石般的花蕾中间。在刺鼻的花香中，艾达荷还闻到了烂叶子味和新翻的泥土味。

一个弗雷曼人在露天里拾掇花花草草！

赛欧娜对于她读的怪书没主动提过一个字。**她在逗弄我**，艾达荷想。**她要我先开口问。**

他尽力不去想赫娃，只要一想就有被愤怒吞噬的危险。他想起弗雷曼人专门有个词来称呼这种强烈的情绪，"卡瓦纳"，嫉妒的铁箍。**赫娃在哪儿？这一刻她在干什么？**

朝花园的门没敲就开了，进来的是加伦的助手泰沙。他那张暗沉沉的脸布满深色皱纹，眼窝深陷，瞳孔四周呈淡黄色。他身穿一件棕色袍子，头发像一把等着腐烂的枯草。他的相貌过于丑陋了，活像一个黑不溜秋的原始精灵。泰沙关上门，站在那里看着他俩。

艾达荷身后传来赛欧娜的声音："嗯，怎么回事？"

艾达荷注意到泰沙似乎兴奋得不寻常，不住地哆嗦。

"神帝……"泰沙清了清嗓子继续说，"神帝要驾临托诺村！"

赛欧娜在床上坐直，将白袍遮住膝盖。艾达荷回头瞥了她一眼，又转过来看着泰沙。

"大婚地点定在这儿了，在托诺村！"泰沙说，"要按弗雷曼的老规矩办！神帝和他的新娘要来托诺村做客了！"

被"卡瓦纳"攫住的艾达荷狠狠瞪着他，攥紧了拳头。泰沙草草点了几下头，转身离去，"砰"的一声把门关上。

"我来给你念点东西，邓肯。"赛欧娜说。

艾达荷过了一会儿才反应过来她在说什么。他转过身瞧着她，拳头仍紧攥在身体两侧。赛欧娜坐在床沿，大腿上摊着书。她把他的注视当作默许。

"有人认为，"她读道，"你必须牺牲一部分人格去干点脏活儿，才能充分发挥天赋。他们说，当你为了实现理想而走出'圣哉经[1]'，就迈出了第一步。莫尼奥说我的解决办法是自己不离开'圣哉经'，而派别人去干脏活儿。"

她抬头看看艾达荷。"神帝——他自己说的。"

艾达荷慢慢松开了拳头。他知道自己的注意力需要像这样分散一

---

[1] 基督教会弥撒仪式所用声乐套曲之一，头一句为二个"圣哉"，包含此句在内的部分唱词直接引自《圣经》。

下，而且赛欧娜打破沉默也勾起了他的兴致。

"这是什么书？"他问。

她简要说了说她和战友们是如何窃取了帝堡平面图和雷托日记的副本。

"当然你是知道这件事的。"她说，"我父亲坦白，是奸细出卖了我们的行动。"

他看到她的眼里盈着泪水。"有九个人死于狼口？"

她点点头。

"你这个头儿当得真烂！"他说。

她一怒之下正要反击，他又问："谁帮你们破译的？"

"伊克斯人提供的译本。据他们说是宇航公会找到了密钥。"

"我们都知道神帝私欲熏心。"艾达荷说，"他要说的只有这些？"

"自己看。"她从床边的包里翻出第一卷译本，扔在他床上。艾达荷走到自己床边时，她问："你说我这个头儿当得真烂是什么意思？"

"就这么牺牲了九个战友。"

"傻瓜！"她摇摇头，"你显然没见过那些狼！"

他拿起书，觉得挺沉，这才发现是用晶纸印的。"你们应该带好对付狼群的武器。"他说着打开了书。

"什么武器？我们能获得的武器全都不顶用！"

"激光枪呢？"他问，同时翻过去一页。

"谁在厄拉科斯星一碰激光枪，虫子就会知道！"

他又翻一页。"你的朋友们最终还是搞到了激光枪。"

"看看他们的结果吧！"

艾达荷读了一行，说："可以下毒。"

她不由自主地咽了口唾沫。

艾达荷抬头看她。"你们最后还是把狼都毒死了，不是吗？"

她的回答轻得像耳语："是的。"

"为什么一开始不这么干？"他问。

"我们……不……知道……可以……这样。"

"可你也没试过。"艾达荷说。他把头扭回打开的书册。"这个头儿真烂！"

"他太奸诈！"赛欧娜说。

艾达荷读完一段文字才把目光转向赛欧娜。"这么形容他太轻描淡写了。这些你都读过了吗？"

"一字不漏！有的读过好几遍。"

艾达荷看着打开的书页，大声念道："我已经创造出了我想要的东西——蔓延于全帝国的精神高度紧张。极少有人能感觉到它的力量。我是靠什么来创造这种条件的呢？我自己没那么大本事。我唯一的能量源于对个人成败的掌控。简而言之这就是我所做的一切。为什么人们还要以其他理由来追寻我？在徒劳的追寻中是什么将他们引向死路？他们想成为圣徒吗？他们以为这样就能目睹神的显灵？"

"他是个极端的玩世不恭者。"赛欧娜明显带着哭腔。

"他是怎么考验你的？"艾达荷问。

"他给我看了一——他给我看了他的金色通道。"

"这倒简单……"

"那的确是存在的，邓肯。"她抬头看他，眼里闪着泪光，"但是，即便这曾经是神帝存在的理由，我们也无法容忍他现在变成的这个样子！"

艾达荷深吸一口气，说："厄崔迪人必然会走到这一步！"

"虫子必须消失！"赛欧娜说。

"不知他什么时候到？"艾达荷问。

"加伦那个贼头贼脑的矮子朋友没说。"

"我们要问出来。"艾达荷说。

"我们没有武器。"赛欧娜说。

"内拉有激光枪。"他说，"我们有刀子……绳子。我看见加伦的一个仓库里有绳子。"

"对付虫子？"她问，"就算我们能拿到内拉的激光枪，你也知道伤不了他。"

"但他的车子能防激光枪吗？"艾达荷问。

"我不信任内拉。"赛欧娜说。

"她听你话吗？"

"是的，可……"

"我们一步一步来。"艾达荷说，"先问内拉肯不肯用激光枪打虫子的车子。"

"要是她不肯呢？"

"杀了她。"

赛欧娜站起来，把书扔到一边。

"虫子怎么来托诺村？"艾达荷问，"他又大又重，坐不了普通扑翼飞机。"

"加伦会告诉我们的。"她说，"不过我想他会采取往常的出行方式。"她抬头瞧天花板，如果没有这层天花板挡着，就能看到沙厉尔的围墙。"应该是全体出巡。他会走皇家大道，然后靠浮空器降落到这里。"她转向艾达荷，"加伦这人怎么样？"

"不一般。"艾达荷说，"他拼命想成为真正的弗雷曼人。他知道自己没一点像我们那时候的弗雷曼人。"

"你们那时候的弗雷曼人是什么样的，邓肯？"

"他们有句老话。"艾达荷说，"'不愿与之共亡的人，亦不可为伍。'"

"你跟加伦说了吗？"她问。

"说了。"

"他什么反应？"

"他说，在遇到过的人里，我是唯一一个他愿意共存亡的人。"

"加伦也许比我们都聪明。"她说。

你认为权力或许是人类最难占有的东西吧？既然容易得而复失，为什么会有那些明显的例外呢？确有基业长青的家族。我们还知道，炙手可热的宗教官僚机构也能长期紧握手中的权柄。想想信仰与权力的关系吧。当两者相互依存时会不会又彼此排斥？贝尼·杰瑟里特已在信仰的围墙内太太平平过了几千年。然而她们的权力哪儿去了？

　　　　　　　　　　　　　　　　　——《失窃的日记》

　　莫尼奥急躁地说："陛下，希望您再给我一些时间。"

　　帝堡外，他站在正午短短的日影里，面前是躺在御辇里的雷托，泡形舱罩已收起。在此之前，雷托一直陪着赫娃·诺里在附近观光，舱罩范围内、雷托脸旁已经装好了她的座椅。赫娃只是对四周越来越忙碌的人群感到好奇。

　　她多镇定啊，莫尼奥想。回忆起马尔基揭开的关于她的真相，莫尼奥险些发起抖来，但他克制住了。神帝是对的。赫娃是个表里如一的人——一个极其和蔼可亲、通情达理的人。*她真的会愿意和我育种吗？*莫尼奥暗自发问。

　　杂事分散了莫尼奥对她的关注。雷托带着赫娃乘浮空御辇在帝堡四周游玩的时候，一大队大臣和鱼言士也在这里集结完毕。大臣全都穿着节日盛装，大部分披红挂金。鱼言士一律身着最高级的深蓝色军服，仅以不同颜色的滚边和鹰徽区分军衔。一台载有行李拖车的浮空橇停在队尾，有待鱼言士牵引。空气中满是尘土，也充斥着兴奋的声音和气味。早先，多数大臣闻及婚礼地点都感到失望。有人当即购买了自用的帐篷和凉棚，与其他辎重一起先行发运，现已堆放在托诺村附近不影响视野的沙漠里。处于喜庆气氛中的随行鱼言士却对此无所谓。只是在接到不许佩带激光枪的通知时，她们一个个都大声抱怨起来。

"只要一点时间就行，陛下。"莫尼奥还在说，"我还不知道我们怎么……"

"解决各种各样问题的时间是无法弥补的。"雷托说，"你可以过分谨慎，但我不同意再延期。"

"我们赶到那里就得花上三天。"莫尼奥叹苦经。

雷托算了算时间——疾行加小跑……一百八十公里。是的，确实要三天。

"我相信补给站你都安排妥了吧？"雷托说，"预防抽筋的热水备足了吗？"

"补给站条件够好，"莫尼奥说，"但我不希望在现阶段离开帝堡！您知道是什么原因！"

"我们有通信设备，还有忠心的部下。宇航公会也适当地惩戒过了。别紧张，莫尼奥。"

"我们可以在帝堡里举办婚礼！"

雷托的回答是把泡形舱罩一关了事，将自己与赫娃同外界隔开。

"有危险吗，雷托？"她问。

"危险总是有的。"

莫尼奥叹了口气，转身小跑起来。前方，皇家大道有一段朝东的漫长上坡路，然后沿沙厉尔边界向南拐。雷托在莫尼奥身后启动了御辇，随即听到这支五彩斑斓的队伍跟上来的脚步声。

"都动起来了吗？"雷托问。

赫娃向后扫了一眼。"是的。"她望着他的脸问，"莫尼奥怎么那么固执呢？"

"莫尼奥发现逝去的一瞬永远追不回来了。"

"自打你从小帝堡回来，他就心烦意乱，像换了个人似的。"

"他是厄崔迪人，亲爱的，你生来就是为了取悦厄崔迪人的。"

"不是你说的那个原因，否则我会知道的。"

"唔……好吧，我想莫尼奥还发现了死亡的真相。"

"你和莫尼奥在小帝堡里发生了什么？"她问。

"那是整个帝国最孤独的地方。"

"我觉得你在回避我的问题。"她说。

"不，亲爱的。我和你一样关心莫尼奥，但我现在说什么也帮不了他。莫尼奥陷入了困境。他发现活在当下太艰难，活在未来无意义，活在过去又不可能。"

"我猜让他陷入困境的正是你，雷托。"

"可他必须解放自己。"

"你为什么不解放他？"

"因为他认为我的记忆是他获得自由的钥匙。他认为我是以过去为基础构建未来的。"

"难道不一直是这样吗，雷托？"

"不，亲爱的赫娃。"

"那应该是怎样的？"

"大部分人相信美好的未来就是重返过去的一个黄金时代，一个实际上从来不存在的时代。"

"所以你凭记忆知道这是无法实现的。"

雷托转过嵌在"皮风帽"里的面孔凝视着她，探查着……回忆着。以内心的庞大人群为素材，他可以根据基因图谱合成出赫娃的样貌，但这根本不能同活生生的真人相提并论。当然如此。过去仿佛一排排喘息的鱼向外瞪着眼睛，而赫娃是鲜活的生命。她的嘴型带有希腊式线条，是天生用来吟唱神谕之歌的，但她没有吐过一个预言的字。她对生活心满意足，性情开朗，宛如一朵永远飘香的鲜花。

"干吗这样看着我？"她问。

"我沉浸在你的爱里。"

"爱，是的。"她笑道，"我想既然我们无法共享肉体的欢娱，就一定要分享灵魂之爱。你愿意跟我分享吗，雷托？"

他吃了一惊。"你问我的灵魂？"

"别人肯定也问起过。"

他不客气地说："我的灵魂只消化它的经历，别无其他。"

"我向你要求得太多了吗？"她问。

"我想你怎么要求我也不过分。"

"我希望用我们的爱来反驳你。我叔叔马尔基谈起过你的灵魂。"

他发现自己无法回答。赫娃把他的沉默当作鼓励。"他说你是探究灵魂的终极艺术家，你首先洞察的是自己的灵魂。"

"可你叔叔马尔基否认自己有灵魂！"

这句回答声音粗哑，但她并没有结束这个话题。"我还是认为他说得没错。你是研究灵魂的天才，无与伦比。"

"你只需要对枯燥的事物长期保持耐性，"他说，"并没有什么了不起。"

现在他们已经上了通往沙厉尔围墙最高点的长坡。他落下御辇的轮子，关闭了浮空器。

赫娃说起话来柔声细语，几乎淹没在车轮的吱嘎声和四周的奔跑声中。"不管怎么说，我可以叫你亲爱的吗？"

他的嗓子已经不完全是人类的了，但他记得以前也曾发出过这种憋堵的声音："可以。"

"我天生是伊克斯人，亲爱的。"她说，"我为什么不分享一下伊克斯人的机械主义宇宙观呢？你知道我是怎么看这个宇宙的吗，我亲爱的雷托？"

他只是瞧着她。

"我总能感受到超自然现象。"她说。

雷托发出了刺耳的声音，连自己听着都觉得怒气冲冲的："人人都在创造自己的超自然。"

"别对我生气，亲爱的。"

可怕的刺耳声再次响起："我绝不会对你生气。"

"可你和马尔基之间曾经发生过什么。"她说，"他永远不会告诉我是什么事，不过他经常说不知道你为什么要饶过他。"

"因为我从他那里学到了东西。"

"你们两个发生过什么，亲爱的？"

"我不想谈马尔基。"

"求你了，亲爱的。我觉得这件事对我很重要。"

"我对马尔基说，有些东西也许不该被人类发明出来。"

"就这些？"

"不止。"他不情愿地继续说道，"我的话惹恼了他。他说：'你认为假如世界上没有鸟，人类就不能发明飞机！你这个蠢货！人类可以发明任何东西！'"

"他叫你蠢货？"赫娃惊愕地问。

"他说对了。他所否定的恰恰就是真相。他给了我一个远离发明的理由。"

"这么说你害怕伊克斯人？"

"当然害怕！他们会发明出大灾难来。"

"那你怎么办？"

"加速往前跑。历史是发明与灾难之间永不停歇的一场赛跑。教育能起点作用，但永远不够。你也必须跑。"

"你在跟我分享灵魂，亲爱的。你知道吗？"

雷托的目光从她身上移开，转而盯向莫尼奥的后背，盯着他的一举一动，显而易见，他在刻意掩饰着什么。队伍已走过第一道缓坡，正在转向，开始攀上环墙大道西段。莫尼奥迈着他特有的踏实步伐，很留心地面上的落脚点，但他身上出现了某些新苗头。雷托觉得他疏远了，不再满足于伴行在圣上的"风帽脸"旁边，也不再以主人担负的天命为己任。东面是沙厉尔，西面是河流和农场，但莫尼奥哪边也不看。他另有目标。

"你还没回答我呢。"赫娃说。

"你已经知道答案了。"

"是的。我开始了解你了。"她说，"我对你的恐惧有了一些感觉。我想我已经知道你活在哪里了。"

他心中一凛，扭头瞧她，发现她正紧盯着自己。真令人惊讶。他无法从她脸上移开视线。一阵深深的恐惧传遍全身，他感到双手开始抽搐。

"你活在恐惧与爱的交界处，同时拥有这两种感情。"她说。

他连眼睛都不眨。

"你是神秘主义者，"她说，"你把自己保护起来，只因为你处在宇宙中心向外观望，而且看待事物的方式跟其他人都不一样。你害怕同别人分享这个，但你又最渴望把它分享出来。"

"你看到了什么？"他轻声说。

"我的内心既不能看也不能听。"她说，"可我看见了我的雷托皇帝，我爱他的灵魂，我知道你真正理解的那唯一一件事。"

他避开她的目光，怕她继续往下说。他发抖的双手带着整个前节部位颤动起来。

"爱，这就是你理解的东西。"她说，"爱，这就是全部。"

他的双手止住了颤抖。两颊各流下一行眼泪。泪水沾上他的"皮风帽"，冒出缕缕青烟。他感到了灼痛，并为之庆幸。

"你对生命有信念。"赫娃说，"我知道爱的勇气只能扎根在这种信念里。"

她伸出左手，擦去他脸颊上的泪水。令他诧异的是，"皮风帽"没有像往常那样对这种抚摸作出抵触反应。

"你知道吗？"他问，"自从我变成这个样子，你是第一个碰我脸颊的人。"

"我知道你现在是谁，过去又是谁。"她说。

"我过去是……啊，赫娃。过去的我只剩下这张脸，其余部分全都遗失在记忆的阴影里……藏了起来……消失了。"

"在我眼里并没有消失，亲爱的。"

他望着她，不再害怕与她对视。"伊克斯人有可能知道他们在你心里创造了什么吗？"

"我保证，雷托，我的灵魂爱侣，他们不知道。你是第一个，也是唯一一个毫无保留地听到我心声的人。"

"那么我也就无怨无悔了。"他说，"亲爱的，我会同你分享我的灵魂。"

你和你的伙伴们心中存在一股仿佛具有塑性记忆的力量，总想方设法要把你们拉回到古老形态，亦即部落社会。这股力量无处不在——采邑、教区、公司、军队里的排、体育俱乐部、舞蹈团、反抗组织、计划委员会、同祷会……每个单位都有主仆之分，都有宿主和寄生虫。最终，为了重返"那些美好时代"，人们会用上数不清的拉帮结派手段（也包括这些文字！）。我完全不指望能教会你们走其他道路。你们的固有思维与新思想格格不入。

——《失窃的日记》

艾达荷发现攀岩似乎是自己与生俱来的本事。这具由特莱拉人培育的身体还记得他们连想都想不到的事情。艾达荷最初的青春年华也许早已遗失在了时间长河里，但这身肌肉是特莱拉人新造的，他可以一面攀爬一面将童年埋葬于遗忘之中。儿时的他曾逃入母星的崇山峻岭，学会了生存。眼前的山岩是由人工垒成的，但这无关紧要，它们同样经历了大自然的长年雕琢。

上午的阳光晒得艾达荷后背发烫。他能听到赛欧娜在费力攀登，她的临时目标是一溜已被艾达荷远远甩在脚下的狭窄岩架，能勉强在上面歇一歇。这溜岩架帮不上艾达荷什么忙，但最终促成赛欧娜同意由两人共同来执行攀岩行动。

共同执行。

她反对他单枪匹马地干。

内拉带着三名鱼言士助手，加伦带着三名得力的保留地弗雷曼人，等候在沙厉尔围墙脚下的沙地里。

艾达荷不去想山墙的高度。他只想着下一步把手或脚放在哪里。他想到了盘在肩上的细绳。绳子与山墙等高。他在沙地里直接用三角测量法比出了绳长，而没有去数步子。绳子比出来多长就是多长，肯定和山墙一样高。其他测算方法他的脑袋都难以接受。

艾达荷不断摸索着看不见的抓手处，沿垂直的崖壁一路向上……严格来说，不能算完全垂直。三千多年来，风沙、有限的降雨及热胀冷缩效应都对山崖起到了侵蚀作用。艾达荷曾在山墙下的沙地里坐了一整天，研究时间是如何塑造山体的。他在心里勾勒出几种惯用的手法——这儿来一道斜影，那儿画一条细线，这儿剥出一块凸石，那儿再微微翘出一块山岩。

他的手指向上蠕动着找到一条狭缝。他试了试能否吃重。可以。他稍事休息，把脸贴在温热的岩石上，上下都不看。他就在这里。凡事讲究个节奏。不能让肩膀过早疲劳。手臂和腿脚的负重要保持均衡。手指肯定会磨破，但只要不伤着骨骼和肌腱就无所谓。

他又上去了一点儿。一小块石头在手底崩落，尘土和碎屑撒在右脸上，但他一点儿都没有感觉。他的注意力全部集中在手脚上——手在摸索，而双脚只踩着崖壁上最不起眼的凸出以保持平衡。他是一粒尘埃，一颗抵抗地心引力的微粒……这儿抓手，那儿踏足，时而凭着纯粹的意志力贴紧山岩。

一只口袋里鼓鼓囊囊装着九枚将就能用的登山钉，但他不想用。一根短绳一头系着腰带，一头荡着一把同样是现找的锤子，他的手指还记得怎么打结。

内拉不大合作，不肯交出激光枪。不过赛欧娜命令她跟着他们行动时，她倒是服从的。古怪的女人……古怪的服从原则。

"难道你没发过誓要服从我吗？"赛欧娜质问。

内拉这才不再抵触。

过后，赛欧娜说："我的命令她总是服从的。"

"也许不必要她命了。"艾达荷说。

"我可不愿去干这事。我猜你对她的力量和速度还没什么概念吧。"

加伦——那位一心想成为"真正老派耐布"的保留地弗雷曼人——回答了艾达荷的一个问题，由此为他们的攀岩行动创造了条件。艾达荷问的是："神帝怎么进托诺村？"

"跟我曾祖父那会儿一样。"

"那会儿他是怎么进来的？"赛欧娜追问。

宣布雷托皇帝将在托诺村举办婚礼的那天下午，他们坐在馆舍外灰尘遍地的阴影里躲着日头。赛欧娜、艾达荷同加伦坐在台阶上，加伦的几名助手呈半圆形蹲在他们面前。两名在附近转悠的鱼言士听着他们谈话。内拉也快来了。

加伦指着村后高耸的山墙，墙顶在阳光下隐约闪着金光。"皇家大道从那儿经过，神帝有一种装置能从高处缓缓降落。"

"他的车子配备这种装置。"艾达荷说。

"浮空器，"赛欧娜补充道，"我见过。"

"我曾祖父说他们沿皇家大道而来，是一支庞大的队伍。神帝借助这种装置滑翔到村广场上。其他人都用绳子放下来。"

艾达荷若有所思地说："绳子。"

"他们来干什么？"赛欧娜问。

"表明神帝没有忘记他的弗雷曼人民，我曾祖父是这么说的。这是一个大荣誉，但比不上这次婚礼。"

艾达荷在加伦说话时站起身来。沿村中街一直往前，有个地方能近距离看清高墙——从直插沙地的墙根一览无遗地望到阳光闪耀的墙顶。艾达荷走到馆舍一角，进入村中街。他站定在那个地方，转头望向山墙。只看一眼就明白为什么人人都说从这里不可能爬得上去。即便当时，他也没想过要量一量墙高。也许五百米，也许五千米。转折发生在他观察的过程中——墙体上有细横缝和崩塌点，在飘着沙的墙根上方约二十米处甚至有一溜窄岩架……向上约三分之二距离又有一溜。

他发现体内有个古老而可信赖的部分不知不觉开始测量起来了，以自己的身体作为标尺——墙高相当于一长串邓肯的身高。意识中两只手这儿抓一把，那儿撑一下，仿佛正在攀登。

那是他第一次仔细察看山墙，这时赛欧娜的声音从他右肩方向传来："你在干什么？"她已经悄无声息地来到了他身边，顺着他的视线望去。

"我能爬上山墙。"艾达荷说，"我带一根细绳，到了顶上再拽一根粗绳上去，你们爬起来就方便了。"

加伦也过来了，刚好听到这句话。"你为什么要爬上去，邓肯·艾达荷？"

赛欧娜微笑着替他回答："向神帝致以必要的欢迎。"

当时她对这事还蛮有把握的，后来才渐渐产生疑虑，毕竟山墙的高度摆在那里，而自己又对这种难度的攀岩一无所知。

正在兴头上的艾达荷问道："上头的皇家大道有多宽？"

"我从来没见过，"加伦说，"不过听说很宽。大部队在上边行军不用变队形，他们是这么说的。上头还有桥，能看到河，而且……而且……哦，这是个奇迹。"

"你为什么不上去看看？"艾达荷问。

加伦只是耸耸肩，又指了指山墙。

内拉也来了，接着大家就攀岩展开了争论。艾达荷一边爬一边回想那场争论。内拉和赛欧娜的关系可真奇怪啊！她俩像一对共谋者……但又不是。内拉唯赛欧娜马首是瞻。但内拉是鱼言士，是奉雷托之命对新死灵执行初检的那个"朋友"。她承认自己是在皇家警队长大的。她真叫力大无穷！正因如此，她对赛欧娜唯命是从才显得可怕，似乎她在接受一个秘密声音的指挥，然后才会听命于赛欧娜。

艾达荷向上摸索着下一个抓手处。他的手指顺着岩石朝右上方蠕动，终于摸到了一条伸得进却看不见的裂缝。他能记住天然形成的攀爬线路，但只有他的身体知道如何沿这条路前行。他的左脚找到了一个踩踏点……向上……向上……慢慢地，先试试牢不牢。现在换左手……没有裂缝，只有一溜岩架。这一溜高挂半空的岩架他在下面看到过，现在眼睛上去了，下巴也上去了。他用胳膊肘撑住岩架翻了个滚，身体也上去了。歇一会儿，不往上看也不往下看，只是极目眺望。远方是沙漠地平线，一股微弱的沙尘遮挡了视线。在沙丘时代他经常见到这种景象。

片刻后，他把脸转向山墙，跪起身来，两手向上摸索，继续攀登。他在下面默记的山墙样貌还留在脑子里。只要一闭眼，就会自动浮现山墙的全貌，他自小躲避哈克南猎奴者，这项本领就是从那时起练成的。指尖又找到一条能塞进去的细缝。他用双手开辟着向上的路。

在下面仰望的内拉越来越倾慕这位攀爬者。随着高度的增加，艾达荷渐渐变成了山墙上一个孤单的小点。他一定了解独自作出重大决定是什么感受。

我愿意怀上他的孩子，她想。我们俩的孩子长大后一定智勇双全。神帝希望他和赛欧娜育种是什么意图？

内拉天不亮醒来，漫步到村子边缘一座矮沙丘顶上，思索着艾达荷提出的计划。破晓的天际现出石灰白，远处扬起一条常见的弯弯曲曲的沙尘带。随着钢青色天幕徐徐拉开，无边无垠的沙厉尔也充分显露出它的敌意。她明白了，这些事情无疑都在神的预料之中。什么能瞒得过神呢？什么也瞒不过，连邓肯·艾达荷在高处奋力攀登天梯这件事也瞒不了他。

久久盯着艾达荷，内拉的眼前出现了幻觉，山墙似乎横倒过来，而艾达荷变成了在坑坑洼洼的平地上爬行的小孩。他多小啊……越来越小。

一名助手递水给内拉，她喝了水之后，山墙才恢复直立状态。

赛欧娜蜷缩在第一溜岩架上，探身向上望去。"如果你摔下来，我接你的棒。"赛欧娜之前向艾达荷作出过这样的承诺。内拉觉得这是个奇怪的承诺。这两个人为什么明知不可为而为之？

艾达荷没能说服赛欧娜放弃这个不可为的承诺。

这是命中注定的，内拉想。是神的意志。

这是一回事。

艾达荷抓握的一小块石头掉了下来。已经发生过几次了。内拉盯着往下掉的石块。它用了很长时间才落到地上，中间在墙面上弹了又弹，说明山墙并不像肉眼判断的那样与地面完全垂直。

他要么成功，要么失败，内拉想。而无论结果如何，那都是神的意志。

可她还是觉得心在怦怦跳。艾达荷的冒险行动真性感，她想。这不是被动接受的色情，而是紧紧攫住她的罕见魔法。她不得不一直提醒自己，艾达荷不属于她。

他属于赛欧娜。如果他能活下来的话。

假如他失败了，赛欧娜会上。赛欧娜要么成功，要么失败。内拉在想，要是艾达荷爬到顶了，自己会不会高潮。现在他离墙顶已经那么近了。

扒掉那块石头之后，艾达荷深吸了几口气。太惊险了，他紧贴着墙面上的三个支撑点，等待自己镇定下来。那只活动的手仿佛自动地再次向上摸索起来，蠕动着经过石块松脱之处，探进一道狭缝中。慢慢地，他把重心移到这只手上。慢慢地……慢慢地。他的左膝触碰到一个踩踏点。他抬脚上去试了试。记忆告诉他快要到顶了，但他把记忆撇到一边，一心只想着眼下的攀爬和雷托明天要来这个事实。

雷托和赫娃。

这个他也不能想。但挥之不去。**墙顶……赫娃……雷托……明天……**

每一个念头都在加重他的绝望，迫使他回想起儿时的攀爬经历。他越是有意识地去回忆，手脚动作就越不利索。他强令自己停下，深吸几口气，稳住神，试图恢复过去那种自然而然的动作。

然而那些动作真的是自然而然的吗？

他思路阻滞。他觉得有干扰，还隐隐看到一个结局……一个无可挽回的结局。

雷托明天就会来到上边。

艾达荷感觉贴住岩石的这面脸颊在淌汗。

雷托。

我会打败你的，雷托。我会打败你，为我自己，不为赫娃，只为我自己。

一种升华感油然而生。前一晚他在为这次攀墙行动作心理准备时，也有过类似的感觉。赛欧娜发觉他睡不着，就跟他聊起来，详详细细地忆述自己怎么在禁林里狂奔，又怎么在河边发的誓。

"我已经起誓担任鱼言士指挥官。"她说，"我会恪守誓言，但我希望自己并不按他的意愿来兑现。"

"他的意愿是什么？"艾达荷问。

"他有很多企图，我不可能都知道。谁看得透他？我只知道我永远不会饶恕他。"

想到这里，艾达荷的意识又回到了当下，脸颊紧贴山岩，微风吹干了汗水，他觉得冷。不过他已经稳住了神。

永不饶恕。

艾达荷感觉到其他所有自我的亡魂的确存在，那些死灵全都殒命于为雷托效命的任内。他可以相信赛欧娜的怀疑吗？可以。雷托的身体和双手都能杀人。赛欧娜转述的传言有一定可信度。而且赛欧娜也是厄崔迪人。雷托变了……不再是厄崔迪人，甚至不能算人。与其说他现在是一个活物，不如说是一种不可理喻的非理性存在，他与自己的一切往事一刀两断了。赛欧娜反抗他。真正的厄崔迪人都背弃他。

就像我。

非理性的存在，别无其他。一如这山墙。

艾达荷右手上探，摸到一溜尖尖的岩架。再往上摸不到东西，他试着回忆此处是否有一道宽缝。他不敢相信已经到顶了……应该没这么快。当他将全身重量吊在岩架上时，锋利的边缘切进了手指。他伸出左手，摸到一个抓握点，慢慢提起身子。他的眼睛抬升到与两手齐平处。他看到了一片平地，向前铺展开去……一直延伸到蓝天。他双手抓握的地面有一道道裂纹，显然经过了长年累月的风吹日晒。他在平地上向前蠕动指尖，摸到一条缝就换一只手，胸部上去了……接着是腰部……胯部。他就地一滚，连扭带爬地尽量远离墙边，这才站起身来，看看四周究竟是什么情况。

的确是墙顶。登山钉和锤子都没用上。

一阵微弱的声音传到他耳边。欢呼声？

他走回墙边向下望去，朝下面的人挥手。是的，他们在欢呼。他转身迈步来到路中央，让欣喜之情渐渐止住肌肉的颤抖，抚慰双肩的酸疼。他慢慢转了一圈，环视周遭，这才凭记忆对攀爬高度作了个估测。

九百米……至少这么高。

这条皇家大道勾起了他的兴趣。跟通往奥恩城的那条不同，这条路异常宽阔……起码有五百米宽。路面呈光洁的灰色，连绵不绝，两侧路沿各距墙边约一百米。两行路界均以一人高石柱为标志一字排开，仿佛为即将驾临的雷托站岗放哨。

艾达荷走到沙厉尔对面的崖边向下望去。在深深的山脚下，碧绿的激流拍击凸岩，白沫翻飞。他转头向右，也就是雷托要来的方向。大道和山墙朝右拐了个大弧度，弯道起点距艾达荷所在位置约三百米。艾达荷回到大道上，沿路边顺着弯道行走。他在一个S弯前停住脚步，前方路面收窄并微微下倾，他观察着眼前呈现的新景象。

缓坡再往前约三公里，道路又一次收窄，经由一座大桥越过河谷。此桥仿若高架在仙境之中，从远处望去其桁架如玩具般不真实。艾达荷想起通往奥恩城的路上也有一座相似的桥梁，脚底踏在桥面上的感觉依然印在脑海里。他相信自己的记忆，并像其他军队将领那样不由自主地思索起桥梁的两面性来——既可以通行，又能充当陷阱。

他离开大道往左走，低头望向耸立在大桥另一头的山墙。大道在对岸稍稍拐了个弯后，笔直向北延伸下去。有两道山墙呈平行状将河流夹在中间。河谷是人工开凿的，河水自北向南流，产生的水汽则导入一股由南往北吹的风。

艾达荷不再看河。它眼下在那里，明天也会在那里。他把注意力集中到大桥上，用受过军事训练的目光审视它。他点了点头，转身由来路返回，边走边举起盘在肩上的细绳。

看见绳子扭动着从天而降，内拉终于达到了高潮。

我在消灭什么？我在消灭资产阶级的一个执念，他们总是妄想以和平手段守住旧时代。这股约束力将人类限制在不堪一击的单一体里，群体之间只有区区几个秒差距的假想间隔。既然我能发现这些貌似分散的群体，别人自然也能。对于单一体而言，只要一场大灾来临，就无人得以幸免。因此，我向你们展示毫无激情的庸碌生活、没有抱负和目标的惯性运动是多么可怕。我向你们揭示整个文明是有可能陷入这种境地的。我让你们世世代代无忧无虑、平平安安地悄然走向死亡，连"为什么"都不问一声。我摆在你们面前的是虚假的幸福和名为"雷托神帝"的大灾预演。现在，你们理解何谓真正的幸福了吗？

——《失窃的日记》

　　雷托一整晚只打了个小盹，黎明时莫尼奥从驿馆出来，雷托已经醒了。这是一个三面围合的院子，御辇停在靠近中央的位置。舱罩已设置为单面透光，看不见里面的人，而且关得严严实实，以防水汽渗入。雷托能听到一丝微弱的噪音，那是风扇正将除湿后的空气送入舱罩。

　　莫尼奥走向御辇，脚底擦着地上的鹅卵石。在他上方，晨曦为驿馆屋顶镶上了一圈橙色的边。

莫尼奥停在御辇前方，雷托打开舱罩。空气中弥漫着一股发酵肥料的味道，微风中聚积的水汽让他很难受。

"我们要在中午左右赶到托诺村。"莫尼奥说，"希望您允许我调拨扑翼飞机执行空中护卫。"

"我不想要扑翼飞机。"雷托说，"我们可以用浮空器和绳子下到托诺村。"

雷托诧异于这短短对话所呈现的虚幻感。莫尼奥从来不喜欢这类出行。年轻时的反叛经历使他对一切无法看见或归类的东西都心存怀疑。他憋了一肚子意见没说出口。

"您知道我不是要用扑翼飞机载人，"莫尼奥说，"而是保护……"

"我知道，莫尼奥。"

莫尼奥目光越过雷托朝院子开口望去，前面就是河谷。升自谷底的薄雾遇上晨光，仿佛撒了金粉。他在想这峡谷有多深……一个人一边坠落一边扭曲。昨晚，莫尼奥发现自己不敢走到悬崖边往下看。纵身一跃的想法实在是太……太诱人了。

这个念头并未躲过雷托那令人生畏的洞察力，他说："每一种诱惑都伴随着一个教训，莫尼奥。"

莫尼奥无言以对，转而直视雷托的眼睛。

"看看我这一生的教训，莫尼奥。"

"陛下？"莫尼奥的声音近乎耳语。

"他们先是诱惑我作恶，接着诱惑我行善。每一种诱惑都精心瞄准我的软肋。告诉我，莫尼奥，如果我选择善，就能变善吗？"

"当然，陛下。"

"你可能永远丢不掉主观判断的习惯。"雷托说。

莫尼奥的目光再次离开他，又凝视起崖边来。雷托滚动一下身躯，沿着莫尼奥的视线方向望去。悬崖边缘种着一排矮松。湿漉漉的松针上挂着露珠，每一根都能给雷托带来痛苦。他很想关上舱罩，然而这些晶莹的水珠一面在排斥他的肉体，一面又直接吸引着他的记忆。两股相反的力量让他浑身躁动不安。

　　"我就是不喜欢走路。"莫尼奥说。

　　"这是弗雷曼传统。"雷托说。

　　莫尼奥叹了口气。"其他人过几分钟就准备好。我出来时赫娃在用早餐。"

　　雷托没有作答。他陷入了关于夜晚的记忆之中，包括前一晚以及拥挤在过去的成千上万个夜晚——那些云朵、星辰和雨丝，那茫茫黑暗和分散在宇宙各个角落的熠熠光点，他挥霍过那么多夜晚，多得就像自己的心跳。

　　莫尼奥突然问道："您的侍卫呢？"

　　"我让她们吃饭去了。"

　　"我不希望看到她们把您一个人留下！"

　　莫尼奥清脆的声音在雷托的记忆中响起，暗示着言外之意。莫尼奥害怕一个失去神帝的宇宙。他宁愿死也不愿见到这样一个宇宙。

　　"今天会发生什么？"莫尼奥问。

　　这个问题不是问神帝，而是在问先知。

　　"今天风中的一颗种子可能成为明天的柳树。"雷托说。

　　"您知道我们的未来！为什么不告诉我们？"莫尼奥近乎歇斯底里……排斥一切不能直接感受的事物。

　　雷托转脸瞪着莫尼奥，一股明显压抑着的怒火让总管畏缩了。

　　"管好你自己，莫尼奥！"

莫尼奥颤抖着深吸一口气。"陛下，我无意冒犯。我只是想……"

"朝上看，莫尼奥！"

莫尼奥不由抬头望向无云的天空，晨光比先前更亮了。"看什么，陛下？"

"顶上没有一块保你安全的天花板，莫尼奥。只有一片充满变数的开阔天空。迎接它吧。你的每一种感官都是应对变化的工具。这样说你有没有明白点？"

"陛下，我来只是想请示您什么时候出发。"

"莫尼奥，请你对我说实话。"

"我说的是实话，陛下！"

"但如果你活在自我欺骗里，谎言对你而言就像是真话。"

"陛下，即便我说了假话……也是无心的。"

"听上去有几分道理。可我知道你没说出口的恐惧是什么。"

莫尼奥哆嗦起来。神帝的心情糟糕到极点，每一个字都带着十足的威胁。

"你害怕一个意识觉醒的帝国，"雷托说，"你有理由害怕。马上叫赫娃过来！"

莫尼奥一个急转跑进驿馆。他仿佛捅了一个虫子窝。不一会儿鱼言士就陆续出来了，围着御辇散开。大臣有的透过驿馆窗户向外张望，有的出来躲在深深的屋檐下，不敢靠近雷托。在骚动中，赫娃现身在宽大的正门里。她沉稳地缓缓迈着步子，从阴影里向雷托走来，下巴高抬，目光寻找着他的脸庞。

一见赫娃，雷托的心情就开始平复了。她穿着一件他以前没见过的金色长袍，颈部和长袖袖口处都镶有银色和翠绿色的花边。深红色齿状下摆几乎及地，缀着沉沉的绿穗带。

赫娃含笑站定在他面前。

"早安，亲爱的。"她柔声说道，"你干了什么，把可怜的莫尼奥搞得这么烦躁？"

见其人闻其声，雷托已经镇静下来，并露出微笑。"我干了一直想干的事。我施加了一种影响。"

"当然是这样。他告诉鱼言士你在发脾气，非常可怕。我们该怕你吗，亲爱的？"

"只有拒绝自力更生的人该害怕。"

"啊，是的。"她踮起脚尖转了一圈，甩开新袍子，"你喜欢吗？鱼言士送给我的。她们亲手做的装饰。"

"亲爱的，"他语带警告，"装饰！这就是你为牺牲作的准备。"

她走上前倚着御辇，从下方凑近他的脸，佯作正经地问道："她们会牺牲我吗？"

"有的愿意这么做。"

"可你不会同意的。"

"我们俩的命运是紧紧相连的。"他说。

"那我不用害怕咯。"她抬起手，碰到他一只银色皮肤的手，她发现他的手指开始颤抖，便猛地将手抽回。

"对不起，亲爱的。我忘了我们结合在一起的是灵魂而不是肉体。"她说。

刚才那一碰使他的沙鳟皮肤抖个不停。"潮湿的空气让我过度敏感了。"他说。慢慢地，颤抖才止息下来。

"我不会为不可能发生的事而后悔。"她轻声说。

"坚强些，赫娃，你的灵魂属于我。"

驿馆传来一个声音引得她回头看了一眼。"莫尼奥回来了。"她说，"亲爱的，请别再吓唬他了。"

"莫尼奥也是你的朋友吗？"

"我们是食友。我们都喜欢酸奶。"

莫尼奥走到赫娃身边停下时雷托还在咯咯笑。莫尼奥壮起胆子露出一个微笑，同时不解地瞥了一眼赫娃。总管心怀感激，把一向专用于雷托的恭顺态度分出了一点给赫娃。"您好吗，赫娃小姐？"

"我很好。"

雷托说："在民以食为天的时代，自然要多多结交食友。开路吧，莫尼奥。托诺村在等我们。"

莫尼奥转身向鱼言士和百官大声下达命令。

雷托朝赫娃咧嘴一笑。"我不是在以这种方式扮演焦急的新郎官吗？"

她一手捏住裙摆，轻轻跳上御辇的床榻。他帮她翻下座椅。她落了座，视线与雷托齐平时，这才向他说了一句悄悄话："我的灵魂爱侣，我又发现你的一个秘密。"

"洗耳恭听。"他用玩笑口吻加入到这个亲密的新话题中。

"你很少需要语言。"她说，"你用自己的生命直接与感官对话。"

他的身体由头至尾打了个激灵。他顿了一顿才开始说话，在众人的喧哗声中她必须高度集中注意力才能听得清楚。

"在超人与非人之间，"他说，"只有极小一点空间允许我做一个人类。感谢你，亲爱的好赫娃，是你给了我这个空间。"

在我的整个宇宙中，我从未见过有什么一成不变、颠扑不破的自然法则。这个宇宙只呈现不断变化的关系，有时会被短命的意识当作法则。我们称之为"自我"的肉体知觉仅仅是在炫目的无限中蠕动的蜉蝣，能短暂感知到约束我们行为及随行为而变的临时条件。假如你一定要为这种"绝对"加上标签，也要用一个确切的名称：无常。

——《失窃的日记》

内拉第一个看见巡行队伍。在正午的高温下，她满头大汗地站在充当皇家大道路界的石柱旁。远处突现的一道反光引起了她的注意。她眯起眼睛朝那个方向望过去，在一阵激动中辨认出那是神帝御辇舱罩反射过来的阳光。

"他们来啦！"她喊道。

接着她觉得饿了。人人都兴奋地只想着一件事，谁也没有带干粮。只有弗雷曼人带了水，那是因为"弗雷曼人只要离开穴地就必须带水"。他们只是在按教条办事。

内拉的胯部配有带皮套的激光枪，她用一根手指碰了碰枪把。前方不超过二十米就是横跨峡谷的仙境桥，如梦如幻地将两片光秃秃的地界连接了起来。

太疯狂了，她想。

但神帝三令五申，他的内拉必须无条件服从赛欧娜。

赛欧娜的指令很明确，毫无规避的借口。而内拉现在又无法请示神帝。赛欧娜下令："他的御辇一到大桥中间——就动手！"

"可是为什么呢？"

他们从寒冷的黎明起就远离众人站在山墙顶上，内拉心里没底，深感孤立无助。

赛欧娜严肃的表情、紧张而低沉的声音容不得拒绝。"你觉得能伤着神帝吗？"

"我……"内拉只能耸耸肩。

"你必须服从我！"

"我必须。"内拉附和道。

内拉细看从远处渐渐走近的队伍，身穿五颜六色华服的是百官，一大片蓝色的是鱼言士姐妹……闪闪发光的是神帝的御辇。

这又是一次考验，她下了个结论。神帝会知道的。他会知道"他的"内拉有多么忠心耿耿。这是考验。神帝的命令必须无条件服从。作为一名鱼言士，她儿时第一课学的就是这句话。神帝说过内拉必须服从赛欧娜。只能是考验。还会是什么呢？

她瞧了瞧四个弗雷曼人。邓肯·艾达荷把他们布置在了这一头桥口的中间，拦在队伍下桥的必经之路上。他们背对着她坐着，凝望着大桥对面，像四个褐色的土堆。内拉刚才听到了艾达荷对他们下的指令。

"别离开这儿。你们必须从这里开始欢迎他。看他走近了就站起来，深鞠躬。"

欢迎，没错。

内拉对自己点点头。

还有三名跟她一起攀上山墙的鱼言士被安排在了大桥的中间。她们只收到赛欧娜当着内拉的面下达的命令，要等到御辇距身前仅几步远时才会转身且舞且行，引领御辇及整个队伍朝托诺村上方的瞭望点前进。

如果我用激光枪截断大桥，那三个人会死，内拉想，跟在神帝后面的人也都会死。

内拉伸长脖子朝深谷望了一眼。从这个角度看不见河流，但能听见从谷底传来的咆哮声，如巨石翻滚。

他们都会死！

除非"他"显示奇迹。

必定如此。赛欧娜已经为"神迹"的显现搭好了舞台。既然赛欧娜通过了考验，既然她穿上了鱼言士指挥官的军服，她还会有别的想法吗？赛欧娜已经对神帝起过誓了。她受过神帝的考验，是沙厉尔的一对一考验。

内拉朝右转动眼珠，注视着这场欢迎仪式的两位策划者。赛欧娜和艾达荷肩并肩站在内拉右侧约二十米处的大道上。他们认真地交谈着，偶尔对视一眼，点点头。

一会儿，艾达荷碰了碰赛欧娜的胳膊——一个暗示占有性的奇怪动作。他点了一下头，迈步朝大桥走来，停在内拉前方的桥端支墩处，向下看了一眼，又穿过大道在对面的相同位置往下瞧了瞧，站了几分钟后，回到赛欧娜身边。

真是不同寻常，这个死灵，内拉想。经过那番令人敬畏的攀爬，艾达荷在她心目中已经不能算凡人了，而是仅次于神的存在。而且他还能生育。

远处的一阵呼喊唤起了内拉的注意。她扭头望向桥对面。那支队伍先前采用皇家巡行惯用的小跑方式前进，现在已经改为慢走，距离大桥只有几分钟路程了。内拉认出打头的是莫尼奥，他身穿晃眼的白制服，迈着沉稳而坚定的步子，双目直视着前方。莫尼奥身后是以车轮模式行驶的御辇，舱罩关着，光线透不进内部，如镜面般闪闪发光。

这神秘的一切充盈着内拉的内心。

神迹即将显现！

内拉向右瞥了眼赛欧娜。赛欧娜跟她对视一眼，点了点头。内拉从皮套里拔出激光枪，搁在石柱上瞄准了一番。先是桥梁的左侧拉索，再是右侧拉索，然后是左侧的塑钢网格。内拉感觉手里的激光枪冰凉而陌生。她颤抖着吸了口气，想镇定下来。

我必须服从。这是一次考验。

她看见莫尼奥将目光从路面上抬起，脚下速度不变，转头向御辇或其后众人喊着什么，内拉没有听清。莫尼奥又把头转了回来。内拉稳稳神，将大部分身体藏在石柱后面。

一次考验。

莫尼奥注意到桥上和桥另一头都有人。他认出了鱼言士军服，当即想搞清是谁下令安排的欢迎仪式。他回头大声问了雷托一句话，但御辇舱罩依然保持不透明状，将神帝与赫娃隔绝在内。

莫尼奥上了桥，御辇跟在身后，碾压着被大风扬在路面上的沙粒。莫尼奥看见桥另一头远远地站着赛欧娜和艾达荷，还有四名保留地弗雷曼人坐在路中央。莫尼奥心生疑窦，但他无力改变事态。他壮起胆子朝谷底的大河瞥了一眼——在正午的阳光下只见白晃晃一片。御辇隆隆地行驶在身后。河流、人流，他是滚滚大潮中的一滴水珠———一种不可阻挡的感觉让他头晕目眩。

我们不是过路人，他想，我们是将一个一个时间点连缀起来的基本元素。当我们经过之后，身后的一切将尽数堕入虚无之声，就像伊克斯人的虚无空间，再也不能恢复到我们来前的样子。

莫尼奥记忆中闪过某个琵琶乐手的一段歌词，目光也随之迷蒙起来。这支歌让他印象这么深，是因为唱出了他的愿望，愿一切永远结束，愿所有疑问烟消云散，愿世界复归安宁。这曲哀歌在脑海里飘荡起来，仿佛一炷浓烟袅袅升起。

　　虫儿在蒲苇根下鸣叫。

莫尼奥暗自哼唱：

　　虫鸣预示着终结。
　　深秋和我的歌
　　都带着蒲苇根下
　　枯叶的颜色。

哼到副歌部分莫尼奥不禁点头打起拍子来：

　　日子结束了，
　　客人离去了。
　　日子结束了。
　　在我们穴地，

日子结束了。

暴风呜呜响。

日子结束了。

客人离去了。

莫尼奥断定这是一支有年头的琵琶歌，一首弗雷曼老歌，毫无疑问。这支歌唱的正是他自己。他希望客人真的离去，喧嚷结束，复归平静。平静的日子就在眼前……然而他卸不下肩头的重担。他想起了那批辎重，堆放在正好处于托诺村视野之外的沙漠里。他们不久就能见到这些东西了——帐篷、食品、桌子、金盘子、镶宝石的佩刀、仿阿拉伯古灯的球形灯……样样东西都在强烈表达一种愿望：主人要过完全不同于当地人的生活。

到了托诺村他们可过不了往常的日子。

莫尼奥曾在一次巡视中进托诺村住过两夜。他还记得那里的炊火味儿——散发芳香的灌木在黑暗中燃烧的气味。他们不用太阳能炉，因为"那不是最古老的生活方式"。

最古老！

托诺村几乎没有美琅脂的气味，而是弥漫着绿洲灌木的甜辣味和麝香油味。是的……还有一股粪池和腐烂垃圾的臭气。他想起神帝听他汇报完巡视结果后说过的一番话。

"这些弗雷曼人不知道他们的生活丧失了什么。他们自以为保留了传统的精华。这是所有保留地的失败之处。总有一些东西会渐渐褪色，在展示中消失得无影无踪。保留地的管理者，还有对着展品弯腰注目的参观者——极少有人能感觉到那些缺失的东西。所缺之物正是维持旧时代生活的动力，早已随着那种生活的远逝一去不复返了。"

莫尼奥注视着桥上站在眼前的三名鱼言士。她们抬高手臂舞蹈起来，在他前面几步远处旋转着，跳跃着。

真奇怪，他想，我见过在公开场合跳舞的，但从没看到鱼言士这么干。她们只在自己的住处跟自己的舞伴跳跳舞。

他正这么想着，突然听见激光枪令人恐惧的嗡鸣声，随即感到脚下的桥面倾斜起来。

这不是真的，他脑子里有个声音在说。

他听见御辇横向滑动的刺耳摩擦声，接着是舱罩掀开的哐当声。身后一片尖叫呼喊，但他无法转身。桥面向莫尼奥右侧大幅度倾斜，将他脸朝下甩在地上，往深谷滑去。他抓住一股断裂的拉索想止住下滑，但拉索跟着他一起往下掉，所有东西都在桥面所覆的一层沙子上滚擦着。他用两只手抓住拉索，跟着它转起圈来。这时他看见了御辇，舱罩大开，正斜着滑向桥边。赫娃一只手把着折椅站在里边，目光聚焦在莫尼奥身后。

桥面继续倾斜，响起一阵可怕的金属吱嘎声。他看见队伍里有人掉了下去，在空中大张着嘴，胳膊乱挥。莫尼奥抓握的那根拉索被什么东西挂住了，一下子将两条胳膊扯到了头顶上，他的身子扭动着又转起圈来。他感到双手沾满了恐惧的汗水，正顺着拉索往下滑。

他再一次看见了御辇。御辇卡在断梁的残根处。神帝正伸出两只退化的手想抓住赫娃·诺里，但没能够着她。她无声无息地从御辇敞口的一端掉了出去，金袍子猛地上翻，露出笔直如箭杆的身体。

神帝发出一声沉闷的哀叹。

他为什么不开启浮空器呢？莫尼奥心想。浮空器能把他托起来。

激光枪还在嗡鸣，莫尼奥的双手已从拉索末端滑脱，这时他看见一道道焰光直射御辇浮空器的圆罩，在一阵阵金色烟雾中将它们逐个击爆。莫尼奥两手高举过头，向下坠去。

烟！金色的烟！

他的长袍上掀，身体翻转，脸朝下直栽谷底。他凝视深渊，看到汹涌的湍流形成一个大漩涡——急流卷裹着一切陷入涡心，仿佛他一生的缩影。雷托的话像一股金色烟雾在他脑子里回荡："谨小慎微只能通向平庸。碌碌无为、毫无激情的平庸一生是大部分人对自己的期望。"莫尼奥在自由下坠中陡然生出一种顿悟的狂喜。宇宙如透明玻璃般在他眼前铺展开来，万事万物尽归虚无时间。

金色的烟！

"雷托！"他高喊，"赛艾诺克！我相信！"

长袍从莫尼奥肩头飞脱。他在峡谷的劲风中翻滚起来——最后瞥了一眼御辇……御辇正在碎裂的桥面上倾覆。神帝也从敞口处掉了出来。

有什么硬物砸进了莫尼奥的后背——这是他最后的知觉。

雷托感觉自己正滑出御辇。他的意识凝固在赫娃坠入河中的画面——远处激起一眼珍珠喷泉，标志着她已跃入一切归于终结的谜梦之中。赫娃镇定地说出了临终之语，这句话在他的记忆里不停回响："我先走一步了，亲爱的。"

他滑出了御辇，看到底下的河段犹如一柄短弯刀，细窄的锋刃在斑驳的阴影里微光闪烁，这是一件在永恒中磨利的凶器，正恭候他投入痛苦的怀抱。

我不能哭，连喊也不行，他想，我早已不能流泪了。眼泪是水。我马上就会有水，多得不得了。我只能在悲痛中呻吟。我很孤独，比以往任何时候都要孤独。

下坠中，庞大的分节身躯弓起来狠命扭动，直到他敏锐的目光发现站在断桥边缘的赛欧娜，才放弃了挣扎。

你将会有新的领悟！ 他想。

身体继续翻转。他看到越来越逼近的河面。这片水是一个鱼影闪现的梦，他忆起古时候一场花岗岩池边的宴席——粉红色的肉让饥饿的他看花了眼。

我来了，赫娃，共赴诸神的盛宴吧！

一瞬间他浑身裹满泡沫，同时陷入剧痛。水，这恶毒的水流，从四面八方向他发起了进攻。他挣扎着蹿进一条飞瀑，感觉遭到了岩石的噬咬，身体禁不住狂扭乱拍，水花四溅。恍惚中他看到湿漉漉的黑色崖壁正在朝后急退。他的皮肤炸成了一团团亮晶晶的碎片，在他四周化作一场银雨落入河中，转瞬即逝的亮片环绕着他，形成一个不断移动的耀目光环——如鳞片般闪亮的沙鲑离他而去，开始了自己的群聚生活。

剧痛仍在持续。雷托诧异于自己的意识还在，身体依然有感觉。

现在他只受本能的驱使。他随波逐流，抓住了身边的一块岩石，顿时感觉手上硬生生扯下一根指头，松手已经来不及了。不过这点痛跟全身此起彼伏的疼痛相比算不得什么。

大河绕过一处凸崖向左奔腾而去，似乎觉得已经把他折磨够了，便甩了一把，让他滚上一道斜斜的沙堤。他躺了片刻，体内的香料萃取物蓝色素溶在水中越漂越远。剧痛驱使他不停扭动，沙虫躯体本能地试图远离水。身上披覆的沙鲑荡然无存了，他感到周身上下的触觉变得敏锐，丧失的知觉又恢复了，然而这只能增加他的痛苦。他看不到自己的身体，但能感觉到一个虫状物连滚带爬地从水里冒了出来。他抬眼朝上望去，只见所有东西都蒙着一片片火焰，影影绰绰难以辨认。终于，他认出了这个地方。水流把他卷上岸的这处河湾，正是大河与沙厉尔分道扬镳之处。他的身后是托诺村，沿山墙下去一段距离就是泰布穴地遗址——当年斯第尔格的领地，也是如今雷托藏匿全部香料的地方。

他那直冒蓝烟、受尽摧残的躯体蠕动着沿卵石河滩前行，一路发出哗啦哗啦的响声，并在碎圆石上留下一道蓝色印迹，最后钻进了一个潮湿的洞窟，应该是原始穴地的一部分。现在这只是一个浅浅的洞穴，另一头被塌落的岩石堵死了。他闻到了湿土和纯净香料萃取物的气味。

他在痛楚中听到一些声响，便在逼仄的洞穴里转过头，只见洞口处垂下一条绳子。一个人影顺绳滑下。他认出是内拉。她落在石头地里，猫下腰，向躲在黑暗中的雷托望过来。接着，雷托眼前的焰光又一次分开，显现出另一个沿绳而下的身影：赛欧娜。随着一阵石块的咯咯响动，两人朝雷托匍匐了一段距离，停下来盯着他看。绳子末端出现了第三个人影：艾达荷。他火冒三丈地冲向内拉，大喊道："你为什么杀她！你不能杀赫娃！"

内拉仿佛不经意地轻轻挥了一下左臂，把艾达荷打翻在地。她在石头地里又爬了几步，四肢着地凝视着雷托。

"主人？您还活着？"

艾达荷突然出现在她身后，一把从她的皮套里夺过激光枪。内拉愕然转身，他举枪扣下扳机。灼烧切口自内拉头顶向下，将她一分为二，向两边落。从燃烧的军服里掉出一柄闪亮的晶牙匕，摔碎在石头上。艾达荷没留意晶牙匕。他满脸怒容，不停地向内拉的碎尸射击，直到能量耗尽，耀眼的弧光才停歇下来，湿乎乎冒着烟的尸块和碎布四散在炽热的石块中间。

赛欧娜一直等在旁边，直到这时才爬过来，从艾达荷手里抽出那把已经没用了的激光枪。艾达荷朝她猛转过身，她本打算消消他的火气，可发现他的暴怒已经烟消云散了。

"为什么？"他低声问。

"结束了。"她说。

两人转身望向洞穴黑影里的雷托。

雷托根本无法想象他俩看见了什么。沙鳟皮肤已经消失了，他只知道这个。现在暴露在外的应该是布满毛孔的裸肉。他无可奈何，只能从一个被悲伤洞穿的宇宙回视这两个人影。透过火焰的幻象，他看到赛欧娜呈现女魔的形象。这个魔鬼的名字自动闪现在他的脑子里，他不由高声喊了出来，经过洞穴的放大，响亮得连自己都没料到：

"汉米亚[1]！"

"什么？"赛欧娜向他爬近一步。

艾达荷用双手捧住脸。

"瞧瞧你对可怜的邓肯都干了什么。"雷托说。

"他还会找到真爱的。"她的口气听上去多么无情，活像他自己在激愤的青年时代说的话。

"你不知道爱是怎么一回事。"他说，"你奉献过什么吗？"他只能绞着两只手，或者说曾经是手的拙劣复制品。"冥神啊！看看我献出的一切吧！"

她继续朝他爬近一些，伸出手又缩了回去。

"我是有血有肉的，赛欧娜。看着我。我是真实存在的。你胆子够大的话还可以摸摸我。伸出手来。摸我！"

她慢慢伸手过去，触碰到本该是前节部位的地方，在沙厉尔她曾

---

[1] 原文"Hanmya"可能源自"Hannya"，即般若之面，日本能乐使用的一种女鬼面具。

把这里当床睡过。她把手抽回来，手上沾了蓝色。

"你摸了我，感受到了我的肉体。"他说，"在宇宙中还有比这更奇怪的事吗？"

她刚要别过身去。

"不！不许转身！看看你干的好事，赛欧娜。你能摸我，难道就不能扪心自问吗？"

她猛地转身走开。

"我们俩的确有区别。"他说，"你是神的化身。你游走在宇宙最伟大的神迹之间，却拒绝去摸、去看、去感觉、去相信。"

雷托的意识飘荡到一个黑漆漆的地方，在这里他似乎听到了那些藏在暗室里的思录机正在咔嗒咔嗒唱着金属昆虫之歌。这个伊克斯虚无空间绝不会产生辐射，是一处充满焦虑的精神流放之地，因为它与宇宙的其他部分没有联系。

然而还是会有联系的。

他感觉到那些伊克斯思录机已经开始记录他的思想了，无须对它们下达特定的指令。

记下我做的一切！记住我！有朝一日世人会为我平反！

虚幻的火焰向两侧分开，刚才赛欧娜的位置现在站着艾达荷。艾达荷身后模模糊糊有人在打手势……啊，没错：是赛欧娜在向山墙顶上的人传达指示。

"你还活着吗？"艾达荷问。

雷托的话音里带着咝咝的喘息声："让他们各自逃命，邓肯。他们想逃到哪个宇宙就快去那儿躲起来。"

"该死的！你在说什么？我宁可让她来忍受你的胡言乱语！"

"让？我从来不会让什么事发生。"

"你为什么让赫娃死？"艾达荷悲声说道，"我们不知道她跟你在一起。"

艾达荷垂下脑袋。

"你会得到补偿的。"雷托沙哑地说，"我的鱼言士会选择你而不是赛欧娜。对她好一点，邓肯。她不仅仅是厄崔迪人，她还携带着确保你们生存下去的种子。"

雷托再度陷入记忆之中。它们现在都成了缥缈的神话，在他的意识里倏忽即逝。他恍若跌进了另一个时间维度，这个时间从一开始就拥有不同的过去。有声音传来，他努力辨明其含义。**有人在石头地里爬动？**火焰分开，显现出站在艾达荷身边的赛欧娜。他们像两个孩子似的手拉手站在那里，在闯入未知领域前相互打着气。

"都这样了他怎么还没断气？"赛欧娜轻声说。

雷托攒了一会儿气力才开口。"赫娃帮了我。"他说，"几乎没人有过我们这样的经历。我们是强强结合，而不是抱团取暖。"

"看看你现在的下场吧！"赛欧娜不屑地说。

"哎，祈祷你也能得到这个结果。"他嘶哑地说，"或许香料会给你时间。"

"你的香料呢？"她问。

"藏在泰布穴地深处。"他答，"邓肯能找到。你知道那地方的，邓肯。现在叫泰伯村。原先的地貌还在。"

"你为什么要这么干？"艾达荷低声问。

"我的礼物。"雷托说，"没人能找到赛欧娜的后代。神谕看不见她。"

"什么？"他俩异口同声，同时身子前倾，因为雷托的声音越来越细弱。

"我赐给你们一种不会旁生枝节的新时间。"他说，"它总在偏转，但不会分叉。我交给你们金色通道。这就是我的礼物。再也不会有以往那种平行时空了。"

火焰遮住了他的视线。痛楚渐渐熄灭了，但那敏锐至极的嗅觉和听觉却仍未消失。艾达荷与赛欧娜都在急促地呼吸着。雷托感觉浑身上下怪异地动弹起来——明明早已消失的骨骼和关节又在知觉上死灰复燃了。

"看！"赛欧娜说。

"他在解体。"艾达荷说。

"不。"赛欧娜说，"是外面那层在脱落。看！虫子！"

雷托感到身体各部分正投入温暖与柔软之中。剧痛自行消失了。

"他身上那些洞是怎么回事？"赛欧娜问。

"里面原来应该是沙鳟。看见它们的形状了吗？"

"我现在证明我的某个祖先说错了。"雷托说（或是自以为在说，对于他的日记而言两者没有分别），"我生而为人，却没有作为人而死。"

"我看不下去了！"赛欧娜说。

雷托听到石块一阵咯咯响，是她背过身去了。

"你还在吗，邓肯？"

"在。"

这么说我还能发出声音。

"看着我。"雷托说，"我是人类子宫里的一小团血肉，顶多樱桃那么大。看着我，听见没有？"

"我在看。"艾达荷含糊应道。

"你们祈盼一个巨人，却找来一个侏儒。"雷托说，"现在你们要明白，做出什么样的行为，就得担负什么样的责任。你打算怎么运用新到手的权力，邓肯？"

接着是长时间的沉默，赛欧娜开腔了："别听他的！他疯了！"

"没错。"雷托说，"疯得有条理[1]，才是本事。"

"赛欧娜，你明白这话吗？"艾达荷问。多么哀伤的死灵口气。

"她明白。"雷托说，"是人类把你的灵魂带往你无法预料的危机。人类总是如此。莫尼奥最后也醒悟了。"

"希望他赶紧死吧！"赛欧娜说。

"我是分裂的神，你要把我合而为一。"雷托说，"邓肯？在所有邓肯里面，我认可你是最棒的。"

"认可？"邓肯的话音里又带上了些许火气。

"我认可的东西自有神奇之处。"雷托说，"在一个神奇的宇宙中任何事都有可能发生。神谕的宿命一直在摆布的是你，而不是我。现在你见识了命运的神秘莫测，难道要我把它一笔勾销吗？我只希望增加它的神秘性。"

雷托心里的其他人开始重申各自的存在。这个聚居群体不再一致支持他的代言人身份，他也从高高在上的位置跌落到了他们中间。他们不停地说着"假如"打头的话。"假如你那时……假如我们那时……"他想大喝一声让他们都闭嘴。

"只有蠢货才喜欢过去！"

雷托不知道自己是真的喊出了声，还是仅仅闪过这么个念头。反正里里外外一下子都安静了，他感觉原先的自我并未完全散尽。他试着开口说话，并觉察到这是真实的，因为艾达荷说："听，他想说什

---

[1] 语出《哈姆雷特》，原为波乐纽斯对装疯的哈姆雷特的评价："这虽然是疯话，却也有条理。"（卞之琳译）

么。"

"别害怕伊克斯人。"他说，同时听到自己越来越细微的声音，"他们能造机器，但再也造不出阿拉弗尔[1]了。我知道。我就在那儿。"

他陷入沉默，想攒点劲儿，但无论如何都难以阻止元气的耗散。内心再度嘈杂起来——一片喧哗的求告声。

"都别犯蠢了！"他喊，或是自以为在喊。

艾达荷与赛欧娜只听见"咝"的一声喘息。

片刻后，赛欧娜说："我觉得他死了。"

"但人人都以为他是不朽的。"艾达荷说。

"你知道《口述史》是怎么说的吗？"赛欧娜问，"若要不朽，先舍弃形体。有形之物终将灭亡。只有超越形体才能摆脱形体，达到不朽。"

"这话像他说的。"艾达荷语带轻蔑。

"我想也是。"她答。

"他说到你的后代是什么意思……什么隐藏的，没人找得到？"艾达荷问。

"他创造了一种新型拟态，"她说，"属于生物拟态。他知道自己成功了。他在未来看不到我。"

"你成了什么？"艾达荷问。

"我是新一代厄崔迪人。"

"厄崔迪人！"这个词从艾达荷口中说出来像一句咒骂。

赛欧娜眼朝下盯着那个还在继续解体的庞然大物，它曾经是雷

---

[1] 希伯来文，在《圣经》中有幽暗、黑云等意。

托·厄崔迪二世……外加别的东西。这别的东西正徘徊在一缕缕细细的蓝烟里慢慢散去，四周弥漫着浓郁的美琅脂味。随着这具躯体不断缩小，石头地里聚起了一汪汪蓝色液体。只能依稀分辨出它曾经具有的人类特征——一堆瘪陷的粉红色泡沫，还有一些染有红色的骨头，应该是颊骨和眉骨……

赛欧娜说："我跟他不一样，但说到底又一样。"

艾达荷细声说道："那些祖先，所有……"

"那帮人还在，但我静悄悄地在他们中间走动，没人看得见我。旧影像消失了，只留下精华部分继续照亮他的金色通道。"

她转身握住艾达荷冰冷的手，小心翼翼地领着他走出洞穴，进入亮光之中。从墙顶垂下的绳子醒目地摆荡着，受惊的保留地弗雷曼人还等在上面。

建设新宇宙的材料不算好，她想，可也只能将就了。艾达荷需要温柔的诱惑与关爱，兴许还能培养出爱情。

她俯视大河，看到水流从人造峡谷冒出，向葱茏的田野奔腾而去；她看到南面起了一阵风，将一团团乌云催赶到这边来。

艾达荷把手从她手中抽出，看上去镇定些了。"气候控制系统越来越不稳定了。"他说，"莫尼奥推测是宇航公会在搞鬼。"

"我父亲在这方面很少犯错。"她说，"这件事你调查一下。"

艾达荷突然想起银色沙鲑从雷托躯体向河中疾驰而去的画面。

"虫子的话我听见了。"赛欧娜说，"鱼言士会跟随你，而不是我。"

艾达荷又一次感受到来自赛艾诺克仪式的诱惑。"这个自有分晓。"他说，接着转身面对赛欧娜。"他说伊克斯人造不出阿拉弗尔是什么意思？"

"你没有读完那些日记。"她说，"回托诺村我翻给你看。"

"可那是什么意思——阿拉弗尔？"

"意思是'神圣审判的阴云'。出自一个老故事。你可以在那些日记里找到。"

下文摘自哈迪·贝诺托关于达累斯巴拉特考古发掘工作的非公开总结：

兹附少数派报告如下：

就达累斯巴拉特出土之日记，多数派所提应予仔细审查和删编的决议，我们自当遵从，但亦须表达我方意见。我们理解圣教会对上述材料的关切，同时并未忽视其政治隐患。我们与教会同样希望拉科斯星及分裂神保护圣区不会沦为"吸引观光客的景点"。

但另一方面，我们既已掌握全本日记且已完成真品鉴定及解译工作，"厄崔迪规划"的框架也就浮出水面了。作为一名在贝尼·杰瑟里特教导下研究过祖先思维的女性，本人自然希望公开我们从中揭示出的某种规律——该规律远较"沙丘星——厄拉科斯星——沙丘星——拉科斯星"这一演变路径复杂。

史学与科研领域的需求应当予以满足。对于研究由邓肯时代私人回忆录及传记编纂而成的《守护圣经》，该日记具有珍贵的价值。我们无法忽略那些耳熟能详的誓言："以艾达荷千子之名！"和"以赛欧娜九女之名！"。经久不衰的奇诺伊修女崇拜现象因日记的披露而昭示出新的意义。无疑，对于犹大与内拉之间的关系，教会也有必要进行审慎的重新定性。

作为少数派，我们必须提醒诸位政治审查官，拉科斯保护区寥寥几条沙虫不可能为我们提供伊克斯导航设备的替代品，教会掌握的少量美琅脂也不会对特莱拉用大缸批量制造的产品构成实质性商业威胁。不！我们的主张是，须将各种神话、《口述史》、《守护圣经》，甚至《分裂神之圣书》同达累斯巴拉特出土之日记进行比对。涉及离散时代与饥荒时代的每一则史料都必须摘出来重新考察！我们何惧之有？我们——邓肯·艾达荷与赛欧娜的后裔——所创下的伟业，任何伊克斯机器都无法胜任。我们扩散到了多少个宇宙？没人猜得到。将来也不会有人知道。教会担心偶尔出现的预言吗？我们知道预言者既看不见我们，也无从预知我们的决定。人类不可能灭绝。难道我们少数派只有加入"离散者"行列才会有人听见我们的呼求吗？难道人类的原始核心群体只能这样懵懂无知下去吗？你们清楚，倘若遭到多数派的排挤，我们将永远消失在世人的视野之外！

　　我们不愿离开。是沙漠里的珍珠把我们留在此地的。教会将这些"珍珠"奉为"启迪之光"，此举为我们所折服。就此而论，凡理智者绝无可能忽略这批日记所带来的启示。考古学诚然是一种权宜之计，然而又不可或缺，必须发挥其应有的作用！正如研究雷托二世用以藏匿其日记的原始设备有助于了解技术演进史，古人的所思所想也必须允许我们去聆听。放弃同这批日记所揭示的"意识之珠"建立交流，既严重违背史学严谨原则，也将在科研领域铸成大错。雷托二世是否堕入了一个无尽的梦，是否有可能唤醒他，使其带着完整的意识和丰富的历史细节重返我们的时代？圣教会怎能畏惧此等真相呢？

　　作为少数派代表，我们坚信历史学家必须倾听人类肇始之声。倘若唯有日记，则必倾听日记。这批日记过去掩埋了多久，未来就必须至少倾听多久。我们不会试图在字里行间去预测尚未发掘之物。我们只想说，发掘工作必须进行到底。我们怎能无视人类最重要的遗产呢？诗人朗·布拉姆利斯曾有言："我们是惊奇之源泉！"

读客®
科幻文库
跟着读客读科幻，经典科幻全看遍

太空歌剧、赛博朋克、奇幻史诗……

中国、美国、英国、俄罗斯、波兰、加拿大、日本、牙买加……

读客汇聚雨果奖、星云奖、轨迹奖获奖作品

精挑细选最顶尖的科幻奇幻经典

陪伴读者一起探索人类文明的过去、现在和未来

亿亿万万年，直至宇宙尽头

打开淘宝，扫码进入读客旗舰店，
下一本科幻更经典！

图书在版编目（CIP）数据

沙丘 . 4，沙丘神帝 /（美）弗兰克·赫伯特
(Frank Herbert) 著；刘未央译 . -- 南京：江苏凤凰
文艺出版社，2018.3（2022.2 重印）
书名原文：God Emperor of Dune
ISBN 978-7-5594-1573-8

I. ①沙 ... II. ①弗 ... ②刘 ... III. ①长篇小说 - 美
国 - 现代 IV. ① I712.45

中国版本图书馆 CIP 数据核字 (2018) 第 018779 号

沙丘 . 4，沙丘神帝

［美］弗兰克·赫伯特 著　　　刘未央 译

责任编辑	丁小卉	
特约编辑	刘　雨	叶启秀
装帧设计	读客文化 021-33608320	
责任印制	刘　巍	
出版发行	江苏凤凰文艺出版社	
	南京市中央路 165 号，邮编：210009	
网　址	http://www.jswenyi.com	
印　刷	三河市龙大印装有限公司	
开　本	890 毫米 ×1270 毫米 1/32	
印　张	16.75	
字　数	393 千字	
版　次	2018 年 3 月第 1 版	
印　次	2022 年 2 月第 18 次印刷	
标准书号	ISBN 978-7-5594-1573-8	
定　价	69.90 元	

江苏凤凰文艺版图书凡印刷、装订错误，可向出版社调换，联系电话：010-87681002。